화요일 클럽의 살인

The Tuesday Club Murders

애거서 크리스티 추리 문학 20

화요일 클럽의 살인

유명우 옮김

해문

■ 옮긴이 유명우

호남대학 영문과 교수, 한국추리작가 협회 총무 이사
《오리엔트 특급살인》, 《죽음과의 약속》, 《ABC 살인사건》,
《애크로이드 살인사건》 외 다수

화요일 클럽의 살인

초판 발행일	1986년 08월 10일
중판 발행일	2009년 08월 24일
지은이	애거서 크리스티
옮긴이	유 명 우
펴낸이	이 경 선
펴낸곳	해문출판사
주 소	서울시 마포구 합정동 392-2 써니힐 202호
TEL/FAX	325-4721~2 / 325-4725
출판등록	1978년 1월 28일 (제3-82호)
가격	6,000원
ISBN	978-89-382-0220-8 04800
	978-89-382-0200-0(세트)

※ 잘못된 책은 바꾸어 드립니다.

레너드 울리,
캐서린 울리 부부에게

차 례

차 례

제1장

화요일 밤의 모임

"불가사의한 수수께끼들······."

레이먼드 웨스트는 담배 연기를 내뿜으면서 일종의 미묘한 자의식의 즐거움을 느끼며 되풀이해서 말했다.

"불가사의한 수수께끼들이라." 그는 만족스럽게 주위를 둘러보았다.

널찍한 검은색 대들보가 천장을 가로지르고 있는 방에 고풍스런 훌륭한 가구들이 놓여 있었다. 레이먼드 웨스트는 만족스러운 눈길로 가구들을 바라보고 있었다. 작가라는 직업 때문인지 그는 분위기가 완벽한 것을 좋아했다. 그의 이모인 제인 마플의 집은 그녀의 성격과 아주 잘 어울렸으며, 그를 늘 편안하게 해주었다. 벽난로 너머로 그는 이모가 앉아 있는 커다란 의자 쪽으로 시선을 돌렸다. 마플 양은 검은색의 단자(緞子) 옷을 입고 있었는데, 허리 부분이 무척이나 꽉 죄어 있었다. 미실랭 레이스가 단자 옷의 몸통 아랫부분까지 폭포 모양으로 장식되어 있었다. 손에는 줄무늬가 들어 있는 검은색 장갑을 끼고 있었으며, 같은 무늬와 색으로 된 모자가 말아 올려서 묶은 백발 위에 가볍게 놓여 있었다. 그녀는 뜨개질을 하고 있었다—하얗고 부드러운 양모 털실로.

마플 양의 바랜 듯한 푸른색 눈동자는 온화하고 친절하게 보였으며, 점잖게 자기의 조카와 그의 손님들을 살펴보았다.

그녀는 먼저 의젓하고도 명랑한 조카인 레이먼드를 쳐다보았다. 그러고 나서 짧게 자른 검은 머리와 담갈색이 감도는 녹색 눈을 가진 화가인 조이스 렘프리에르 양을 바라보다가, 아주 잘 차려입고 약간은 세속적으로 보이는 헨리 클리더링 경 쪽으로 시선을 옮겼다. 방에는 두 사람이 더 있었다. 나이가 지긋한 교구 목사인 펜더 박사와, 아주 깡마른 몸에 안경을 끼고서 항상 안경 너머로 상대방을 쳐다보는 사무변호사인 페더릭 씨였다.

마플 양은 이 사람들을 죽 훑어보고는 이내 입가에 잔잔한 미소를 머금고 다시 뜨개질을 시작했다.

페더릭 씨가 말을 꺼내기 전에 으레 하는 마른 기침소리를 냈다.

"그게 무슨 말인가, 레이먼드? 불가사의한 수수께끼들이라니? 허어, 대체 무엇에 관한 수수께끼들이란 말이지?"

"아무것도 아니에요." 조이스 렘프리에르 양이 대꾸했다.

"레이먼드 씨는 그냥 그런 단어들이 좋아서 혼자 해보는 소리예요."

레이먼드 웨스트가 말도 안 되는 소리라는 듯한 눈초리로 그녀를 바라보자, 그녀는 머리를 뒤로 젖히며 웃었다.

"저이는 허풍선이에요. 그렇죠, 마플 양?" 그녀가 물었다.

"아주머니도 그 사실을 알고 계시리라 믿는데요?"

마플 양은 부드럽게 그녀에게 웃어 주었으나 대답은 하지 않았다.

"인생 자체가 하나의 불가사의한 신비올시다."

교구 목사가 엄숙하게 말했다.

레이먼드는 의자에 똑바로 앉아서는 갑자기 흥분했는지 피우던 담배를 던져 버렸다.

"제가 하고 싶은 말은 그게 아닙니다. 전 지금 철학 얘기를 하는 게 아니라고요. 지금 전 실제로 일어났던 극히 평범한 사건들 가운데 미궁에 빠진 것들에 대해서 생각하고 있었습니다."

"난 네가 어떤 종류의 일을 말하는지 알고 있단다." 마플 양이 끼어들었다.

"예를 들자면, 카루더스 부인은 어제 아침에 아주 이상한 경험을 했지. 그녀는 엘리오트 가게에서 먹음직스런 새우를 샀단다. 그리고 다른 두 가게에 들렀지. 그런데 집에 와서 보니 글쎄 그 새우가 몽땅 없어져 버린 거였어. 자기가 들러 왔던 두 가게에 가보았지만 새우는 찾을 수가 없었단다. 내겐 그 일이 몹시 놀랍게 보이는구나."

"매우 이상한 얘기로군요." 헨리 클리더링 경이 엄숙하게 말했다.

흥분으로 볼이 약간 붉어진 마플 양이 말을 이었다.

"물론 여러 가지 설명이 있을 수 있죠. 가령, 다른 누군가가……"

레이먼드 웨스트가 어처구니없다는 듯한 표정으로 말했다.

"이모님, 제가 말하고 싶었던 것은 마을에서 일어난 사소한 사건이 아니에요. 전 살인사건과 실종사건에 대해서 생각하고 있었다니까요. 헨리 경이 마음만 먹는다면 당장이라도 말해 줄 수 있는 그런 사건들 말이에요."

"하지만 난 아무데서나 그런 전문적인 이야기를 하지 않네. 난 결코 그런 이야기는 하지 않지."

헨리 경이 겸손하게 말했다.

헨리 클리더링 경은 얼마 전까지 런던경시청의 국장으로 일해 왔다.

"아마 경찰에서 해결하지 못한 살인사건들이 적잖을걸요."

조이스 렘프리에르가 말했다.

"그거야 이미 잘 알려진 사실 아니오." 페더릭 씨도 한마디 거들었다.

레이먼드 웨스트가 다시 입을 열었다.

"난, 어떤 사람이 그런 불가사의한 일들을 해결해 낼 수 있을지 사실 의심스럽습니다. 일반 시민들은 보통 형사들이 상상력 부족 때문에 많은 어려움을 겪는 거라고 생각하거든요."

"그거야 세상 사람들의 견해일 뿐이지." 헨리 경이 냉담하게 대꾸했다.

"당신, 혹시 위원회 같은 것을 만들자고 하는 건 아니죠?"

조이스 양이 웃으면서 말했다.

"정신 분석학과 상상력은 작가에게는……."

그녀는 레이먼드에게 농담이라는 듯이 고개를 약간 숙여 보였으나, 그는 꽤나 심각한 표정을 짓고 있었다.

"문학이란 우리 인간에게 인간성에 대한 통찰력을 주지요."

레이먼드는 근엄한 표정으로 말해 나갔다.

"그리고 작가란 아마도 일반 사람들이 못 보고 지나치는 여러 동기들을 똑바로 바라보는 존재일지도 모릅니다."

마플 양이 불쑥 끼어들었다.

"그래, 난 네가 쓴 책들이 매우 알찬 내용이라는 걸 알고 있다. 하지만, 일반인들이 네 말처럼 그렇게 무감각하다고 생각하지는 마라."

레이먼드는 부드럽게 대답했다.

"이모님, 신념을 가지세요. 하늘도 제가 그것을 깨뜨리도록 허락하진 않을 테니까요"

마플 양이 뜨개질의 코를 세다가 이맛살을 찌푸리면서 말했다.

"난……, 그렇게 많은 일반인들이 내게는 나쁘지도 좋지도 않아 보이며, 그저 단순하고 어리석어 보일 뿐이란다."

페더릭 씨가 다시 마른기침을 하고 나서 말했다.

"레이먼드, 자네는 상상력을 너무 중요하게 여긴다고 생각지 않나? 상상이란 위험한 존재일세. 우리 변호사들은 그런 사실을 잘 알고 있지. 증거를 공정하게 조사해서 바라보는 것, 내겐 그것만이 진실에 이르는 유일한 방법처럼 보인다네. 덧붙여서 말하자면, 내 경험에 비추어 볼 때 그것만이 성공할 수 있는 유일한 방법이라고도 할 수 있는 거지."

"흥!" 조이스는 화가 난 듯이 검은 머리카락을 뒤로 젖히며 소리쳤다.

"전 분명히 이 게임에서 당신을 이길 수 있어요. 전 당당한 한 여성일 뿐만 아니라(당신이 뭐라고 하실지는 모르지만, 여자들은 남자들에게는 없는 영감을 갖고 있지요) 화가이기도 해요. 전 당신이 보지 못하는 사물들을 보지요. 게다가, 한 예술가로서 모든 종류의 사람들과 그들의 환경을 두드려 보았답니다. 여기 계신 마플 양과 같은 분은 그런 건 아마 알 수 없을 거예요."

"그래요, 난 그런 건 잘 모른다오." 마플 양이 대꾸했다.

"하지만, 고통스럽고도 슬픈 일들이 가끔 마을에서 발생하지요"

"내가 좀 말씀드려도 되겠습니까?" 펜더 박사가 웃으면서 끼어들었다.

"요즘엔 성직자들을 욕하는 게 유행이라더군요. 하지만 우리는 그저 참고 지내는 가운데에서도, 바깥 세계에는 마치 봉해진 책과 같은 인간성의 한 면을 깊이 들여다보고 있답니다."

"이것 참." 조이스가 말했다.

"우리들이 마치 어떤 대표자 모임이라도 하는 것처럼 보이는군요. 내친 김에 아예 그런 모임을 만들면 어떨까요? 오늘이 무슨 요일이지요? 화요일? '화요일 밤의 클럽'이라고 부르면 어떨까요? 모임은 매주 가지고, 각자 돌아가면서 어떤 사건을 제시하는 거예요. 수수께끼처럼 묘한 사건 말이에요. 물론 그것을 제시한 사람은 거기에 대해서 개인적으로 좀 알고 있어야 하고, 정확한 해답도 알고 있어야겠죠. 가만 보자, 지금 우리가 몇 명이죠? 하나, 둘, 셋, 넷, 다섯—여섯은 되어야 할 텐데."

"조이스 양, 날 빠뜨렸군요." 마플 양이 환하게 웃으면서 말했다.

조이스는 약간 당황해 했으나 재빨리 그런 사실을 감추었다.

"그것도 괜찮겠네요." 그녀가 말했다.

"전 마플 아주머니가 그런 놀이를 좋아하지 않을 줄 알았거든요."

"아니, 무척 재미있을 것 같은데요." 마플 양이 대답했다.

"특히 이렇게 많은 현명한 신사분들이 참석하신다면 더욱 그렇지요. 내가 가장 어리석지나 않을지 사실은 두렵군요. 하지만, 이곳 세인트 메리 미드 마을에 몇 년간 살면서 난 인간의 본성에 대한 영감 같은 걸 얻게 되었답니다."

"당신이 참석하게 되면 매우 의미가 깊어질 거라고 확신합니다."

헨리 경이 공손하게 말했다.

"그럼 누가 먼저 시작하시겠어요?" 조이스가 물었다.

"그 점에 대해서는 의문의 여지가 없다고 생각하오." 펜더 박사가 말했다.

"운이 좋게도 여기 헨리 경과 같은 분이 우리와 함께 있으니 말이오."

그는 말끝을 흐리면서 헨리 경을 향해 예의 있게 고개를 숙여 보였다.

헨리 경은 잠깐 동안 아무 말 없이 앉아 있었다. 그러더니 마침내 한숨을 내쉬고 나서 다시 한 번 다리를 포개고는 말을 시작했다.

"여러분들이 원하는 종류의 화제를 끄집어내기가 나로서는 조금 어려운데요. 하지만, 다행히도 이런 상황에 아주 잘 어울리는 사건이 하나 생각나는군요. 여러분도 1년 전 신문에서 그 사건에 관한 기사를 읽었을 겁니다. 그 당시엔 그 사건이 불가사의한 수수께끼로 처리되어 버렸습니다만, 우연히도 바로 얼마 전에 내가 그 일을 해결하게 되었답니다. 사건은 아주 단순합니다. 세 사람이 함께 저녁식사를 했는데, 식사에는 다른 음식과 함께 바닷가재 통조림이 나왔답니다. 그런데 밤늦게 세 사람 모두 배탈이 나서 급히 의사를 불렀습니다. 하지만, 두 명은 곧 나았으나 나머지 한 사람은 숨을 거두고 만 겁니다."

레이먼드가 알겠다는 듯이 소리쳤다.

"아! 이미 말한 대로 극히 단순한 사건입니다. 그 사람의 죽음은 프토마인 (동물성 단백질의 부패로 생기는 유독성 분해물)중독 때문인 것으로 판명되었으며, 그것을 입증하는 증명서가 발급되었지요. 죽은 사람은 법적 절차에 따라 장례식이 치러졌답니다. 그러나 문제는 그 정도에서 해결되지 않았지요."

마플 양이 머리를 끄덕이며 말했다.

"여러 풍문이 나돌았겠죠. 대개 그러니까요."

"이제 그 작은 연극에 나오는 배우들의 모습을 묘사해야만 되겠군요. 먼저 그 부부를 존스 부부라고 부르고, 존스 부인의 고용 말동무(이 당시 영국에서는 가족이 적은 사람들은 말동무를 고용하는 경우가 많았다)를 클라크 양이라고 부르겠습니다. 남편되는 존스는 제약회사의 외판원이었습니다. 그는 인상이 좋은 약쉰 살쯤 되는 남자였소. 그의 아내는 그저 평범한 주부로서 한 마흔다섯 살쯤 되었지요. 그리고 클라크 양은 예순 살이 된 노처녀였는데, 기름기가 번질거리는 시뻘건 얼굴에다 살이 찐 재미있는 여자였습니다. 그러나 그들은 별로 유쾌한 사람들은 아니었소.

그런데 이 사건의 발달은 기묘한 방식으로 시작되었습니다. 존스는 버밍햄의 조그만 호텔에서 그 전날 밤에 묵었지요. 그날 아침 일찍 우연히도 압지철에서 압지 한 장을 꺼내어 놓았는데, 할 일이 없어서 빈둥거리던 청소부 하녀가 방금 존스가 사용한 그 압지를 거울에 비추어 보면서 시간을 보냈던 겁니다. 그러고는 며칠 지나서 신문에 바닷가재 통조림을 먹고서 죽은 존스 부인에 대한 기사가 실리자, 그 하녀는 동료들에게 그 압지에서 보았던 내용을 떠벌렸죠. 그 내용은 이렇습니다. '완전히 아내에게 의존해서……, 만일 그녀가 죽는다면 나는……, 수백 수천의(hundreds and thousands)'라고 말입니다.

여러분들도 그 사건이 있기 얼마 전에 남편에 의해 독살된 여자의 사건에 대해서 들었을 겁니다. 사실 그 하녀들에겐 그 사건을 생각해볼 필요도 거의 없었지요. 존스는 자기 아내를 죽이고 나서 수백만 파운드나 되는 유산을 상속받을 계획이라고 생각했을 테니까요! 우연히도 하녀들 중에는 존스 부부가 살았던 작은 마을에 친척이 있는 사람이 있었습니다.

그녀는 그 친척에게 편지를 보냈으며, 그 친척도 그녀에게 답장을 써 보냈지요. 아마도 존스는 그 지방 의사의 딸인 서른두 살 난 미모의 여인에게 호감을 품고 있었던 모양입니다. 그들에 관한 소문이 온 마을에 떠돌았다니까요. 급기야는 내무성 장관에게까지 탄원서가 들어가게 되었습니다. 또한, 존스가 아내를 살해했다고 고발하는 수많은 익명의 투서가 런던경시청으로 날아들었죠. 그때 우리는 그런 게 단지 쓸데없는 마을의 풍문이나 유언비어에 지나지 않는다고 생각했습니다. 그러던 중에 그런 여론을 진정시키기 위해서 사건 재수사 명령이 상부에서 내려왔어요. 그런데 그 결과 신빙성이라곤 조금도 없는 시민들의 추측이 옳은 것으로 증명되었던 겁니다.

검시 결과 존스 부인이 비소 중독으로 죽었다는 사실을 명백히 해줄 수 있는 과다한 양의 비소가 시체에서 발견되었던 거지요. 그래서 런던경시청이 지방경찰과 함께 비소가 투여된 방법과 그 범인을 밝혀내기에 이르렀답니다."

"와! 멋진데요, 정말 신나는 일이에요." 조이스가 소리쳤다.

"경찰에서는 당연히 남편을 의심하게 되었지요. 그는 아내의 죽음으로 덕을 보았으니까요. 그러나 호텔 하녀가 황홀하게 상상해 보았던 수백만 파운드가 아니라, 정확히 현금 8천 파운드뿐이었습니다. 그는 열심히 벌어들이긴 했지만 돈은 별로 모으지 못했던 모양입니다. 여자들을 꽤나 좋아해서 바람피우는 데에 죄다 쏟아 부었던 거죠. 우리는 그가 의사의 딸을 좋아했다는 소문을 가능한 한 자세히 조사해 보았습니다. 하지만, 한때 그들이 매우 친했다는 것은 확실했으나 두 달 전에 갑작스럽게 관계가 끊어진 이후로는 전혀 만난 것 같지 않더군요. 그 의사는 나이가 지긋한 강직하고 믿을 만한 남자였는데, 시체 해부 결과에 그만 넋을 잃어서 말조차 제대로 못 할 정도였습니다.

그는 그 사건이 있던 날 밤 자정 경에 탈이 나서 괴로워하는 세 사람을 진찰하려고 그 집에 갔습니다. 그는 즉각 존스 부인이 위독하다는 것을 알고는 자기 병원에 사람을 보내어 아편 알약 몇 개를 가져오게 해서 통증을 일단 가라앉혀 보려고 했습니다. 그가 애쓴 보람도 없이 그녀는 죽고 말았지만, 그 의사는 뭔가 흑막이 있으리라고는 조금도 생각하지 않았답니다. 그는 단지 그녀가 보툴리누스 균 중독으로 사망한 것으로 확신했습니다. 그날 저녁식사는 바닷가재 통조림과 샐러드, 크림 카스텔라, 빵, 그리고 치즈였습니다. 불행히 바닷가재는 하나도 남아 있지 않았습니다—모두 먹어 치운 거죠. 빈 통조림통은 버렸고요. 그는 어린 하녀인 글래디스 린치 양에게 꼬치꼬치 캐물었습니다. 하지만 그녀는 몹시 당황하고도 흥분한 상태였는지라, 의사는 그녀에게서 핵심을 알아내지 못했죠. 그러나 하녀는 그 통조림은 전에 따놓은 것도 아니었고, 자기가 보기엔 아주 싱싱한 것이었다는 말만 되풀이했습니다.

우리가 밝혀낸 사실들은 이런 정도였습니다. 만일 존스가 흉악하게도 자기 아내에게 비소를 투약했다면, 세 사람이 음식을 함께 먹었던 저녁식사 때에는 어떤 음식에도 비소가 들어가지 않았을 게 분명합니다. 또한(이건 다른 문제입니다만) 존스는 저녁식사가 차려지고 있을 때 버밍햄에서 막 돌아온 직후였으니 음식에 미리 극약을 넣을 수 있는 기회가 없었던 거지요"

"그 말동무는 어떻게 되었나요? 좋은 인상을 지녔다던 그 뚱뚱한 여자 말이에요." 조이스가 물었다.

헨리 경은 고개를 끄덕이며 말했다.

"물론 우리는 클라크 양을 주의 깊게 살펴보았죠. 하지만, 그 여자가 범죄를 저지를 만한 동기를 가지고 있었다고는 믿어지지 않았습니다. 존스 부인은 그녀에게 어떤 유산도 남겨 주지 않았으며, 그녀는 고용주가 죽었기 때문에 다른 직업을 구해야 할 형편이었지요"

"그 점 때문에 클라크 양을 사건과 연관시키지 않은 거로군요."

조이스는 뭔가를 생각하듯이 말했다.

"그런데 우리 검사관들 중 한 명이 이내 중대한 사실을 하나 발견했습니다." 헨리 경은 말을 이었다.

"그날 저녁식사가 끝난 뒤 존스는 부엌으로 내려가서 기분이 언짢다고 불평하는 아내에게 주려고 옥수수 가루 한 접시를 달라고 했습니다. 그는 글래디스 린치가 준비해 줄 때까지 부엌에서 기다리고 있다가 직접 들고서 아내의 방으로 올라갔지요. 바로 그 사실로 이 사건은 매듭지어졌다고 나는 생각했습니다."

"동기라……." 변호사는 머리를 끄덕였다.

그는 사건 요지가 옳다는 듯이 손가락으로 딱 소리를 내며 말했다.

"기회! 제약회사의 외판원이라면 극약 정도는 쉽게 구할 수 있겠군."

"게다가 부도덕하다잖습니까?" 목사도 한마디 거들었다.

레이먼드 웨스트는 헨리 경을 똑바로 쳐다보면서 말했다.

"그 사건의 어디엔가는 함정이 있을 겁니다. 그런데 왜 당신은 그를 체포하지 않았습니까?"

헨리 경은 약간 쓴웃음을 지었다.

"바로 그것이 이 사건에서 생긴 불행한 일이지요. 지금까지는 모든 일이 척척 잘되어 갔는데, 그만 뜻하지 않은 난관에 부딪혀 버린 겁니다. 왜냐하면 클라크 양에게 물어보았더니 그 옥수수 가루는 존스 부인이 아니라 바로 자기가 다 먹었다고 했기 때문에 존스를 체포할 수가 없었던 거지요"

"그녀는 평소에 하던 대로 존스 부인의 방으로 갔던 것 같습니다. 존스 부인은 침대에 앉아 있었고, 옥수수 가루 접시는 그녀의 옆에 있었습니다.

'기분이 좋지 않아요, 밀리.' 부인이 이렇게 말했죠.

'아까 바닷가재를 먹은 게 잘못된 모양이야. 앨버트에게 옥수수 가루 한 접시를 가져다 달라고 했는데, 막상 받아 놓고 보니 입맛이 없어요.'

'저런.' 클라크 양이 자신의 의견을 말했습니다.

'아주 손질을 잘해서 덩어리라곤 하나도 없군요. 글래디스는 정말 요리를 잘해. 요즘 같은 세상에 옥수수 가루를 이렇게 곱게 만드는 여자는 흔치 않지. 아주 맛있겠는데요. 난 왜 이렇게 식욕이 좋은지 모르겠단 말이야.'

'난 아직도 좋지 못한 습관이 남아 있나 봐.' 존스 부인이 말했습니다."

"여기서 한 가지." 헨리 경은 하던 얘기를 잠깐 멈췄다가 다시 시작했다.

"설명하고 넘어가야겠습니다. 클라크 양은 점점 비만해져 간다는 의사의 주의를 받고서 밴팅 요법이라고 널리 알려진 다이어트를 하던 중이었지요.

'이건 당신에게 좋지 않아요, 밀리, 정말이에요.' 존스 부인은 말렸습니다.

'아니, 혹시 하나님이 당신을 뚱뚱하게 만들었다면 그분 뜻이 아니겠어요……? 그렇다면야 이 옥수수 가루를 먹어 치우는 것도 괜찮겠죠 뭐. 어쩌면 그렇게 하는 것이 더 현명한지도 모르겠네요. 그렇잖아요?'

그러자 클라크 양은 곧바로 먹기 시작해서 정말로 옥수수 가루 한 접시를 몽땅 먹어 치워 버렸다는 겁니다. 그래서 그녀의 남편을 의심했던 우리의 추리는 완전히 빗나가 버렸던 거지요. 한편, 압지철 위에 있던 글이 무슨 뜻이었느냐고 그 남편에게 묻자, 그는 조금도 망설이지 않고 대답하더군요. 그의 설명에 따르면, 그 편지는 그에게 돈을 좀 보태 달라고 한 오스트레일리아의 동생한테 보내는 답장이었답니다. 그 편지에다 그는 자신이 완전히 아내에게 의존해서 살고 있다는 사실을 밝혔다는 겁니다. 혹시 아내가 죽게 된다면 자신에게 돈이 생기겠고, 그러면 동생도 도와줄 수가 있겠지요. 따라서 그는 편지에다가 현재로서는 도와줄 수가 없음을 유감스럽게 생각하며, 세상에는 곤경에 빠져 있는 사람들이 얼마든지 있다고 썼다더군요."

"그래서 사건이 미궁에 빠지게 되었나요?"

"뭐, 아시다시피 사건은 아주 엉망진창이 되었습니다."

헨리 경은 침통하게 대답했다.

"믿을 만한 증거도 없이 존스를 체포하는 모험을 할 수는 없었으니까요."

방에는 잠시 침묵이 흘렀다. 이윽고 조이스가 먼저 말을 꺼냈다.

"그게 사건의 전부예요?"

"작년 내내 수사가 계속되었던 사건이랍니다. 그 진상은 현재 런던경시청에서 비밀로 하고 있습니다만, 2~3일 지나면 여러분도 신문에서 읽을 수가 있을 겁니다."

조이스는 생각에 잠긴 듯이 얘기했다.

"진상이라고요? 좀 이상하군요. 우리 모두 5분 정도 생각한 다음 얘기하기로 해요."

레이먼드 웨스트는 고개를 끄덕이고 나서 시계를 바라보았다. 5분이 다 지나가자 그는 펜더 박사를 쳐다보면서 물었다.

"먼저 말씀하시겠습니까?"

그 노인은 머리를 설레설레 흔들며 입을 열었다.

"솔직히 말해서, 난 도무지 모르겠는데. 단지 그 남편이라는 사람에게 죄가 있을 것이라는 생각은 하고 있지만, 어떻게 범행을 저질렀는지는 전혀 모르겠군. 다만, 남편이 아직까지는 밝혀지지 않은 어떤 기발한 방법으로 아내에게 극약을 먹인 것만은 분명한 것 같은데, 그 사건에서 진상이 어떻게 밝혀질지는 사실 짐작도 가지 않을 뿐일세."

"조이스 양은요?"

"그녀의 말동무예요!" 조이스는 딱 부러지게 대답했다.

"분명히 그 여자예요! 그녀가 어떤 동기를 갖고 있었는지 그거야 어떻게 알 수 있겠어요? 그녀가 늙고 뚱뚱하고 못생겼다는 이유만으로 존스 씨와 바람을 피우지 않았다고는 볼 수 없는 일이잖아요? 또, 그녀는 다른 이유로 해서 존스 부인을 증오했을 수도 있어요. 돈 받고 말동무가 되어 준다는 것에 대해 한번 생각해 보세요. 언제나 명랑하게 행동해야 하고, 맞장구를 치며, 화가 나도 참고 견뎌야 하죠. 어느 날 그녀는 더 이상 그런 일을 참고 견딜 수가 없게 되었고, 그래서 존스 부인을 죽여 버린 거예요. 아마 그녀는 옥수수 가루에 비소를 섞어 넣었을 것이고, 자기가 그걸 모두 먹어 치웠다는 말은 거짓말일 거예요."

"페더릭 씨는 어떻게 생각합니까?"

변호사는 전문가답게 손가락을 깍지 끼고 조용히 앉아 있었다.

"말하기가 몹시 거북하군. 사실 나는 할 말이 거의 없네."

"그래도 말씀하셔야 돼요, 페더릭 씨." 조이스가 말했다.

"판결을 보류하는 것도 아니고, 선입관 없이 말씀하시지 않아도 되고, 또 법적으로 정확할 필요도 없잖아요? 그냥 게임을 해나가는 거예요."

그러자 페더릭이 대답했다.

"사건의 진상에 대해서는 더 이상 왈가왈부할 게 없는 것 같습니다. 휴유, 이런 종류의 사건을 너무 많이 보아 온 내 소견으로는 그녀의 남편에게 죄가 있는 것 같군요. 더군다나 클라크 양이 이런저런 이유로 해서 일부러 그녀의 남편을 감싸 주고 있는 사실이 더욱 그런 걸 뒷받침해 주는 게 아닐까요? 그들 사이에 어떤 돈 거래가 있었을 수도 있고 말이오. 그 남편이야 자기가 의심받으리라는 것을 진작부터 각오했겠죠. 클라크 양은 앞으로도 빈곤하게 살아갈 게 뻔했기 때문에 나중에 상당한 액수의 돈을 받기로 하고, 그 옥수수

가루를 자신이 모두 먹었노라 얘기하기로 약속했을 겁니다. 그거야 당연히 법에 걸리는 행위지요. 아주 대단한 범법행위랍니다."

"전 그 말에 찬성할 수가 없는데요."

레이먼드가 끼어들어서는 설명을 계속했다.

"선생님은 그 사건에서 중요한 사실을 하나 잊고 있습니다. 그 의사의 딸 말입니다. 제 나름대로의 견해를 말씀드리죠. 그 바닷가재 통조림은 실은 상한 거였습니다. 그래서 중독 증세가 나타났던 거겠지요. 의사는 존스 부인이 다른 사람들보다 바닷가재를 많이 먹었던 탓으로 몹시 고통스러워하는 걸 보고서 아편 알약을 가져오라고 사람을 보냈습니다. 그는 자신이 직접 가지 않고 사람을 보냈던 겁니다. 그렇다면 누가 그 심부름꾼에게 아편 알약을 주었을까요? 분명히 의사의 딸이 아니겠습니까? 그녀는 자기 아버지가 부탁한 약을 꺼내어 주었을 겁니다. 그런데 그녀는 존스와 바람이 나 있었습니다. 순간, 그녀의 어두운 심성이 머리를 쳐들게 되었고, 그를 자유롭게 해줄 수 있는 것은 자신의 손에 달렸다고 생각했던 겁니다. 그렇게 해서 그녀가 보낸 알약에는 흰색의 비소가 섞여 있게 된 것이 아닐까요? 이것이 바로 제 생각입니다."

"자, 이제는 헨리 경이 말씀해 주셔야겠어요."

조이스는 부탁하듯이 말했다.

"잠깐만, 마플 양은 아직껏 아무 말도 하지 않았군요." 헨리 경이 말했다.

"이런, 어쩜 좋아." 마플 양은 소리쳤다.

"코를 하나 빠뜨렸어요. 여러분 얘기가 너무 재미있어서요. 정말 슬픈 사건이로군요. 그 사건을 들으니, 마운트에 살았던 하그레이브스라는 노인이 생각나는군요. 그 남편은 글쎄 모든 재산을 한때 그 집 가정부로 있었던 여자에게 남겨 주었답니다. 게다가 그 여자와 사이에 아이를 다섯이나 낳았다지 뭡니까. 그런데도 그의 아내는 남편이 죽을 때까지도 전혀 의심을 하지 않았다는군요. '아주 좋은 아이야.' 하고 그 가정부를 칭찬할 정도였으니까요. 심지어 매일 자기의 침대요를 바꾸도록 하게 할 만큼 신뢰했답니다. 물론 금요일은 제외하고요. 그런데 하그레이브스 노인은 이 가정부를 바로 옆 동네에 살게 했답니다. 그리고 자신은 계속 교구 위원 노릇을 하며 매주 일요일마다 헌금용 접시

주위를 어정거렸다는군요."

레이먼드가 더 이상 참을 수 없다는 듯이 다그쳐 물었다.

"사랑하는 제인 이모님, 도대체 이제는 고인이 된 하그레이브스 노인이 이 사건과 무슨 연관이 있다고 그러시는 거죠?"

"얘기를 듣고 있으려니 갑자기 그 사람 생각이 나더구나. 두 사건이 너무도 비슷하지 않니? 아마 가엾은 그 처녀는 지금쯤 실토했을 거야. 그리고 헨리 경, 그렇게 해서 당신은 사건을 해결하게 되었을 텐데요?"

"어떤 처녀요?" 레이먼드는 도무지 이해할 수 없다는 듯이 물었다. "이모님, 무슨 말을 하고 계시는 거예요?"

"아, 왜 그 글래디스 린치라는 가엾은 처녀 말이다. 의사가 자기에게 말을 걸 었을 때 굉장히 흥분했을 거야. 그녀가 그랬던 것도 당연해. 가엾은 사람 같으 니! 그 가엾은 처녀를 살인자로 만들다니, 저주받을 존스는 교수형에나 처해졌 으면 좋겠구나. 그러나 사람들은 그 불쌍한 처녀도 사형에 처하라고 할 거야."

"마플 양, 뭔가 오해하고 계시는 것 같습니다." 페더릭이 입을 열었다.

그러나 마플 양은 고집스럽게 고개를 젓고는 건너편의 헨리 경을 바라보았다.

"내가 옳았지요? 아주 명백한 일이예요. 내가 말하고자 하는 것은 바로 '수백 수천' 그리고 크림 카스텔라예요. 누구든지 그걸 놓치진 않으리라 생각해요."

"도대체 크림 카스텔라와 '수백 수천'이 어쨌다는 거예요?"

레이먼드가 외치듯이 물었다.

"요리사는 으레 크림 카스텔라 위에 '수백 수천(hundreds and thousands; 케이크 장식으로 쓰이는 굵은 설탕이라는 뜻으로도 쓰임)'을 뿌린단다. 레이먼드, 분홍색과 흰색이 섞인 설탕이지. 나는 그들이 저녁식사 때 크림 카스텔라를 먹었고, 그 남편이 누군가에게 굵은 설탕에 대한 편지를 썼다고 들었을 때, 당연히 그 두 가지를 연관시켜 보았던 거란다. 그 케이크는 굵은 설탕 대신 비소가 묻어 있 었던 거야. 남편이 하녀에게 그걸 주면서 크림 카스텔라에 뿌리도록 시켰지."

"그렇지만 그건 불가능해요." 조이스가 재빨리 말을 가로챘다.

"왜냐하면 거기에 있었던 사람 모두가 크림 카스텔라를 먹었으니까요."

"오, 아니에요." 마플 양이 대답했다.

"기억하고 있겠지만, 말벗인 클라크 양은 다이어트 중이었어요. 그러니 밴팅 요법을 실시하고 있었다면 절대로 크림 카스텔라 같은 건 먹지 않았을 거예요. 물론 존스 씨는 자기 몫의 카스텔라 위에 뿌려진 굵은 설탕을 긁어내어 그릇 한쪽에 남겨 두었겠지요. 매우 영리한 아이디어였어요."

모든 사람들의 시선이 일제히 헨리 경에게 집중되었다.

"매우 교묘한 수법이었습니다." 그는 천천히 말을 꺼냈다.

"그러나 마플 양은 그 사실을 우연히 생각해 내신 것 같군요. 그 남편은 흔히 말하듯이 글래디스 린치를 함정 속에 빠뜨렸고, 그래서 그녀는 거의 절망적인 상태에 빠지게 되었던 겁니다. 그는 아내를 눈엣가시처럼 여기고 있었으며, 글래디스에게 아내가 죽으면 결혼하겠다고 약속했다더군요. 그는 굵은 설탕에 비소를 섞어 글래디스에게 건네주면서 어떻게 사용해야 하는지 가르쳐 주었지요. 글래디스 린치는 일주일 전에 죽었습니다. 그녀의 아이는 태어나자마자 죽었고, 존스는 그녀를 버리고 다른 여자에게로 갔지요. 임종 시에 그녀가 진실을 고백했습니다."

잠깐 동안 방 안에 침묵이 흘렀다. 마침내 레이먼드가 입을 떼었다.

"음, 제인 이모님, 이것은 이모님이 맞힌 거예요. 세상에! 전 이모님이 이런 사건을 밝혀낼 수 있으리라고는 생각지도 못했고, 또 부엌에서 일하는 조그만 아가씨가 그런 끔찍한 사건에 연루되었으리라고는 정말 생각지도 못했답니다."

"아니란다, 레이먼드." 마플 양이 말했다.

"하지만, 넌 나만큼은 인생에 대해서 잘 모르지. 존스 같은 유형의 남자는 음탕하고 교활한 사람이야. 난 그 집에 어여쁜 아가씨가 있다는 말을 듣자마자 그가 그녀를 그대로 내버려두지는 않았으리라고 느꼈어. 너무 슬프고 고통스러워서 얘기하기에 그리 좋은 일은 못되는구나. 그 사건이 하그레이브스 부인에게는 충격이었겠지만, 난 너에게 마을에선 흔히 있을 수 있는 일이라는 것을 차마 얘기할 수가 없구나."

제2장

애스타트 신상의 집

"자, 펜더 박사님, 우리에게 어떤 얘기를 해주시겠어요?"

나이 지긋한 교구 목사는 부드럽게 미소를 지었다.

"나는 지금까지 조용한 곳에서만 보내 왔습니다. 그렇기 때문에 커다란 사건들을 별로 경험해 보지 못했어요. 하지만 젊었을 때, 한 번 아주 이상하고도 비극적인 일을 경험한 적이 있지요."

"어머!" 조이스 렘프리에르가 재촉하듯이 소리쳤다.

"지금까지도 그것을 기억하고 있습니다." 교구 목사는 계속 말했다.

"나는 그때 큰 충격을 받았거든요 겉으로는 어떤 치명적인 힘도 가해지지 않았는데 죽어 간 그 남자를 보았을 때의 그 무시무시한 공포와 두려움이 아직까지도 생생해요."

"왠지 오싹한 얘기군요, 목사님." 헨리 경이 투덜거리듯이 말했다.

"당신 말대로, 나도 역시 오싹했었죠. 그때 이후로 나는 분위기라는 말을 사용하는 사람들을 비웃지 않는답니다. 세상에는 이런 일도 있습니다. 다시 말해서 어떤 장소들은 선이나 악의 영기가 깃들어 있어서 사람들이 그 힘을 느낄 수도 있다는 거죠."

"라치 부부의 집도 매우 불운한 곳이에요." 마플 양이 말했다.

"스미더스 노인은 자기 재산을 모두 날린 뒤 거기를 떠나야만 했죠. 그러고 나서 카슬레이크 부부가 그 집을 사게 되었는데, 남편인 조니 카슬레이크는 아래층으로 떨어져서 그만 다리가 부러졌고, 카슬레이크 부인은 요양을 떠난다고 하며 프랑스 남부로 도망쳐 버렸습니다. 지금은 버든 부부가 그 집에 살고 있는데, 가엾은 버든 씨도 곧 수술을 받아야 한다는 말을 들었어요."

"그런 미신이 너무 많다고 나는 생각해요." 페더릭 씨가 말했다.

"사실 근거 없이 떠도는 그런 쓸데없는 소문 때문에 피해를 보는 사람들이 얼마나 많습니까."

"나는 아주 건강한 인격을 가진 유령을 한둘 알고 있어요."

헨리 경이 킬킬거리고 웃으면서 말했다.

"제 생각엔……." 레이먼드가 말했다.

"펜더 박사님이 계속 얘기할 수 있도록 해 드리는 것이 좋겠어요."

조이스 렘프리에르 양이 자리에서 일어나 램프 두 개를 꺼버렸기 때문에 방 안에는 어른거리며 타오르는 난로 불빛밖에는 아무것도 보이지 않았다.

"분위기가 제법 잡히지요?" 조이스가 말했다.

"이젠 계속하실 수 있죠?"

펜더 박사는 그녀에게 미소를 지어 보이고는 의자에 등을 기대면서 코안경을 벗었다. 그리고 이내 먼 추억에 잠긴 듯한 부드러운 목소리로 얘기를 꺼내기 시작했다.

"혹시 다트무어란 곳에 대해서 여러분들이 알고 있는지 모르겠군요. 내가 지금 여러분에게 말하고자 하는 장소가 바로 다트무어의 경계에 있답니다. 비록 몇 년 동안 살 사람이 나타나지 않긴 했지만, 매우 괜찮은 곳이었죠. 겨울이 되면 약간 황량하고 쓸쓸해 보이기는 했지만, 그 주위의 경관은 아름다웠으며 그 토지는 뭔가 기묘하고도 독특한 특징이 있었소.

헤이든, 리처드 헤이든 경이라는 사람이 그 토지를 구입하게 되었죠. 난 그를 대학 시절 때 알게 되었답니다. 하지만, 몇 년 동안 만나지 못했어요. 우리 사이의 오랜 교분은 여전히 남아 있었고, 그래서 난 사일런트 그로브로 내려와 달라는 그의 초대를 기꺼이 승낙했지요. 그는 새로 구입한 그곳을 사일런트 그로브라고 불렀답니다.

그의 별장에 초대된 사람들은 그리 많지 않았습니다. 리처드 헤이든과 그의 사촌인 엘리어트 헤이든, 그리고 매너링 부인이 있었는데, 그녀에게는 약간 안색이 창백하고 별로 두드러진 곳이라곤 없는 바이올렛이라는 딸이 있었소. 또한 로저스 대령 부부가 있었는데, 승마를 매우 좋아해서 얼굴이 햇볕에 검게 그을린 부부였지요. 그들은 오직 승마와 사냥만을 위해 사는 사람들 같았답니다. 그리고 젊은 시몬스 박사와 다이애나 애실리 양이 있었소. 난 다이애나 애실리 양에 대해서는 조금 알고 있었습니다. 사교계 신문에 사진이 아주 빈번히 실리는, 런던 사교계에서 소문난 미인 중 한 사람이었기 때문이죠. 그녀의 외모는 정말 인상적이었소. 검은 머리카락에 키가 컸으며 엷은 크림색의 아름다운 피부를 갖고 있었지요. 그리고 얼굴에 비스듬하게 자리 잡고 있는 반쯤 감겨진 검은 눈동자는 그녀를 아주 진지하고 동양적으로 보이게 했답니다. 게다가 그녀는 아주 아름다운 목소리를 갖고 있었는데, 그 목소리는 깊고 차분해서 마치 종이 울리는 것 같았소.

이내 나는 리처드 헤이든이 그녀에게 폭 빠졌다는 것을 알게 되었지요. 그래서 모든 파티가 그녀를 위해 마련된 것이 아닌가 생각할 정도였소. 하지만, 그녀의 감정이 어떤지는 확신할 수가 없었소. 그녀는 그저 마음 내키는 대로 변덕스럽게 행동했지요. 어떤 때는 리처드에게만 매달려서 얘기하다가도, 또 어떤 날에는 리처드의 사촌인 엘리오트에게 호감을 보이며 마치 리처드 같은 사람은 존재하지도 않는 듯 행동했지요. 그리고 나서는 매혹적인 미소를 조용하고 사교성 없는 시몬스 박사한테 던지기도 했답니다.

내가 도착한 다음 날 아침, 파티의 주인은 우리들에게 그 집을 두루두루 구경시켜 주었습니다. 집 자체는 별로 두드러져 보이지 않았습니다만, 데번 산(産) 화강암으로 지어진 견고한 집이었지요. 오랜 세월과 거친 풍파에도 충분히 견딜 수 있게 지어졌고, 비록 낭만적인 분위기는 없었다 해도 매우 안락해 보였답니다. 창문 너머로 넓고 광활한 황무지 전경이 펼쳐져 있었고, 비바람에 씻긴 바위로 덮여 있는 언덕이 마치 파도처럼 물결 치는 것이 보였습니다.

가장 가까이 있는 바위산 기슭에는 여러 가지 모양의 환상석(環狀石)과 구석기 시대의 유물들이 있었답니다. 다른 언덕에도 처음으로 발굴된 고분이 있었는데, 거기에서는 청동 농기구가 발견되기도 했죠. 헤이든은 평소부터 고대 유물에 대해 관심이 많았기 때문에 우리들에게 정열적으로 그것에 관해 설명해 주었소. 그의 설명에 따르면, 그 장소에는 고대의 유물이 상당히 풍부하게 남아 있다고 하더군요.

신석기 시대의 원주민들과 드루이드교(고대 갈리아 및 브리튼 섬에 살던 켈트

족의 종교)신자들, 로마인들, 그리고 심지어는 초기 페니키아 인들의 유물까지도 발견되었다고 하더군요.

'이곳은 정말 흥미있는 곳이지요.' 헤이든이 말했습니다.

'여러분들도 이미 알고 있듯이, 이곳 이름은 사일런트 그로브입니다. 자, 그 이름이 어디에서 유래했는지는 쉽게 알 수 있겠죠.'

그렇게 말하고 난 뒤 헤이든은 손가락으로 어떤 곳을 가리켰소. 그곳은 바위와 히스꽃, 고사리류 따위로 온통 뒤덮여서 매우 황폐해 보였지만, 집에서 백 야드 정도 떨어진 곳에는 나무들이 빽빽이 들어서 있었답니다.

'저곳이 바로 고대 시대의 유적이지요.' 헤이든은 계속해서 말을 해나갔소.

'저 나무들의 일부는 다시 심은 것이지만 대개는 옛날 그대로 보존되어 오고 있습니다. 아마도 페니키아인이 정착하기 시작한 그때부터라고 생각됩니다. 자, 와서 저걸 좀 보세요.'

우리 모두는 그를 따라가 보았지요. 그런데 나무 숲속으로 들어서자 알 수 없는 중압감이 나를 엄습했소. 아마도 그것은 정적이었을 겁니다. 새들조차 나무에 둥지를 짓지 않은 것 같았습니다. 그곳엔 고적과 전율만이 감돌았지요. 내가 헤이든을 쳐다보았더니 그 사람도 묘한 미소를 지으면서 나를 바라보더군요.

'묘한 느낌이 들지 않나, 펜더? 적대감? 아니면 불안감?'

그가 나에게 물었지요.

'난 이런 곳을 좋아하지 않아.' 난 조용히 대답했습니다.

'그렇겠지. 이곳은 자네 생각처럼 그 옛날 적군이 점령했던 성들 중 하나였으니까. 이곳이 바로 애스타트의 숲이라네.'

'애스타트라고?'

'애스타트건, 이쉬타르건, 애쉬토레스건 자네가 뭐라고 해도 좋네. 하지만 난 애스타트라는 페니키아 이름이 더 좋아. 나는 이 나라에 애스타트 숲이라고 불리는 곳이 반드시 있으리라 믿었자—월 지방의 북부에 말이야. 아무런 증거도 없긴 하지만 여기가 바로 애스타트의 숲이라고 확신하고 있네. 여기 이 빽빽한 나무숲에 둘러싸여서 신성한 의식이 거행되었다고 말이야.'

'신성한 의식들······.' 다이애나 애실리가 중얼거렸습니다.

그때 그녀의 눈은 마치 꿈을 꾸는 듯이 먼 곳을 향하고 있었지요.

'그게 무엇이었을까요?'

'그렇게 존경스러운 것은 아니었겠지요.'

로저스 대령이 의미 없는 웃음을 요란스럽게 터뜨리고 나서 말했습니다.

'꽤 정열적인 것이었다고 생각되는군요.'

헤이든은 그에게 주의를 전혀 기울이지 않았답니다.

'숲의 한가운데에는 성전이 있어야 하지요. 성전으로 가볼 수는 없지만 난 상상 속에서 자유자재로 그러한 것들을 그려 본답니다.'

이내 우리는 숲속 한가운데 있는 작은 개간지로 발길을 옮겼소. 그 가운데에는 돌로 만든 별장처럼 보이는 것이 있었습니다. 다이애나 애실리는 유심히 헤이든을 바라보고 있었습니다.

'난 이것을 신상(神像)의 집이라고 부른답니다.' 그가 말했습니다.

'이것이 바로 애스타트 신상의 집이에요!'

그는 그곳으로 올라갔습니다. 그 안에는 검은색 기둥이 있었고, 기둥 위에는 초승달 모양의 뿔을 가진 기묘하게 생긴 작은 여인상이 사자상 위에 앉혀져 있었습니다.

'페니키아인들의 애스타트랍니다.' 헤이든이 설명해 주었습니다.

'달의 여신이랍니다.'

'달의 여신이라고요!' 다이애나가 소리쳤습니다.

'오, 오늘밤 우리 비밀 축제를 갖는 것이 어떻겠어요? 환상적인 옷을 입고 모두 여기 달빛 아래 모여서 애스타트 의식을 축원하기로 해요.'

난 그때 갑작스럽게 몸을 움직였습니다. 그러자 리처드의 사촌인 엘리오트 헤이든이 재빨리 나를 향해 몸을 돌리면서 말했습니다.

'이 모든 것이 맘에 드시지 않죠, 목사님?'

'그렇소.' 난 엄숙하게 대답했답니다.

'도무지 마음에 들지 않는군요.'

그는 이상하게 나를 쳐다보더군요.

'하지만, 이건 시시한 장난에 불과한걸요. 딕도 이곳이 정말 신성한 숲이라고는 생각질 않을 거예요. 단지 그의 공상에 불과하답니다. 그는 그런 공상을 좋아하니까요. 그런데 만일……'

'만일?'

'글쎄요.' 그는 약간 어색하게 웃더군요.

'당신 같은 교구 목사는 그런 이야기는 믿지 않겠죠?'

'교구 목사라고 해서 유별나게 그런 걸 믿지 않는다고는 생각지 마십시오.'

'그렇지만, 저런 것들은 모두 사람의 손으로 만들어진 것일 텐데요, 목사님?'

'글쎄요.' 나는 생각에 잠겨서 말했습니다.

'하지만, 이것만은 분명합니다. 솔직히 말해서, 난 분위기라는 것에 예민한 사람은 아니오. 하지만, 여기 이 나무 숲속에 들어온 뒤로는 내 주위에 악과 위협이 감도는 듯한 묘한 인상을 받았는데, 그런 것이 강하게 느껴지기도 하는군요.'

엘리오트 헤이든은 자기 어깨너머를 불안한 시선으로 응시하더군요.

'예.' 그는 조용히 말했습니다.

'이곳은, 이곳은 좀 기괴한 곳이지요. 난 당신이 뭘 말하고 싶어 하는지 알고 있습니다만, 우리가 느끼는 것은 단지 우리 자신의 상상에 불과하다고 생각합니다. 당신 생각은 어떻습니까, 시몬스 씨?'

의사는 대답하기 전에 1~2분가량 침묵을 지키다가 조용히 말문을 열었습니다.

'나도 이곳이 탐탁지 않아요. 뭐라고 꼬집어서 말씀드릴 수는 없지만, 어쨌든 맘에 들지 않는군요.'

그때 바이올렛 매너링이 내 곁으로 다가왔습니다.

'난 여기가 싫어요.' 그녀는 소리를 질렀습니다.

'여기가 싫어요. 그러니 여기에서 나가도록 해요.'

우리가 밖으로 나오자 곧 다른 동행인들도 우리를 따라 나왔답니다. 오직 다이애나 애실리만이 머뭇거리고 있었지요. 내가 고개를 돌려 어깨너머로 바라보니 그녀는 신상의 집 앞에 서서 진지하게 신상 안에 있는 조상(彫像)을 응시하고 있더군요.

그날은 유난히도 날씨가 덥고 밝았기 때문에, 저녁때 환상적인 옷을 입고 파티를 열자는 다이애나 애실리의 제안이 받아들여졌지요. 보통 때처럼 우리들은 웃고 떠들면서 들뜬 기분으로 바느질을 하기도 하며 시간을 보냈지요. 저녁식사 때쯤에 즐겁게 와자지껄 떠드는 소리가 들려오기 시작했습니다. 로저스 부부가 신석기 시대의 혈거인들이 되었던 겁니다. 난로 앞에 까는 양탄자가 없어진 것은 바로 그들의 옷에 사용되었기 때문이었고요. 리처드 헤이든은 자기가 페니키아인 선원이라고 했으며, 그의 사촌은 산적 두목으로, 시몬스박사는 주방장으로, 그리고 매너링 부인은 병원 간호사로, 그녀의 딸은 서캐시언(코카서스 북서부에 위치한 지방 사람들) 노예로 각각 분장했소. 나도 약간 덥기는 했지만 수도승처럼 분장했지요. 다이애나 애실리가 제일 늦게 내려왔는데, 그녀는 검은 도미노 옷(가면무도회에서 입는 후드가 달린 겉옷)으로 온몸을 둘둘 말고 있었기 때문에 우리들은 약간 실망을 했었답니다.

'미지의 사랑.' 다이애나가 유쾌하게 말했답니다.

'그것이 바로 저예요. 자, 이제 식사하러 가시죠.'

저녁식사가 끝난 뒤 우리들은 식당 밖으로 나갔소. 아름다운 밤이었지요. 공기는 따스하고 부드러웠으며, 달이 막 떠오르고 있었습니다.

우리는 그냥 농담이나 주고받으며 여기저기 돌아다녔답니다. 시간은 정말 빨리도 지나가더군요. 한 시간쯤 지난 뒤에야 우리들은 비로소 다이애나 애실리가 우리들과 함께 있지 않다는 것을 깨달았답니다.

'벌써 잠자리에 들진 않았을 거예요.' 리처드 헤이든이 말했습니다.

바이올렛 매너링도 머리를 흔들었습니다.

'오, 맞아요.' 그녀는 말했습니다.

'그녀가 한 30분 전쯤에 저쪽으로 사라지는 걸 봤어요.'

그러면서 이제는 달빛 속에서 검은 그림자가 드리워진 나무 숲속을 가리켰습니다.

'그녀가 무슨 짓을 할지 모르겠군요.' 리처드 헤이든이 말했습니다.

'하지만, 이건 너무 심한 장난 같아요. 자, 가서 알아봅시다.'

우리들은 그녀가 무엇을 하고 있는지 궁금해 하며 우르르 몰려갔답니다. 그러나 나는 그 어둡고 불길한 나무 숲속으로 들어가는 것이 꽤나 꺼림칙해지더군요. 그 어떤 억센 힘이 내가 그 속으로 들어가지 못하도록 하는 것 같았습니다. 난 그때, 전보다도 더욱 분명하게 그 장소가 불길하다는 것을 느꼈지요. 물론 말하진 않았지만, 다른 몇 사람도 나와 똑같이 느꼈으리라 생각합니다. 나무들이 너무나 빽빽이 들어서 있었기 때문에 달빛조차 새어들지 못했습니다. 열두 명이나 되는 우리 일행이 속삭이거나 한숨을 쉬는 소리만이 들렸습니다. 너무나도 섬뜩한 느낌이 감돌았기 때문에, 우리들은 서로 바싹 붙어서 걸어야만 했답니다.

갑작스럽게도 우리들은 숲의 한가운데 있는 탁 트인 개간지까지 가게 되었습니다. 그때 우리 모두는 너무 놀라서 그 자리에 다리가 얼어붙은 듯이 멈추고 말았습니다. 왜냐하면 신상의 집 입구에 어렴풋이 형체가 서 있는 것이 보였는데, 그 형체는 투명한 붕대로 몸을 칭칭 감고 있었고, 게다가 검은 머리카락 사이로 두 개의 초승달 모양의 뿔이 솟아 있었기 때문입니다.

'세상에!' 하고 소리치는 리처드 헤이든의 이마에서는 식은땀이 솟아났죠.

그러나 바이올렛 매너링은 다소 침착했지요.

'어머, 저건 다이애나잖아.' 그녀가 말했습니다.

'혼자서 뭘 하는 거야? 어머, 전혀 다른 사람처럼 보이는군요!'

입구에 있던 그 모습이 두 손을 치켜들었습니다. 그러고는 앞의 계단을 오르면서 높고 부드러운 목소리로 노래를 부르기 시작했답니다.

'나는 애스타르트의 여사제.' 그녀는 이렇게 읊조렸습니다.

'나에게 다가오지 마라. 나는 손에 죽음을 들고 있나니.'

'그러지 말아요.' 매너링 부인이 저항하듯 소리쳤습니다.

'당신은 정말 우리들을 섬뜩하게 만드는군요, 정말이에요.'

헤이든이 그녀에게 달려갔습니다.

'오, 다이애나!' 그가 소리쳤습니다.

'당신 정말로 아름답군요.'

그때쯤엔 나도 달빛에 꽤 익숙해져서 사물들을 똑똑히 볼 수 있었답니다.

정말 그녀는 바이올렛이 말한 대로 전혀 다른 사람처럼 보이더군요. 그녀의 얼굴은 더욱더 동양적으로 보였으며, 더욱 째진 듯한 그녀의 눈동자에서 나오는 빛 속에는 그 어떤 잔인함이 서려 있었습니다. 그리고 그녀의 입가에 맴도는 야릇한 미소는 전에는 보지 못했던 그런 것이었답니다.

'경고한다.' 그녀는 소리쳤습니다.

'여신에게 접근하지 마라. 내 몸에 손을 대면 그것은 바로 죽음을 뜻하는 것이리라.'

'아주 멋져요, 다이애나.' 헤이든은 소리 높여 말했습니다.

'하지만, 제발 이젠 그만둬요. 난, 난 도무지 맘에 들지 않아요.'

그는 들은 체도 하지 않고 잔디를 지나 그녀에게 다가갔습니다. 그랬더니 그녀는 그를 향해 한 손을 치켜들고 소리쳤습니다.

'멈춰라. 한 걸음만 더 가까이 오면 너를 애스타트의 저주로 죽이고 말겠다.'

리처드 헤이든은 호탕하게 웃어대고는 더욱더 걸음을 빨리 하더군요. 바로 그때 참으로 괴상한 일이 일어났답니다. 그가 잠시 멈칫하고는 곧 비틀거리는 것처럼 보이더니 머리를 땅으로 처박고서 쓰러져 버렸던 겁니다.

그는 다시 일어나지 않았고, 땅에 납작하게 엎드린 채로 꼼짝도 하지 않았답니다.

갑자기 다이애나가 발작적으로 웃음을 터뜨리기 시작했습니다. 그 웃음소리는 숲속의 침묵을 산산이 부숴 버리는 소름 끼치는 것이었답니다.

욕설을 퍼부으며 엘리오트가 앞으로 뛰어나갔습니다.

'이거 원, 더 이상 참을 수가 없군.' 그는 외쳐댔지요.

'일어나요, 딕. 자, 일어나요.'

그러나 리처드 헤이든은 엎드린 채로 여전히 쓰러져서 일어나지 않았습니다. 엘리오트 헤이든은 그의 곁으로 다가가서 무릎을 꿇고 천천히 그를 바로 눕혔습니다. 그러고는 허리를 굽혀 그의 얼굴을 잠깐 동안 바라보았답니다.

그러더니 그만 비틀거리며 벌떡 일어서는 것이었습니다.

'의사 선생!' 그가 말했습니다.

'의사 선생, 빨리 이리로 와보세요. 그가 죽, 죽은 것 같아요.'

시몬스가 재빨리 그곳으로 달려갔고, 엘리오트는 아주 천천히 걸어서 우리들이 있는 곳으로 왔습니다. 그가 자기의 두 손을 내려다보면서 지은 표정을 나는 도무지 이해할 수가 없었습니다.

그 순간 다이애나로부터 거친 외침소리가 들려왔습니다.

'내가 그를 죽였다.' 그녀는 소리쳤습니다.

'오! 신이여! 그럴 생각은 조금도 없었는데, 그를 죽이고 말았군요.'

그러고는 잔디 위에 쌓여 있던 엉성한 풀 더미 위로 쓰러지면서 죽은 듯이 실신해 버렸답니다.

그때 로저스 부인의 비명소리가 들리기 시작했습니다.

'오, 이 무서운 곳에서 나가고 싶어요!' 그녀는 울부짖으며 말했습니다.

'무슨 일이라도 여기선 일어날 수 있을 것만 같아요. 오, 너무 무서워요!'

그때 엘리오트는 내 어깨를 잡고 있었습니다.

'있을 수 없는 일입니다.' 그는 중얼거리듯 말했습니다.

'이런 건 도저히 불가능한 일입니다. 사람이 이런 식으로 죽을 수는 없는 일입니다. 그건, 그건 자연의 법칙에도 어긋나는 일이에요.'

난 그를 위로하려고 애썼습니다.

'달리 설명할 수 있겠지요.' 내가 말을 꺼냈지요.

'당신 사촌 형은 심장이 약했을 수도 있어요. 갑작스러운 충격과 흥분이⋯⋯.'

'당신은 이해하지 못하는군요.'

그가 말했습니다. 그러고는 내가 볼 수 있도록 자기 두 손을 높이 들었답니다. 거기에는 붉은 핏자국이 묻어 있었습니다.

'딕은 충격으로 죽은 게 아니에요. 형님은 칼에 찔린 거예요—바로 심장에. 흉기라고는 전혀 없었는데 말입니다.'

난 믿지 못하겠다는 눈초리로 바라보았습니다. 그때 헤이든의 몸을 살펴보던 시몬스가 우리에게로 다가왔습니다. 그는 안색이 창백했고, 온몸을 부들부들 떨고 있었습니다.

'우리가 모두 미친 건 아닐까요?' 그가 말했습니다.

'이런 일이 생기다니, 여긴 대체 어떤 곳이죠?'

'그렇다면 사실이로군요.' 내가 말했습니다.

시몬스는 고개를 끄덕였죠.

'상처는 길고 가느다란 칼로 찔린 것 같았습니다. 그렇지만, 칼이라고는 없었어요.'

우리는 모두 서로의 얼굴을 쳐다보았습니다.

'하지만 거기에 분명히 있을 거예요.' 엘리오트 헤이든이 소리쳤습니다.

'칼은 분명히 땅 위 어디엔가 떨어져 있을 겁니다. 어서 찾아보도록 합시다.'

우리들은 마치 넋 나간 듯 초점 없이 땅 위의 이곳저곳을 살펴보았습니다. 갑자기 그때 바이올렛 매너링이 말했습니다.

'다이애나가 아까 손에 뭔가를 들고 있었어요. 칼처럼 생긴 거였어요. 난 봤어요. 그녀가 딕에게 경고할 때 그것이 달빛에 반짝거리는 것도 봤어요.'

엘리오트 헤이든이 머리를 설레설레 흔들며 반박했답니다.

'형님은 다이애나가 있는 곳에서 3야드(약 7m) 이상 떨어져 있었습니다.'

매너링 부인은 땅 위에 기진맥진해서 쓰러져 있는 다이애나를 몸을 굽혀 바라보았답니다.

'지금은 손에 아무것도 없는데?' 그녀는 그 사실을 밝혔습니다.

'땅 위에도 칼 같은 것은 없어. 분명히 그걸 봤니, 바이올렛? 난 보지 못했는데.'

시몬스 박사가 그녀한테로 다가갔습니다.

'먼저 그녀를 집으로 옮깁시다. 로저스 씨, 좀 도와주시겠어요?'

우리들은 힘을 모아서 정신을 잃은 그녀를 집으로 옮겨 놓았지요. 그러고는 다시 돌아가서 리처드 경의 시체도 들어왔답니다."

펜더 박사는 사과하는 듯한 표정을 지으면서 이야기를 중단하고 주위를 둘러보았다.

"요즘에는 추리소설이 많이 나돌기 때문에……." 잠시 뒤 그는 말을 이었다.

"좀더 잘 알 거예요. 길거리의 소년들도 시체는 제자리에 그냥 두어야 한다는 것쯤은 알고 있으니까요. 그러나 그 당시 우리들은 리처드 헤이든의 시체를 네모 반듯한 화강암으로 지어진 그의 집 침실로 옮겨다 놓았던 것이지요. 그리고 자전거에 태워서 집사를 경찰에게로 보냈소. 12마일(약 19.3km)쯤 되는 거리였지요.

바로 그때 엘리오트 헤이든이 나에게 말했습니다.

'나 좀 보시죠. 지금 숲으로 다시 가볼 생각입니다. 흉기를 찾아내야겠어요.'

'그야 그곳에 흉기가 있다면 그래야죠.' 난 회의적으로 말했습니다.

그는 내 어깨를 그러잡고 마구 흔들어댔습니다.

'목사님도 미신 같은 것을 믿고 계시는군요. 형의 죽음이 초자연적인 것이라고 생각하세요? 글쎄요, 아무튼 숲으로 다시 가서 반드시 진상을 밝혀내고야 말겠어요.'

왠지 모르게 그가 그렇게 하는 것이 내겐 꺼림칙했답니다. 그래서 못 가게 하려고 최선을 다해 설득했지만 소용이 없었답니다. 빽빽한 나무 숲속은 생각만 해도 섬뜩했고, 또 뭔가 더 큰 재앙이 생길 것 같은 불길한 징조를 느꼈거든요. 그러나 엘리오트 헤이든은 정말 고집이 센 사람이었습니다. 지금 생각해 보니, 그 자신도 몹시 겁에 질려 있으면서도 그것을 인정하지 않으려 했던 것 같아요. 그는 단단히 결심을 하고 그 수수께끼의 진상을 알기 위해서 숲속으로 갔답니다.

정말 무시무시한 밤이었지요. 누구도 잠들 수 없었을 뿐 아니라 자려고 하지도 않았답니다. 잠시 뒤에 도착한 경찰은 모든 상황이 의심스럽다는 태도를 역력히 나타냈지요. 그들은 애실리 양을 심문해야겠다고 강경하게 나왔으나, 먼저 시몬스 박사의 허락을 받아야만 했습니다. 하지만, 그 의사는 지금은 절대로 안 된다고 했지요. 그는 애실리 양이 기절 상태에서 깨어나자 다시 독한 수면제를 먹였습니다. 덕분에 다음 날 아침까지 그녀는 아무런 방해도 받지 않고 계속 잠을 잘 수 있었지요.

다음 날 아침 7시가 될 때까진 아무도 엘리오트 헤이든이 없다는 사실을 눈치 채지 못했답니다. 그러다가 갑자기 시몬스가 그의 행방을 물어봄으로써 비로소 모두들 그가 없어졌다는 사실을 알게 되었지요. 내가 어젯밤 그의 행동에 대해서 설명해 주자 시몬스의 굳은 얼굴은 더욱더 굳어지더군요.

'그러지 말아야 했는데 그건, 그건 아무 소용도 없는 바보짓이에요.'

'그에게 좋지 못한 일이라도 일어나리라고 생각합니까?'

'그런 일은 없어야죠. 목사님, 우리 둘이 함께 가서 알아보는 게 좋을 것 같군요.'

나는 그가 옳다는 것은 알았지만, 행동으로 옮기기에는 상당한 용기가 필요했지요. 우리 둘은 함께 출발해서 그 불쾌한 나무 숲속으로 다시 한 번 들어 갔습니다. 두어 번 그의 이름을 불러 보았지만 대답이 없더군요. 그곳은 이른 아침의 햇살을 받아 창백해 보였고, 마치 유령이라도 나올 듯이 보였습니다. 그때 시몬스가 덥석 내 어깨를 잡는 바람에 나는 기겁을 해서 외마디 비명을 지르고 말았지요. 그 전날 밤 우리들은 개간지에서 한 남자가 얼굴을 잔디에 박은 채 엎어져 있는 것을 봤잖습니까? 그런데 그때 이른 아침의 햇살 속에서 우리 둘은 지난밤과 똑같은 장면을 다시 보게 되었던 거요. 어젯밤 그 숲속으로 다시 들어갔던 엘리오트 헤이든이 자기 사촌이 쓰러져 있던 바로 그 자리에 쓰러져 있었던 것이었지요.

'세상에, 그도 당하고 말았습니다!' 시몬스가 소리쳤답니다.

우리는 함께 그곳으로 달려갔습니다. 엘리오트 헤이든은 혼수상태에 빠져서 가냘프게 숨을 쉬고 있었습니다. 그러나 이번에는 어떠한 의심도 품을 여지가 없었답니다. 왜냐하면 길고 가느다란 청동 흉기가 아직도 상처에 꽂혀 있었기 때문이지요.

'심장이 아니라 어깨를 관통했습니다. 참으로 다행한 일이로군요.'

의사가 말했습니다.

'어떻게 생각해야 될지 모르겠습니다. 아무튼 이 사람은 아직 살아 있으니 의식이 들면 무슨 일이 일어났었는지 말해 줄 수 있을 겁니다.'

하지만 엘리오트 헤이든은 그렇게 하기가 무척 힘들었습니다. 뭐라고 말하기는 했지만, 도대체 알아들을 수가 없었던 거지요. 그러나 그가 한 말은 대충이러했습니다. 숲속으로 들어오자마자, 그는 여기저기 두리번거리며 칼을 찾아 보았답니다. 하지만, 찾지 못하고서 무심코 신상의 집 가까이에 있는 한 장소를 응시했답니다. 바로 그때 그는 나무 숲속에서 누군가가 자기를 지켜보고 있다는 느낌이 문득 들었는데, 그것이 점점 더 확고해져 갔답니다. 그는 그런 느낌을 지워 버리려고 애썼지만 결국 헛수고였답니다. 더욱이 싸늘하고 이상스런 바람이 막 불기 시작했는데, 그것은 나무숲에서 불어오는 것이 아니라 신상의 집 내부에서 불어 나오는 것처럼 느껴졌다는군요. 그래서 그는 몸을 돌려 그곳을 노려보기 시작했답니다. 그때 작은 여인상이 점점 커지는 것처럼 느껴져서 그는 자기가 혹시 환각에 빠진 건 아닌가 하고 생각했답니다. 바로 그때 갑자기 그는 관자놀이 사이에 심한 충격을 받고 뒤로 비틀거리며 쓰러졌다는군요. 그리고 왼쪽 어깨에 마치 타는 듯한 아픔이 느껴졌다는 것까지만 의식했다고 합니다.

그 칼은 언덕 위 고분에서 파내진 것을 리처드 헤이든이 산 것으로 나중에 확인되었습니다. 하지만, 그가 그것을 어디다 숨겨 놓았었는지는 아무도 몰랐다는군요.

경찰은 애실리 양이 의도적으로 그를 찔렀다고 판단했습니다. 아마 앞으로도 그러하리라고 생각합니다. 하지만 그녀와 리처드는 적어도 3야드 정도는 떨어져 있었다는 것을 우리들이 증언했기 때문에, 경찰도 그녀에게 계속해서 혐의를 둘 수는 없었지요. 그렇게 해서 그 사건은 지금까지도 수수께끼로 남아 있답니다."

방 안에는 침묵이 흘렀다.

"뭐라고 말을 할 수가 없군요." 마침내 조이스 렘프리에르가 입을 열었다.

"너무도 끔찍하고, 또 괴이한 사건이라서 말이에요. 그런데 목사님도 그 사건을 설명할 수 없나요?"

나이 지긋한 목사는 고개를 끄덕이며 대답했다.

"아뇨. 난 설명할 수가 있소. 아니, 설명 비슷한 것이라고 해야겠군요. 꽤 이상한 설명이긴 하지만, 그러나 내 생각엔 아직도 설명되지 못한 몇 가지 문제가 있다고 봅니다."

"전 강령술(降靈術) 모임에 여러 번 가본 적이 있어요." 조이스가 말했다.

"목사님이 뭐라고 말씀하실지는 모르겠지만, 매우 해괴한 일이 발생할 수도 있답니다. 전 그 사건이 일종의 최면술이라고 생각해요. 제가 생각하기에, 그녀는 정말 애스타트의 여사제가 되어 칼로 그를 찌른 것이 분명합니다. 아마도 그녀는 매너링 양이 그녀의 손에서 보았다던 그 칼을 던졌을 거예요."

"혹, 그 흉기는 창이었을지도 모르지요."

레이먼드 웨스트가 넌지시 말했다.

"뭐 달빛이 그리 밝지 않았기 때문에 그녀는 창 같은 것을 손에 들고 있다가 조금 떨어진 거리에서 그를 찔렀을 수도 있었을 겁니다. 그렇지 않으면, 이 사건을 집단 최면술이라고 설명할 수도 있겠죠. 다시 말해서, 마치 그가 초자연적인 힘에 의해서 죽은 것처럼 보이게 하기 위해 모든 것이 미리 준비되어 있었다면, 목사님 일행은 그렇게 보게 되지 않았겠느냐는 거지요."

"난 음악당에서 여러 가지 무기와 칼을 가지고 묘기를 부리는 걸 본 적이 있습니다." 헨리 경이 말했다.

"내가 보기엔 어떤 남자가 나무 숲속에 숨어 있다가 거기에서 단도나 칼을 기가 막힌 솜씨로 던졌을 수도 있습니다. 물론, 그는 그 방면엔 전문가였겠지요. 이런 설명이 약간 엉뚱하다는 것은 알고 있지만, 이것만이 가능한 추론인 것 같습니다. 모두들 기억하고 있겠지만, 엘리오트 헤이든은 숲속에서 누군가가 자신을 지켜보고 있었다고 확실하게 느꼈다지 않습니까? 애실리 양이 손에 칼을 쥐고 있었다는 매너링 양의 말이나, 그렇지 않았다는 다른 사람들의 진술을 조금만 깊이 생각해 보면 하나도 놀라울 것이 못됩니다. 만일 여러분들이 나와 같은 경험을 가지고 있다면, 하나의 사물에 대한 다섯 사람의 설명이 거의 믿을 수 없을 정도로 다를 수 있다는 것을 알게 될 것입니다."

페더릭 씨가 헛기침을 했다.

"지금까지 나온 가정을 들어보건대, 본질적인 문제 한 가지를 간과하는 것 같소. 정말로 흉기가 사용되었다면 어떤 일이 생겼을까요? 애실리 양이 탁 트인 공간의 중앙에 서 있었다면 창을 치워 버리는 것은 사실상 불가능합니다. 또한 누군가가 숨어서 칼을 던졌다고 하면 그 칼은 리처드 헤이든을 똑바로 눕혔을 때 발견되었어야 했을 거요. 우리들은 불가능한 가정을 버리고 명백한 사실만을 수용해야 합니다."

"그렇다면 그 명백한 사실에서 어떤 결론을 끄집어낼 수 있을까요?"

"글쎄요, 한 가지는 명백해 보입니다. 헤이든이 죽어서 엎어져 있었을 때 그의 가까이엔 아무도 없었으며, 따라서 그를 칼로 찌를 수 있었던 유일한 사람은 바로 그 자신이었다는 말입니다. 즉 자살이었다는 거죠."

"그렇다면 그는 왜 자살한 걸까요?"

의심스럽다는 듯한 태도로 레이먼드 웨스트가 물었다.

변호사는 다시 헛기침을 했다.

"아, 그것도 역시 추론의 문제가 되는군. 하지만 지금 나는 그런 걸 들먹이고 싶지 않네. 나는 초자연적인 힘이라는 건 믿지 않아. 그런 입장에서 본다면 내 설명이 그 사건이 발생할 수 있었던 유일한 방법이 아닐까? 그는 자기 자신을 찌르고는 넘어지면서 칼을 빼내어 숲속으로 던져 버렸던 걸세. 그것이 비록 가능해 보이지 않는다 해도 충분히 가능한 일이라고 생각하네."

"나는 정말로 말하고 싶지가 않군요." 마플 양이 말했다.

"너무 복잡한 사건 같아요. 하지만, 그렇게 기묘한 일들도 사실 발생하기 하죠. 작년에 샤플리 부인의 정원 파티에서 클락 골프(골프와 비슷한 경기)를 준비하고 있던 한 남자가 물건에 걸려서 넘어졌는데, 정말이지 완전히 의식을 잃고 5분 동안 제정신으로 돌아오지 못한 일도 있었어요."

"그래요, 이모님." 레이먼드가 부드럽게 말했다.

"그러나 그 사람은 칼에 찔리지는 않았잖아요?"

"물론 칼에 찔리지는 않았지, 레이먼드." 마플 양이 대답했다.

"내가 말하려는 게 바로 그거야. 리처드 헤이든 경이 칼에 찔린 것은 한 가지 방법밖에 없겠지만, 먼저 그가 왜 넘어졌는지 그걸 알고 싶군요. 분명히 나무의 뿌리 같은 것에 걸렸을 거예요. 그 사람은 여자만 바라보고 있었으니까요. 게다가 달빛 아래에선 사람들이 무엇엔가 걸려 넘어지기 쉽지 않겠어요?"

"방금 리처드 헤이든 경이 칼에 찔린 건 한 가지 방법밖에 없을 거라고 하셨는데, 그게 무슨 말인지요, 마플 양?"

목사가 마플 양을 의아스럽다는 듯이 바라보며 말했다.

"그 사건은 너무도 슬프고, 또 생각하고 싶지도 않군요. 그 사람은 오른손잡이였죠. 그렇죠? 그럼, 칼로 자신의 어깨를 찌르려면 분명히 오른손을 사용했을 거예요. 난 전쟁에 나갔던 가엾은 잭 베인스를 생각하면 늘 딱하다는 생각이 들곤 한답니다. 레이먼드도 기억하고 있겠지만, 애라스에서의 치열한 전투가 끝난 뒤 그는 자신의 발을 총으로 쏘아 버렸답니다. 병원에 그를 만나러 갔을 때, 그가 모든 것을 내게 털어놓으면서 자기가 한 짓을 몹시 부끄러워하더군요. 그 가엾은 엘리오트 헤이든이 그런 사악한 범죄를 통해서 얻은 것은 별로 많지 않았을 거예요."

"엘리오트 헤이든이라고요?" 레이먼드가 깜짝 놀라서 소리쳤다.

"이모님은 그가 살인을 했다고 생각하시는 거예요?"

"다른 사람들에겐 그런 짓을 할 만한 뚜렷한 동기가 없잖니."

마플 양은 눈을 동그랗게 뜨면서 계속 말했다.

"페더릭 씨가 날카롭게 지적한 대로, 별로 기발하지도 않은 그 이교도 여신에 관한 분위기를 제쳐놓고 생각한다면 그 가능성밖에는 없는 얘기란다. 그가 제일 먼저 리처드에게 달려가서 똑바로 눕혀 놓았잖아. 그거야 다른 사람들에겐 자기 등만을 보이게 하기 위한 술책이었겠지. 게다가 엘리오트는 산적 두목 차림을 하고 있었기 때문에 벨트 같은 곳에 흉기를 감춰 놓았을 거야. 난 어렸을 때 산적 두목으로 분장하고 춤을 추었던 어떤 남자를 기억하고 있어. 그는 다섯 종류나 되는 나이프와 단검을 차고 있었는데, 그것이 그의 파트너에겐 얼마나 어색하고 불편했는지 말할 수 없을 정도였단다."

방 안에 있던 모든 사람들의 시선이 일제히 펜더 박사를 향했다.

그가 말했다.

"난, 그 비극이 발생하고 5년이 지나서야 진실을 알게 되었소. 엘리오트 헤이든이 편지로 내게 사실을 알려 왔기 때문이지요. 그는 내가 항상 자기를 의심하고 있다는 것을 알고 있다고 적었습니다. 그는 그때 갑작스런 충동에 사로잡혀 있었답니다. 그는 다이애나 애실리 양을 너무너무 사랑했으나, 자신은 돈 없이 투쟁하는 변호사에 불과했습니다. 그래서 리처드가 죽어 그의 작위와 토지를 물려받게 된다면 자기 앞에는 희망에 찬 미래가 펼쳐지리라 생각했던 거지요. 그런 생각에 사로잡혀 있는데 칼이 그의 벨트에서 떨어졌던 겁니다. 그래서 생각할 틈도 없이 리처드 경의 가슴을 찌르고는 다시 벨트에 꽂아 놓았지요. 하지만 의심을 받지 않기 위해 나중에 자신까지 칼로 찔렀던 것이랍니다. 그는 남극 탐험을 떠나기 전날 밤, 그 사실을 내게 써 보냈소. 편지에다 그는 다시는 돌아오지 않기로 작정했다고 썼으며, 나도 그가 돌아오지 않을 거라고 믿습니다. 그리고 마플 양이 지적한 대로 그는 그 범죄를 통해서 얻은 것이라곤 별로 없었답니다. 엘리오트는 이렇게 썼소. '5년 동안 난 지옥에서 살았습니다. 난 적어도 명예롭게 죽음으로써 속죄하려 합니다.'"

잠깐 동안 아무도 말이 없었다.

"그 남자는 정말로 명예롭게 죽었습니다." 헨리 경이 침묵을 깨고 말했다.

"펜더 박사가 얘기 속에 나오는 인물들의 이름을 바꾸긴 했지만, 그 사람이 누구인지 알 것 같습니다."

"내가 얘기한 대로……." 나이가 지긋한 목사는 계속 말을 이었다.

"난 그 설명이 사건의 모든 진상을 밝혀 준다고는 생각지 않소. 난 그 숲에는 엘리오트 헤이든이 그런 행위를 하게끔 한 어떤 불길한 힘이 존재했다고 생각합니다. 지금까지도 난 애스타트 신상의 집만 생각하면 오싹 소름이 끼친답니다."

제3장

금괴

"제가 지금 하려는 얘기가 괜찮은 것인지 모르겠군요."

레이먼드 웨스트가 말을 꺼냈다.

"왜냐하면 전 여러분에게 그 사건의 진상을 말해 드릴 수가 없기 때문입니다. 하지만, 그 사건이 너무도 흥미롭고 기묘해서 그것을 하나의 문제로 여러분에게 내놓으려는 겁니다. 그렇지만 어쩌면 우리들 사이에서 어떤 논리적인 결론이 나올 수도 있으리라 기대합니다. 이 사건은 2년 전 제가 존 뉴먼이라는 한 남자와 성신강림절을 보내기 위해 콘월에 갔을 때 발생했습니다."

"콘월이라고요?" 조이스 렘프리에르가 날카롭게 물었다.

"예, 왜요?"

"아니, 아무것도 아니에요. 하지만 좀 별난 일이군요. 내 얘기도 콘월에 대한 것이거든요. 래솔이라는 작은 어촌이랍니다. 당신 얘기도 그 마을에 대한 것인가요?"

"아닙니다. 내 얘기에 나오는 마을은 폴페런이에요. 콘월의 서부 해안에 있죠. 매우 황량하고 바위가 많은 마을입니다. 전 그곳에서 존이라는 사람과 몇 주 동안 지내게 되었는데, 아주 재미있는 친구였답니다. 매우 지적이었고, 독립해서 살아갈 수 있을 정도의 재산도 가지고 있는 낭만적인 상상력의 소유자였지요. 그리고 최근에 취미를 살리기 위해 폴 하우스를 빌리게 되었답니다. 그는 엘리자베스 여왕 시대를 연구하는 전문가였는데, 제게 자신에 찬 목소리로 에스파냐 무적함대의 참패에 대해 얘기해 주기도 했습니다. 그가 너무 정열적으로 떠벌리는 바람에 누가 혹시 그 장면을 보진 않나 하고 조바심을 낼 정도였죠. 세상에는 환생이라는 것이 존재할까요? 전, 저는 정말로 궁금하답니다."

"너도 나만큼 꽤나 낭만적이구나, 레이먼드"

마플 양이 그를 그윽하게 바라보면서 말했다.

"낭만적이란 말은 저하고는 거리가 멀어요."

레이먼드는 약간 화가 난 듯이 말했다.

"그러나 뉴먼은 정말 낭만적인 분위기로 가득 찬 사람이었지요. 그는 과거의 일이 다시 일어난 경우에 대해서도 얘기해 주어 제 흥미를 끌었답니다. 그의 말에 따르면, 무적함대에 속했던 한 배가 에스파냐의 메인 지방에서 엄청난 양의 금을 싣고 오다가 험하기로 이름난 콘월 해안의 뱀바위에 부딪쳐 그만 산산조각이 난 일이 있었다는 겁니다. 그래서 이런 사실을 근거로, 몇 년동안 바다 속에 가라앉은 그 배를 찾아내어 보물을 꺼내려고 했다는군요. 저는 그 신비로운 보물선의 수가 비록 실제보다 과장되었다 하더라도 흔히 있을 수 있는 얘기라고 믿었지요. 그런 보물을 찾아내려고, 회사가 설립되기까지 했으나 결국엔 파산하고 말았답니다. 그런데 뉴먼은 그 회사의 소유권을(그 뭐라고 했는데) 헐값에 살 수가 있었답니다. 그는 그 일에 대해서 무척이나 적극적이었답니다. 그의 말에 따르면, 금을 찾아내는 것은 과학이 발달한 오늘날에는 단순한 문제라는 겁니다. 금은 바다 속에 있으며, 또한 꺼낼 수 있다고 명백히 확신하더군요.

그의 말을 들으면서 문득 이런 일이 얼마나 자주 발생하나 하는 생각이 들었습니다. 뉴먼처럼 부자인 사람은 아마도 그런 일을 쉽게 해낼 수 있을 겁니다. 하지만, 모든 가능성을 생각해 볼 때 결국 그것들을 찾아낸다 해도 그 금전적 가치는 그에겐 대단하지 않을 것입니다. 그 당시 저는 그의 열성에 상당히 감동했습니다. 저는 큰 범선이 바다 위를 헤매고 돌아다니다가 폭풍우를 만나 봉 떴다가 시커먼 바위에 부딪혀 산산조각이 나는 것을 본 적이 있습니다. 범선이라는 말은 왠지 낭만적이지 않습니까? 하지만 '에스파냐의 황금'이란 말만 들어도 소년들은 흥분한답니다. 어른들도 마찬가지예요. 그 당시 저는 소설 하나를 쓰고 있었는데, 그 배경 몇 장면이 바로 16세기였답니다. 그래서 그 친구로부터 가치 있는 향토색을 얻고 싶었죠.

저는 그 금요일 아침에 매우 유쾌한 마음으로 패딩턴을 출발했으며, 즐거운 마음으로 그 여행을 기대하고 있었답니다. 마차 안에는 단 한 사람만이 타고 있었는데, 그는 맞은편 구석에서 나와 마주보고 앉아 있었습니다. 그는 군인처럼 생긴 상당히 키가 큰 남자였는데, 전에 어디에선가 본 듯한 느낌을 도저히 떨쳐 버릴 수가 없더군요. 잠시 곰곰이 생각해 보았으나 잘 떠오르지 않았어요. 그러나 마침내 그 사람이 바로 배지워스 경위라는 걸 알아차리게 되었답니다. 저는 애버슨 실종 사건에 대한 연재 기사를 쓰고 있었을 때 그를 우연히 만났던 일이 있었지요.

제가 저를 소개하자 그때서야 그 사람도 기억해 내고 우리는 이내 즐겁게 얘기를 나누게 되었습니다. 제가 폴페런으로 가는 중이라고 말하자, 경위는 참으로 묘한 우연이라고 하더군요. 왜냐하면 그 사람도 바로 폴페런으로 가고 있었기 때문이지요. 전 꼬치꼬치 캐묻는 사람으로 보이고 싶지 않아서 무슨 일로 그곳에 가느냐고 묻지는 않았습니다. 대신, 그 지방에 대한 제 흥미와 난파된 에스파냐 범선에 대해서 늘어놓았습니다. 놀랍게도 그 경위는 그 모든 것에 대해 이미 알고 있는 듯했습니다.

'그 범선은 아마 환 페르난데스 호일 것이오. 범선으로 돈을 벌어 보겠다고 투자한 사람이 당신 친구만은 아니랍니다. 하지만, 어떻든 아주 낭만적인 생각이긴 하지요.' 그가 말했습니다.

'그런데 그 이야기는 단순한 전설일지도 모릅니다. 지금껏 그 자리에서 배가 난파된 경우는 없었거든요.' 제가 말했습니다.

'오, 아닙니다. 배는 분명히 그 자리에서 난파됐어요. 그것도 꽤 많은 다른 배들과 함께 말입니다. 아마 당신이 거기에서 얼마나 많은 배가 난파당했는지 알게 된다면 대단히 놀랄 겁니다. 사실 나도 그 일로 그곳에 가는 중이랍니다. 바로 그 자리에서 6개월 전에 오트란트 호가 난파되었거든요.'

경위가 말했습니다.

'그것에 대해 읽은 기억이 납니다. 아마 죽은 사람은 없었지요?'

제가 말했습니다.

'아무도 죽지는 않았습니다. 그러나 다른 것을 잃어버렸죠. 일반적으로 알려진 일은 아닙니다만, 오트란트 호는 금괴를 수송하던 중이었거든요.'

경위가 대답했습니다.

'그래요?' 전 몹시 흥미가 생겨서 말했습니다.

'그래서 우리는 침몰선 인양 작업을 위해 잠수부들을 바다 속으로 들여보냈습니다만 금괴는 이미 사라져 버렸답니다, 웨스트 씨.'

'사라져 버렸다고요? 어떻게 그것이 없어졌을까요?'

전 놀라서 그를 바라보았습니다.

'바로 그것이 의문이랍니다.' 경위가 대답했습니다.

'바위에 부딪혔을 때 배의 귀중품실에 구멍이 났답니다. 그래서 잠수부들은 쉽게 그곳을 통해 귀중품실로 들어갈 수 있었습니다만, 그곳은 이미 텅 비어 있었다는 겁니다. 문제는 금괴가 난파 전에 사라졌는가, 아니면 그 뒤에 사라졌는가, 또한 그것이 정말로 귀중품실에 있기나 했었는가 하는 점입니다.'

'참으로 기묘한 일이군요.' 제가 말했지요.

'금괴가 어떤 것인가를 생각해 보면 참으로 이상한 사건이지요. 아마 다이아몬드 목걸이 같은 것을 호주머니에 넣고 다닐 사람은 없을 겁니다. 마찬가지로 그 금괴를 훔쳐내서 달아나기가 얼마나 성가시고 어려운지 생각해 보면 불가능한 일이죠. 하지만, 이런 상황을 고려해 보면 항해 전에 어떤 속임수가 있었을 수도 있다고 여겨집니다. 만일 그렇지 않다면, 금괴는 6개월 동안에 밖으로 빼내진 게 분명합니다. 난 바로 그 문제를 조사하기 위해 가는 중이랍니다.'

역에 도착했을 때 뉴먼 씨가 마중 나와 있었습니다. 그는 지금 차가 투로에서 수리중이기 때문에 타고 갈 수 없게 되었다며 미안해했습니다. 대신에 그는 자기 농장 마차를 가져왔더군요. 제가 그의 옆에 올라타자마자 마차는 조심스럽게 그 울퉁불퉁한 어촌의 좁은 길을 달리기 시작했습니다. 이내 우리는 급경사진 비탈길을 올라갔는데, 아마 20도 정도는 되었을 겁니다. 그러고는 꼬불꼬불한 길을 따라서 얼마만큼 가다가 마침내 화강암 기둥으로 만들어진 폴하우스 문을 들어섰지요.

폴 하우스는 아주 멋진 집이었습니다. 굉장히 높은 절벽 위에 있었기 때문에 바다를 한눈에 바라볼 수 있었지요. 그 집의 일부는 300~400년 정도 되었는데, 현대식으로 만든 익벽이 증축되어 있었습니다. 집 뒤에는 7~9에이커쯤 되는 농지가 내륙 쪽으로 이어져 있었고요.

'폴 하우스에 오신 것을 환영합니다. 그리고 황금 돛배가 있는 여기에 오시게 된 것도 환영합니다.'

뉴먼 씨가 말했습니다. 그러고는 대문 너머에 있는, 돛까지 모두 완벽하게 갖춘 에스파냐 갤리온 선의 모형을 손가락으로 가리키더군요.

그곳에서의 첫날밤은 정말 매력적이었고 재미있었습니다. 집주인은 제게 환 페르난데스 호에 관련된 오래된 기록물들도 보여 주었고, 여러 해도를 펴놓고서 환 페르난데스 호의 해로를 점선을 그려 가며 아주 자세히 설명해 나갔습니다. 그리고 잠수에 관한 계획들도 얘기해 주었는데, 이쯤에서 그만 저는 어리둥절해지고 말았습니다.

제가 그에게 배지워스 경위와 만나보는 것이 어떻겠느냐고 얘기했더니, 그는 제 말에 대단한 흥미를 느꼈던 모양입니다.

'이 해안에 사는 주민들은 이상한 사람들입니다.'

그는 뭔가를 생각하듯이 말했습니다.

'그들의 피 속에는 밀매와 파괴의 본능이 흐르고 있었답니다. 배 한 척이 이 해안 근처에서 난파되면 그들은 그것을 자기들의 호주머니를 채워 주기 위해서 보내진 정당한 소득품이라고 여긴답니다. 당신에게 소개하고 싶은 사람이 한 명 있어요. 그는 매우 재미있는 사람이지요.'

다음 날 아침은 구름 한 점 없이 화창한 날씨였습니다. 전 폴페런으로 가서, 뉴먼 씨가 고용한 히긴스라는 잠수부를 만나게 되었지요. 그는 한눈에 보기에도 매우 무뚝뚝하다고 느껴졌는데, 역시 입이 무거운 사람이었습니다. 대화 도중에 그가 한 말이라고는 '예.' '알겠습니다.' '아니오.' 등의 단순한 대답들뿐이었거든요. 고도의 기술적인 문제에 대한 그들 사이의 얘기가 끝난 우리는 스리 앵커스로 자리를 옮겼습니다. 그는 맥주 한 잔을 마시더니 겨우 입을 열기 시작했습니다.

'런던에서 탐정들이 내려왔어요.' 그는 투덜거리며 말을 이었습니다.

'작년 11월에 여기서 난파된 배는 꽤 많은 양의 금괴를 수송 중이었다고 그들이 말하더군요. 글쎄요, 그 배가 처음으로 난파된 것도 아니고, 그렇다고 마지막이라고 할 수도 없잖겠소'

'그래, 맞아. 자네가 지금 한 말이 백 번 옳으이, 빌 히긴스'

스리 앵커스 주인이 맞장구를 치며 말했습니다.

'나도 그렇게 생각합니다, 켈빈 씨.' 히긴스가 말했습니다.

전 호기심 어린 눈으로 선술집 주인을 바라보았는데, 그는 검은 머리카락에 거무스름한 피부, 그리고 유난히 넓은 어깨를 가진 특이한 사람이었습니다. 그의 눈에 핏발이 서 있었는데, 사람들과 마주칠 때면 시선을 피하는 괴상한 버릇이 있더군요. 저는 뉴먼 씨가 말했던 '아주 재미있는 사람'이 바로 그 사람일 것이라고 생각했지요.

'우리는 이 마을 일에 간섭하려 드는 외부인들을 좋아하지 않소'

그는 약간 거친 말투로 말했습니다.

'경찰들 말인가?' 뉴먼 씨가 웃으며 말했습니다.

'경찰도 그렇고, 다른 외부인들도 마찬가지요. 그 사실을 잊지 마십시오, 선생님.' 켈빈이 의미심장하게 말했습니다.

'뉴먼 씨, 아까 그 사람이 한 말이 내게도 협박처럼 들리더군요.'

저는 그와 함께 언덕을 올라 집으로 돌아갈 때 이렇게 말했답니다.

그랬더니 뉴먼 씨는 웃음을 터뜨렸습니다.

'다 허튼소리지요. 난 저 아래에 사는 주민들에겐 조금도 해를 끼치지 않았는걸요.'

저는 묘한 느낌이 들어 고개를 갸우뚱거렸습니다. 켈빈에게는 뭔가 사악하고 야만인 같은 데가 있었지요. 전 그의 마음이 알 수 없는 미지의 해협 속으로 뛰어 들어간 듯한 느낌을 받았습니다. 전 바로 그 순간부터 불안해졌습니다. 첫날밤은 무척 편안하게 잤습니다만, 다음 날 밤은 제대로 잠을 이룰 수가 없어 도중에 몇 번이나 깨곤 했답니다. 일요일 아침이 되었지만 하늘에 구름이 잔뜩 끼어 있었고, 게다가 무시무시한 번개까지 번쩍거렸기 때문에 어두컴컴하고 음침했답니다. 전 제 자신의 감정을 숨기는 데는 서툰 편입니다. 그래서 뉴먼 씨는 곧 제게 무슨 일이 있다는 것을 눈치 챘답니다.

'무슨 일이 있소, 웨스트 씨? 오늘 아침엔 기분이 몹시 언짢아 보이는군요.'

'모르겠어요.' 저는 솔직하게 털어놓았습니다.

'하지만, 왠지 모르게 꼭 무슨 일이 터질 것 같은 불길한 예감이 드는군요.'

'날씨 탓일 거요.'

'예, 그럴지도 모르지요.' 전 더 이상 아무 말도 하지 않았습니다.

그날 오후에 저는 뉴먼 씨의 모터보트를 타고 바다로 나갔습니다만, 비가 억수같이 내렸기 때문에 얼른 되돌아와서 마른 옷으로 갈아입었답니다.

그런데 그날 저녁 내내 불안감은 점점 커져만 갔습니다. 밖에선 폭풍우가 거세게 몰아치며 울부짖고 있었습니다. 10시쯤 되어서야 폭풍우가 잠잠해지기 시작했답니다. 뉴먼 씨가 창 밖을 내다보며 말했습니다.

'날씨가 점점 좋아지고 있어요. 아마도 30분만 지나면 완전히 갤 것 같아요. 그러면 밖에 나가서 산책이나 하렵니다.'

전 하품을 하고서 말했습니다.

'지금은 몹시 졸립군요. 지난밤에 거의 잠을 자지 못했거든요. 오늘밤엔 일찍 잠자리에 들까 생각중입니다.'

저는 정말 그렇게 했답니다. 전날 밤에는 한잠도 못 이루었지만 그날 밤에는 깊은 잠에 빠져들 수 있었습니다. 그러나 역시 그렇게 편안하진 못했습니다. 여전히 무시무시하고 불길한 예감에 짓눌려 있었거든요. 게다가 몹시 기분 나쁜 꿈을 꾸었답니다. 무시무시한 심연(深淵)과 끝없이 깊은 수렁, 한 걸음만 잘못 내디디면 곧바로 죽고 마는 그런 아슬아슬한 곳 주위를 헤매는 나쁜 꿈이었지요. 일어나서 시계를 보니까 8시 정각이었습니다. 머리가 빙빙 도는 듯했고 악몽의 공포가 아직도 머릿속을 맴돌고 있었답니다.

비록 꿈이긴 했지만, 전 꿈속의 그 공포가 너무도 또렷하고 생생했기 때문에 창 밖을 내다보려고 창문을 들어 올렸습니다. 그때 저는 새로운 공포감이 엄습해서 뒤로 물러서지 않을 수 없었지요. 왜냐하면 제가 본, 아니 봤다고 생각한 첫 장면은 무덤을 파고 있는 한 남자였으니까요.

잠시 지난 뒤에야 전 겨우 정신을 가다듬을 수가 있었습니다. 그러나 잠시 뒤에 저는 그가 뉴먼 씨의 정원사이며, 제가 무덤으로 본 것은 땅속 깊숙이 튼튼하게 심겨질 순간을 기다리며 잔디밭 위에 놓여 있는 세 그루의 장미를 심기 위한 것이었음을 알았습니다.

정원사가 저를 올려다보더니 모자에 손을 갖다 대더군요.

'안녕히 주무셨나요, 선생님? 참 좋은 아침이군요.'

'그런 것 같군요.'

저는 의기소침해 있는 기분을 완전히 떨쳐 버릴 수가 없어서 그저 막연히 대답했습니다. 하지만 정원사가 말한 대로 정말 좋은 아침이었습니다. 해는 빛나고 있었고, 그날은 좋은 날씨가 되기로 약속이나 한 듯이 하늘은 깨끗한 담청색이었답니다. 전 휘파람을 불면서, 아침식사를 하려고 아래층으로 내려갔습니다. 뉴먼 씨는 하녀를 고용하지 않았습니다. 그에겐 중년쯤 된 누이들이 두 명 있었는데, 그들은 근처에 있는 한 농장에 살면서 매일매일 와서는 뉴먼 씨의 잔심부름을 해주었죠. 제가 식당에 들어섰을 때 그들 중 한 여자가 커피 주전자를 식탁 위에 놓고 있었습니다.

'안녕하세요, 엘리자베스?' 제가 먼저 인사했지요.

'뉴먼 씨는 아직 내려오지 않았나요?'

'아침 일찍 일어나서 밖에 나갔나 본데요.' 그녀가 대답했습니다.

'내가 여기에 도착해 보니 이미 집에 없었답니다.'

그 말을 듣는 순간 저는 다시 불안해지기 시작했습니다. 지난 이틀 동안 뉴먼 씨는 약간 늦게 식당으로 내려왔기 때문에 전 그가 아침 일찍 일어날 사람이 아닐 거라고 생각했지요. 이런저런 불길한 예감에 휩싸여 저는 그의 침실로 올라가 보았습니다. 그러나 침실은 텅 비어 있었으며, 게다가 침대에는 잠을 잔 흔적조차 없었던 겁니다. 언뜻 그의 침실을 둘러보고서 저는 두 가지 사실을 알 수 있었습니다. 만일 뉴먼 씨가 밖으로 산책하러 나갔다면 야회복을 입고 나간 것이 분명했습니다. 왜냐하면 그 방 안에는 야회복이 없었기 때문이지요.

그래서 저는 제 불길한 예감이 맞았다고 확신하게 되었답니다. 뉴먼 씨는 그가 말했던 대로 어젯밤에 밖으로 나갔습니다만, 알 수 없는 어떤 이유 때문에 돌아오지 않았던 겁니다. 무슨 이유일까? 무슨 사고라도 당하지 않았을까? 혹시 절벽에서 떨어지지는 않았을까? 저는 즉시 그를 찾기로 했지요.

몇 시간 내에, 전 도움이 될 만한 사람들을 여럿 모아 절벽 부근과 바위 아래 여기저기를 찾아보았습니다. 그러나 뉴먼 씨가 있었던 흔적은 아무데도 없었습니다. 마침내 절망에 싸여서 저는 배지워스 경위를 찾아갔습니다.

제 얘기를 듣고 그의 얼굴 표정은 매우 심각해지더군요.

'뭔가 흉계가 있었던 것 같군요. 이 지역에는 비양심적인 사람들이 좀 있답니다. 스리 앵커스의 주인인 켈빈을 본 적이 있소?'

저는 그렇다고 말했습니다.

'그가 4년 전에 몹쓸 짓을 해서 감옥에 들어갔었다는 것도 알고 있소? 그때의 죄명이 폭행과 구타였습니다.'

'그렇게 놀라운 일도 아니군요.' 제가 대답했습니다.

'이 마을 주민들은 뉴먼 씨가 자신과 별로 관계도 없는 일에 지나치게 관심을 기울이고 있다고 말들을 한답니다. 그가 아무런 일도 당하지 않았으면 좋겠군요.'

우리는 더욱 힘을 내서 계속 수색 작업을 했답니다. 우리의 노력이 헛되지 않게 된 것은 겨우 그날 저녁 늦게였지요. 뉴먼 씨를 그의 소유지 한쪽 구석에 있는 깊은 도랑에서 발견했답니다. 그는 누군가에 의해 손과 발이 밧줄로 꽁꽁 묶여 있었고, 입도 소리를 지르지 못하도록 손수건으로 재갈이 물려져 있더군요.

그는 완전히 탈진된 상태에 있었고 몹시 고통스러워했습니다. 그러나 손목과 발목을 잘 주물러 주고 위스키 한 잔을 주자 마침내 자신에게 어떤 일이 일어났는지를 말할 수 있게 되었답니다.

날씨가 완전히 갠 뒤, 뉴먼 씨는 11시쯤 산책하기 위해 밖으로 나갔습니다. 그는 절벽으로부터 약간 떨어진 길을 따라서 '밀수업자의 협곡'이라 불리는 곳으로 갔답니다. '밀수업자의 협곡'이라는 이름은 그곳에 굉장히 많은 동굴이 있기 때문에 붙여진 듯합니다. 거기에서 그는 몇몇 남자들이 조그만 보트에서 무엇인가를 내려놓는 것을 목격하고는 무슨 일인지 알아보기 위해 아래쪽으로 내려갔습니다. 그 물건이 무엇인지 알 순 없었지만 굉장히 무거워 보였다는군요. 배에서 내려진 그 물건은 해변에서 가장 멀리 떨어져 있는 동굴들 중 하나로 운반되고 있었답니다.

뭔가 잘못된 일이 일어나고 있다고 생각하진 않았지만, 그래도 뉴먼 씨는 몹시 궁금했습니다. 그래서 그들에게 들키지 않도록 조심하면서 매우 가까운 거리까지 다가갔습니다. 그때 갑자기 조심하라고 외치는 소리가 들리더니, 이 내 두 명의 힘센 선원이 그를 덮쳐서 실신하고 말았답니다. 얼마 뒤에 정신이 들었을 때 뉴먼 씨는 자신이 어떤 자동차 뒤에 실려 가고 있다는 것을 알게 되었답니다. 차는 계속 덜커덩거리면서 가고 있었는데, 그가 추측하기로는 해 안에서 마을로 이어지는 길로 달리는 것 같았답니다. 그런데 놀랍게도 그 화 물차는 바로 자신의 집 대문으로 들어가더라는 거였습니다. 거기에서 남자들 은 소리를 죽여 몇 마디 나누더니, 마침내 그를 차에서 끌어내 인적이 드문 으슥한 지점에서 도랑에 처박아 버렸답니다. 그러고 나서, 그들은 다시 차를 타고 가버렸다는군요. 그가 생각하기에, 그 차는 다른 쪽 문으로 나가서 마을 로 가는 방향으로 1/4마일(약 400m) 정도 가는 것 같았답니다.

그는 그 녀석들에 대해서 아무것도 설명할 수 없었습니다. 다만 그들이 선 원임이 분명하며, 말하는 투로 봐서 콘월 지방사람 같다는 정도였습니다.

배지워스 경위는 커다란 관심을 가지고 제 말을 듣고 있었습니다.

'상황을 미루어 짐작하건대, 그곳이 바로 문제의 물건이 감춰진 장소일 겁 니다.' 그가 소리쳤습니다.

'어떤 방법을 사용했는지는 모르겠으나, 아무튼 난파선에서 물건을 꺼내어 한적한 동굴 어딘가에 감춰 두었을 겁니다. 그러나 우리들이 밀수업자의 협곡 의 모든 동굴을 수색하고 있으며, 곧 들판 쪽도 수색하게 되리라는 사실은 이 미 온 마을에 잘 알려져 있지요. 그래서 그들은 한밤중에 그 물건을 동굴에서 꺼내어 이미 수색이 끝나서 다시 조사당할 염려가 없는 다른 동굴로 옮겼던 겁니다. 유감스럽게도 그들은 그것을 모두 처리하는 데 적어도 18시간은 걸렸 겠지요. 지난밤 그들이 뉴먼 씨를 계속 붙잡아 두었더라면 지금쯤 우리는 어 떤 물건이든 조금은 발견할 수 있었을지도 모릅니다.'

말을 마치자 경위는 서둘러서 수색을 떠났습니다. 추측했던 대로, 그는 금 괴가 숨겨져 있었던 분명한 증거는 발견했지만, 금괴는 이미 또 다른 곳으로 옮겨진 뒤였고 금괴가 감춰진 새 장소에 대한 단서는 하나도 찾을 수 없었습니다. 하지만, 단서가 하나 있기는 했습니다. 경위가 다음 날 아침에 그것을 제게 말해 주었지요.

'그 시골길에는 자동차가 거의 다니지 않는답니다. 그런데 나는 한두 곳에서 타이어의 흔적을 분명하게 볼 수 있었습니다. 거기에는 의심의 여지가 없이, 한 타이어에서 나온 삼각 무늬 모양의 바퀴 자국이 나 있었습니다. 그것으로 보아 자동차가 대문으로 들어갔다는 것을 알 수 있었지요. 또한 다른 문 밖으로 이어진 희미한 바퀴 흔적도 여기저기 나 있었습니다. 따라서 바로 그 자동차가 지금 우리가 찾고자 하는 차라는 것에는 의심할 여지가 없습니다. 자, 그런데 왜 그들은 더 멀리 떨어져 있는 문을 통해서 자동차를 몰고 나갔을까요? 내 생각으로는 그 화물 트럭이 마을에서 왔던 것 같소. 그런데 마을에서 화물 트럭을 소유한 사람은 그리 많지 않습니다. 기껏해야 두세 명 정도를 넘지 않을 거요. 스리 앵커스의 주인인 켈빈이 한 대를 갖고 있었답니다.'

'켈빈의 본래 직업은 무엇이었죠?' 뉴먼 씨가 물었습니다.

'당신이 내게 그것을 묻다니 이상하군요, 뉴먼 씨. 켈빈은 젊은 시절에 직업 잠수부였답니다.'

뉴먼 씨와 저는 서로의 얼굴을 바라보았습니다. 뒤죽박죽이었던 수수께끼가 하나씩 하나씩 짝을 맞춰져 가는 것 같았습니다.

'그렇다면 당신은 켈빈이 잠수부 생활을 하다가 실직한 사람이라는 걸 모르고 있었나요?' 경위가 물었습니다.

뉴먼 씨는 전혀 몰랐다는 듯이 고개를 저었지요.

'그 점에 대해서는 아무 말도 드릴 수 없을 것 같은데요'

그가 유감스럽다는 듯이 말했습니다.

'사실 난 아무것도 알아낼 시간이 없었거든요'

경위는 고맙게도 '스리 앵커스'에 제가 함께 가도 좋다고 했답니다.

길 한편으로 차고가 있었으나 큰 문은 닫혀 있었습니다. 그러나 한쪽에 나 있는 샛길을 따라 조금 올라가 보니 차고 안으로 통하는 작은 문이 또 있었고, 그 문은 열려 있었습니다. 타이어를 잠깐 살펴본 경위는 만족스러운 표정을 지었답니다.

'이제 그의 정체를 알 것 같군요. 확실해요!' 그가 소리쳤습니다.

'여기 왼쪽 뒷바퀴 자국이 생생할 정도로 크게 나 있지요. 자, 켈빈, 이제 너는 독 안에 든 쥐다!'"

레이먼드 웨스트는 잠시 말을 멈췄다.

"글쎄요." 조이스가 말했다.

"아직까지 난 뭐가 문제인지 모르겠어요. 경찰이 금괴를 찾지 못한 일이 아니면 말이에요."

"경찰이 금괴를 아직도 찾지 못했다는 것은 확실합니다."

레이먼드가 말했다.

"게다가 켈빈을 체포하지도 못했답니다. 켈빈이 경찰보다 훨씬 교활하고 영리한 사람이라는 것은 알았지만, 그가 모든 일을 어떻게 처리했는지는 도무지 알 수가 없습니다. 그는 타이어 자국 하나만으로도 체포될 수 있었습니다. 그러나 이상하게도 문제가 꼬이고 말았죠. 차고의 큰 문 바로 맞은편에는 어떤 여류 화가가 여름 동안 세를 얻어 살고 있는 오두막이 한 채 있었답니다."

"오, 요즘엔 여류 화가들이 많이 있지요!" 조이스가 웃으며 말했다.

"그래요. 그 유별난 여류 화가는 몇 주 동안 몸이 아팠답니다. 그래서 간호사 두 명이 그녀를 보살피고 있었지요. 밤 근무를 했던 간호사는 안락의자를 블라인드가 올려진 창문 가까이 끌어다 놓았답니다. 그녀는 화물차가 차고를 떠나게 되면 반드시 자신의 눈에 띄었을 것이라고 말하면서, 그날 밤 차고에는 분명히 자동차가 있었다고 맹세했답니다."

"그건 대단한 문제가 아닌 것 같군요." 조이스가 말했다.

"왜냐하면 그 간호사란 여자는 잠들어 있었을 거예요. 간호사들이란 으레 그렇거든요."

"우연히 그런 일이, 음, 알려졌을 뿐이지요."

페더릭 씨가 조심스레 말을 이었다.

"그러나 지금 우리는 충분한 검토도 없이 사실을 받아들이고 있는 것 같군요. 간호사의 증언을 그대로 받아들이기 전에, 우선 그녀의 성실성을 자세히 알아보아야 합니다. 믿을 수 없을 만큼 신속하게 증명되는 알리바이는 오히려 의심을 불러일으키는 경우가 있으니까요."

"그런데 여류 화가도 증언을 했습니다." 레이먼드가 말했다.

"그녀는 그날 밤 고통으로 거의 잠을 이루지 못하고 있었는데, 폭풍우가 걷힌 뒤로 아무 소리도 듣지 못했다고 단언했습니다. 화물차 소리는 유난히 크기 때문에 만일 차고에서 나갔다면 분명히 그 소리를 들을 수 있었을 것이라고 말했답니다."

"음." 목사가 헛기침을 하더니 말했다.

"그것은 부가적인 사실이 분명하군요. 켈빈 자신은 어떤 알리바이를 갖고 있던가요?"

"그는 10시 이후로는 계속 집에서 잠을 잤다고 증언했습니다. 그러나 그 말을 입증해 줄 사람은 아무도 없었지요."

"간호사는 잠들어 버렸고······." 조이스가 말했다.

"그 여류 화가도 잠자고 있었을 거예요. 대개 환자들은 밤에 한잠도 못 잤다고 생각하거든요."

레이먼드 웨스트는 미심쩍은 눈초리로 펜더 박사를 바라보았다.

"난 켈빈이라는 남자에게 동정을 느끼고 있습니다."

그가 이윽고 입을 열었다.

"'한번 낙인이 찍히면 마지막이다.'라는 말은 그에게 해당되는 것 같군요. 우연의 일치라기에는 너무도 명백한 그 타이어 자국만 없었더라면 불미스러운 기록밖에는 그에게 불리한 점이 없는 것 같군요."

"헨리 경, 당신은 어떻게 생각하고 있나요?"

헨리 경은 고개를 저었다. 그가 웃으며 말했다.

"공교롭게도, 난 그 사건에 대하여 아는 것이 있답니다. 그러나 말해서는 안 되는 문제라서요."

"좋아요. 그럼 계속하기로 하지요. 제인 이모님, 뭔가 하실 말씀이 있나요?"

"레이먼드." 마플 양이 말했다.

"지금 내가 제대로 뜨개질을 하고 있는지 모르겠구나. 뒤집어 뜨기 두 번—그래, 맞았어. 뭐라고 말했지, 레이먼드?"

"이모님은 어떻게 생각하시느냐고 물었습니다."

"레이먼드, 아마 넌 내 의견이 맘에 들지 않을 게야. 대부분 젊은이들이 그렇다는 것을 알고 있단다. 차라리 아무 말도 하지 않는 게 더 나을 거야."

"터무니없는 말씀이세요, 제인 이모님. 어서 말씀해 보세요."

"글쎄다, 레이먼드."

마플 양은 뜨개질감을 내려놓고서 레이먼드를 바라보며 말했다.

"나는 네가 친구를 사귈 때는 좀더 신중했으면 좋겠구나. 함부로 사귀니까 속임수를 당하지 않니. 네가 작가이기 때문에 상상력이 풍부해서 그럴 것이라고 생각한다. 하지만 에스파냐 범선에 대해서 생각해 보렴! 만일 네가 좀더 나이가 들어서 인생 경험이 있었다면, 넌 분명히 조심스럽게 행동했을 거야. 더욱이 네가 그 남자를 알게 된 것은 겨우 몇 주밖에 되지 않았잖니!"

헨리 경이 갑자기 커다랗게 웃음을 터뜨리면서 무릎을 쳤다.

"이번엔 레이먼드가 두 손 들어야겠군. 마플 양은 정말로 놀랍군요. 레이먼드, 자네의 친구였던 뉴먼이라는 사람은 가명이, 사실 몇 개나 되는지도 모른다네. 지금 그는 콘월에 있지 않고 데번셔에 있지. 정확히 말해서 다트무어에 있다네. 프린스타운 감옥의 죄수로 말일세. 도난당한 금괴 사건 때문이 아니라, 런던 은행들 중 하나에 있는 금고실을 턴 죄로 우리는 그를 체포했거든. 그래서 우리는 그의 전과를 조사하게 되었는데, 그 과정에서 그가 훔쳐낸 상당량의 금괴를 폴 하우스의 정원에 묻어 두었다는 사실을 알게 되었지. 꽤 그럴듯한 생각이더구먼. 코니 시 해안을 따라서 가노라면 금괴로 가득 찬 범선에 관한 이야기가 늘 화젯거리인 걸 알 수 있지. 잠수부에 대한 일도 그것으로 설명되며, 나중에 금괴에 대한 것도 설명된다네. 그러나 그 연극에는 희생되어야 할 사람이 필요했고, 그러한 목적에 가장 적합했던 사람이 바로 켈빈이었던 것일세. 뉴먼은 그 연극을 아주 멋지게 해낸 거지. 게다가 우리의 친구인 자네는 작가로서의 명성이 있었기 때문에 더할 나위 없는 목격자로서 적합했던 것이고"

"그렇지만 화물차 타이어의 흔적은 어떻게 된 거죠?"

조이스가 의심스럽다는 듯이 물었다.

"오, 조이스 양, 난 자동차에 대해선 아는 게 하나도 없지만 그것에 관해서라면 지금이라도 설명할 수 있답니다." 마플 양이 대답했다.

"조이스 양도 알겠지만, 자동차의 바퀴는 얼마든지 갈아 끼울 수 있지요. 나도 자주 그런 것을 보았거든. 그러니까 누군가가 켈빈의 화물차에서 바퀴를 빼낸 다음 골목길로 통하는 작은 문을 지나서 빠져나갔던 거지요. 그러고는 그 바퀴를 뉴먼의 화물차에 끼운 다음 그 차를 해변으로 몰고 내려갔던 거예요. 거기에서 금괴를 가득 채우고는 나갔던 문과는 다른 문을 통해서 집으로 운반했으며, 그 일을 끝낸 뒤 다시 바퀴를 빼서 켈빈의 화물차에다 끼워 놓았던 거죠. 그리고 그동안에 누군가가 일부러 뉴먼을 도랑에 처박는 연기를 벌였을 거고요. 뉴먼에게는 몹시 고통스러웠고, 또 기대했던 것보다는 오랜 시간이 지난 뒤에야 발견되었겠지요. 그 일은 자신을 정원사라고 했던 바로 그 남자가 했을 거예요."

"왜 '자신을 정원사라고 했던'이라고 말씀하셨나요, 제인 이모님?"

레이먼드가 이상하다는 듯이 물었다.

"글쎄, 그 남자는 진짜 정원사는 아니었던 것이 분명해, 그렇지 않니?"

마플 양이 말했다.

"정원사들이 성신강림절이 지난 첫째 월요일에는 일하지 않는다는 것은 누구나 알고 있는 사실이잖니."

그녀가 입가에 미소를 지으면서 뜨개질감을 반듯하게 접었다.

"사실대로 말해서, 난 그 하찮은 사실 하나로 이 사건을 올바르게 가늠해 볼 수 있었단다."

마플 양은 이렇게 말하면서 레이먼드를 사랑스런 눈으로 넘겨다보았다.

"네가 네 자신의 집을 갖게 되고, 그래서 정원사도 채용하게 되면 그런 사소한 일들에 대해서 잘 알게 될 게다, 사랑하는 레이먼드."

제4장

피 묻은 포도(鋪道)

"정말 이상한 일이었어요." 조이스 램프리에르가 말을 꺼냈다.

"하지만 사실 여러분에게 들려주고 싶은 얘기는 아니에요. 벌써 꽤 오래됐군요. 정확히 말해서 5년 전에 일어난 일이지요. 그런데도 그 이후로 줄곧 제 뇌리에서 사라지지 않고 남아 있답니다. 위는 미소 짓듯이 밝고, 아래는 무시무시함이 감춰져 있는 듯한 이미지, 그리고 기이한 일은 그 당시 제가 그린 스케치가 그와 비슷한 분위기를 띠고 있다는 사실이에요. 그 스케치를 언뜻 볼 때는 햇살이 내리쬐는 가파른 콘월 지방의 소로(小路)를 대략적으로 그려놓은 것에 불과하다고 생각하겠지만, 그러나 그 스케치를 오랫동안 바라보고 있노라면 그 어떤 불길한 예감이 조금씩 스며드는 것을 느끼게 된답니다. 저는 그 그림을 팔지도, 그렇다고 다시 보지도 않았어요. 그 스케치는 지금도 제 화실 한쪽 구석에 화면이 벽 쪽으로 돌려진 채 있답니다. 그곳의 이름은 래솔이었어요. 래솔은 콘월 주에 있는 기묘한 작은 어촌이랍니다. 매우 아름다운 곳이지요. 어쩌면 가장 아름다운 곳인지도 모르겠어요. 거기엔 '그 옛날 콘월의 찻집'의 분위기가 상당히 많이 흐르고 있답니다. 또한 상점들도 여러 개 있었는데, 그곳에서는 작업복을 입은 단발머리의 소녀들이 양피지 위에다 제명(題名)을 손으로 직접 새긴답니다. 매우 아름답고 특이한 장소이긴 했지만, 몹시 사람을 꺼리는 듯한 인상이 풍기기도 했답니다."

"잘은 모르겠군요." 레이먼드가 신음소리를 내면서 말했다.

"추측컨대, 대형 관광버스의 저주 같군요."

조이스는 고개를 끄덕거렸다.

"래솔로 내려가는 길은 매우 좁은데다가 마치 집의 측면처럼 경사가 가파르답니다. 자, 내 얘기를 계속 들어봐요. 난 그림을 그리기 위해 2주 동안 콘월 지방에 내려갔답니다. 래솔에는 '폴하위스 암스'라는 아주 오래된 여인숙이 하나 있었답니다. 사람들 말에 따르면 15세기경에 에스파냐 함대가 거기를 포격했을 때 파괴되지 않고 남은 유일한 집이라고 하더군요."

"포격당하지 않았다고요?" 레이먼드 웨스트가 얼굴을 찌푸리며 말했다.

"역사적으로 좀더 정확하게 얘기해 주겠어요, 조이스 양?"

"좋아요. 하여튼 에스파냐인들이 해안을 따라서 어딘가에 무기를 상륙시켜 놓고는 마구 쏘아댔답니다. 그 때문에 래솔에 있는 모든 집들이 무너져 버렸다는군요. 하지만, 그런 사실이 제 얘기의 요점은 아니랍니다. 그 여인숙은 정면에 기둥이 네 개 세워진 현관 같은 것이 있는 고풍스럽고도 멋진 집이었습니다. 제가 아주 적당한 장소를 발견해서 그곳에서 막 그림을 그리려고 했을 때 자동차 한 대가 언덕 아래로 구불구불 내려오더군요. 그 자동차는 여인숙 바로 앞에서 멈췄는데, 그 때문에 그림을 그리기엔 몹시 꼴사납게 되었답니다. 사람들이 차에서 내리더군요—남녀 한 쌍이었답니다. 전 그들을 유심히 보지는 않았습니다. 여자는 엷은 자주색 린넨 옷에 같은 색깔의 모자를 쓰고 있었습니다. 이내 그 남자는 여관에서 나와서 고맙게도 차를 몰고 내려가더니 부두에 세워 두었습니다. 그러고는 여관을 향해 다시 걸어 올라와 제 옆을 지나 갔습니다. 바로 그때, 또 다른 차 한 대가 언덕 아래로 꼬불꼬불 내려오더니만 한 여인이 차에서 내리더군요. 그녀는 지금까지 제가 본 중에서 제일 밝은 사라사 무명옷을 입고 있었는데, 제 생각으론 빨간색의 포인세티아(멕시코산 관상 식물)로 만든 것 같았어요. 그리고 아주 밝은 진홍색의 커다란 천연산 밀짚모자를 쓰고 있었는데, 쿠바에서 만들어진 듯했어요. 그 여인은 폴하위스 여인숙 앞에서 멈추지 않고 자동차를 계속 몰아 다른 여인숙 쪽으로 내려갔습니다. 그녀가 자동차에서 내리는 것을 본 그 남자는 놀라움에 가득 찬 목소리로 외쳤습니다. '캐롤.' 그가 소리를 질렀습니다.

'이게 어떻게 된 일이죠? 당신을 이런 낯선 곳에서 만나게 되다니 너무 뜻밖이군요. 이게 몇 년 만입니까? 내 아내 마거릿을 알고 있을 거요. 지금 저쪽에 있답니다. 아무튼 만나서 반갑군요. 가서 아내를 만나보도록 합시다.'

그들은 여인숙을 향해서 나란히 올라갔습니다. 전 그 남자의 아내라는 여인이 막 여인숙 문에서 나와 그들에게 다가가는 것을 보았습니다. 캐롤이라는 여자가 제 옆을 지나갈 때 흘끗 그녀를 살펴보았지요. 하얗게 분이 칠해진 턱과 반짝이는 빨간색의 입을 보고서 저는 궁금하게—그저 궁금하게 생각했습니다. 마거릿이라는 여인이 그녀를 만나게 된 것을 기쁘게 생각할지 어떨지를 말이에요. 전 마거릿이라는 여인을 가까이서 보지는 못했습니다. 하지만 멀리서 보니 옷차림은 약간 볼품없어 보였지만, 상당히 숙녀답고 예절바르게 행동하는 것처럼 보이더군요. 물론 그런 것이 제가 할 일은 아니었지만, 이따금 우리들은 우연찮게 매우 이상한 생의 한 단면들을 보게 되고, 또 그것에 대해서 추측할 때가 있지요. 저는 그들이 서 있는 곳에서부터 들려오는 대화 몇 마디로 그들이 뭘 얘기하고 있는지 대충 알 수 있었지요. 그들은 수영에 대해서 얘기하고 있었습니다. 데니스라고 불리는 것 같은 그 남자는 배를 타고 노를 저으면서 해안을 구경하자고 했습니다. 그의 말에 따르면 약 1마일 정도 떨어진 곳에 꽤 근사한 유명한 동굴이 있다더군요. 캐롤도 역시 그 동굴에 가고 싶어 하긴 했으나, 절벽 길을 따라가 내륙 쪽에서 보자고 했습니다. 그녀는 배 타는 것을 싫어하더군요. 마침내 그들은 각자 하고 싶은 대로 하자고 결정했습니다. 캐롤은 절벽에 난 길을 따라 가고, 데니스와 마거릿은 배를 타고 가서 동굴 앞에서 함께 만나기로 말입니다. 그들이 수영에 대해서 말하는 걸 듣고 있노라니 저도 수영을 하고 싶어지더군요. 그날은 몹시 더운 여름 아침이었고, 더욱이 전 작품도 잘되지 않았답니다. 사실, 저는 오후의 햇살이 훨씬 더 매력적일 거라고 생각했지요. 그래서 짐을 모두 싸 가지고, 이미 알고 있는 조그만 해변으로 나갔습니다—그곳은 동굴의 맞은편에 있었는데, 제가 발견해 낸 장소이기도 했지요. 전 거기에서 한 차례 수영을 한 다음 혓바닥 고기 통조림과 토마토 두 개를 먹었답니다. 그러고 나서 오후에는 계속해서 그림을 그려야겠다는 자신감과 의욕에 가득 차서 여인숙으로 돌아왔지요.

래솔의 모든 것이 잠들어 있는 것처럼 보였습니다. 오후의 햇살이 제 얼굴을 정면으로 비추었기 때문에 그림자는 훨씬 더 두드러지게 보였답니다. 폴하위스 암스는 제 스케치의 주요 소재였습니다. 한 줄기 햇살이 집 앞마당으로 비스듬히 쏟아져 들어와서는 꽤나 기이한 느낌을 주었기 때문이죠. 저는 수영하러 갔던 그 사람들도 잘 돌아왔으리라고 생각했답니다. 왜냐하면 햇볕에 말리려고 발코니에 걸어놓은 수영복 두 벌(빨간색과 군청색 수영복)을 보았기 때문이었죠. 저는 스케치의 한 부분이 잘못되었기 때문에 바로 잡으려고 잠시 허리를 굽혀 손질을 하고 있었습니다. 그러다가 문득 고개를 들어 앞을 바라보니 마치 요술을 부려서 나타난 듯이 보이는 어떤 사람이 폴하위스 암스의 기둥에 몸을 기댄 채 서 있더군요. 그는 선원 복장을 하고 있었지만, 어부처럼 보였답니다. 그러나 길고 검은 턱수염을 기르고 있었기 때문에, 만일 제가 사악하게 생긴 에스파냐 선장 모델을 구하는 중이었다면 그 사람보다 더 적당한 사람은 찾을 수 없었을 거예요. 그는 영원히 그 기둥을 받치고 있을 것 같은 태도를 취하고 있었지만, 그래도 그가 움직이기 전에 완성시키기 위해서 난 매우 서둘러서 그림을 그렸답니다. 그가 몸을 움직였을 때는 다행스럽게도 내 그림이 다 완성된 뒤였지요. 그는 제게로 다가와 말을 걸더군요. 오, 그런 사람이 말을 다하다니─전 몹시 당황했답니다.

'래솔은 매우 흥미있는 고장이지요.' 그가 말했습니다.

저는 이미 그 사실을 알고 있었습니다. 하지만 그 사실을 말했다 해도 그건 제게 조금도 도움이 되지 못했을 거예요. 그는 그 마을의 포격과(파괴를 의미하는 겁니다) 최후의 희생자였던 폴하위스의 집주인이 어떻게 죽게 되었는지에 대한 얘기를 듣게 되었지요. 그 집 주인이 문간에서 에스파냐 선장의 칼에 찔렸을 때 포도(鋪道) 위에 피가 흘렀는데, 그 뒤로 백 년 동안 아무도 그 핏자국을 지울 수 없었다는 등등의 얘기였지요. 그런 얘기들은 권태롭고 졸음이 쏟아지는 오후의 분위기와 아주 잘 어울리는 것이었어요. 그 남자의 목소리는 매우 유순했으나, 동시에 뭔가 위협적인 저류(底流)가 흐르고 있었습니다. 그가 아첨하는 듯한 태도를 지니고 있는데도 저는 그가 잔인한 사람이라고 느꼈습니다. 어쨌든 그 얘기 덕분에 에스파냐인들이 이단자에게 행했던 탄압과 공포들을 전보다 더 이해할 수 있게 되었답니다. 그가 얘기를 계속하는 동안 전 그림을 그리고 있었는데, 그의 얘기에 너무 심취해서 존재하지도 않는 엉뚱한 걸 그리고 있었다는 사실을 깨닫게 되었습니다. 태양이 폴하위스 암스의 문 앞에 내리쬐는 하얀 정방형의 포도 위에다 핏자국을 그렸던 겁니다. 마음이 손으로

하여금 그런 속임수를 부리게 할 수 있다는 것이 정말 특이한 일처럼 보였습니다. 그러나 머리를 들어 여인숙을 쳐다보았을 때, 저는 다시 두 번째 충격을 받고 말았답니다. 왜냐하면 제 손이 그렸던 것을 실제로 보았기 때문입니다. 하얀 포도 위에 떨어져 있는 핏방울들을. 저는 잠깐 동안 그것을 멍청히 바라만 보았습니다. 그러고 나서 눈을 감고는 중얼거렸지요.

'어리석게 굴지 말자. 저기엔 사실 아무것도 없어.' 하고 말입니다. 그러고 나서 다시 눈을 떴으나 핏자국은 여전히 그곳에 있었습니다.

전 더 이상 견딜 수 없다고 느꼈습니다. 그래서 어부의 말을 가로챘습니다.

'말 좀 해주세요. 내가 뭔가 잘못 본 거죠? 저기 포도 위에 핏자국이 정말 있나요?'

그는 저를 부드러운 눈길로 바라보았습니다.

'아가씨, 요즘엔 핏자국이 없답니다. 내가 당신에게 해주는 이야기는 거의 5백 년이나 된 옛날이야기요.'

'예, 그러나 지금, 포도 위에는……'

제가 말했습니다. 말이 목구멍 속으로 점점 기어들어가고 말았답니다. 저는 알았지요―저는 그것을 보았지만 그 남자는 보지 못했다는 사실을 말입니다. 저는 자리에서 일어나 부산을 떨며 도구들을 챙겼습니다. 바로 그때 아침에 차를 타고 이곳에 왔던 젊은 남자가 여인숙 문을 나오더군요. 그는 당혹스러운 표정을 하고서 위를 쳐다보더니 다시 아래를 내려다보았습니다. 그때 바로 위쪽의 발코니에 그의 아내가 나타나더니 수영복들을 거두기 시작했습니다. 그 남자는 자동차 쪽으로 내려가다가 갑자기 방향을 바꾸고는 길을 가로질러서 어부에게로 왔습니다.

'여보세요. 저기 두 번째 차로 온 여자는 아직도 돌아오지 않았나요?'

그가 말했습니다.

'꽃무늬 옷을 입은 처녀 말인가요? 예, 그렇습니다, 선생님. 난 그 여자분을 보지 못했는걸요. 그녀는 오늘 아침에 절벽 길을 따라서 동굴 쪽으로 갔습니다.'

'그건 나도 알아요. 우리는 그곳에서 함께 수영을 했거든요. 그러고 나서 그녀는 집까지 걸어가겠다며 우리와 헤어졌습니다. 그런데 그 뒤로 그녀를 보지 못했어요. 거기에서 여기까지 이렇게 많은 시간이 걸릴 리는 없잖아요. 이곳 주변의 절벽들은 위험하진 않겠지요?'

'그건 어떻게 가느냐에 따라 다릅니다, 선생님. 가장 좋은 방법은 지리를 잘 아는 남자를 따라서 가는 거지요.'

그는 아주 자신 있게 말하고는 화제를 바꾸려고 했습니다. 그러나 그 젊은 남자는 얼른 그의 말을 가로막고는 인사도 없이 여인숙 쪽으로 돌아가서 발코니에 있는 아내를 불렀답니다.

'마거릿, 캐롤이 아직도 돌아오지 않았대, 이상하지 않아?'

전 마거릿의 대답은 듣지 못했습니다만 그녀의 남편은 계속 말을 했습니다.

'어쨌든, 더 이상 기다릴 수가 없어. 펜리사르로 가봐야 되겠어. 당신 준비 됐지? 난 차를 돌려놓을게.'

그는 말한 대로 차를 돌려놓았습니다. 그의 아내가 나오자, 두 사람은 함께 차를 타고 가버렸답니다. 그러는 동안 저는 용기를 내어서 제 상상이 얼마나 엉뚱한 것이었나를 확인해 볼 생각이었습니다. 차가 떠난 뒤, 저는 여인숙 쪽으로 다가가서 자세히 포도 위를 살펴보았지요. 물론 거기에는 핏자국 같은 것은 없었답니다. 그건 제 왜곡된 상상의 결과였던 거지요. 하지만 어쨌든 저는 더욱 섬뜩한 느낌이 들었습니다. 제가 어부의 목소리를 다시 들은 건 바로 거기에 서 있을 때였답니다. 그는 저를 이상스럽다는 듯이 바라보더군요.

'여기에 핏자국이 있다고 생각했군요?'

전 고개를 끄덕거렸습니다.

'참으로 이상한 일이에요. 예, 정말 이상한 일이지요. 우리 마을에는 미신이 하나 있답니다. 만일 누군가가 핏자국을 보게 되면⋯⋯.' 그는 말을 멈췄습니다.

'보게 되면요?' 내가 물었지요.

그는 부드러운 목소리로 계속해서 말했습니다. 콘월 지방 억양이었지만, 발음은 정말 부드럽고 세련되었으며 어투에서는 전혀 사투리를 느낄 수가 없었답니다.

'이곳 사람들은 만일 누군가가 핏자국을 보게 되면 24시간 안에 죽음이 온다고 말한답니다, 아가씨.'

소름 끼치는 말이었지요! 그 말을 듣는 순간 전 척추까지 역겨운 느낌으로 가득 차는 것 같았습니다. 그는 마치 설득이라도 하듯이 계속 말했답니다.

'아가씨, 죽음에 대한 재미있는 명판(銘板)이 교회에 하나 있답니다……'

'아니요, 고맙지만 사양하겠어요.'

전 단호하게 말하고는 재빨리 돌아서서 제가 묵고 있던 여인숙을 향해 올라갔습니다. 제가 문에 이르렀을 때, 멀리서 캐롤이 절벽 길을 따라 오는 것이 보였습니다. 그녀는 서둘러 오고 있었습니다. 뒤에 보이는 회색 바위 때문인지 그녀는 마치 독기를 가진 빨간 꽃처럼 보이더군요. 그녀의 모자는 붉은 핏빛이었고……. 전 몸이 부들부들 떨렸습니다. 사실 머릿속에서 피에 관한 생각이 떠나질 않았으니까요. 나중에 그녀의 자동차 소리가 들렸는데, 그녀도 펜리사르로 갈 건지 궁금하더군요. 하지만, 그녀는 정반대 방향인 왼쪽 길로 차를 몰고 갔습니다. 저는 그 차가 언덕을 올라가 사라져 버릴 때까지 지켜보았습니다. 그러고 나서야 비로소 조금 편안하게 숨을 쉴 수가 있었지요. 래솔은 다시 한 번 조용히 잠자는 듯한 모습으로 돌아갔어요."

"그것이 이야기의 전부라면……."

조이스가 말을 멈추자 레이먼드 웨스트가 말했다.

"먼저 내 생각을 말하겠습니다. 그건 소화 불량 때문이었을 겁니다. 그래서 눈앞에 뭔가가 나타나 보였을 뿐이지요."

"내 얘기는 아직 다 끝나지 않았어요." 조이스가 얼른 말을 이었다.

"얘기를 마저 다 들어보세요. 전 이틀 뒤 신문에서 '바다에서 수영하다가 사망함'이라는 머리기사가 붙은 기사를 읽었습니다. 거기에는 데니스 데이커 선장의 부인이 해변에서 좀 떨어진 랜디어 만(灣)에서 익사했다고 쓰여 있었답니다. 그들 부부는 당시 그곳 호텔에서 머무르고 있었으며, 함께 수영을 가기로 했지만 밖엔 찬바람이 불었답니다. 데이커 선장은 수영하기엔 날씨가 너무 춥다고 하면서 호텔에 있는 다른 사람들과 함께 가까운 곳에 있는 골프장으로 떠났다는 겁니다. 그러나 데이커 부인은 혼자 랜디어 만으로 떠납니다. 오랜 시간이 지난 뒤에도 돌아오지 않자 그녀의 남편은 몹시 걱정이 되어 친구들과 함께 해변으로 내려가 보았답니다. 그들은 바위 옆에 놓인 그녀의 옷을 발견했지만 그 불행한 여자의 흔적은 도무지 찾을 수가 없었습니다. 그녀의 시체는 거의 1주일이나 지난 뒤에야 찾을 수가 있었는데, 그 시체가 물결에 휩쓸려 떠내려갔기 때문에 해안가에서 꽤 멀리 떨어진 곳에서 발견되었던 겁니다. 죽기 전에 생긴 듯한 상처가 그녀의 머리 위에 나 있었는데, 사람들 얘기로는 그녀가 바다 속으로 뛰어들 때 바위에 그만 머리를 부딪쳐서 생긴 것이라고 했습니다. 그런데 제가 아는 바로는 그녀의 죽음이 제가 그 핏자국을 본 뒤 24시간 안에 발생했다는 겁니다."

"난 좀 불만이 있는데요." 헨리 경이 말했다.

"이건 사건이 아니라 유령 얘기 아닙니까? 렘프리에르 양은 정말 영매(靈媒)처럼 보이는군요."

페더릭이 평상시에 잘 내는 헛기침 소리를 냈다.

"한 가지 사실이 내 관심을 끄는군요. 머리에 있었다는 그 상처 말입니다. 나는 그녀가 비열한 방법에 의해 피살되었을 가능성도 있다고 생각합니다. 그러나 참고할 만한 자료가 없습니다. 렘프리에르 양의 환각, 또는 환상이 확실히 흥미있긴 하지만, 과연 무슨 말을 하려 하는 지는 정확히 모르겠군요."

"소화 불량과 우연의 일치일 겁니다." 레이먼드가 다시 한 번 말했다.

"그리고 어쨌든 우리들은 그들이 동일한 사람이라고 확신할 수도 없어요. 게다가 저주―그것이 어떤 것이었든지, 그 저주는 래솔에 실제로 거주하는 사람들한테만 적용될 거예요."

헨리 경이 입을 열었다.

"나는……, 인상이 나쁜 그 어부라는 사람이 이 사건과 어떤 관련이 있다고 생각해요. 그러나 렘프리에르 양이 우리에게 자료를 조금밖에 주지 못했다는 점에선 페더릭 씨와 동감입니다."

입가에 미소를 지으면서 머리를 좌우로 흔들던 펜더 박사에게 조이스는 시선을 돌렸다.

"이번 얘기는 매우 흥미있군요. 하지만 우리가 참고할 수 있는 자료가 너무 적다는 의견에 대해서는 나 역시 헨리 경이나 페더릭 씨와 동감입니다."

그러자 조이스가 그녀 뒤에서 조용히 미소를 지으면서 지켜보던 마플 양을 호기심 어린 눈초리로 바라보았다.

"나 역시 당신이 공정하지 못하다고 생각해요, 조이스 양." 그녀가 말했다.

"물론 나는 경우가 다르지만요. 내 말은 우리 여자들은 옷 문제에 대해서는 올바르게 인식할 수 있다는 것이지요. 하지만 남자들한테 그것은 적당치 않다고 생각해요. 거기엔 분명히 아주 갑작스런 변화가 있었을 거예요. 참으로 사악한 여자예요! 그리고 그보다 더한 남자지요!"

"제인 이모님." 그녀가 말했다.

"전 당신이 정말로 이 이야기에 대한 진실을 알 수 있으리라 믿고 있답니다."

"글쎄요, 조이스 양." 마플 양이 말했다.

"여기 조용히 앉아 있는 것이 당신이 직접 경험했던 것보다는 훨씬 쉬운 일이지요. 그리고 예술가들은 분위기에 몹시 민감하죠, 그렇죠? 여기서 뜨개질을 하면서 앉아 있으면 사실만을 보게 된답니다. 핏자국은 위에 걸려 있던 수영복에서 포도 위로 떨어졌던 거예요. 그리고 수영복이 붉은색이었기 때문에 범인들은 그것이 핏자국이라는 것을 깨닫지 못했던 것이지요. 가엾은 젊은이 같으니!"

"죄송합니다만, 마플 양." 헨리 경이 끼어들었다.

"난 정말 뭐가 뭔지 하나도 모르겠습니다. 당신과 렘프리에르 양은 지금 얘기의 핵심을 대충 아는 것 같습니다만, 우리 남자들은 아직도 전혀 모르는 상태랍니다."

"이제 여러분에게 그 이야기의 마지막 부분을 말씀해 드리겠어요."

조이스가 말했다.

"1년 뒤의 일이었어요. 저는 동부의 작은 해변으로 그림을 그리러 갔었답니다. 그때 갑자기 전 옛날에 일어난 그 어떤 일에 대해서 이상한 느낌을 갖게 되었답니다. 제 바로 앞 포도 위에 남녀 한 쌍이 서 있었습니다. 그들은 포인세티아 사라사 무명으로 된 빨간 옷을 입은 여인과 인사를 하고 있었습니다.

'캐롤, 이게 어떻게 된 일입니까! 이렇게 오랜만에 당신을 만나게 되리라고는 생각지도 못했는데요. 내 아내를 모르죠? 조앤, 이분은 나의 오랜 친구인 하딩 양이야.'

전 금방 그 남자의 정체를 알 수 있었습니다. 그는 제가 래솔에서 만났던 데니스라는 그 사람이었거든요! 하지만 그의 아내는 다른 사람이었지요—즉, 아내라는 여자는 마거릿이 아니고 조앤이라는 여자였던 겁니다. 그러나 그녀도 역시 마거릿이라는 여자와 비슷한 유형의 여자였지요. 젊고, 옷차림이 세련되지 못하고 특별히 두드러진 점이라곤 없는 그런 여자였답니다. 잠깐 동안 저는 미쳐 버릴 것 같은 느낌이 들었습니다. 그들은 수영하러 가자고 얘기하기 시작했습니다. 그때 제가 했던 일을 여러분께 말해야겠어요. 전 곧바로 경찰서로 달려갔답니다. 경찰이 절 머리가 돈 사람으로 취급할지도 모른다고 생각했으나 상관하지 않았지요. 그런데 다행히도 만사는 순조로웠습니다. 거기에는 런던경시청에서 온 사람이 한 명 있었는데, 그는 바로 그 일 때문에 내려왔던 거라고 하더군요. 오, 말하기가 끔찍하지만—경찰에선 데니스 데이커를 의심했던 것 같아요. 하지만 그건 그의 진짜 이름이 아니었습니다. 그는 상황에 따라서 다른 이름들을 적절하게 사용했으니까요. 그는 대개 친척이나 친구가 많지 않은 평범한 그런 여자들과 사귀었답니다. 그러고 나서는 결혼을 했지요. 그들 모두에게 거액의 생명보험을 들게 하고—오, 정말 끔찍해요! 캐롤이라는 여인이 그의 진짜 아내였고, 그들 둘은 항상 똑같은 계획을 세웠던 거예요. 바로 그 점이 경찰에서 그를 의심하게 된 이유였지요. 보험회사들도 의심하기 시작했답니다. 그는 자기 아내와 함께 어느 한적한 해변으로 갑니다. 그때 한 여인이 나타나서 그들 셋은 함께 수영을 하러 가지요. 그러고 나서 그의 아내라는 여자를 죽이고 캐롤이라는 여자가 그 아내의 옷을 입고는 보트를 타고 그와 함께 집으로 되돌아갑니다. 그리고 곧 다시 그들은 그곳을 떠나 가상의 캐롤을 찾으러 나갑니다. 마을을 벗어나면 캐롤은 서둘러서 현란한 옷으로 갈아입고 짙은 화장을 하고는 마을로 돌아가서 자신의 차를 타고 거기를 떠납니다. 그 사람들은 물살이 어느 쪽으로 흐르는지 미리 알아두지요. 그들 계획대로 시체는 그 물길을 따라 떠내려가서 다른 수영장에서 발견되는 겁니다. 캐롤은 남자의 아내 역할을 끝내고는 어느 조용한 해변으로 내려가서 바위 옆에 그 아내의 옷가지들을 가지런히 놓아둡니다. 그리고 자신은 꽃무늬가 그려진 사라사 무명옷을 입고서 그 자리를 떠나 남편이 돌아올 때까지 조용히 기다리는 거지요. 그들이 가엾은 마거릿을 살해했을 때 캐롤의 수영복에 피가 조금 묻었는데, 마플 양께서 말씀하신 대로 그 수영복이 빨간색이었기 때문에 그런 사실을 알아채지 못했던 거예요. 그러나 발코니 위에 그것을 걸어놓는 바람에 핏방울이 수영복에서 떨어졌던 거지요, 으익!"

조이스는 몸을 떨었다.

"전 지금도 그것이 눈에 선하답니다."

"으흠." 헨리 경이 말문을 열었다.

"이제 생각하니 기억이 잘 나는군요. 데이비스가 그의 진짜 이름이었죠. 제가 잠깐 동안 데이커라는 이름이 그의 숱한 가명들 중 하나라는 사실을 잊었습니다. 그들은 간교한 부부였죠. 아무도 그들이 변장했다는 사실을 알아채지 못했다는 것이 내겐 놀라운 것이었지요. 마플 양께서 말씀하신 대로, 어떤 사람의 얼굴보다는 옷을 보고서 그 정체를 알아낼 수도 있는 것 같군요. 하지만, 역시 상당히 교묘한 계획이었지요. 왜냐하면 우리는 데이비스를 의심하고 있었지만, 그가 의심할 여지도 없는 명백한 알리바이를 가지고 있었기 때문에 그의 범행 사실을 입증하기가 여간 어려운 일이 아니었으니까요."

레이먼드는 이상하다는 눈초리로 마플 양을 바라보며 말했다.

"제인 이모님, 대체 어떻게 알아내신 거예요? 이모님은 이렇게 평화롭게 생활하시고, 또 생전에 놀랄 만한 일도 경험하지 않았으면서 말이에요."

마플 양이 말했다.

"난 항상 한 가지 일은 이 세상의 다른 일과 유사하다는 것을 발견한단다. 너도 알겠지만, 옛날에 그린 부인이라는 사람이 있었지. 그녀는 다섯 아이의 장례를 치렀는데, 다섯 아이 모두가 보험에 들어 있었단다. 그래서 당연히 사람들은 의심을 품게 되었지." 마플 양은 고개를 저었다.

"시골 생활에도 참으로 사악한 일이 많이 있어. 난 너희들 같은 젊은 사람들은 이 세상이 얼마나 죄로 가득 찼는지 모르고 살았으면 한단다."

제5장

동기와 기회

페더릭은 평소보다 더 조심스럽게 목청을 가다듬었다.

"지금까지 들어 왔던 이야기가 너무 놀라운 것들이라서……."

그는 마치 사죄라도 하듯이 말을 이었다.

"내가 하게 될 이 이야기가 여러분 모두에게 너무 단조롭게 여겨질까 걱정이 되는군요. 내 얘기 속엔 피비린내 나는 살해 같은 사건은 없습니다만, 정말 흥미롭고도 매우 교묘한 사건이라고 여겨진답니다. 그리고 다행스럽게도 난 그 사건에 대한 진상도 알고 있습니다."

"그건 정말 지독히 불법적인 것일 테죠, 그렇죠?"

조이스 렘프리에르가 물었다.

"제 말은 법률적인 관점에서 말하는 거예요. 1881년 있었던 바너비 대(對) 스키너 사건 같은 것 말이에요."

페더릭은 이해한다는 듯이 자기 안경 너머로 그녀를 바라보았다.

"오, 아니에요, 아가씨. 당신은 그 사건에 선입견을 가질 필요는 없어요. 이야기는 아주 단순하고도 간단한 것이기 때문에, 어떤 변호사라도 이해할 수 있을 정도랍니다."

"자, 이제 법률적인 둔사(遁辭: 관계나 책임을 회피하려고 꾸며서 하는 말)는 끝내지요."

마플 양이 뜨개질바늘을 그에게 흔들면서 말했다.

"이건 확실히 그런 종류의 사건이 아니에요." 페더릭이 말했다.

"오, 좋아요. 아직 그렇게까지 확신할 순 없지만, 먼저 그 얘기를 들어보기나 합시다."

"이 이야기는 내 옛 단골 의뢰인에 관한 것입니다. 앞으로 그를 클로드, 사이먼 클로드라 부르겠습니다. 그는 상당한 재력을 갖춘 사람으로서, 여기서 그리 멀지 않은 커다란 집에서 살았답니다. 그에게는 아들이 하나 있었으나 그는 그만 전쟁에서 죽고 말았지요. 그 대신 이 세상에 어린 여자 아이 하나를 남겼답니다. 그 소녀의 어머니도 그녀가 태어나자마자 죽었답니다. 아버지가 전쟁에서 전사했기 때문에 의지할 데 없는 그 애는 할아버지와 함께 살아야 했지요. 그런데 얼마 되지 않아서 할아버지는 손녀를 끔찍이도 위하게 되었답니다. 어린 크리스는 할아버지와 더불어 자기가 원하는 건 뭐든지 할 수가 있었습니다. 난 지금까지 그토록 어린애에게 정신을 빼앗긴 사람을 본 적이 없었답니다. 그러나 그 아이는 열한 살이 되던 해에 폐렴에 걸려서 그만 죽어 버렸답니다. 그때 그의 슬픔과 절망은 뭐라고 말로 표현할 수가 없을 정도였답니다.

가엾은 사이먼 클로드는 슬픔 속에 빠져 버렸지요. 그때 그의 동생 하나도 불우한 환경 속에서 그만 죽고 말았습니다. 그래서 사이먼 클로드는 자비롭게도 그의 아이들—그레이스와 메리라는 두 조카딸과 조지라는 조카에게 집 한 채를 마련해 주었답니다. 비록 그는 조카와 조카딸들에게 친절하고 관대하게 대했지만, 지난날 자기 손녀에게 베풀었던 것과 같은 사랑과 헌신은 쏟지 않았습니다. 조카인 조지 클로드는 가까운 곳에 있는 한 은행에 취직하게 되었고, 그레이스는 필립 개로드라는 젊고 총명한 약사와 결혼을 하게 되었습니다. 조용하고 참을성 많은 메리는 집에 남아서 아저씨를 돌봐 주었지요. 내가 생각하기에 그녀는 나름대로 조용하고 감정을 드러내지 않는 방법으로 아저씨를 따랐던 것 같아요. 그리고 어느 모로 보나 상황은 아주 평탄하게 계속되어 갔습니다. 귀여운 손녀 크리스토벌이 죽은 뒤에 그는 내게 찾아와서 새 유언장을 작성해 달라고 했습니다. 새로운 유언에 따라 상당한 그의 재산이 조카와 조카딸들에게 각각 3분의 1씩 공평하게 분배되었던 거지요.

세월은 계속 흘러갔습니다. 어느 날 우연히도 난 조지 클로드를 만나게 되어 그에게 아저씨 안부를 물었습니다. 왜냐하면 아주 오랫동안 그를 만나지 못했기 때문이었지요. 놀랍게도 조지의 얼굴은 근심의 구름으로 뒤덮여 있었답니다.

'선생님께서 사이먼 아저씨에게 뭐라고 말씀 좀 해주셨으면 좋겠어요.'

그는 비탄에 잠긴 듯이 말했답니다. 정직하긴 하지만 똑똑해 보이지는 않는 그의 모습은 꽤나 당황해 하고 있었고 수심에 젖은 듯이 보였습니다.

'요즘, 강령술은 점점 더 요란하게 되어가고 있답니다.'

'강령술이라니?' 내가 몹시 놀라서 물었습니다.

그러자 조지가 내게 모든 얘기를 다 털어놓더군요. 클로드 씨가 어떻게 그런 쪽으로 관심을 갖게 되었는지, 그리고 그러한 관심과 더불어 유리디스 스프레이그라는 중개업을 하는 미국 여인을 어떻게 알게 되었나 하는 것에 대해서 말입니다. 조지가 서슴지 않고 철저한 사기꾼이라고 표현한 그 여인은 사이먼 클로드에게 엄청난 지배권을 행사하는 것 같았답니다. 그녀는 실제로 항상 집에만 있으면서, 어린 크리스토벌의 유령이 아직도 자기를 잊지 못하고 사랑하는 할아버지 앞에 나타나는 장소에서 강령술 모임을 갖는다는 겁니다.

그리고 지금 이 자리에서 내가 밝혀 두고 싶은 게 있습니다. 나는 강령술을 그저 조소와 비난으로 덮어 버리려고만 하는 사람들 속에는 속하지 않는다는 사실입니다. 나는 여러분들에게 말했던 대로 명백한 사실만을 믿는 사람입니다. 하지만 우리가 공정한 마음을 가지고 강령술에 대해서 조사해 본다면, 거기에는 사기 행위로 돌리거나 쉽게 무시해 버릴 수만은 없는 것이 상당히 있다고 생각합니다. 따라서 나는 신봉자도 아니며 그렇다고 해서 비신봉자도 아닙니다. 어느 누구도 반대할 여지가 없는 확실한 증거도 있으니까요.

하지만 또 한편으로, 강령술이란 것은 쉽게 사기나 협잡 따위와 결탁되기도 하지요. 나는 조지 클로드가 해준 유리디스 스프레이그 부인에 대한 모든 얘기를 통해서 사이먼 클로드가 나쁜 사람들의 손에 걸려들었으며, 스프레이그 부인은 아마도 가장 악질적인 협잡꾼들 중의 하나라는 사실을 확신하게 되었답니다. 사이먼은 현실적인 문제에 대해서는 아주 영민한 사람이었지만, 죽은 손녀에 대해서만은 쉽게 사기당할 수 있는 인물이었기 때문이죠.

머릿속으로 여러 가지 일들을 곰곰이 생각해 보니 상당히 마음이 아프더군요. 또한 난 그때 젊은 클로드 남매, 즉 메리와 조지를 좋아하고 있었기에 그들의 아저씨에 대한 스프레이그 부인의 영향력이 나중에 그들에게 화를 가져올지도 모른다고 생각했지요.

난 우연한 기회에 사이먼 클로드를 방문할 구실을 만들었답니다. 그때 나는 스프레이그 부인이 마치 고귀하고도 다정스런 손님인 양 자리에 앉아 있는 것을 보았답니다.

그녀를 보자마자 염려했던 최악의 느낌이 내 마음을 짓눌렀습니다. 그녀는 중년쯤 되어 보이는 풍채가 당당한 여자였으며, 화려한 옷을 입고 있었습니다. 그녀는 '이젠 지나가 버린 아름다운 우리 인간들'에 관한 통상적인 말과 뭐 그저 그런 종류의 이야기만 잔뜩 늘어놓는 것이었습니다.

아브살롬 스프레이그라는 그녀의 남편도 역시 그 집에 있었는데, 그는 홀쭉했으며 우울한 얼굴 표정에 유난히도 음흉한 눈을 가진 남자였습니다. 나는 가능한 한 빨리 사이먼을 만나서 조심스럽게 그 문제에 관한 그의 속을 떠보았지요. 아니나 다를까, 그는 그녀에게 몹시 빠져 있더군요. 유리디스가 훌륭한 여자라나요! 자기의 기도에 대한 응답으로 자기에게 보내진 사람이라는 거예요! 그녀는 돈에 대해서는 관심도 없으며, 슬픔에 빠진 사람을 도와주는 기쁨으로 만족하는 사람이라는 거예요. 그녀가 죽은 어린 크리스에게 모성애 같은 것을 가지고 있다나요. 그는 그녀를 자신의 딸처럼 생각하기 시작했다는 겁니다. 그러고 나서 사이먼은 내게 여러 가지 자세한 일들을 계속 말해 주었답니다. 그가 어떻게 해서 손녀 크리스의 목소리를 듣게 되었는자─부모와 함께 몸 건강히 잘 있다는 그 얘기에 대해서 말입니다. 그는 또 그 어린애가 한 다른 말들도 계속 얘기해 주었지만, 옛날의 그 작은 크리스토벌에 대한 내 기억으로는 도무지 있을 수 없는 일들로 보이는 것이었답니다. 그 애가 '엄마와 아빠는 스프레이그 부인을 사랑한답니다.' 하고 힘주어 말했다는 거예요.

'그러나, 물론…….' 사이먼은 잠깐 말을 끊었다가 이었습니다.

'당신은 내 얘기를 비웃겠지요, 페더릭 씨?'

'아닙니다. 난 남의 얘기를 비웃거나 하는 그런 사람이 아닙니다. 그런 사람과는 거리가 멀답니다. 나도 강령술에 대해 책을 쓴 사람들의 증언을 주저 없이 받아들이고 있고, 그들이 소개한 그 방법에 존경심을 갖기도 한답니다. 그런데 스프레이그라는 부인은 충분히 믿을 만한 사람인가요?'

사이먼은 다시 스프레이그 부인에 대해 열정적으로 말하기 시작했지요. 그녀는 하늘에서 자기에게로 보내졌다는 것입니다. 여름 두 달 동안 지냈던 한 해수욕장에서 우연히 그녀를 알게 되었는데, 그 만남이 이런 훌륭한 결과를 가져오게 되었다고 하더군요.

난 몹시 불만족스러운 마음으로 그곳을 떠났습니다. 내가 예상했던 최악의 두려움이 현실로 나타났지만 어떻게, 그리고 무엇을 해야 할지 몰랐습니다. 오랫동안 생각하고 생각한 끝에 좀전에 말한 클로드의 조카인 그레이스와 결혼한 필립 개로드에게 편지를 써 보냈답니다. 그에게 사실을 털어놓았지요—물론 주의 깊게 썼지요. 나는 그런 여자가 노인의 마음에 끼칠 수 있는 위험성을 지적했습니다. 그리고 가능하다면 클로드 씨가 어떤 명성 있는 강령술 모임과 접촉을 갖게 되었으면 좋겠다고 의견을 적었습니다. 그런 일들을 필립 개로드는 어렵지 않게 조정할 수 있으리라 생각했던 것이지요.

개로드는 재빠르게 행동했습니다. 그는, 나로서는 미처 깨닫지 못한 사실이지만 사이먼 클로드의 건강이 몹시 위험한 상태에 있다는 것을 알고 있었습니다. 또한 그는 실리적인 사람이었죠. 그래서 마땅히 자기 아내와 아내의 동생들에게 상속될 재산을 결코 다른 사람에게 빼앗기고 싶진 않았을 겁니다. 그 다음 주에 그는 다름 아닌 그 유명한 롱먼 교수를 초빙해 왔답니다. 롱먼은 일류 과학자랍니다. 더욱이 강령술이 어떤 것인지 알고 난 뒤로 존경심을 가지고 강령술을 대하는 사람이었지요. 그는 훌륭한 과학자일 뿐만 아니라 정말로 청렴결백하고 성실한 사람이었습니다.

하지만, 그 방문은 어처구니없을 정도로 불행한 결과를 가져왔습니다. 롱먼은 그곳에서 거의 아무 말도 하지 않은 것 같더군요. 두 번의 강령술 모임이 열렸습니다—어떤 상태에서 그것이 열렸는지 모르겠습니다. 롱먼은 그 집에 머무르는 동안 어떠한 말도 하지 않았으나, 거기에서 떠난 뒤에 필립 개로드에게 편지를 썼답니다. 그 편지 속에서, 그는 스프레이그 부인이 사이먼을 속이고 있는지는 정확히 알 순 없지만 그의 개인적인 의견으로는 그 강령 현상을 신뢰하기가 어렵다고 말했답니다. 만일 이 사실을 알리고 싶다면 자기 편지를 클로드 씨에게 보여 주어도 좋다고 했으며, 그에게 확실한 영매를 소개시켜 주고 싶다는 의견도 적어 보냈답니다.

필립 개로드는 그 편지를 즉시 사이먼에게 가져가 보였으나 결과는 그가 기대했던 것과는 어긋났습니다. 그 노인은 격렬하게 화를 냈던 거지요. 그것은 성녀인 스프레이그 부인의 평판을 떨어뜨리려는 중상모략이라고 했다는 겁니다! 스프레이그 부인은 이미 그에게 자기를 시기하는 사람들이 많이 있다고 말해 놓았던 터입니다. 그는 롱먼조차도 강령술에 속임수가 있는지 알아내지 못했다고 말한 사실을 지적했습니다. 유리디스 스프레이그는 그의 가장 어둡고 괴로운 시기에 그에게로 와서 그에게 도움과 안식을 주었기 때문에, 가족 전부와 싸우는 한이 있더라도 그녀의 소명(疏明)을 지지할 준비가 되어 있다고도 말했답니다. 그녀는 이제 이 세상의 어느 누구보다도 그에게 소중한 사람이 되어 버렸던 거지요.

필립 개로드는 인사도 하는 둥 마는 둥 하고 그 집을 나왔습니다. 그러나 사이먼은 그때의 격분 때문에 결정적으로 건강이 악화되고 말았답니다. 그래서 지난 한 달 동안 그는 거의 계속해서 침대에만 누워 있었다는군요. 필립이 떠난 지 이틀 뒤에 난 급히 와 달라는 전갈을 받고 서둘러 가보았습니다. 클로드는 침대에 누워 있었는데, 나 같은 문외한의 눈에도 몹시 병들어 있다는 것이 완연해 보였습니다. 그는 숨도 간신히 쉴 정도였습니다.

'이제 난 마지막이오.' 그가 말했습니다.

'난 그것을 느끼고 있소이다. 페더릭 씨, 이제 언쟁 따위는 벌이지 맙시다. 내가 죽기 전에, 이 세상 그 어느 누구보다도 나에게 많은 일을 해준 사람을 위해 내 의무를 이행하고 싶소. 새 유언장을 작성해 주겠소?'

'물론이지요. 지금 내게 지시만 하면 새 유언장을 만들겠습니다.'

'아니, 그보다도……, 어쩌면, 페더릭 씨, 난 오늘밤을 넘기기가 힘들 것 같군요. 내가 원하는 것을 여기 적어 놓았습니다.'

그는 베개 밑을 뒤적이면서 말했습니다.

'이것이 맞게 되었는지 틀리게 되었는지 좀 봐 주시오.'

그는 연필로 갈겨 쓴 종이 한 장을 내게 주었습니다. 그 내용은 아주 간단한 것이었죠. 그는 조카와 조카딸들에게 각각 5천 파운드를 남기고, 나머지 재산과 부동산은 '감사와 경의'의 뜻으로 유리디스 스프레이그한테 상속한다는 것이었지요.

난 그것이 맘에 들진 않았지만, 사정은 어쩔 수 없었답니다. 혹시 그가 미치지는 않았나 의심할 여지도 전혀 없었습니다. 그 노인은 다른 사람들처럼 정신이 말짱했으니까요.

그는 벨을 눌러 두 하녀를 불렀습니다. 그들은 즉시 달려왔습니다. 한 하녀는 에머 곤트라는 키가 큰 중년 여자였습니다. 그녀는 그 집에서 몇 년간 일하고 있었으며, 또한 클로드를 극진히 간호하고 있었답니다. 그녀와 함께 살이 토실토실 찐 30대의 젊은 여자 요리사가 왔습니다. 사이먼은 숱이 많은 눈썹 아래로 그들을 바라보더군요.

'너희 두 사람이 내 유언장의 증인이 되어 주기를 바란다. 에머, 내 만년필을 좀 가져와.'

에머는 공손하게 책상이 있는 곳으로 갔습니다.

'아니, 왼쪽 서랍이 아니야.' 사이먼 노인이 신경질을 내며 말했습니다.

'만년필이 오른쪽 서랍에 들어 있다는 걸 모르고 있나?'

'아닙니다, 나리. 만년필은 여기 있습니다.'

에머는 만년필을 내밀면서 말했습니다.

'그렇다면 네가 지난번에 잘못 둔 게 분명해. 난 물건이 제자리에 없으면 참을 수가 없단 말이야.' 사이먼은 투덜거리며 말했습니다.

그는 여전히 투덜거리면서 에머에게 만년필을 받았고, 내가 수정해 준 유언장 초고를 깨끗한 새 종이 위에 옮겨 적었습니다. 그러고 나서 자신의 이름을 적었고, 에머 곤트와 요리사인 루시 데이비드가 각각 사인을 했습니다. 나는 그것을 접어서 기다란 푸른 봉투 속에다 넣었지요. 이미 말했듯이, 유언장은 부득이 보통 종이에 작성될 수밖에 없었습니다.

하녀들이 막 돌아서서 방문을 나서려 할 때 클로드는 베개 위에 벌렁 눕더니 숨을 헐떡거리며 얼굴 표정이 일그러지더군요. 내가 걱정스러워서 허리를 굽혀 그를 살펴보자, 에머 곤트가 얼른 다가왔습니다. 그러나 클로드는 다시 제정신이 들었는지 희미하게 미소를 지었습니다.

'괜찮소, 페더릭 씨. 걱정하지 말아요. 어쨌든 이제 내가 하고 싶었던 일은 다 끝냈으니 눈을 감아도 여한이 없을 거요.'

에머 곤트는 이젠 방에서 나가도 괜찮으냐는 듯이 나를 바라보더군요. 나는 그렇게 하라고 고개를 끄덕였습니다. 그녀는 나가려다 말고 멈칫 서더니, 내가 조금 전에 놀랄 때 바닥에 떨어뜨린 푸른 봉투를 집어들어 내게 건네주었습니다. 난 그것을 받아서 코트 주머니 속에 넣었고, 그녀는 밖으로 나갔지요.

'당신도 화가 났군요, 페더릭 씨.' 사이먼 클로드가 말했습니다.

'당신도 다른 사람들처럼 편견을 갖고 있군요.'

'이것은 편견의 문제가 아닙니다.' 내가 말했습니다.

'스프레이그 부인은 자기가 자부하는 대로 대단한 여자인지도 모릅니다. 나는 당신이 그녀에게 감사의 표시로 약간의 재산을 남겨 주고자 한다면 아무런 반대도 하지 않을 겁니다. 그러나 클로드 씨, 솔직히 말씀드려서 전혀 모르는 남 때문에 당신의 혈육과 등을 진다는 것은 옳지 않다고 봅니다.'

그 말을 마치고 나는 돌아서서 밖으로 나왔습니다. 나는 내가 할 수 있는 일을 했으며, 약간의 항의까지 한 셈입니다.

그때 거실에서 나오던 메리 클로드와 복도에서 마주쳤답니다.

'가시기 전에 차 한 잔 마시지 않겠어요? 어서 이리로 들어오세요.'

그러고는 그녀가 나를 거실로 안내하더군요.

벽난로에서는 불이 활활 타오르고 있었고, 방의 분위기는 아늑하고 유쾌해 보였습니다. 그녀가 내 코트를 받는데 그녀의 오빠인 조지가 거실로 들어왔습니다. 그는 메리에게서 내 코트를 받아 들더니 방 맨 끝에 있는 의자 위에 던져 놓았습니다. 그러고는 우리가 함께 차를 마시고 있는 난롯가로 왔습니다. 저녁식사를 하는 동안 토지에 대한 얘기가 오고 갔습니다. 사이먼 클로드는 토지 문제로 골치를 썩이고 싶지는 않다며 조지에게 알아서 결정하라고 말했다더군요. 그런데 조지는 판단을 내리기가 뭣해서 주저하고 있었던 모양입니다. 내 제안에 따라, 우리는 차를 마시고 서재로 가서 문제되는 서류를 훑어보았습니다. 그때 메리 클로드도 우리와 함께 있었지요.

약 15분 정도 지나서 나는 떠날 준비를 했습니다. 그러나 코트를 거실에 그냥 두었다는 것을 알고서는 곧 그리로 갔지요. 그 방에는 스프레이그 부인만이 있었는데, 그녀는 내 코트가 있는 의자 옆에 무릎을 꿇고 앉아 있더군요. 그녀는 크레톤 사라사 덮개를 씌우려 하고 있었던 모양인데, 어쩐지 행동이 어색해 보였습니다. 우리가 거실에 들어섰을 때 일어선 그녀의 얼굴은 빨갛게 달아올라 있었답니다.

'이 의자 덮개가 제대로 덮여 있지 않아서……, 지금 바로 씌우려고 하는 중이에요.' 그녀는 변명하듯이 말했습니다.

아무튼 난 코트를 입었어요. 그러는 동안 유언장이 들어 있는 봉투가 호주머니에서 빠져나가 방바닥 위에 떨어져 있다는 것을 알아차렸죠. 나는 그것을 주워서 다시 주머니에 넣고 작별 인사를 한 뒤 그 집을 떠났습니다.

사무실에 도착한 뒤에 내가 무엇을 했는지에 관해서도 여러분께 자세히 말하겠습니다. 나는 사무실에 들어서서 코트를 벗자마자 호주머니에서 유언장을 꺼냈습니다. 내가 그것을 손에 들고 탁자 옆에 서 있을 때, 조수가 사무실로 들어와서 내게 전화가 왔다고 말해 주더군요. 그런데 유감스럽게도 내 사무실에 있는 전화 배선은 고장이 나 있었답니다. 그래서 조수와 함께 바깥 사무실로 나가 그곳에서 5분 정도 통화했습니다. 전화를 끊고 내 방으로 들어오니 조수가 나를 기다리고 있더군요.

'스프레이그 씨라는 분이 선생님을 뵙겠다고 찾아오셨어요. 그래서 선생님 사무실로 안내해 드렸습니다.'

사무실에 들어갔더니 스프레이그 씨는 탁자 옆에 앉아 있더군요. 그는 자리에서 일어나 아주 상냥한 태도로 내게 인사했습니다. 그러고 나서 자질구레한 이야기를 산만하게 늘어놓는데, 대개 자신과 자기 아내를 정당화하기 위한 것으로 들리더군요. 그는 사람들이 자기들에 대해 이러쿵저러쿵 말하는 것이 걱정된다는 겁니다. 그 외에도 자기 아내는 어렸을 때부터 마음과 동기가 아주 순수한 사람으로 알려졌다는 등등을 늘어놓았지요. 생각건대, 그때 내가 그의 말에 좀 무뚝뚝하게 반응했던 것 같습니다. 마침내 그는 자신의 방문이 별로 신통치 않다고 생각했는지 갑자기 사무실을 떠나 버리더군요. 그때서야 난 사무실 탁자 위에 유언장을 놓고 나갔던 것이 생각났습니다. 그것을 집어서 봉투를 봉하고 위에 서명을 한 뒤 금고에 넣어 두었습니다.

자, 이제 내 얘기의 요점을 시작해야겠군요. 그로부터 두 달 뒤에 사이먼 클로드는 사망했습니다. 길게 얘기하지 않고 이제 사실만을 말하겠습니다. 유언장이 들어 있는 봉투를 열어 보았더니, 글쎄 그 속에는 아무것도 쓰여 있지 않은 백지 한 장만이 들어 있었던 겁니다."

그는 말을 멈추고 흥미진진해 하는 주위의 얼굴들을 둘러보았다. 그는 약간 재미있어 하면서 입가에 미소까지 지었다.

"여러분도 내 얘기의 요점을 물론 이해하시겠지요? 두 달 동안 봉인되었던 봉투는 분명히 내 금고 안에 들어 있었어요. 그러니까 그동안 어느 누구도 봉투에는 손댔을 리가 없지요. 또한 유언장에 서명을 하고 그것을 금고에 넣고 잠그기까지 걸린 시간은 잠깐 동안이었습니다. 그렇다면 대체 누가 그 봉투에 손댄 걸까요? 그리고 그렇게 함으로써 과연 누구에게 이익이 돌아갈까요?

내 얘기의 주요 요점을 간단히 여러분들께 다시 얘기해 드리겠습니다. 유언장은 클로드 씨가 서명했고, 내가 그것을 받아 봉투에 집어넣었습니다—거기까지는 모든 것이 잘되어 갔지요. 그리고 나서 나는 그 봉투를 코트 주머니에 넣었습니다. 메리가 내 코트를 벗겨서 그것을 조지에게 건네주고, 조지가 코트를 의자 위에 놓았을 때까지는 모든 행동을 볼 수 있었습니다. 그리고 내가 서재에 있었을 때 유리디스 스프레이그 부인은 코트 주머니에서 그 봉투를 꺼내서 유언장의 내용을 읽을 수 있는 충분한 시간적 여유가 있었을 겁니다. 사실상, 그 유언장이 들어 있던 봉투가 내 코트 주머니가 아닌 방바닥에 떨어져 있던 것으로 보아 아마도 그녀가 그런 짓을 했으리라고 생각됩니다. 그렇지만 여기서 우리는 몹시 이상한 문제점에 부딪히게 됩니다. 즉, 그녀는 봉투 속에 백지를 넣을 수 있는 기회는 충분히 있었지만, 그렇게 해야 할 동기가 없었단 말입니다. 그 유언장은 그녀에게 아주 유리하게 작성되어 있었으니, 그 유언장을 백지로 바꿔 놓는다면 그녀는 그토록 고대했던 상속물을 잃게 되는 거니까요. 스프레이그 씨의 경우에도 마찬가지죠. 그도 역시 유언장을 백지로 바꿔 놓을 기회는 있었습니다. 왜냐하면 그는 내가 바깥 사무실에서 전화를 받고 있는 동안 약 2~3분 정도 그 유언장이 있는 사무실에 혼자 있었으니까요. 그러나 그도 역시 그렇게 하는 것은 전혀 이득이 되지 않습니다. 따라서 우리는 이와 같은 난처한 문제에 부딪히게 된 겁니다. 두 사람은 그 유언장을 백지로 바꿔 놓을 기회는 있었지만 그렇게 할 만한 아무런 동기가 없었다는 것이지 요. 한편, 다른 두 사람은 그렇게 할 동기는 있었지만 기회가 없었습니다. 그런데 나는 에머 곤트라는 하녀도 의심의 대상에서 제외시키지 않았습니다. 그녀는 젊은 주인 부부에게 헌신적이었으며 스프레이그 부인을 지독하게 싫어했으니까요. 그녀가 바꾸려고 마음만 먹었다면 능히 다른 두 사람처럼 할 수 있었으리라고 생각합니다. 그러나 그녀가 바닥에서 그 봉투를 주워 내게 건네주었을 때 실제로 만지긴 했지만, 분명히 그녀에겐 봉투 속의 유언장을 빼낼 기회가 없었을 뿐만 아니라 어떤 재빠른 손재주가 있다 해도 다른 봉투로 바꿔 놓는다는 것은 전혀 불가능했습니다―정말 그런 일은 그녀로서는 상상할 수도 없는 일이지요. 왜냐하면 그 봉투는 내가 그곳으로 가져간 것이기 때문입니다. 그러니까 아무도 그와 똑같은 봉투를 갖고 있지는 않았을 겁니다."

그는 주위를 둘러보면서 미소를 지었다.

"자, 바로 이것이 내가 낸 문제랍니다. 나는 모든 점에 대해서 여러분들에게 명백하게 얘기했다고 생각합니다. 이제는 여러분들의 의견을 듣고 싶군요."

방에 모여 있던 사람들 모두가 깜짝 놀랄 정도로 마플 양은 킬킬거리며 웃음을 터뜨렸다. 뭔가 몹시 재미있는 것이 있는 듯이 보였다.

"무슨 일이세요, 제인 이모님? 우리도 함께 알고 웃을 수 없을까요?"

레이먼드가 말했다.

"난 귀여운 토미 시몬스를 생각하고 있었단다. 성가신 꼬마였지만 때로는 몹시 재미있는 아이였지. 항상 장난을 하는 천진난만한 어린애 얼굴을 가진 그런 애들 말이다. 난 그 애가 지난주에 주일 학교에서 한 말을 생각하고 있었단다. 그 애는 이렇게 말했지.

'선생님, 달걀의 노른자가 하얗다는 문장에서 동사는 단수로 씁니까, 아니면 복수로 씁니까?'

그랬더니 더스턴 양이 설명하기를, '달걀들의 노른자들이 하얗다고 할 때는 복수를 사용하고, 달걀의 노른자가 하얗다고 할 경우에는 단수를 사용한단다.'

라고 했지.

그런데 장난꾸러기 토미 녀석이 뭐라고 했느냐 하면, '글쎄요, 전 달걀의 노른자는 노랗다고 말하고 싶은데요!'

이 얘기는 장난꾸러기 토미다운 말이지. 또한 아주 오래된 농담이기도 해. 나도 어릴 때부터 알고 있었으니까."

"아주 재미있는 얘기군요, 제인 이모님." 레이먼드가 부드럽게 말했다.

"하지만 그것이 페더릭 씨가 지금까지 우리들에게 말해 준 재미있는 이야기와 무슨 상관이 있나요?"

"오, 아니야. 관계가 있단다." 마플 양이 말했다.

"그건 일종의 함정이란다! 마찬가지로 페더릭 씨의 얘기도 일종의 함정이지. 꽤나 변호사다운 얘기지! 이 능구렁이 양반 같으니라고!"

마플 양은 책망하듯이 그를 향해 머리를 흔들었다.

"당신이 정말 알고 계신지 궁금하군요."

페더릭 변호사는 눈을 깜박거리며 말했다.

마플 양은 종이에 뭔가를 적은 뒤 그것을 접어 페더릭 변호사에게 건네주었다.

페더릭 씨는 그 종이를 펴서 거기에 적힌 글을 읽고는 알겠다는 듯이 마플 양을 넘겨다보았다.

"마플 양이 모르고 계신 것이 뭐가 있습니까?"

"난 어렸을 때 그것을 알았답니다." 마플 양이 말했다.

"또 그것을 가지고 놀기도 했지요."

"이 문제에 대해서……." 헨리 경이 끼어들었다.

"난 페더릭 씨가 뭔가 훌륭한 속임수를 준비해 둔 것이 분명하다고 느낍니다."

"천만에요." 페더릭 씨가 말했다.

"천만에, 그렇지 않습니다. 내 얘기는 완전히 솔직한 것이었으니까요. 마플 양에 대해서 신경 쓸 필요는 없습니다. 그녀는 자신의 방법으로 사물을 바라볼 뿐이니까요."

"우리는 분명히 진실에 도달할 수 있을 겁니다."

레이먼드 웨스트가 약간 초조한 듯이 말했다.

"이 얘기에서 증거는 충분할 정도로 명백히 나타난 것 같아요. 다섯 명이 실제로 그 봉투를 만졌습니다. 스프레이그 부부가 그것에 손댔을 수도 있으며, 반대로 똑같이 손대지 않았을 수도 있습니다. 그렇다면 이제 나머지 세 명이 남게 됩니다. 그런데 사람들이 보는 바로 앞에서 마술사가 펼쳐 보이는 놀라운 묘기들을 생각해 본다면, 나는 조지가 코트를 방 맨 끝에 있는 의자에 갖다 둘 때 봉투 속에 들어 있던 유언장을 빼내고 대신 백지를 집어넣을 수도 있다고 생각합니다."

"글쎄요, 전 그 메리라는 여자가 주범인 것 같은데요." 조이스가 말했다.

"제가 생각하기엔, 하녀가 아래층으로 뛰어 내려가 위에서 무슨 일이 일어나고 있는지를 그녀에게 말했을 것 같아요. 그래서 그녀는 푸른색 봉투를 들고 있다가 진짜 봉투와 바꿔 놓았을 거예요."

헨리 경은 고개를 저었다.

"난 두 사람 모두에게 동의하지 않습니다." 그는 천천히 말했다.

"그런 종류의 일들은 마술사에 의해서나 행해지거나, 아니면 연극이나 소설 속에서나 있을 수 있는 일입니다. 즉, 그런 일들이 현실 세계에서 일어나기는 불가능하다고 생각합니다. 더욱이 여기 있는 우리의 친구 페더릭 씨 같은 사람이 날카롭게 지켜보는 상황에서는 말입니다. 하지만 내게 어떤 생각이 있습니다—단순한 생각이지 그 이상의 것은 아닙니다. 우리는 롱먼 교수가 그곳에 초대되었으나 거의 아무 말도 하지 않았다는 사실을 알고 있습니다. 그렇기 때문에 스프레이그 부부가 그의 방문 결과에 대해 몹시 궁금했으리라고 추측하는 것에는 무리가 없을 겁니다. 만일, 클로드 씨가 그들 부부에게 모든 얘기를 털어놓지 않았다면—그랬을 가능성이 크지만요. 그가 페더릭 씨를 불렀을 때 다른 시각으로 바라볼 수도 있었을 겁니다. 클로드 씨가 유리디스 스프레이그에게 이로운 유언장을 이미 작성했는데, 롱먼 교수가 사실을 폭로함으로써 그녀에게 배당된 상속물을 취소하기 위해 유언장을 새로 작성했으리라 믿었을 수도 있습니다. 필립 개로드는 클로드 씨에게 자신이 친척이라는 점을 강조했겠지요. 이런 경우에, 스프레이그 부인은 유언장을 바꾸려는 계획을 꾸몄을 겁니다. 그러고는 행동에 옮긴 것이지요. 그러나 페더릭 씨가 갑자기 거실로 들어오는 바람에 그녀는 진짜 유언장을 읽어 볼 틈도 없었을 것이며, 변호사가 그것이 분실된 것을 발견하게 될까 봐 얼른 태워 버렸을 것입니다."

조이스는 매우 단호하게 고개를 저었다.

"그녀가 그것을 읽지도 않고 불에 태웠을 리가 없어요."

"아무래도 해결책으로서는 좀 빈약한 얘기지요." 헨리 경이 인정했다.

"나는, 음, 페더릭 씨가 신(神)의 뜻을 거역하지 않았나 하고 생각합니다."

이런 그의 말은 단지 웃음을 자아낼 뿐이었다. 그러나 키 작은 변호사는 감정이 상했는지 엄숙한 표정을 지으면서 자세를 꼿꼿이 했다.

"정말로 가장 허황한 의견이로군요." 그는 약간 퉁명스럽게 말했다.

"펜더 박사는 어떻게 생각하는지요?" 헨리 경이 물었다.

"난 이렇다 할 뾰족한 생각을 갖고 있진 않습니다만, 유언장을 백지로 바꿔 놓은 사람은 아무래도 스프레이그 부인이거나 그녀의 남편이었으리라고 생각합니다. 아마도 헨리 경이 말한 그런 동기 때문이었겠지요. 만일 그녀가 페더릭 씨가 떠난 뒤에 유언장을 읽었다면 그녀는 몹시 난처한 고민에 빠졌을 것입니다. 왜냐하면 그 문제에 관한 자신의 행동을 솔직히 털어놓고 고백할 수가 없었을 테니까요. 아마도 그녀는 유언장을 클로드 씨의 서류들 사이에 끼워 놓으려고 했겠지요. 그가 죽은 뒤에 거기에서 유언장이 발견되었으면 하고 그녀는 생각했을 겁니다. 그러나 그 유언장이 어디로 갔는지는 나도 모르겠습니다. 단지 내 추측에 지나지 않겠지만, 아마도 에머 곤트가 우연히 그것을 발견했으나 주인들에 대한 그릇된 헌신으로 말미암아 그 유언장을 없애 버렸을 가능성도 있지 않았겠습니까?"

"펜더 박사님의 해결책이 가장 훌륭한 것 같군요." 조이스가 말했다.

"그렇죠, 페더릭 씨?"

변호사는 설레설레 머리를 흔들었다.

"이제 중단했던 곳에서부터 계속 얘기를 해나가야겠습니다. 나도 또한 몹시 놀랐고, 지금 여러분들처럼 어떻게 해야 좋을지 막막하기만 했답니다. 그때 내가 사건의 진상을 어렴풋이나마 추측했다고는 생각지 않습니다(아마 근처에도 못 갔을 겁니다). 하지만 결국엔 알게 되었지요. 유언장은 교묘하게 바꿔치기 당했습니다.

난 한 달쯤 지나서 필립 개로드와 만나서 함께 저녁식사를 했답니다. 식사를 끝내고 대화하던 중 필립은 최근에 자기가 알게 된 재미있는 사건에 대해 말해 주더군요.

'그것에 대해서 선생님에게 말씀드리고 싶은 게 있습니다. 물론 비밀은 지키셔야 합니다.'

'그렇게 하지요.' 내가 대답했습니다.

'내 친구 중 한 사람은 그의 친척에게 몹시 기대를 하고 있었습니다. 그런데 그 친척이 전혀 가치도 없는 사람에게 도움을 베풀려는 생각을 갖고 있다는 것을 알게 되고는 몹시 실의에 빠졌답니다. 그 친구는 무슨 일을 하든지 조심스럽지 못한 편이었지요. 그런데 그 집에는 적출 소생들을 위해서라면 뭐든지 다할 헌신적인 하녀가 한 사람 있었답니다. 그래서 그 친구는 그녀에게 간단하게 몇 마디를 지시했답니다. 즉, 그녀에게 잉크가 가득 찬 만년필을 주면서 이런 말을 했습니다.

'이 만년필을 가져다가 주인 방에 있는 책상 서랍 속에 넣되, 항상 만년필이 들어 있는 서랍에 넣지 말고 다른 쪽 서랍에 갖다 두어라. 그리고 만일 주인이 서류를 서명하는 데 증인이 되어 달라고 하면서 만년필을 갖다 달라고 부탁할 경우에 진짜 그의 만년필이 아니라, 그것과 똑같이 생긴 이 만년필을 갖다 드려라.' 하고 말입니다. 그것이 그녀가 한 일의 전부였습니다. 그는 그녀에게 다른 지시는 하지 않았습니다. 그녀는 충실한 하녀였기 때문에 그의 지시를 그대로 잘 수행했을 따름이죠.'

그는 잠시 말을 중단한 뒤에 곧 다시 시작했습니다.

'내가 선생님을 지루하게 만들지나 않았는지 모르겠군요, 페더릭 씨?'

'천만에요. 아주 재미있는 얘기로군요.'

그러고는 우리들의 눈길이 서로 마주쳤습니다.

'물론 선생님은 내 친구를 모르실 겁니다.' 그가 말했습니다.

'물론 난 모릅니다.' 그렇게 내가 대답했습니다.

'그렇다면 됐습니다.' 필립 개로드가 말하더군요.

그는 또다시 말을 중단하더니 입가에 미소를 지으면서 말했습니다.

'내 얘기의 요점을 이해하시겠지요? 그 만년필 속에는 투명 잉크가 가득 차 있었던 겁니다―물론 으깬 녹말 용액에 옥소(沃素)를 몇 방울 떨어뜨린 것이지요. 조금 지나면 이 용액은 짙은 군청색의 잉크로 되지만 글씨를 쓴 뒤 4~5일이 지나면 그 글씨는 완전히 사라져 버리고 만답니다.'"

마플 양이 또 낄낄거리며 웃었다.

"사라져 버리는 잉크라⋯⋯." 그녀가 말했다.

"난 그것을 알고 있지. 어렸을 적엔 그걸 가지고 많이 놀았는걸."

그러고 나서 그녀는 주위를 둘러보더니 다시 한 번 페더릭을 손가락으로 가리켰다.

"그러나 역시 그건 일종의 함정이었지요, 페더릭 씨? 바로 어떤 변호사처럼 말이에요."

제6장

성 베드로의 지문

"자, 이번에는 제인 이모님 차례로군요." 레이먼드 웨스트가 말했다.

"그래요, 제인 이모님. 우리는 정말 멋지고 풍미가 넘치는 얘기를 기대하고 있답니다."

조이스 렘프리에르가 재촉하듯이 말했다.

"오, 여러분들이 날 놀리고 있는 게로군요." 마플 양은 조용하게 말했다.

"아마 내가 이런 한적한 곳에서 살고 있으니까 아무런 재미있는 경험도 못 했으리라고 생각하는 모양들이에요."

"천만에요. 시골 생활이 평화롭기 때문에 아무런 문제도 생기지 않으리라고 여기진 않아요." 레이먼드 웨스트가 열을 올리며 말을 계속했다.

"우리는 이모님으로부터 무시무시한 얘기들을 들은 뒤로는 그렇게 생각하지 않게 되었답니다! 세인트 메리 미드와 비교해 볼 때 대도시가 차라리 더 친절하고 평화로운 곳 같아요."

"글쎄, 레이먼드." 마플 양이 말했다.

"인간의 본성이란 세상 어디서든지 마찬가지란다. 그렇기 때문에 비록 시골일지라도 아주 가까운 곳에서 인간성을 살펴볼 기회는 있는 거지."

"당신은 정말 특별한 분이세요, 제인 이모님." 조이스가 소리쳤다.

"제가 당신을 제인 이모님이라고 불러서 마음 쓰이진 않겠지요?"

이렇게 말하곤 이내 덧붙여 말했다.

"저도 왜 그러는지는 잘 모르겠어요."

"모르겠다고요, 조이스 양?" 마플 양이 말했다.

그녀가 잠깐 동안 어딘지 놀리는 듯한 시선으로 조이스를 바라보자, 이내 조이스 양의 볼은 빨갛게 달아올랐다. 레이먼드 웨스트는 안절부절못하면서 약간 당황한 듯이 목청을 가다듬었다.

마플 양은 그들 둘을 번갈아 바라보더니만 다시 입가에 미소를 지었다. 그러고는 뜨개질감을 다시 한 번 쳐다보았다.

"물론, 내가 평온한 삶을 살아왔다는 것은 사실이지요. 하지만 난 지금껏 일어났던 여러 가지 상이한 문제들을 처리해 가면서 적잖은 경험을 했답니다. 몇몇은 정말 놀라울 정도로 교묘한 것이긴 했지만, 여러분들에게 말하기에는 별로 좋지 못하리라 생각해요. 왜냐하면 여러분들이 흥미를 느낄 만큼 중요한 것들이 아니기 때문이지요—대개 이런 것들입니다.

'누가 존스 부인의 망사 가방의 그물을 끊어 놓았는가?'라든지 또는 '왜 심스 부인은 털 코트를 단 한 번밖에 입지 않았는가?' 하는 등등이지요. 사실 인간성을 연구하는 학생들에게는 매우 흥미있는 일들입니다. 하지만 내가 기억하는 사건들 중에서 여러분들이 매우 흥미를 느낄 수 있는 사건이 하나 있답니다. 바로 내 조카딸인 가엾은 마블의 남편에 대한 것이지요.

그 일은 지금으로부터 10~15년쯤 전에 일어났었는데, 다행스럽게도 잘 처리되어서 지금 그 일을 기억하는 사람은 아무도 없답니다. 인간의 기억력이란 매우 짧은 것이지요—난 항상 그 사실을 다행스럽게 생각하고 있답니다."

마플 양은 말을 멈추더니 혼잣말로 중얼거렸다.

"이 코를 좀 세어 봐야겠어. 긴뜨기가 약간 어색한 것 같아. 하나, 둘, 셋, 넷, 다섯, 그러고 나서 뒤집어 뜨기 셋—이젠 됐어. 자, 그런데 내가 아까 어디까지 얘기했지? 오, 맞아요, 불쌍한 마블에 대해서 말했었지.

마블은 나의 조카딸이었습니다. 좋은 아이였지요. 정말 아주 좋은 아이예요. 약간 어리석긴 했지만 말이에요. 그 애는 감상적인 것을 좋아해서 마음이 혼란스러울 때면 언제나 필요 이상으로 말을 하곤 했지요. 스물두 살이 되던 해에 그 애는 덴먼이라는 남자와 결혼했는데, 썩 행복한 결혼은 아니었던 것 같아요. 난 그들의 결합에 아무 일도 생기지 않기를 간절히 바랐답니다. 왜냐하면 덴먼이라는 남자의 성격이 몹시 거칠었기 때문에 마블의 결점들을 그냥 참고 지낼 위인이 못되리라고 생각했거든요—더군다나 난 그의 가족 중에 정신병자가 있다는 것도 들어서 알고 있었으니까요. 그러나 대개 여자들이란 지금이나 그때나 고집스럽기는 마찬가지지요. 앞으로도 아마 계속 그럴 거예요. 하여간 마블은 그와 결혼했답니다.

그 애가 결혼하고 난 뒤에 난, 그 애에 대해서 모르고 지냈습니다. 그 애가 한두 번 우리 집에 와서 머물고 간 적이 있었고, 또 자기 집에 놀러 오라고 부탁한 적도 있었지만 난 그때마다 항상 핑계를 대서 가지 않았지요. 왜냐하면 사실 난 남의 집에서 지내는 것을 별로 좋아하지 않는답니다. 그런데 그들의 결혼생활이 10년째 되던 해에 그 애의 남편이 갑작스럽게 죽고 말았답니다. 그들 사이에 자식이라곤 하나도 없었기 때문에 모든 재산은 마블이 물려받게 되었지요. 물론 난 그 애가 원한다면 그곳에서 며칠을 지내겠노라고 편지를 썼어요. 하지만 마블은 내게 아주 마음에 드는 답장을 보내 왔답니다. 그래서 난 마블이 슬픔으로 완전히 정신을 잃지는 않았다고 짐작했지요. 그리고 그것이 당연한 일이라고 생각했어요. 왜냐하면 그들은 얼마 동안 떨어져 있었기 때문이었지요. 그로부터 약 3개월이 지난 뒤 난 병적으로 흥분해서 쓴 듯한 마블의 편지 한 통을 받았습니다. 편지에서 그녀는 나한테 빨리 와달라고 했으며, 사태가 아주 심하게 악화되어 이제 더 이상은 견딜 수가 없다고 적었습니다."

"그래서 물론……." 마플 양은 계속 말을 이었다.

"난 얼른 클레어러에게 용돈을 쥐어 주면서 집을 봐달라고 하고 금은제 식기와 찰스 왕의 조각이 있는 맥주잔을 은행에 보내고 나서 곧 그곳으로 출발했답니다. 그 집에 가보니 마블의 얼굴엔 뭔가 몹시 초조해하는 기색이 역력했답니다. 머틀 딘이라는 그 집은 상당히 넓은 편이었고, 가구도 자연스럽게 갖춰진 곳이었지요. 그 집에는 요리사 한 명, 잔심부름하는 아이 한 명, 그리고 나이 든 덴먼 싸─마블의 시아버지예요. 그리고 그의 시중을 드는 전속 간호사가 있었습니다. 그런데 덴먼 노인은 정신이 이상한 사람이었답니다. 보통 때는 아주 조용하고 점잖게 행동했으나, 이따금 괴상망측한 행동을 하곤 했지요. 내가 말했던 대로 그 집안에는 정신병 환자가 있었던 거예요.

나는 마블에게 나타난 변화를 보고 깜짝 놀랐습니다. 그 애는 아주 신경질적인데다가 내내 뭐가 불만인지 씰룩거리고 있었습니다. 그래서 난 마블에게 무슨 일이 있었는지 말하게 하는 데 엄청난 어려움을 겪었답니다. 으레 사람들이 짐작하듯이 나도 간접적으로나마 문젯거리가 무엇인지 대충 짐작할 수는 있었답니다. 난 마블이 항상 편지에 적었던 친구들—즉, 갤러거 집 사람들이 어떻게 지내고 있는지 물어보았어요. 그랬더니 놀랍게도 마블은 요즘 들어 그들을 전혀 만나지 않는다고 하더군요. 내가 또 다른 친구들에 대해서도 물었지만 역시 같은 대답만을 하더군요. 그래서 난 그 애에게 마음의 문을 꽉 닫고 혼자서 끙끙 앓는다는 것이 얼마나 바보짓인가, 더욱이 친구들과의 교제를 끊어 버린다는 것은 어리석기 그지없는 행동이라고 말해 주었지요. 그제야 그 애는 진실을 말하기 시작했습니다.

'그건 제 탓이 아니라 그 사람들 때문이에요. 이 지방에서는 누구도 제게 말을 건네지 않는답니다. 제가 마을로 내려가면, 사람들은 저와 마주치거나 제가 말을 건넬까 봐, 슬슬 제 옆을 피해서 가버린답니다. 절 마치 문둥병 환자 취급을 한다고요. 이런 일은 너무 끔찍해서 더 이상 도저히 견딜 수가 없단 말이에요. 곧 집을 처분하고 어디 딴 고장으로 떠나야 할까 봐요. 하지만 도대체 왜 제가 집을 두고 먼 곳으로 쫓겨 가야 하는 거죠? 전 정말 아무 짓도 하지 않았어요.'

난 그때 말로 표현할 수 없을 정도로 혼란스러웠어요. 그 당시 헤이 노부인에게 주려고 긴 털목도리를 뜨고 있었는데, 마음이 너무나 뒤숭숭해서 그만 코를 두 개나 빠뜨리고 말았죠. 한참 지난 뒤에도 그걸 알아채지 못할 정도였어요.

'마블, 네 얘기를 듣고 나니 몹시 마음이 혼란스럽구나. 그런데 대체 어떻게 해서 이런 일이 생기게 됐니?'

어렸을 때부터 마블은 다루기가 몹시 어려운 아이였답니다. 그때도 그 애가 내 질문에 솔직히 말하도록 하는 데 너무나 힘이 들었답니다. 그 애는 '악독한 말'이라든가, '잡담만 늘어놓는 게으른 사람들', '이 사람 저 사람 사이로 수군거리며 돌아다니는 사람들' 따위의 모호한 말만을 꺼내는 것이었어요.

'이제 어떤 문제인지 알 것 같구나.' 내가 말했습니다.

'이 지방에는 너를 따라다니는 나쁜 소문이 있는 게 분명한 것 같다. 그러

나 다른 사람들처럼 너도 그게 어떤 얘긴지 잘 알겠지. 그러니 어서 내게 말해 보려무나.'

'정말 기분 나빠요.' 신음소리를 내면서 마블이 말했어요.

'물론 기분 나쁘겠지.' 난 얼른 맞장구를 치며 말했답니다.

'난 사람들이 너에 대해서 뭐라고 말하든 결코 놀라지 않을 거야. 그러니 마블, 자, 이제 사람들이 너에 대해서 뭐라고 하는지 똑똑히 말해 주겠니?'

마침내 마블은 진실을 털어 놓았어요. 아마도 그 애 남편 제프리 덴먼의 죽음이 너무나 갑작스럽고 뜻밖의 일이었기 때문에 여러 가지 소문을 낳게 된 것 같더군요. 얘기를 들어보나—내가 그 애에게 가르친 대로 똑똑하고 정확한 영어로 사람들은 그녀가 남편을 독살했다고 말을 한다는 거예요.

자, 여러분 모두 잘 알겠지만, 이 세상에서 말보다 더 잔인한 것은 없답니다. 그러니 그 말에 대처하는 것처럼 어려운 일도 없을 거예요. 누군가가 여러분 뒤에서 험담을 한다고 해도, 여러분들은 거기에 대해서 반박하거나 부정할 수 없답니다. 그렇기 때문에 소문은 눈덩이처럼 점점 커져서, 누구도 그것을 멈추게 할 수는 없답니다. 난 적어도 한 가지 사실만은 확신할 수 있었지요—마블이 사람을 죽인다는 것은 결코 있을 수 없는 일이란 것을 말입니다. 하지만 난 그 애가 어떤 어리석고 아둔한 행동을 했기에 그토록 생활이 산산조각 부서지고 가정이 흔들리게 되었는지 그 까닭을 도저히 알 수가 없었답니다.

'아니 땐 굴뚝에 연기가 나지는 않는 법이야.' 내가 말했습니다.

'자, 마블, 무슨 일이 있었기에 사람들이 그런 말들을 하는지 내게 말해라. 반드시 무슨 일이 있었을 거야.'

마블은 앞뒤도 안 맞는 얘기를 마구 떠들어대면서 제프리가 갑자기 죽게 된 것밖에는 아무 일도, 결코 아무 일도 없었다고 단언하더군요. 그는 그날 저녁식사 때만 해도 아주 좋아 보였답니다. 그런데 밤이 되면서 참지 못할 정도로 몸에 이상이 생겼다는 것입니다. 의사를 부르러 사람을 보냈지만, 의사가 집에 도착하고 나서 몇 분 뒤에 그는 그만 숨을 거두고 말았답니다. 사인(死因)은 독이 있는 버섯을 먹었기 때문인 것으로 추정되었지요.

'흠, 그런 종류의 갑작스런 죽음이라면 사람들의 호기심을 자극해서 입방아를 찧게 하고도 남지. 그렇지만 분명히 그 외에 또 다른 일도 있을 게다. 너혹시 제프리와 싸움을 했다든가, 아니면 뭐 그런 비슷한 일은 없었니?'

그 애는 그가 죽던 날 아침식사 때 말다툼을 하긴 했다고 고백하더군요.

'그렇다면 하인들이 그 소리를 들었겠지?'

'그들은 방에 없었어요.'

'아니야, 마블. 하인들은 아마 문 밖에서 멀리 떨어지지 않은 곳에 있었을 게다.'

난 마블의 신경질적인 고음의 목소리가 상당히 멀리까지 들린다는 사실을 너무도 잘 알고 있었습니다. 제프리 덴먼도 역시 화가 날 때는 목소리를 높여 떠드는 편이었답니다.

'그런데 대체 뭣 때문에 말다툼을 했니?' 내가 물었습니다.

'오, 일상적인 일이에요. 말다툼을 하는 원인은 항상 똑같아요. 그저 사소한 일로 우린 말다툼을 시작하곤 했어요. 그러다가 제프리는 자제력을 잃고 입에 담을 수도 없는 혐오스러운 말들을 내뱉기 시작하지요. 그러면 저도 평소 그에게 가졌던 불만을 터뜨리곤 했지요.'

'그렇다면 결혼한 이래로 셀 수 없을 정도로 싸웠겠구나?'

내가 물어보았지요.

'그건 제 잘못이 아니었어요.'

'오, 애야. 누구의 잘못이었든 간에 지금 중요한 건 그게 아니란다. 지금 우리가 얘기하고 있는 건 그 문제가 아니잖니? 이런 지방에서는 모든 사람들의 사생활이 다소 차이는 있을지라도 다른 사람들에게 알려지게 마련이란다. 너와 네 남편은 항상 말다툼을 해왔잖니. 그러던 어느 날 아침엔 특히 심하게 싸웠지. 그런데 그날 저녁 네 남편이 갑작스럽고도 기이하게 죽고 말았다. 이게 전부니, 아니면 또 다른 뭐가 있니?'

'다른 뭐라니 무슨 말씀이신지 모르겠군요.' 마블은 뾰로통하게 말했어요.

'아니, 그냥 해본 소리다, 마블. 만일 네가 조금이라도 어리석은 행동을 했다면, 제발 숨기지 말고 모두 내게 말해 주렴. 난 단지 너를 도와주기 위해서 내가 할 수 있는 일을 하려고 할 뿐이란다.'

'아무도 그 어떤 것도 도와주지 못해요.' 마블이 대꾸했습니다.

'단지 죽음만이 절 구해 줄 수 있을 것 같아요.'

'신에 대한 믿음을 좀더 깊이 가져라, 마블.' 내가 이렇게 말했지요.

'자, 어서 말해 다오. 마블, 나에게 뭔가 숨기고 있다는 것을 잘 알고 있단다.'

마블이 어린애였을 때도 그 애가 내게 진실을 모두 털어놓지 않았으며, 그녀가 뭔가 숨기고 있다는 것을 알았답니다. 그 애를 설득하는 데 상당한 시간이 걸리긴 했지만, 난 마침내 알아내고 말았답니다. 마블은 그날 아침 약국에서 비소를 조금 샀다고 고백하더군요. 물론 그녀는 장부에다 자신의 서명을 해야 했지요. 그 때문에 약사가 험담을 지껄였던 것이랍니다.

'그 약사가 누구지?' 내가 물었습니다.

'롤린슨 박사예요.'

난 그 사람의 얼굴은 알고 있었습니다. 언제였던가 마블이 길을 가다가 그를 손가락으로 가리키면서 알려 주었으니까요. 솔직히 표현해서, 그는 마치 늙은 고목나무 같아 보였습니다. 나처럼 인생 경험이 많은 사람은 의사나 약사들의 무과실을 믿지 않는답니다. 그들 대부분은 현명한 사람들이지만 그렇지 못한 사람들도 많답니다. 최고의 의사와 약사라고 해도 그들 중 절반 정도는 환자가 어디가 아파서 왔는지, 또 뭐가 문제인지조차 모르고 있답니다. 난 의사나 약사가 준 약이나 처방 따위를 믿지 않는답니다.

난 사건을 곰곰이 생각해 본 뒤 보닛 모자를 쓰고 롤린슨 씨를 만나러 갔지요. 그는 내가 예상했던 그대로였습니다—말쑥하고, 온화하고, 약간 멍해 보이지만 동정이 갈 정도로 근시안인데다가 약간 귀까지 먹은 그런 노인이었답니다. 게다가 성미는 지독히 까다롭고 민감했지요. 내가 제프리 덴먼의 죽음에 대해 슬쩍 얘기를 꺼내자마자 그는 '버섯'이라든가 '식용'이라는 말들을 장황하게 떠벌리며 으스댔답니다.

그는 요리사에게 물어보았다더군요. 그녀는 버섯 몇 개가 조금 이상하긴 했지만 가게에서 보내 왔기 때문에 괜찮으리라 생각했는데, 그 뒤로 그 버섯을 생각하면 할수록 그 모양이 이상하다는 걸 확신하게 됐다고 말한 모양이에요.

'아마 그 여잔 그랬을 거예요.' 내가 말했습니다.

'아마도 그녀 눈엔 그것들이 양송이버섯처럼 보였겠죠. 하지만 요리된 뒤에는 자줏빛 반점이 있는 오렌지색으로 바뀌는 거예요. 사실 이 세상에는 조금만 애쓴다면 기억해 내지 못할 것은 하나도 없답니다.'

내 생각에는 의사가 덴먼에게 갔을 때 이미 말을 할 수 없는 상태가 된 것 같더군요. 그는 침조차도 삼킬 수가 없었으며, 몇 분 지나지 않아서 그만 죽고 말았습니다. 의사는 자신의 행동에 대한 자부심을 가진 듯이 보였답니다. 하지만 어디까지가 그의 아집이고, 어디까지가 그의 진실한 신념인지 알 수가 없었습니다.

난 곧장 집으로 와서 마블에게 무엇 때문에 비소를 샀는지 단도직입적으로 물어봤답니다.

'넌 뭔가를 마음속에 품고 있었던 게 분명해.'

그 말에 마블은 갑자기 울음을 터뜨리더군요.

'사실 저는 인생을 끝내 버리고 싶었어요…….' 그녀는 신음을 내었습니다.

'전 너무나 끔찍하게 살아왔어요. 그래서 그만 죽어 버리겠다고 생각했던 거예요.'

'아직도 그 비소를 갖고 있니?' 내가 물어봤지요.

'아뇨, 내다 버렸어요.'

난 거기에 앉아서 모든 것을 곰곰이 생각해 보았답니다.

'네 남편이 갑자기 이상해졌을 때 무슨 일이 일어났지? 남편이 이름을 불렀니?'

'아뇨.' 마블은 고개를 저으며 말했습니다.

'그이는 격렬하게 벨을 눌렀어요. 분명히 여러 번 눌렀을 거예요. 도로시가 벨소리를 듣고서 요리사를 깨워 함께 아래층으로 내려갔대요. 무척이나 고통스러워하는 그이를 본 도로시는 몹시 놀랐던 모양이에요. 그이는 헛소리를 해 대고 방 안을 비틀거리며 돌아다니고 있었답니다. 도로시는 요리사를 남편과 함께 있도록 하고 제게로 달려왔지요. 전 자리에서 벌떡 일어나 그이에게 달려갔어요. 물론 저도 그이를 보자마자 몹시 고통스러워한다는 걸 알 수 있었어요. 그런데 불행하게도 시아버님의 시중을 드는 전속 간호사인 브루스터가 그날 밤 따라 집에 없었기 때문에, 집에 있는 사람들 모두가 속수무책이었답니다. 전 도로시를 의사에게 보낸 다음 요리사와 함께 그의 곁에 머물러 있었어요. 하지만 얼마 뒤에는 도저히 그 방에 계속 있을 수가 없었어요. 너무도 끔찍했답니다. 그래서 제 방으로 돌아와 문을 잠가 버렸어요.'

'그런 짓을 하다니? 넌 이기적인데다가 옳지 못한 행동을 했구나.'

내가 나무랐습니다.

'의심할 것도 없이 그런 너의 행동이 네게 조금도 이롭지 못했다는 걸 잘 알고 있을 거야. 요리사는 앞으로도 어디서든지 그 일을 떠들고 다닐 게다. 그래, 그건 아주 좋지 않은 행동이었어.'

그 애와 얘기를 끝낸 뒤 난 하인들과 얘기를 나눠 보았습니다. 요리사는 내게 버섯에 대해 말을 하려고 했지만, 난 그녀의 말문을 가로 막았습니다. 그때 난 버섯 문제라면 진절머리가 날 정도였거든요. 대신에 나는 그들에게 그날 밤 덴먼의 상태에 관해서 아주 상세히 물어보았지요. 그들은 똑같은 말을 했어요. 즉, 덴먼은 그날 밤 몹시 고통스러워했으며, 침도 삼키지 못했고, 목이 죄는 듯한 목소리로 말을 했는데, 그 말들은 산만하고 발음이 부정확해서 알아들을 수가 없었다는 거예요.

'그가 방을 비틀거리며 돌아다닐 때 무슨 말을 하지 않았나요?'

내가 잔뜩 호기심 어린 눈초리로 물었지요.

'어떤 물고기에 대해 말하는 것 같았어요, 그렇지?'

요리사가 도로시를 바라보며 말했습니다.

도로시는 그렇다고 대답하더군요.

'많은 물고기들이라고 말했답니다.' 하고 그녀가 말하더군요.

'하지만 그런 말은 얼토당토않아요. 전 그분이 제정신이 아니란 걸 알 수 있었어요. 가엾은 분.'

거기에 대해서 얘기해 보았자 더 이상 얻어낼 게 없는 것 같더군요. 그래서 궁여지책으로 브루스터를 만나러 갔지요. 그 여자는 쉰 살쯤 되어 보이는 몹시 몸이 야윈 중년의 여자였어요.

'그날 내가 그 집에 없었던 게 유감스럽군요.' 그녀가 말했습니다.

'의사가 집에 도착할 때까지 아무도 그분을 위해 손을 쓸 수가 없었던 모양이에요.'

'내가 듣기로는 그가 헛소리를 했다던데……'

내가 의심스럽다는 듯이 말했지요.

'그래도 그것이 프토마인 중독 증세는 아니죠, 안 그런가요?'

'그건 때에 따라 다르답니다.' 브루스터는 말했어요.

난 그녀에게 덴먼 노인의 상태가 어떠냐고 물었습니다. 그녀는 안타깝다는 듯이 고개를 저었습니다.

'그분은 아주 좋지 않아요.' 그녀가 말했습니다.

'몸이 약하신가요?'

'오, 아니에요. 신체적으로 아주 건강해요—다만, 시력이 점점 악화되어 가고 있을 뿐이지요. 아마 우리들보다도 더 오래 사실지도 몰라요. 하지만 기억력은 급속도로 나빠지고 있답니다. 내가 전부터 그분을 병원에 입원시켜야 한다고 했지요. 하지만 덴먼 부인은 전혀 내 말을 들으려 하지 않는답니다.'

난 여기에서 마블을 위해 한마디 해야겠습니다. 마블은 항상 마음씨가 따뜻한 그런 아이였답니다.

그렇지만 모든 게 그렇게 변했습니다. 난 여러 각도에서 그 문제를 조명해 보았습니다. 그러다가 마침내 내가 해야 할 일은 오직 하나밖에 없다고 결정했지요. 항간에 떠도는 소문들을 생각해 볼 때 양해를 구해서라도 반드시 시체를 다시 꺼내 봐야 했습니다. 시체를 해부해 본다면 거짓말을 떠들어대며 다니는 사람들의 입을 영원히 막을 수 있으리라 생각했던 거죠. 물론, 마블은 단순히 감상적인 이유로 야단법석을 떨며 반대했답니다. 편안하게 무덤에서 쉬고 있는 고인을 괴롭혀서는 안 된다는 등등을 내세우며 검시(檢屍)를 반대했던 거죠—하지만 내 결심은 단호했답니다.

난 그 부분에 대해서는 길게 얘기하지 않겠어요. 우린 곧 그렇게 하기로 결정했고, 그에 따라서 검시가 행해졌습니다. 하지만 기대했던 것만큼 결과는 만족스럽지 않았어요. 시체 해부 결과 덴먼 씨의 시체 속에는 전혀 비소의 흔적이 없었던 거지요—거기까지는 좋았어요. 하지만 실제로 신문에 보도된 것은, '덴먼 씨의 사인(死因)이 분명하지 않다.'라는 것이었답니다.

그래서 여러분도 알겠지만, 시체를 해부했는데도 우리는 곤경에서 전혀 벗어 날 수가 없었던 겁니다. 사람들이 계속 떠들어댔습니다—도저히 감식할 수도 없는 희귀한 극약을 썼다는 둥 그런 종류의 얘기들이었지요. 그래서 난 검시를 맡았던 병리학자를 찾아갔습니다. 그는 내 질문을 이리 저리 회피하려고 애를 썼지만, 결국 그에게 몇 가지 답변을 들을 수 있었답니다. 난 그가 독이 든 양송이가 사인이 될 수 없다고 생각한다는 것을 알아챘지요. 그때 한 가지 생각이 오락가락했답니다. 그래서 그에게 만일 독이 사인이 될 수 있다면, 어떤 극약이 그와 같은 결과를 초래할 수 있는지 물어보았답니다. 그는 내게 길고 장황한 설명을 해주었습니다만, 솔직히 말해서 그 설명의 대부분은 내가 알아들을 수 없는 것들이었어요. 그의 설명에 따르면, 그런 종류의 죽음은 어떤 강력한 식물성 알칼로이드에 의해서 생길 수도 있다는 것이었죠.

그때 내게 한 가지 생각이 떠올랐답니다.

'만일 정신착란증의 유전 인자가 제프리 덴먼의 핏줄 속에도 흐르고 있었다면, 그가 자살할 가능성은 없었을까? 덴먼은 한때 의약품에 대해서 공부한 적도 있어. 그렇기 때문에 그는 극약과 그 효력에 관해 잘 알고 있었을 거야.'라는 등등이었지요.

나는 그런 추측이 아주 그럴듯하다고 여기진 않았지만, 그래도 그 당시에는 내가 생각해 낼 수 있는 유일한 것이었답니다. 게다가 나는 몹시 당황해서 어찌할 바를 모르고 있었거든요. 물론, 여러분처럼 현대적 사고방식을 가진 분들이라면 그냥 웃어넘기리라고 생각합니다. 하지만, 난 곤경에 빠질 때마다 항상 마음속으로 기도문을 외운답니다. 길을 걷고 있든지, 시장에 있든지, 그 어디에서나 말이에요. 그리고 난 뒤에 난 대개 답을 얻었답니다. 물론 이것은 사소한 일인데다가, 내가 지금 말하는 화제와는 전혀 무관할지도 모르죠. 그렇지만 사실이 그렇다는 얘깁니다. 나는 아주 어렸을 적에 '구하라! 그러면 얻으리라.'라는 성경 구절을 적어서 침대 머리맡에 핀으로 꽂아 놓았답니다. 어쨌든 그날 아침에도 난 마을 번화가를 걸으면서 매우 열심히 기도를 하고 있었답니다. 나는 눈을 꼭 감았다가 다시 떴습니다. 그때 제일 먼저 내 눈에 들어온 것이 무엇이었을 거라고 여러분은 생각하나요?"

제각기 다른 정도의 흥미를 가진 다섯 명의 얼굴이 일제히 마플 양을 향했다. 하지만 분명히 그들 중 아무도 마플 양의 질문에 대해 올바른 대답을 생각해 낸 것 같진 않았다.

"나는……." 마플 양은 감동적으로 말했다.

"생선 가게의 창문을 보았어요. 그 창문에는 그림 한 장이 붙어 있었는데, 바로 싱싱한 대구였답니다."

그녀는 의기양양해하며 주위를 둘러보았다.

"오, 맙소사." 레이먼드 웨스트가 탄식하듯이 말했다.

"기도에 대한 답, 그것이 겨우 싱싱한 대구 한 마리라뇨!"

"그렇단다, 레이먼드." 마플 양은 심각한 표정으로 얘기했다.

"그렇다고 해서 비속하게 생각할 필요는 없단다. 하나님이 내려 주시는 은총의 손길은 이 세상 어디에나 있는 거란다. 내 눈에 처음 들어온 것은 검은 얼룩들이었답니다—즉, 성 베드로의 지문이었던 거지요. 성 베드로의 지문이란, 여러분도 알고 있듯이 일종의 전설이지요. 그런데 그것으로 나는 모든 일들을 또렷하게 인식할 수 있게 된 거랍니다. 나는 신념이, 성 베드로에 대한 영원히 진실한 신념이 필요했습니다. 나는 두 가지를—바로 신념과 생선을 서로 연결시켜 보았던 거예요."

헨리 경은 꽤나 성급하게 코를 풀었고, 조이스 양은 초조한 듯이 입술을 질근질근 깨물고 있었다.

"자, 이것으로 내가 생각해 낸 게 뭔지 아시겠어요? 물론 요리사와 잔심부름하는 처녀는 덴먼이 죽어 가면서 내뱉은 말이 물고기에 대한 거라고 말했지요. 나는 여기에서 이 불가사의한 사건을 해결할 수 있는 그 어떤 실마리가 발견될 수 있으리라 확신했답니다. 거의 절대적으로 확신하게 된 것이지요. 난 이 문제의 요지를 파악할 결심을 굳게 하고서 집으로 돌아왔습니다."

마플 양은 여기서 하던 말을 잠깐 중단했다.

"만일 다음과 같은 일이 여러분들에게 생긴다면……."

노부인은 계속해서 말을 이었다.

"여러분은 어느 정도 소위 그 상황이라는 것에 파고들겠습니까? 다트무어에는 그레이 웨더스라고 불리는 곳이 있답니다. 만일 여러분이 그곳에 사는 한 농부에게 그레이 웨더스에 대해서 말한다면, 그는 아마도 당신들이 그곳에 있는 환상석에 대해서 말하는 거라고 짐작할 겁니다. 비록 여러분이 그곳의 날씨나 분위기에 대해서 말하고 있다 할지라도 말이에요. 마찬가지로 여러분이 환상석에 대해서 얘기를 하고 있는데, 그곳에서 살지 않는 어떤 사람이 그 대화를 조금 들었다면 그는 여러분들이 아마도 날씨에 대해서 얘기한다고 생각할 거예요. 또한, 우리도 대화를 나눌 때 같은 말을 반복하지는 않습니다. 그 대신 똑같은 대상을 지칭하는 듯이 보이는 다른 어휘를 사용하지요.

그래서 나는 요리사와 도로시를 각각 다시 만나보았습니다. 요리사에게 덴먼 씨가 분명히 많은 물고기에 대해서 말했었느냐고 물어보았습니다. 그녀는 그렇게 확신한다고 대답하더군요.

'그는 정확하게 많은 물고기들(heap of fish)이라고 했나요? 아니면 어떤 특정한 종류의 물고기에 대해서 말했나요?'

'바로 그거예요.' 요리사가 말했어요.

'그분은 어떤 특정한 종류의 물고기에 대해 얘기했을 거예요. 하지만 그게 뭔지 지금은 기억할 수가 없어요. 많은(a heap of), 음……, 그게 뭐였더라? 지금 할머니가 식탁 위에 내놓은 생선들 중에는 없어요. 그게 농어(perch)였던가 아니면, 창꼬치(pike)였던가? 아니야, 그 생선 이름은 피(P)자로 시작하지는 않는데.'

도로시는 기억을 되살려서, 덴먼이 어떤 특별한 생선 종류를 언급했다고 했습니다.

'그 물고기는 우리나라에는 없는 이국적인 이름이었어요.' 그녀가 말했습니다.

'많은(a pile of), 그게 무슨 이름이었지?'

'그가 '힙(heap)'이라고 했나요. 아니면 '파일(pile)'이라고 했나요? 잘 생각해 봐요.'

'제 생각엔 파일이라고 말했던 것 같아요. 하지만, 사실 뭐라고 확실히 말씀 드릴 수가 없군요. 그분이 실제로 하신 말을 기억한다는 건 쉽지가 않아요, 할머니. 더욱이 아무런 의미도 없는 말일 때는요. 하지만 지금 곰곰이 생각해 보니 파일이라는 말이 분명했던 것 같아요. 그리고 생선 이름이 시(C)자로 시작되는 거였어요. 그렇다고 그 이름이 대구(cod)나 왕새우(crayfish)는 아니었어요.'

이제부터 얘기할 부분은 정말 내 자신 스스로도 긍지를 느끼고 있답니다."

마플 양이 이야기를 계속했다.

"왜냐하면 난 의약품에 대해서라면 전혀 아는 바가 없기 때문이지요—단지 그것들이 위험한 것이라고 생각한답니다. 난 내 할머니에게서 쑥국화로 차를 만드는 오래된 비법을 배웠답니다. 쑥국화 차는 보통 사람들이 사용하는 약만큼이나 가치가 있는 것이랍니다. 게다가 난 집에 의약 서적들을 몇 권 가지고 있긴 하지요. 그리고 그 책들 중 한 권에 의약품 목록이 있다는 걸 알았습니다. 여러분도 짐작했겠지만, 내 생각엔 제프리가 어떤 이상한 극약을 먹었으며, 숨이 끊어지는 순간 그 이름을 말하려고 애썼으리라는 것입니다.

그래서 히(He)로 시작하는 에이치(h)자 목록을 훑어보았답니다. 하지만 그럴 듯해 보이는 약품 이름은 없었습니다. 그래서 나는 다시 피(P)자로 시작하는 목록을 찾기 시작했답니다. 그러고는 즉시 그 극약 이름처럼 생각되는 약품명을 찾아낼 수 있었지요—여러분들은 어떻게 생각하나요?"

마플 양은 승리의 순간을 약간 미루기라도 하듯이 주위를 둘러보았다.

"파일로카파인이었습니다. 자, 이제 그 말을 표시하기 위해 애쓰면서도 거의 말할 수조차 없었던 한 남자의 심정을 이해할 수 있겠지요? 그런 이름을 전혀 들어보지 못했던 요리사에게는 그 소리가 어떻게 들렸을까요? 그 독극물의 이름이 마치 '파일러브카프(pile of carp; 많은 잉어들)'라고 들리지 않았겠어요?"

"와!" 헨리 경이 크게 감탄했다는 듯이 외마디 소리를 질렀다.

"내가 당신이었다면 그런 생각은 하지도 못했을 겁니다."

펜더 박사가 말했다.

"재미있군요." 페더릭이 말했다.

"정말 최고로 흥미진진하군요."

"난 재빨리 그 목록에 나와 있는 페이지를 찾아보았지요. 그리곤 파일로카파인과 눈에 대한 그 영향 등을 읽어 보았지만, 이 사건의 경우와는 아무런 관계도 없는 듯이 보였답니다. 그러나 마침내 나는 가장 중요한 구절을 발견하게 되었답니다. 즉, '파일로카파인은 아트로핀(가지 과의 식물에 함유되는 알칼로이드의 일종)에 중독되었을 때 그 해독제로서 뛰어난 효과가 있다고 밝혀졌다.'라고 하는 내용이었지요.

그때 내게 떠오르기 시작한 영감의 빛은 형언할 수 없을 정도로 대단한 것이었지요. 나는 제프리 덴먼이 자살을 했을지도 모른다는 생각은 전혀 하지 않았답니다. 그렇기 때문에 이 새로운 결론은 가능한 것일 뿐만이 아니라, 올바른 해결책이라고 확신하게 되었지요. 왜냐하면 그 결론에 따라 모든 일의 경위가 논리적으로 전개될 수 있었기 때문이에요."

"저는 추측해 보려고 시도하지도 않겠습니다." 레이먼드가 말했다.

"계속 말씀해 주세요, 제인 이모님. 이모님에게 그토록 갑작스럽고도 명백하게 떠올랐던 것이 무엇인지 말씀해 주세요."

"물론 나는 의학에 대해서는 아무것도 모른답니다." 마플 양이 말했다.

"하지만 난 우연히도 어떤 사실을 알고 있었지요. 내 시력이 점점 나빠져 가고 있을 때 의사는 내게 아트로핀 황산염이 들어 있는 점적(點滴) 약을 처방해 주었어요. 난 곧장 위층의 덴먼 노인한테로 달려가서 넌지시 떠보지도 않고 단도직입적으로 말했습니다.

'덴먼 씨, 난 이미 모든 사실을 알고 있답니다. 당신은 왜 아드님을 독살하셨나요?' 내가 물었습니다.

그는 잠시 아무 말도 하지 않고 나를 물끄러미 바라보더군요―그는 상당히 곱게 늙은 노인이었습니다. 그러더니 갑자기 웃음을 터뜨리더군요. 그 소리는 지금껏 내가 들어왔던 소리 중에서 가장 사악하게 들렸답니다. 그때 난 소름이 돋을 정도로 섬뜩했습니다. 그전에 가엾은 존스 부인이 머리가 돌았을 때도, 나는 그와 같은 소리를 들었답니다.

'그렇소.' 그가 말했습니다.

'난 내 아들 녀석을 낳았어요. 하지만 제프리 녀석보다는 내가 훨씬 더 영리했다오. 아들놈은 날 내쫓으려고 했지요, 안 그렇소? 나를 정신병원에 가둬 놓으려고 했단 말입니다. 난 그 녀석 내외가 그 문제에 관해 얘기하는 걸 들

었소. 며느리는 참 좋은 여자랍니다—마블은 내 입장을 옹호해 주었습니다만,
제프리가 반대했기 때문에 계속 나를 보호해 줄 수는 없으리란 걸 알고 있었
답니다. 결국에 그 녀석은 자기 방식대로 할 테니까. 그놈은 항상 그랬었으니
까요. 그래서 내가 먼저 선수를 쳐서 그 녀석을 없애 버렸다오—내 친절하고
사랑스러운 아들놈을 말이오! 하하! 난 한밤중에 그 녀석 방에 슬금슬금 기어
들어갔어요. 그런 일쯤은 누워서 식은 죽 먹기였지요. 마침 브루스터는 집에
없었답니다. 내 아들 녀석은 잠에 곯아떨어져 있더군요. 그 애는 항상 침대 곁
에 물컵을 두고 잔답니다. 한밤중에 잠에서 깨면 그 물을 모조리 마시는 게
그 애의 습관이었지요. 난 컵에 물을 가득 채운 뒤(하하!), 그 속에다 내 안약
을 몽땅 쏟아 넣었답니다. 아마도 자정쯤 잠에서 깨어나서 그것이 무엇인지도
모르고 모두 마시리라 생각했었다오. 내게 안약이 한 숟가락 정도 남아 있었
지만—그것으로, 그것만으로도 충분했었지. 그런데 그 녀석이 정말 그것을 마
셔 버렸던 겁니다. 아침에 사람들이 내게 오더니 조심스럽게 그 녀석이 죽었
다고 말해 주더군요. 그들은 내가 그 소식을 들으면 충격을 받을까 봐 걱정했
을 테지요. 하하하하!'"

"자." 마플이 말을 이었다.

"이 부분이 내 얘기의 마지막입니다. 물론, 가엾은 그 노인은 정신병원에 수
용되었지요. 그는 사실 자신이 한 행위에 대해 하등의 법적인 책임도 지지 않
았습니다. 그리고 덴먼의 죽음에 대한 진상도 곧 알려졌답니다. 그래서 마땅히
마을 사람들은 마블에게 미안해했지만, 그들이 그동안 그녀에 대해 가졌던 부
당한 의심을 보상하기에는 부족한 것이었지요. 하지만 만일 제프리가 자신이
먹은 극약이 무엇이었는지 깨닫지 못했다면, 그래서 그 집안사람들에게 해독
제를 가져오라고 시키지 않았다면, 이 사건의 진상은 그때 밝혀지지 않았을지
도 모릅니다. 난 아트로핀 극약을 마시면 나타나는 정확한 증세를 알고 있습
니다—눈의 동공이 팽창되는 것이지요. 하긴, 내가 알고 있는 건 그게 전부지
만요. 하지만 물론 여러분에게 이미 말했던 대로, 롤린슨은 심한 근시안이었어
요. 가엾은 노인 같으니. 내가 계속 읽었던 의학 서적에서(그 책의 일부는 몹
시 흥미있는 것이었습니다) 프토마인 중독과 아트로핀 중독에 대해서도 알게

되었는데, 그들 두 가지는 크게 다르지 않았어요. 하지만 이제 여러분에게 확실히 말할 수 있답니다. 싱싱한 대구들만 보면 성 베드로의 지문이 떠오른다는 사실을 말입니다."

방에는 긴 침묵이 흘렀다.

"마플 양." 페더릭이 말했다.

"당신 정말로 놀라운 분이군요."

"난 당신에게 조언을 구해 보라고 런던경시청 사람들한테 말할까 해요."

헨리 경이 말했다.

"글쎄요, 하여튼 제인 이모님." 레이먼드가 말했다.

"이모님께서도 알지 못하는 일이 한 가지 있답니다."

"오, 아니야. 난 알고 있단다." 마플 양이 말했다.

"그것은 저녁식사가 끝난 뒤에 바로 있었던 일이지, 그렇지? 네가 조이스 양과 함께 석양을 구경하러 나갔을 때 말이야. 거긴 아주 좋은 장소지. 재스민 울타리가 멋지게 둘러 있으니 말이다. 바로 목동이 애니에게 결혼해 줄 수 있느냐고 물어보았던 곳이지."

"제발 그만하세요, 제인 이모님." 레이먼드가 말했다.

"그런 낭만적인 얘기를 망쳐 놓진 말아 주세요. 게다가 조이스와 저는 목동과 애니가 아니랍니다."

"네가 실수한 게 바로 그것이란다, 레이먼드." 마플 양이 말했다.

"사람이란 너나 할 것 없이 사실 모두 비슷비슷하단다. 하지만 다행스럽게도 사람들이 그 사실을 깨닫지 못할 뿐이지."

제7장

푸른 제라늄

"작년에 내가 여기에 내려왔을 때……."

헨리 클리더링 경은 말을 시작하다가 갑자기 멈췄다.

그를 초대한 여주인 밴트리 부인은 호기심 어린 시선으로 그를 쳐다보았다.

런던경시청의 전(前) 국장은 세인트 메리 미드 마을 근처에 사는 그의 오랜 친구인 밴트리 육군 대령 부부 집에 초대받은 것이다.

밴트리 부인은 펜을 들고서 그날 저녁식사에 여섯 번째 손님으로 누구를 초대했으면 좋겠느냐고 그에게 묻고 있었다.

"예?" 밴트리 부인은 그의 말을 되풀이했다.

"당신이 작년에 여기 내려왔을 때라고요?"

"그렇습니다만." 헨리 경이 말했다.

"마플 양이라는 분을 알고 있나요?"

밴트리 부인은 깜짝 놀랐다. 그의 말은 그녀에게는 전혀 예기치도 못했던 일이었기 때문이다.

"마플 양을 아느냐고요? 그녀를 모르는 사람이 설마 있을라고요! 소설에서나 나올 듯한 전형적인 늙은 여자지요. 꽤 상냥한 분이지만 시대에 뒤떨어져서 사는 사람으로 알고 있어요. 당신은, 그렇다면 마플 양을 저녁식사에 초대하고 싶단 말인가요?"

"왜, 놀랐나요?"

"솔직히 말해서 약간 놀랐어요. 난 당신이 그런 말을 하리라고는 전혀 생각지도 못했어요—하지만 거기에는 그럴 만한 이유가 있을 텐데요. 내게 설명해 주시겠어요?"

"설명은 간단합니다. 내가 작년에 이곳에 내려왔을 때 우리는 여러 가지 미스터리 사건들을 얘기하면서 시간을 보냈지요. 모두 다섯 명인가 여섯 명쯤 되었는데, 제일 먼저 소설가인 레이먼드 웨스트가 제안한 거지요. 우리는 각자 자기는 해답을 알고 있으나, 다른 사람들은 전혀 알지 못하는 사건들을 하나씩 얘기했답니다. 그것은 추리 능력—즉, 누가 사건의 진상에 가장 가깝게 접근할 수 있느냐를 알아보는 일종의 게임이었습니다."

"오, 그래서요?"

"마치 옛날이야기에 나오는 것처럼 말입니다. 우리는 마플 양이 그런 게임에 참여하리라고는 전혀 생각지 못했지요. 우리는 공손히 그분 말을 들었을 뿐이지요—왜냐하면 노부인의 감정을 상하게 하고 싶진 않았거든요. 그런데 정말 놀라운 일이 일어났답니다. 그 노처녀는 매번 우리들을 능가하는 추리 솜씨를 보였던 겁니다!"

"뭐라고요?"

"글쎄 그랬다니까요. 마플 양은 마치 전서(傳書) 비둘기처럼 곧바로 진상을 밝혀냈답니다."

"하지만 너무 이상한 일이군요! 나이 든 마플 양은 세인트 메리 미드 마을 밖으로는 나간 적도 거의 없는 것 같은데."

"아! 그녀의 말에 따르면, 그것은 시골 생활이 인간 본성에 대해 관찰해 볼 수 있는 끝없는 기회를 줬다고 하더군요. 말하자면 현미경 아래에서 사물을 관찰하듯이 말입니다."

"나도 시골 생활에 뭔가가 있다고 생각하긴 해요." 밴트리 부인이 인정했다.

"이런 마을에서는 사소한 일이라도 숨길 수가 없죠. 하지만, 우리들 중에는 정말로 흥미진진한 범죄 얘기를 알고 있는 사람은 없는 것 같은데요. 저녁식사가 끝나고 나면 그녀에게 아서의 유령 이야기를 해결해 달라고 한번 말해 봐야겠군요. 마플 양이 그것에 대한 해답을 찾아낸다면 난 그녀에게 사의를 표하겠어요."

"내가 알기로 아서는 유령들을 믿지 않는데요?"

"오! 그이는 지금도 유령 따위는 믿지 않아요. 그렇기 때문에 그이는 지금 매우 걱정하고 있답니다. 그 일은 조지 프리처드라는 그이의 친구에게 일어났지요. 그는 아주 평범한 사람이었답니다. 그 일은 정말 조지에게는 매우 비극적인 것이었어요. 그 이상한 얘기가 진실이든 아니든 간에 말이에요."

"진실이 아니라니, 그게 무슨 말인가요?"

밴트리 부인은 대답하지 않았다. 잠시 뒤에 그녀는 엉뚱한 말을 꺼냈다.

"당신도 알다시피 난 조지를 좋아합니다―아마 조지를 좋아할 거예요. 다른 사람들은 그가 특이한 일을 했다고 해도 정말로 그가 했다고는 아무도 믿지 않을 거예요."

헨리 경은 고개를 끄덕였다. 그는 사람들의 이상한 행동에 대해서는 밴트리 부인보다도 훨씬 더 잘 알고 있었던 것이다.

마침내 저녁 시간이 되었다.

밴트리 부인은 식탁 주위를 둘러보면서 약간 몸을 떨었다. 왜냐하면 대부분의 영국 식당과 같이 그 식당도 몹시 추웠기 때문이었다. 그녀는 자기 남편 오른쪽에서 자세를 꼿꼿이 하고 앉아 있는 노부인에게 시선을 고정시켰다. 마플 양은 레이스가 달린 검은색 벙어리장갑을 끼고 있었으며, 낡은 레이스가 달린 숄을 어깨에 걸치고 있었다. 그 숄에서 떨어진 한 가닥의 레이스가 그녀의 백발 위에 붙어 있었다. 그녀는 꽤 나이가 들어 보이는 의사인 로이드 박사와 경범죄라든가 노역소, 그 밖에 교구 간호사의 결점들에 대해서 활발하게 얘기하고 있었다.

밴트리 부인은 다시 한 번 놀랐다. 그녀는 헨리 경이 괜히 농담을 했던 것이 아닌가 하고 의심했다―하지만 그 점에 대해서 알 도리는 없었다. 어쨌든 헨리 경의 말이 사실은 아닐 것이라고 생각했던 것이다.

그녀는 계속 주위를 둘러보다가 불그스름한 얼굴에 널찍한 어깨를 가진 자기 남편을 다정스럽게 바라보았다. 그는 아름다운 용모에 인기 있는 여배우인 제인 헬리어에게 허풍을 떨고 있었다. 제인은 무대 위에서보다 무대 밖에서 더 아름다워 보였으며, 커다랗고 푸른 눈을 동그랗게 뜨고는 가끔씩 맞장구쳤다. '정말이세요?', '오, 굉장하군요!', '정말 이상한 일이네요!' 밴트리 부인은 아서가 뭐라고 허풍을 떠는지 전혀 알지 못했고, 또 알고 싶지도 않았다.

밴트리 부인이 자기 남편을 불렀다.

"아서, 당신 지금 가엾은 제인 양을 너무 따분하게 만들고 있군요. 허풍일랑은 이제 집어치우고 대신 당신의 그 유령 얘기나 들려주세요. 당신이 아는……, 조지 프리처드의 얘기 말이에요."

"뭐라고, 돌리? 아! 하지만, 난 잘 모르겠는걸."

"헨리 경도 그 얘길 듣고 싶어 해요. 오늘 아침 내가 헨리 경에게 그 얘기에 대해서 약간 말씀드렸답니다. 당신 말을 듣고 난 뒤 모두 그것에 대해 얘기해 본다면 아주 재미있을 거예요."

"오, 그래요! 유령 이야기라면 나도 좋아해요." 제인이 말했다.

"글쎄요, 난 초자연적인 사실을 그다지 믿는 사람이 아닙니다. 하지만 이건……"

밴트리 대령은 주저하면서 말을 꺼냈다.

"여러분은 아무도 조지 프리처드를 모를 겁니다. 그는 정말 좋은 사람이지요. 그의 아내, 음, 지금은 이 세상 사람이 아니지만 가엾은 여자였습니다. 그녀에 대해서 조금만 설명하겠습니다. 그녀가 살아 있을 때 조지는 편안한 시간을 조금도 갖지 못했답니다. 그 여자는 절반 정도는 환자나 다름없었지요—분명히 그 여자는 뭔가 잘못되어 있었다고 나는 확신합니다. 하지만 어떻게든 그녀는 진지하게 행동했답니다. 그녀는 변덕이 몹시 심했으며, 무슨 일이든지 남들한테 냉혹하게 강요했고, 사리분별이 없는 편이었지요. 그녀는 온종일 불평만 늘어놓으면서 조지가 자신의 모든 시중을 들어줄 것으로 기대했지만, 그가 한 행동은 오히려 그녀의 비위에 거슬리는 것이었습니다. 그래서 그는 실컷 일하고 욕을 먹게 되는 꼴을 당했답니다. 만일 다른 남자가 그와 같은 일을 당했더라면, 대부분의 남자들은 오래전에 도끼로 그녀의 머리를 내리쳤을 것이라고 나는 확신합니다. 돌리, 그렇지 않소?"

"그녀는 정말 끔찍한 여자였어요." 밴트리 부인이 그렇다는 듯이 말했다.

"만일 조지 프리처드가 도끼로 그녀의 머리를 부숴 버렸다 해도 배심원석에 여자가 한 사람만 있다면, 그는 분명히 무죄로 석방될 거예요."

"난 이 사건이 어떻게 시작되었는지 잘 모릅니다. 그 일에 대해서 조지는 다소 모호한 태도를 취했으니까요. 프리처드 부인은 항상 점쟁이나 손금 보는 사람, 그리고 천리안을 가진 사람들을 무척이나 좋아했답니다. 조지는 그런 것들엔 괘념치 않았습니다. 그녀가 그런 일에서 즐거움을 발견한다면, 뭐 할 수 없는 일이었으니까요. 그러나 그는 그런 미신적인 것들에 대해 과장해서 말하는 것을 딱 질색했는데, 그것이 그녀에게는 또 다른 불만의 씨앗이었지요.

그 집에는 항상 병원 간호사들이 있었는데, 몇 주 뒤에는 프리처드 부인이 그것에 불만을 느끼게 되었답니다. 그런데 그중에서 점쟁이에게 매우 흥미를 느낀 젊은 간호사가 있었습니다. 얼마 동안 프리처드 부인은 그녀를 몹시 좋아했답니다. 그러다가 갑자기 그녀는 그 간호사와 심하게 다투고는 집에서 나가라고 했답니다. 그 간호사는 그 대신 전에 자기와 함께 있었던 다른 간호사를 그녀에게 보내 주었습니다. 그녀는 전에 있던 간호사보다 약간 나이가 많았으나, 신경증 환자를 다루는 데 매우 경험이 많은 아주 유능한 간호사였답니다. 조지 말에 따르면, 코플링이라는 간호사는 매우 좋은 여자였다고 하더군요—스스럼없이 대화를 나눌 수 있는 양식 있는 여자였다나요. 그녀는 프리처드 부인이 느닷없이 부리는 성깔을 모두 받아 주었답니다.

프리처드 부인은 항상 2층에서 점심식사를 했지요. 그래서 조지와 간호사는 식사하는 동안 그날 오후를 어떻게 보내야 하는지에 대해 의논하곤 했답니다. 정확히 말해서 그녀는 오후 2시에서 4시까지 휴식 시간이었지만, 조지가 오후에 할 일이 있다고 하면 차를 마시고 난 뒤에 자신의 휴식 시간을 제쳐 두곤 했답니다. 그런데 한번은 간호사가 골더스 그린에서 여동생을 만나기로 했기 때문에 좀 늦게 돌아올지도 모른다고 말했지요. 그랬더니 조지의 얼굴 표정이 침울해졌습니다. 왜냐하면 그는 이미 골프를 한 판 치기로 약속했기 때문이었지요. 그러나 코플링 간호사는 곧 그를 안심시켰습니다.

'골프를 칠 수 있을 거예요, 프리처드 씨.'

이렇게 말하면서 그녀는 눈을 깜박거렸지요.

'부인은 우리들보다 더 흥미있는 손님과 지내게 되실 거고요.'

'그게 누군데요?'

'잠깐만 기다려 보세요.'

코플링 간호사는 말을 하면서 더욱더 눈을 깜박거렸습니다.

'저도 누군지 궁금하거든요. 재리더라고 하는데, 미래를 마음속에서 읽는 영매랍니다.'

'오, 맙소사!' 조지는 신음소리를 냈습니다.

'그 사람은 새 영매로군요, 안 그렇소?'

'맞아요. 제 선임자였던 카스테어스 간호사가 보낸 것으로 알고 있답니다. 프리처드 부인은 아직 그녀를 만나보지 못하셨어요. 부인께서 제게 오늘 오후에 약속을 하도록 편지를 쓰라고 하셨거든요.'

'글쎄, 어쨌든 난 골프나 치러 가야겠소.'

조지가 말했습니다. 그러고는 재리더라는 심령술사에 대해 몹시 궁금한 생각을 갖고서 골프장으로 출발했답니다.

그가 집으로 돌아왔을 때, 그는 아내가 매우 초조해하고 있다는 걸 발견했습니다. 그녀는 평소처럼 환자용 안락의자에 누워 있으나, 탄산암모늄(냄새 맡고 정신 차리게 하는 약)이 든 병을 들고 코를 킁킁거리며 냄새를 맡고 있었답니다.

'여보ㅡ.' 그녀가 소리쳤습니다.

'그전에 이 집에 대해서 내가 당신한테 뭐라고 말했죠? 내가 이 집 문간에 들어서자마자 뭔가 확실치는 않지만 잘못된 것이 있다고 했잖아요? 그때 내가 그렇게 말하지 않았던가요?'

그는 한바탕 해대고 싶은 욕구를 억누르면서 말했답니다.

'당신은 항상 그래 왔지. 아니, 솔직히 말해서, 당신이 그런 말을 했는지도 기억이 나지 않는군.'

'당신은 언제나 그런 식이죠. 나와 관련된 일은 뭐든지 기억하지 못했으니까요. 남자들은 모두 이상할 정도로 냉담하지만ㅡ정말 당신처럼 냉담한 사람도 세상에 없을 거예요.'

'오, 제발 그만해. 그런 얘기는 듣기 좋은 불평거리가 아니니까.'

'좋아요. 하지만 내가 말했던 것처럼 그 여자도 그 사실을 즉시 알아차렸다고요! 그녀는(당신은 지금 내가 무슨 말을 하는지 잘 모르겠지만) 이 집 문을 들어서자마자 정말로 몸을 움찔했다는군요. 그러더니, "여기에는 사악한 것이 있어요. 난 그걸 느낄 수 있어요." 하고 말했단 말이에요.'

현명치 못하게도 조지는 그만 웃음을 터뜨리고 말았답니다.

'어쨌든, 당신은 오늘 오후에 투자한 돈만큼의 값어치는 얻은 셈이로군.'

그의 아내는 두 눈을 감고 향료 병에 코를 대고 길게 숨을 들이마셨습니다.

'당신 정말 나를 미워하는군요! 설령 내가 죽는다고 해도 당신은 야유나 보내면서 웃을 사람이에요.'

조지는 그렇지 않다고 극구 부인했지만 그의 아내는 막무가내로 계속해서 말을 해댔습니다.

'당신이 비웃을지도 모르겠지만, 난 모든 걸 털어놓아야겠어요. 이 집이 내게 대단히 위험하다는 건 확실해요. 그 여자도 그렇게 말했어요.'

재리더에 대해 조금 전에 느꼈던 조지의 좋은 감정은 사라지고 말았지요. 조지는 아내가 언제라도 마음이 바뀌면 다시 이사 가자고 할 여자라는 것을 알고 있었거든요.

'그 여자가 그 밖에 또 무슨 말을 했지?' 그가 물었습니다.

'그녀는 내게 많은 얘기를 할 수가 없었어요. 그만큼 마음이 혼란해 있었던 거예요. 그녀가 말한 게 또 한 가지 있어요. 내가 잔디밭에 제비꽃을 몇 송이 기르고 있잖아요? 그런데 그 여자가 그것을 손으로 가리키더니 소리치는 것이었어요. "저 꽃을 치워 버리세요. 파란 꽃은 안 돼요. 절대로 파란 꽃은 기르지 마세요. 파란 꽃은 부인에게 아주 치명적인 것이니까요. 이 점을 잘 기억해 두세요."'

'그리고 당신도 알고 있겠지만……' 프리처드 부인은 덧붙여 말했습니다.

'난 항상 파란색이 불쾌하다고 말했잖아요. 난 파란색에 대해서 선천적으로 경계감 같은 것을 느낀다고요.'

조지는 현명하게도 그녀가 그전에 그런 말을 하는 걸 절대로 들은 적이 없노라고 반복하지 않았답니다. 대신 그는 그 신비로운 재리더라는 사람이 대체 어떻게 생긴 여자냐고 아내에게 물었습니다. 그랬더니 프리처드 부인은 신이 나서 그녀의 모습에 대해 설명하기 시작했습니다.

'머리는 검은 색깔이었는데, 귀 위로 둥글게 감아 올렸더군요. 눈은 반쯤 감겨 있었으며 눈언저리가 거무스름했어요. 또, 입과 턱 위를 검은 베일로 덮고 있었고요. 그녀는 마치 노래하는 듯한 목소리로 얘기했는데, 그 목소리에는 분명한 외국 억양이 들어 있었답니다. 내 생각엔 에스파냐 억양인 것 같아요.'

'그런 것들이 모두 일상적인 장사 수단이지.' 조지는 유쾌하게 말했습니다. 그러자 그의 아내는 곧바로 눈을 감아 버렸다는 겁니다.

'난 지금 너무 아파요. 벨을 눌러서 간호사를 좀 불러 줘요. 당신의 그 소갈머리 때문에 속이 뒤집힐 것만 같아요. 당신은 지금 내 말이 무슨 뜻인지 너무나 잘 알 거예요.'

그로부터 이틀 뒤 코플링 간호사가 심각한 얼굴을 하고서 조지한테로 왔다더군요.

'어서 부인에게로 가보세요. 부인이 편지 한 통을 받으셨는데, 그것 때문에 몹시 당황하고 계십니다.'

그가 아내에게 가보았더니 그녀는 떨리는 손으로 편지를 들고 있었답니다. 그를 보더니 그녀는 편지를 조지에게 내밀었지요.

'이것 좀 읽어 보세요.'

조지는 그것을 읽어 보았지요. 그 편지지는 짙은 향내가 나는 종이였는데, 글씨는 검은색으로 큼직큼직하게 쓰여 있었답니다.

'난 미래를 보았습니다. 너무 늦기 전에 주의하세요. 보름달이 되는 때는 조심하세요. 파란 앵초꽃은 경고를 뜻합니다. 파란 접시꽃은 위험을 의미합니다. 그리고 푸른색 제라늄은 죽음을 의미합니다……'

막 웃음이 나오려는 찰나에 조지는 코플링 간호사의 눈을 쳐다보았지요. 그녀는 눈을 깜박거리며 재빨리 조심하라는 신호를 보냈답니다. 그래서 그는 웃음을 참느라고 애쓰며 약간 어색하게 말했답니다.

'그 여자는 아마도 당신을 겁주려고 하는 것 같아, 메리. 어떻든 이 집에는 파란색 앵초꽃이나 푸른색 제라늄 따위는 없으니 걱정하지 말아요.'

그러나 프리처드 부인은 울부짖으며 말하기 시작했지요.

'난 이제 죽을 날이 얼마 남지 않았어요.' 하고 말입니다. 조지는 코플링 간호사와 함께 그 방을 나와 층계참으로 내려갔답니다.

'모든 게 어리석은 바보짓이야.' 조지는 소리쳤습니다.

'저도 그렇게 생각해요.'

그는 간호사의 목소리에 들어 있는 그 어떤 것에 정신이 퍼뜩 들어서 놀란 눈으로 그녀를 응시했지요.

'간호사, 당신은 확실히 믿진 않는군.'

'예, 그래요, 프리처드 씨. 전 미래를 읽는다는 것 따위는 믿지 않아요—그건 정말 넌센스에 불과해요. 하지만 제가 의아하게 생각하는 건 그 편지의 의미랍니다. 점쟁이들이란 대개 무엇인가를 긁어내려고 하거든요. 하지만 그 여인은 자신에게 아무런 이익도 없는데도, 그저 프리처드 부인을 놀라게 하는 것 같아요. 전 그 까닭을 모르겠어요. 그리고 한 가지 또 다른 일은……'

'한 가지 일은?'

'확실치는 않지만 재리더의 그 어떤 것이 부인에게 친숙해지고 있다고 부인께서 말씀하셨답니다.'

'그래요?'

'예. 전 별로 맘에 들지 않지만요, 프리처드 씨. 그게 전부입니다.'

'난 당신이 그렇게 미신에 관심이 있는지 몰랐소, 간호사.'

'아뇨, 전 결코 미신 같은 걸 믿지는 않아요. 하지만 의심스러운 일이 있을 때는 그것을 직감한답니다.'

그로부터 한 사흘 정도가 지나서 첫 번째 사고가 발생했습니다. 이 일을 여러분에게 설명하려면 먼저 프리처드 부인의 방에 대해서 얘기해야겠군요."

"그 얘기는 내가 하는 게 좋을 것 같아요." 밴트리 부인이 끼어들며 말했다.

"그 방은 요즘 유행하는 벽지들로 장식되어 있었는데, 종이꽃을 갖다 붙이면 가장자리만 풀잎 모양으로 변하는 그런 것이었지요. 그렇게 해놓으면 마치 정원에 있는 느낌이 들지요—물론, 그 꽃들은 모두 제멋대로였답니다. 내 말은 그 꽃들이 피는 시기가 각각 다르다는 거예요."

"그런 원예학적 정확성에 쏠려서 정열을 낭비하진 말아요. 우리 모두 당신이 얼마나 정열적인 정원사인지 잘 알고 있으니까 말이오."

그녀의 남편이 말했다.

"좋아요. 아무튼 그건……" 밴트리 부인은 반박하듯이 말했다.

"어색한 일이에요. 초롱꽃과 수선화 루핀과 접시꽃, 그리고 미카엘 축제 때 사용하는 데이지꽃 따위들이 모두 한 자리에 모여 있다는 건 말이에요."

"정말 비현실적이군요." 헨리 경이 말했다.

"어떻든, 어서 얘기를 계속해 보세요."

"음, 그렇게 뒤죽박죽 섞여 있던 꽃 중에 앵초꽃도 있었답니다. 노란색과 분홍색의 앵초꽃 말이에요. 아서, 여기부터는 당신이 계속해 보세요."

밴트리 대령은 이야기를 받아 계속해 나갔다.

"어느 날 아침 프리처드 부인은 몹시 시끄럽게 벨을 눌러댔답니다. 그래서 집안사람들 모두 급히 그녀 방으로 달려갔지요—혹시 그녀가 임종을 맞이한 게 아닌가 생각하면서 말이에요. 그러나 그렇진 않았답니다. 그녀는 굉장히 흥분해서는 손가락으로 벽지 쪽을 가리키고 있었답니다. 그런데 거기에는 다른 꽃들 속에 섞여서 파란색 앵초꽃이 하나 붙어 있었던 겁니다……."

"오! 정말로 오싹할 일이로군요!" 헬리어 양이 소리쳤다.

"의문점은 이렇습니다. 그 파란색 앵초꽃은 처음부터 거기에 있었던 건 아닐까 하는 것이었죠. 이것은 물론 조지와 간호사의 생각이었답니다. 하지만, 프리처드 부인은 도무지 그러한 말을 받아들이려 하지 않았대요. 그녀는 바로 그날 아침까지도 그런 앵초꽃은 결코 보지 못했다는 겁니다. 게다가, 지난밤에는 보름달도 떠 있었다고 했다는군요. 그녀는 그 일로 아주 당황해 했답니다."

"나도 바로 그날 조지 프리처드를 만났는데, 그가 그것에 대해 얘기해 주더군요."

밴트리 부인이 남편의 말을 받아서 계속했다.

"그래서 난 프리처드 부인을 찾아가서, 그런 일에는 신경 쓸 것 없다고 말하면서 그녀를 진정시켜 보려고 했습니다만 아무런 소용이 없었어요. 결국 별소득 없이 그 집을 나왔지만 정말 걱정이 되었어요. 집으로 돌아오는 길에 진 인스토우를 만났는데, 그녀한테 그런 사정 얘기를 들려주었답니다. 진은 약간 이상한 여자예요. 그녀는 이렇게 말하더군요.

'그래서 프리처드 부인이 그 때문에 몹시 당혹스러워하고 있다고요?'

난 프리처드 부인이 너무 광적으로 미신을 믿기 때문에 공포로 죽게 되지나 않을까 걱정된다고 그녀에게 말해 주었지요.

　그런데 진이 다음에 한 말은 나를 꽤 놀라게 했답니다. 그녀는 이렇게 말했습니다.

　'그것참 잘 되었군요, 그렇지 않아요?'

　더구나 그 말을 너무나 냉정하고 자연스럽게 했기 때문에 난 정말로 충격을 받았답니다. 물론 요즘에는 그런 일이 심심찮게 일어나고 있다는 것을 알고 있어요―잔인할 정도로 솔직하게 얘기하는 것 말이에요. 하지만 그 당시 난 그런 표현에 익숙지 않았답니다. 진은 내게 묘한 웃음을 보내면서 말했습니다.

　'당신은 내가 그런 식으로 얘기하는 게 맘에 들지 않는 모양이군요. 하지만, 그건 사실이에요. 프리처드 부인으로서의 삶이 그녀한테 무슨 소용이 있겠어요? 하나도 쓸모없어요. 더구나, 그것은 조지 프리처드에게는 지옥이라고요. 만일 그녀가 공포 때문에 이 세상을 떠난다면 그것은 그에게는 최고의 일이 될 거예요.'

　그래서 나는 그녀에게 이렇게 말했지요.

　'조지는 항상 그녀한테 좋은 남편이랍니다.'

　그랬더니 그녀가 다시 내 말을 받아 대꾸를 하더군요.

　'맞아요, 그는 정말 상이라도 받을 만한 사람이지요. 가엾은 사람. 조지 프리처드, 그는 정말 매력적인 사람이에요. 지난번 간호사도 그렇게 생각했지요. 예쁘게 생긴 여자였는데, 이름이 뭐였더라? 아! 맞아, 카스테어스 하긴, 그것이 그녀와 프리처드 부인 사이에 있었던 말다툼의 원인이었지요.'

　아무튼 난 진이 그런 식으로 말하는 것이 못마땅했답니다. 물론 누구라도 의아하게 생각했을 거예요."

　밴트리 부인은 의미심장하게 말을 중단했다.

　"물론이죠, 밴트리 부인." 마플 양이 신중하게 말했다.

　"누구나 그렇게 생각할 겁니다. 인스토우는 예쁜 여자인가요? 그리고 내 생각으로는 골프도 칠 것 같은데, 맞아요?"

　"맞아요. 그녀는 운동이라면 뭐든지 다 잘한답니다. 게다가, 아주 예쁘고 매력적인 여자지요. 아주 탄력 있는 피부와 멋지고 푸른 눈을 가졌답니다. 물론 우리는 그녀와 조지 프리처드가 서로 잘 어울린다고 늘 생각해 왔답니다—내 말은 만일 사정이 달랐다면 말이에요."

"그들은 서로 친구였나요?" 마플 양이 물었다.

"오, 그래요. 대단한 친구 사이였지요."

"돌리, 내가 계속 얘기해도 괜찮겠소?"

밴트리 대령이 마치 호소하듯이 물었다.

그 말에 밴트리 부인은 복종하듯이 말했다.

"아서가 자기 유령 얘기를 계속하고 싶은가 봐요."

"난 조지에게서 직접 이 얘기의 나머지 부분을 들었답니다."

대령이 계속 말을 이었다.

"의심할 여지없이 프리처드 부인은 다음 날 보름이 가까워 오자 몹시 두려워 하기 시작했답니다. 그녀는 달력에다 보름이 되는 날을 표시해 놓고는, 그 날 밤이 되자 간호사와 조지를 자기 방에 불러 놓고 벽지를 자세히 살펴봐 달라고 부탁했다는군요. 벽지엔 분홍색과 빨간색의 접시꽃들은 있었으나 파란색은 전혀 없었답니다. 그리고 나서 조지는 그 방을 나갔고 아내는 방문을 걸어 잠갔답니다."

"그런데 다음 날 아침이 되었을 때 거기엔 파란 접시꽃이 있었겠군요."

헬리어가 재미있다는 듯이 말했다.

"바로 맞았습니다." 밴트리 대령이 말했다.

"하여튼 거의 맞는 말입니다. 그녀의 머리맡에 있던 접시꽃이 파랗게 변해 있었던 것입니다. 그것을 본 조지는 그저 어리둥절할 뿐이었죠. 물론 이런 뜻밖의 일에 마음이 헷갈릴수록, 그는 좀더 신중하게 그 일을 생각해 보지 않을 수 없었지요. 하지만 그는 계속해서 그 모든 일이 장난이나 다름없는 것이라고 고집했답니다. 그렇기 때문에 그는 문이 잠겨 있었다는 사실과 다른 누구보다도 먼저(심지어 코플링 간호사보다도) 그 꽃 색의 변화를 발견했다는 사실마저도 무시해 버렸답니다.

하지만 그런 일을 당하고 난 뒤부터 조지는 마음이 흔들리기 시작했답니다.

더욱이 일을 합리적으로 생각할 수도 없게 되었고요. 하지만 아내가 그 집을 떠나자고 졸라댔을 때 그는 그렇게 하지 않았습니다. 처음으로 초자연적인 존재를 믿긴 했지만, 그래도 그것을 인정하진 않았던 거죠. 대개 그는 아내의 말에 따랐지만 그때만은 그러지 않으려 했습니다. 그는 아내인 메리를 뭇사람들의 웃음거리로 만들고 싶지는 않았다고 말했습니다. 아무튼 그 모든 일이 정말 진저리나는 난센스였답니다.

그렇게 해서 다음 날은 지나갔습니다. 프리처드 부인은 상상했던 것보다 훨씬 조용해졌답니다. 아마도 그녀가 미신을 너무도 믿었기 때문에 자신의 운명을 피하지 못하리라고 스스로 체념해서 그런 것 같아요. 그녀는 이런 말을 몇 번이고 되풀이했답니다.

'파란색 앵초꽃—경고, 파란색 접시꽃—위험, 푸른색 제라늄—죽음.'

그러고는 자기 침대에서 제일 가까이 있는, 분홍빛이 감도는 붉은색 제라늄을 멍하니 바라보면서 누워 있곤 했다는군요.

모두가 신경에 거슬리는 일뿐이었죠. 간호사조차도 그만 그런 분위기에 휩싸이고 말았다는군요. 보름달이 다시 뜨기 이틀 전 그녀는 조지에게 와서 프리처드 부인을 다른 곳으로 가 있게 하자고 했답니다. 물론 조지는 그런 그녀의 말에 몹시 화를 냈지요.

'만일 벽에 붙어 있는 저 빌어먹을 종이꽃들이 모두 푸른색으로 변한다 해도, 그것으로 벌레 한 마리도 죽일 수 없을 거요.' 그는 소리쳤답니다.

'아니에요. 충격으로 죽은 사람들도 많이 있답니다.'

'그건 말도 안 되는 소리요.' 조지는 간호사의 말을 일축해 버렸지요.

조지는 고집이 약간 센 편입니다. 아무도 그의 맘을 쉽게 움직여 놓을 수가 없답니다. 내 생각에는 조지가, 그런 변화는 바로 아내가 조작한 것으로 생각하는 것 같았죠. 그리고 또한, 병적으로 흥분한 상태에서 꾸민 짓이라고 여긴 것 같더군요.

어쨌든, 운명의 날 밤은 닥쳐왔습니다. 프리처드 부인은 평소와 마찬가지로 방문을 꽉 걸어 잠갔지요. 그녀는 몹시 조용했답니다—마치 마음이 고양된 상태에 이르게 된 것처럼 말이에요. 간호사는 그런 상태가 더 걱정스러워서 그녀에게 스트리크닌 흥분제를 주사하려고 했습니다만, 프리처드 부인이 거절했지요. 내가 보기에도 어느 정도는 그녀 자신이 그런 상황을 즐기는 것 같았어요. 조지도 역시 그렇게 말했답니다."

"나도 그럴 가능성은 충분히 있다고 생각해요." 밴트리 부인이 말했다.

"틀림없이 그 사건에는 어떤 묘한 마력 같은 것이 있었을 거예요."

"다음 날 아침에는 그 유난스러운 벨소리가 울리지 않았습니다. 프리처드 부인은 평소에는 8시쯤이면 자리에서 일어났답니다. 그런데 그날은 8시 30분이 되었는데도 그녀의 방에서 아무런 인기척이 없었다는군요. 그래서 간호사는 그녀의 방문을 세게 두드려 보았습니다. 그렇지만 여전히 아무런 소리도 나지 않았기 때문에 그녀는 조지를 데려왔답니다. 조지는 그 문을 부수어 열었습니다. 끈을 사용해서 그렇게 할 수 있었죠.

그러고는 침대 위에 꼼짝도 않고 누워 있는 아내의 모습을 보자마자 간호사는 사태를 알아차렸습니다. 그녀는 조지를 시켜 의사에게 전화를 걸도록 했답니다. 하지만 이미 때는 늦었지요. 의사의 말에 따르면, 프리처드 부인은 적어도 8시간 전에 이미 죽은 게 분명하다고 했거든요. 그녀의 손 옆에는 탄산암모늄 병이 놓여 있었답니다. 또한 그녀 옆의 벽 위에는 분홍빛이 감도는 붉은색 제라늄 중 하나가 선명한 푸른색으로 변해 있었고요."

"무서워요." 헬리어는 두려워서 몸을 떨며 말했다.

헨리 경은 이맛살을 찌푸렸다.

"다른 특별한 것은 없었나요?"

밴트리 대령은 설레설레 고개를 저었으나 밴트리 부인이 재빨리 대답했다.

"가스 냄새가 났었대요."

"가스라니, 무슨 말이지요?" 헨리 경이 물었다.

"의사 선생님이 집에 도착했을 때 희미하지만 그 방에서는 분명히 가스 냄새가 났대요. 아니나 다를까, 그는 난로의 가스 밸브가 약간 열려 있는 것을 발견했습니다. 하지만 그것은 너무 소량이었기 때문에 문제가 될 만한 것은 아니었지요."

"프리처드 씨와 간호사는 처음 그 방으로 들어갔을 때 그 사실을 알아채지 못했나요?"

"간호사가 약간 냄새가 난다고 했지만 조지는 전혀 못 느꼈다고 말했다는군요. 하지만 무슨 느낌 같은 게 들긴 했는데 곧 잊어버리고 말았답니다. 그때 그는 상당히 충격을 받았거든요—아마 누구라도 그랬을 거예요. 어쨌든 프리처드 부인이 가스 중독으로 죽었을지도 모른다는 의문은 조금도 없었지요. 왜냐하면 그 가스 냄새는 거의 알아 챌 수조차 없을 정도였다니까요."

"그것이 얘기의 끝입니까?"

"아뇨, 그렇지 않습니다. 그 뒤 이런저런 이유로 해서 많은 풍문이 떠돌게 되었지요. 여러분도 알겠지만, 하인들이 이런저런 얘기들을 귓결에 들었던 거예요. 예를 들어서 프리처드 부인이 그녀의 남편에게, '당신은 나를 지독히도 미워해요. 설령 내가 죽어 없어져 버린다 해도 당신은 조소나 보낼 거예요.' 하고 말했던 것을 그들이 들었던 게지요. 또한 최근에 있었던 얘기도 들었지요. 어느 날 프리처드 부인은 남편이 이사 가는 것을 반대하는 것에 대해서 이렇게 말했답니다.

'당신이 그렇게 나온다면 좋아요. 내가 만일 죽게 되면, 모든 사람들이 당신이 나를 죽였다고 생각하게 되길 빌겠어요.' 하고 말입니다.

그런데 운이 나쁘게도 그는 그녀가 죽기 바로 전날 정원 오솔길에 뿌릴 제초제를 섞고 있었답니다. 그때 젊은 하녀 한 명이 우연히 그를 보았던 거예요. 게다가 그녀는 그 이후에 조지가 뜨거운 우유 한 컵을 들고 자기 아내에게 가는 걸 목격했다고 했어요.

소문이 점점 더 퍼져 나갔고, 또 거기에 근거 없는 사실까지 덧붙여졌지요. 의사가 떼어 준 진단서에는(무슨 말인지는 잘 모르겠지만) 충격, 가사(假死), 심장박동 정지 등의 단어가 적혀 있었지요. 아마 별것도 아닌 의학용어들이었을 거예요. 그러다가 그 가엾은 여인은 무덤에 묻힌 지 한 달도 채 못 되어 다시 꺼내어졌답니다. 시체 해부가 신청되어서 그것이 받아들여졌기 때문이었죠."

"그러나 검시 결과 아무것도 나타나지 않았다고 기억됩니다. 이 사건만큼은 아니 땐 굴뚝에 연기가 난 격이었지요."

헨리 경이 엄숙하게 말했다.

"이 사건 모두가 정말 몹시 이상해요." 밴트리 부인이 말했다.

"예를 들어, 재리더라는 점쟁이를 생각해 봐요. 그녀가 살고 있다고 여겨지는 주소에 가보았지만 그런 사람에 대해서 아무도 들어본 적이 없다는 거예요."

"그녀는 한때 나타났자―파란 세계에서 말이오." 그녀의 남편이 말했다.

"그러고 나서 다시 파란 세계로 완전히 사라져 버린 거지. 제법 앞뒤가 잘 맞지 않습니까!"

"한 가지 더 이상한 일은……." 밴트리 부인이 계속 말을 이었다.

"그녀를 소개했다는 카스테어스 간호사도 그녀에 대해서 전혀 모르고 있었다는 거예요."

방 안의 사람들은 서로의 얼굴을 쳐다보았다.

"정말 불가사의한 얘기로군요." 로이드 박사가 입을 열었다.

"어느 누구라도 추측해 볼 수야 있겠지만, 추측한다는 것 자체가……."

그는 알 수 없다는 듯이 고개를 흔들었다.

"프리처드 씨는 인스토우 양과 지금 결혼했나요?"

부드러운 목소리로 마플 양이 물었다.

"아니, 그걸 왜 물으시죠?" 헨리 경은 의아스럽다는 듯이 물었다.

마플 양은 은은한 푸른빛이 감도는 눈을 부드럽게 치켜세웠다.

"그 점이 내겐 매우 중요한 것 같아요. 지금 그들은 결혼했나요?"

밴트리 대령은 고개를 저었다.

"우리도……, 음, 우리는 그런 일이 있으리라고 예상했지요. 하지만 이제 겨우 1년 6개월이 지났을 뿐입니다. 그 두 사람은 지금 서로 거의 만나지도 않는가 봅니다."

"그 점이 중요한 거예요." 마플 양이 말했다.

"아주 중요한 문제이지요."

"그렇다면 당신도 나처럼 생각하고 계시군요. 당신은……."

밴트리 부인이 말했다.

"아니야, 돌리." 그녀의 남편이 말했다.

"당신이 지금 말하려는 것은 옳지 못해. 아무런 증거도 없으면서 사람들을 비난해서는 안 돼요."

"그렇게……, 그렇게 대범한 체하지 말아요, 아서. 남자들은 항상 무엇이든 지 선뜻 말하길 꺼려하지요. 그렇지만 이건 우리들만의 얘기니까 상관없을 거 예요. 다만 이건 무모하리만큼 상상 속의 내 생각이지만요—진 인스토우가 겁 쟁이로 변장했을 가능성도, 단지 가능성뿐입니다만 분명히 있다는 거예요. 잘 들어보세요. 그녀는 그저 좀 장난을 쳐보려고 그런 짓을 했을 수도 있다는 거 예요. 난 그녀가 누구에게 어떤 해를 끼치려 했다고는 조금도 생각지 않아요. 하지만 설령 그녀가 해를 끼칠 생각은 없었다 해도 프리처드 부인이 공포로 그만 죽어 버릴 만큼 어리석을 수도 있잖겠어요? 글쎄, 바로 이것이 마플 양 이 하고 싶은 얘기가 아닌가요?"

"아니에요, 밴트리 부인, 내 생각은 절대 그렇지가 않아요."

마플 양이 말했다.

"사실, 내가 사람을 죽이려고 했다면—물론 난 그런 것을 꿈꾸어 본 적도 없지만요. 사람을 죽인다는 것은 아주 사악한 짓인데다가, 난 장수말벌조차도 죽이고 싶지 않기 때문이죠. 물론 그런 것은 죽여 없애야만 한다는 건 알고 있지만 말이에요. 그리고 분명히 정원사들도 가능한 한 자비롭게 그런 짓을 할 거예요. 가만, 내가 무슨 얘기를 하던 중이었죠?"

"당신이 만일 누군가를 죽일 생각이 있었다면……."

헨리 경이 얼른 깨우쳐 줬다.

"오, 그래요. 만일 내가 누군가를 해칠 생각이었다면 마음 편하게 공포 따위 에 기대를 걸진 않았을 거예요. 물론 충격으로 죽는 사람들도 있다는 것을 누 구나 알고 있으리라 생각해요. 하지만 그건 극히 드문 일이에요. 이 세상에서 가장 소심한 사람도 남들이 상상하는 것보다 훨씬 용감할 수 있지요. 그렇기 때문에 나라면 보다 더 확실하고 정확한 방법을 택할 것이고, 정말로 완벽한 살인 계획을 짤 거예요."

"마플 양, 당신은 나를 놀라게 만드는군요. 당신이 제발 나를 죽일 생각은 하 지 말았으면 좋겠어요. 아마도 당신의 계획은 지나치리만큼 치밀할 테니까요."

헨리 경이 말했다.

마플 양은 그를 책망하듯이 쳐다보았다.

"난 내 자신이 그런 나쁜 짓을 생각하지는 않는다고 분명히 말했던 걸로 기억하는데요. 그래요, 난 다만, 음……, 어떤 사람을 대신하려고 애썼을 뿐이랍니다."

"조지 프리처드 말인가요?" 밴트리 대령이 물었다.

"난 조지가 했다고는 결코 믿지 않아요. 설령 그 간호사조차 그렇게 믿는다 해도 말입니다. 난 그 일이 있은 지 한 달쯤 지나서 그녀를 만나보러 갔습니다. 시체 해부가 한창 진행 중이었을 때였지요. 그녀는 검시가 어떻게 행해지는지에 대해서 모르고 있더군요―사실, 그 여잔 아무 말도 하지 않으려 했답니다. 하지만 그 간호사는 조지가 그의 아내의 죽음에 혐의가 있다고 믿고 있는 것이 분명했답니다. 그녀는 그걸 확신하고 있었지요."

"글쎄요." 로이드 박사가 말했다.

"아마도 그녀의 생각이 그렇게 많이 틀리진 않았을 겁니다. 잘 들어보세요. 간호사들은 사건의 진상을 잘 알고 있으면서도 얘기를 못한답니다. 왜냐하면 증거가 없기 때문이죠. 하지만 그들은 알고 있답니다."

헨리 경이 몸을 앞으로 내밀었다.

"자, 마플 양." 그는 설득조로 말했다.

"당신은 지금까지 생각만 하고 계셨어요. 이제는 이 사건에 대해서 어떻게 생각하고 계신지 얘기해 주지 않겠어요?"

마플 양은 깜짝 놀라더니 얼굴이 빨개졌다.

"한 번 더 말씀해 주시겠어요?" 그녀는 당황해 하며 말했다.

"난 방금 교구 간호사에 대해 생각하고 있었답니다. 아주 어려운 문제로군요."

"푸른색 제라늄 문제보다 더 어려운 건가요?"

"사실 문제는 앵초꽃이랍니다." 마플 양이 말했다.

"내 말은, 밴트리 부인이 정말로 앵초꽃이 노란색과 분홍색이었다고 말했느냐는 거예요. 만일 파랗게 변했던 것이 정말 분홍색 앵초꽃이었다면, 그것은 딱 들어맞는 얘기지만요. 하지만 그것이 우연히도 노란색이었다면……."

"그것은 분홍색이었어요." 밴트리 부인이 말했다.

그녀는 마플 양을 바라보았다. 방에 있던 사람들 모두가 마플 양의 침묵을 지켜보고 있었다.

"그렇다면 문제는 해결된 듯이 보이는군요."

마플 양이 말했다. 그러고는 유감스럽다는 듯이 고개를 저었다.

"장수말벌의 계절 등, 그리고 또한 그 가스라는 것도 말이에요."

"이 사건으로 시골 마을의 비극이 떠오른 모양이군요?" 헨리 경이 말했다.

"비극이 아닙니다." 마플 양이 말했다.

"역시 마찬가지로 범죄에 대한 것도 아니랍니다. 하지만 이 이야기를 듣고 보니 교구 간호사와 관계있는 문젯거리가 조금 떠오르는군요. 어쨌든 간호사들도 인간입니다. 그렇듯 정확하게 행동해야 하고, 불편한 것을 달고 있어야 하며, 가족들에게 그렇게 시달리는데—가끔 사고가 발생한다고 해서 여러분들이 이상하게 생각하진 않겠지요?"

별안간 희미한 생각이 헨리 경에게 떠올랐다.

"지금 카스테어스 양에 대해서 말하는 건가요?"

"오, 아닙니다. 카스테어스 양이 아니라, 코플링 간호사를 말하는 거예요. 아실지 모르겠지만, 그녀는 매력적인 프리처드 씨에게 반했던 거예요. 분명히 그녀에겐 이런저런 생각이 있었을 거예요—하여튼, 우리가 그 문제를 깊이 파고 들어갈 필요는 없겠지요. 내가 생각건대, 그녀는 인스토우 양에 대해서 처음에는 모르고 있었을 거예요. 하지만 얼마 지나지 않아서 그녀에 대해 알게 되었을 겁니다. 그때부터 코플링 간호사는 조지 프리처드에게 악감을 품게 되었을 것이고, 그래서 자기가 할 수 있는 한 그에게 해를 끼치려고 작정했을 겁니다. 물론 그 편지 때문에 사실은 그녀의 정체가 드러났던 겁니다, 그렇죠?"

"무슨 편지 말인가요?"

"이것 참! 코플링은 프리처드 부인의 요청에 따라 점쟁이에게 편지를 보냈는데, 그녀가 곧 왔다고 했잖아요. 겉으로 보기에는 그 편지에 답하기 위한 것이었겠죠. 하지만 그 점쟁이가 살았다는 집 주소에는 그런 사람이 없었다는 것이 나중에 밝혀졌습니다. 결국 그 사실로 보아 코플링 간호사가 거기에 살

있다는 것을 알 수 있지요. 그저 편지를 써서 보내는 체만 했던 게지요—그녀 자신이 바로 그 점쟁이였다는 추리보다도 더 그럴듯한 추측이 있을 수 있을까요?"

"난 편지에 대해서 그런 추리가 가능하리라고는 생각지도 못했답니다. 그거야말로 참으로 중요한 문제지요."

헨리 경이 말했다.

"꽤나 대담한 방법을 취했더군요." 마플 양이 말했다.

"왜냐하면 그녀가 그렇게 변장했다 해도 프리처드 부인이 그녀를 알아볼 수도 있었으니까요. 물론 프리처드 부인이 그녀를 알아본다면, 그 간호사는 한번 장난해 본 거라고 말했을 테지요."

"아까 한 말은 무엇을 의미하나요?" 헨리 경이 물었다.

"만일 당신이 어떤 사람이었다면 공포 따위에 기대를 걸지는 않겠다고 한 말씀 말이에요."

"그런 식으로는 누구든 자신이 의도한 바를 확실히 해낼 수 없다는 것이에요. 그래요, 내 생각엔 경고니 꽃이니 하는 말들은 군사 용어를 좀 빌려다 써본다면……." 마플 양은 수줍어하며 웃었다.

"단지 위장술에 지나지 않았던 것이지요."

"그렇다면 진짜는 무엇인가요?"

"내 머릿속에서는……." 마플 양은 사죄하듯이 말했다.

"장수말벌에 대한 생각이 늘 떠나지 않는답니다. 대개 아름다운 여름날에는 수천 마리씩 떼죽음을 당하는 가엾은 곤충들이지요. 언젠가 나는 물이 든 병속에 청산가리를 섞어 흔들고 있는 정원사를 보고 그것이 탄산암모늄과 너무도 유사하다고 생각했답니다. 난 바로 그 사실을 기억해 냈던 겁니다. 만일 누군가가 청산가리를 탄산암모늄 병에 담아서 진짜와 바꿔 놓았다면, 일이 어떻게 되었을까요—글쎄요, 불쌍한 프리처드 부인은 습관적으로 탄산암모늄을 사용했을 테니까요. 당신은 그녀가 탄산암모늄 병을 들고 있었다고 말했지요? 프리처드 씨가 의사를 부르기 위해 전화를 걸러 나간 사이에 그 간호사는 청산가리가 든 병을 탄산암모늄이 들어 있는 진짜 병과 다시 바꿔 놓았을 거예요. 그러고 나서 그녀는 암모니아 냄새를 감추기 위해 재빨리 가스를 조금 틀어 놓았을 거고요. 그런 경우엔 어느 누구도 이상한 생각을 하진 않을 테니까요. 난 충분한 시간이 지나고 나면 시안화물 냄새는 감쪽같이 없어져 버린다는 말을 들어 왔답니다. 물론 내 생각이 틀릴지도 모르죠. 게다가, 그 병 속에는 전혀 다른 물질이 들어 있었을지도 모르는 일이고요. 하지만 그런 것은 별로 문제가 되지 않을 거예요, 그렇죠?"

마플 양은 약간 숨이 차서 말을 멈추었다.

제인 헬리어는 몸을 앞으로 숙이면서 말했다.

"그렇지만 파란색 제라늄과 다른 꽃들은 어떻게 된 거지요?"

"간호사들은 항상 리트머스 종이를 지니고 다니죠. 안 그런가요? 그 뭐라더라……, 음, 그래, 실험을 하려고 말이죠. 그렇게 재미있는 화젯거리는 아니랍니다. 그러니, 그것에 대해서는 길게 늘어놓지 않겠어요. 나 자신도 실험을 해 본 적이 있거든요."

이렇게 말하면서 마플 양은 약간 볼을 붉혔다.

"파란색 리트머스 종이는 산성에서 빨간색으로 빨간색 종이는 알칼리성에서 파란색으로 변하지요. 그러니 빨간색 종이꽃 위에다 빨간색 리트머스 종이를 붙여 놓는 것쯤은 쉬운 일 아니겠어요. 물론 침대에서 가까이 있는 꽃 얘기입니다. 가엾은 프리처드 부인이 탄산암모늄을 사용했을 때, 독한 암모니아 냄새가 그 꽃을 파란색으로 변화시켰던 거예요. 정말 기가 막힌 착상이지요. 물론 그 두 사람이 그녀의 방에 처음 들어섰을 때 그 제라늄은 푸른색이 아니었을 테죠―얼마 동안은 아무도 그 사실을 알아채지 못했을 뿐이었지요. 조지가 전화를 걸려고 밖에 나간 틈을 타서 그녀는 병을 바꿔 놓았겠지요. 그러고는 탄산암모늄을 벽에 대고 잠시 서 있었을 거예요."

"얘기를 듣다 보니, 당신이 거기에 계셨을지도 모른다는 생각이 드는군요."

헨리 경이 말했다.

"내가 걱정하는 것은……." 마플 양은 말을 이었다.

"가엾은 프리처드 씨와 그 착한 인스토우양이에요. 아마도 그들은 서로를 의심해서 멀리했을 거예요. 인생은 매우 짧은 것이랍니다."

그녀는 안타깝다는 듯이 고개를 저었다.

"걱정하실 필요가 없습니다." 헨리 경이 말했다.

"사실 나는 한 가지 사실을 숨기고 있었습니다. 자신에게 유산을 상속시키려던 한 노환자를 살해한 죄로 체포된 간호사가 있었습니다. 그녀는 탄산암모늄을 청산가리로 바꿔서 살인했답니다. 코플링 간호사는 똑같은 수법을 다시 시도했던 거지요. 그래서 인스토우 양과 프리처드 씨는 이제 그런 문제 때문에 서로를 의심할 필요가 없게 되었답니다."

"그렇다면 참으로 잘된 일이군요!" 마플 양이 소리쳤다.

"물론 나는 새로운 살인사건을 마음속에 생각하고 있었던 건 아닙니다. 그건 참 슬픈 일이지요. 또, 그것을 보면 이 세상에서 사악한 일이 얼마나 많이 일어나고 있는지 알 수 있지요. 이제 여러분이 양해해 주신다면, 이 정도에서 시골 간호사에 대한 로이드 박사와의 변변찮은 대화를 끝내야만 하겠어요."

제8장

친구

"자, 로이드 박사님." 헬리어가 말했다.

"박사님은 어떤 무시무시한 이야기를 알고 계신가요?"

그녀는 그에게 미소를 보냈다. 그 미소는 밤마다 극장을 찾아오는 사람들을 황홀하게 만드는 아주 매력적인 미소였다. 사람들은 제인 헬리어 양이 영국에서 가장 아름답다고 했으나, 그녀와 같은 직업을 가진 시기심 많은 여자들은 빈번히 이런저런 쑥덕공론을 하곤 했다. 예를 들면, '흥! 제인은 예술가가 못돼. 내 말이 무슨 뜻인지 알고 있는지 모르겠지만, 그녀는 연기도 제대로 못한단 말이야. 연기를 한다면 그건 바로 그녀의 두 눈이야!'

그런데 그런 그녀의 두 눈이 이제는 늙어 반백이 된 독신자 로이드 박사에게 호소하듯이 머물러 있었던 것이다. 로이드 박사는 지난 5년간 세인트 메리미드 마을의 환자들을 보살펴 왔었다.

무의식적인 몸짓으로 박사는 양복 조끼 자락을 아래로 잡아당기면서(살이 쪄서 그런지 최근에는 불편할 정도로 꽉 죄어 있기 때문이다) 그에게 그렇게 확신하듯 말을 거는 사랑스러운 여자를 실망시키지 않기 위해 서둘러 생각을 짜내려고 애썼다.

"저는 오늘 저녁엔 범죄 얘기 속에 푹 빠져 보고 싶어요."

제인은 꿈꾸듯이 말했다.

"아주 좋은 생각이에요. 아주 훌륭한 생각이에요."

밴트리 대령이 말했다. 그러고는 크고 기운차게 군인다운 웃음을 터뜨렸다.

"뭐라고, 돌리?"

그의 아내는, 지금 한 자신의 행동이 여러 사람이 모여 있는 곳에서 예의에 어긋난다는 것을 깨닫고는 재빨리 태도를 바꾸어 열광적으로 남편의 말에 동의했다. 그녀는 봄옷에 달 테두리 장식을 생각하고 있었던 것이다.

그녀의 목소리는 활기차긴 했지만 어딘지 모호하게 들렸다.

"그렇고말고요, 아주 멋진 생각이에요. 나도 항상 그렇게 생각해 왔어요."

"그래요, 밴트리 부인?" 나이 든 마플 양이 눈을 깜빡거리면서 말했다.

"당신도 알겠지만, 세인트 메리 미드에서는 끔찍한 사건이 거의 일어나지 않는답니다. 더욱이 범죄사건 같은 것은 아주 드물지요, 헬리어 양."

로이드 박사가 말했다.

"당신도 나를 놀라게 하는군요." 헨리 클리더링 경이 말했다.

런던경시청의 전(前) 국장이었던 그는 마플 양 쪽으로 몸을 돌렸다.

"난 여기 계신 내 친구분으로부터 세인트 메리 미드가 항상 범죄와 악으로 들끓는 소굴이라는 것을 익히 들어서 알고 있는데요?"

"아니, 헨리 경!" 얼굴이 약간 상기된 마플 양이 그의 말에 항의했다.

"나는 당신에게 그런 식으로 말한 적이 없어요. 그저 인간성이라는 것은 한 시골 마을이든지 다른 어느 곳에서든지 결국 같다는 얘기를 했고, 누구나 가까운 곳에서 그것을 확인해 볼 수 있는 기회와 틈이 있다고 했을 뿐이에요."

"그렇지만 박사님은 항상 여기에서 살아오셨던 건 아니잖아요?"

제인 헬리어는 여전히 로이드 박사를 향해 말했다.

"박사님은 세상에 있는 별난 장소라는 장소는 모두 가보셨잖아요. 사건들이 자주 일어나는 그런 곳 말이에요!"

"그건 그렇습니다."

로이드 박사는 여전히 열심히 이리저리 생각하면서 말했다.

"맞아요, 물론, 음……, 아! 생각났습니다!"

그는 안도의 한숨을 내쉬면서 몸을 뒤로 기댔다.

"지금으로부터 몇 년 전의 일이랍니다―난 거의 잊고 있었지요. 그 사건은 참으로 기이한 일들로 가득 찼었답니다. 정말 이상했어요. 게다가, 내가 사건의 내막을 알아채도록 단서를 준, 결정적으로 우연히 일어난 일도 또한 이상했답니다."

헬리어는 그에게로 의자를 바짝 끌어다 놓고 립스틱을 바른 뒤 기대에 가득 차서 그의 다음 얘기를 기다렸다. 다른 사람들도 역시 흥미있는 얼굴로 그를 쳐다보았다.

"여러분 중에서 혹시 카나리아 군도를 아는 분이 있을지도 모르겠군요."

박사는 얘기를 잠시 멈췄다.

"정말 멋진 곳일 거예요." 제인 헬리어가 말했다.

"카나리아 군도는 남태평양에 있나요, 아니면 지중해에 있던가요?"

"난 남아프리카에 가던 도중에 거기에 들른 적이 있답니다. 석양 무렵의 테네리프 봉우리는 정말 장관이지요." 밴트리 대령이 말했다.

"내가 여러분에게 얘기하고자 하는 사건은 테네리프가 아니라 카나리아 군도에서 일어났답니다. 지금으로부터 꽤 오래전 일이지요. 건강이 몹시 나빠졌기 때문에 난 부득이 영국에서의 업무를 그만두고 외국으로 나가 있을 수밖에 없었답니다. 그때 바로 라스팔마스에서 일을 하게 되었답니다. 그곳은 그랜드 카나리아 섬에서 가장 큰 도시였지요. 여러 가지로 난 그곳에서 재미있게 생활했습니다. 그곳의 기후는 따뜻하고 맑았으며, 또한 파도타기를 할 수 있는 멋진 해수욕장도 있었답니다. 난 파도타기광에 속하지요. 게다가, 그곳 항구의 바다 생활이 나를 매료시켰습니다. 세계 곳곳에서 온 수많은 배들이 라스팔마스에 정박했지요. 난 여자들이 모자 가게가 늘어서 있는 거리를 걸을 때보다도 더 신나게 매일 아침 방파제를 따라 걷곤 했습니다.

내가 말했던 대로 세계 곳곳에서 모여든 배들이 그곳 라스팔마스에서 정박해 있었습니다. 때로는 몇 시간씩, 때로는 하루나 이틀씩 머물곤 했지요. 그곳의 메트로폴이라는 호텔은 세계 각지에서 모여든 인종들과 각양각색의 국적들을 가진 사람들로 붐볐답니다―날아가는 철새들 같다고나 할까요. 심지어 테네리프로 가는 사람들도 그곳에 며칠간 머물렀다가 가곤 했으니까요.

내 얘기는 1월의 어느 목요일 저녁, 바로 그 메트로폴 호텔에서 시작됩니다. 댄스파티가 열린 날이었지요. 그래서 나와 내 친구는 작은 테이블에 앉아서 춤추는 사람들을 구경하고 있었답니다. 거기에는 영국인이 몇 명 있었고, 그 외에도 다른 나라 사람들이 조금씩 섞여 있었지요. 그러나 춤추는 사람들은 대부분 에스파냐인들이었습니다. 오케스트라가 탱고를 연주하자 에스파냐 사람들 여섯 쌍만이 댄스에 참가했습니다. 그들 모두가 춤을 아주 잘 췄답니다. 나와 내 친구는 계속 구경만 하면서 감탄했지요. 특히 우리들은 한 여인에게 열렬한 찬사를 보냈습니다. 키가 크고 아름다웠으며, 특히 몸의 곡선미가 빼어난 그 여자는 마치 잘 길들여진 표범처럼 우아하게 움직였습니다. 하지만 그 여자에게는 뭔가 위험스러운 것들이 있었습니다. 내 친구에게 그 말을 했더니 그 역시 동의하더군요.

'저런 여자들은……, 과거가 있게 마련이지. 왜냐하면 삶이란 저들을 놔두고 지나가진 않으니까 말일세.' 내 친구가 말했습니다.

'아름다움은 아마도 위험한 재산일 거야.' 내가 말했습니다.

'위험한 것은 아름다움뿐만이 아니야.' 그는 계속 말했습니다.

'다른 뭔가가 있다네. 저 여자를 다시 쳐다보게. 저 여자한테, 아니 어쩌면 저 여자 때문에 많은 일들이 일어나고 있는지도 모르지. 아까도 말했지만, 삶이 저 여자를 내버려두고 지나치진 않을 거야. 이상하고도 흥미진진한 사건들이 그녀를 온통 둘러싸고 말 걸세. 저 여자를 쳐다보기만 해도 난 그런 사실을 느낄 수 있어.'

그는 말을 멈추더니 이내 입가에 미소를 지으면서 덧붙였습니다.

'예를 들면, 자네가 저기에 있는 두 여자를 한번 보기만 해도 그들에겐 어떤 문제도 절대 일어나지 않으리라는 것을 확신할 수 있듯이 말이야! 저들의 삶은 안전하고 안일하지.'

나는 그 친구의 시선을 쫓아가 보았습니다. 그가 말한 두 여인은 방금 도착한 여행자들이었습니다—네덜란드의 로이드호가 그날 저녁 항구에 정박해서 여행자들이 막 그 호텔에 들어오기 시작했던 겁니다.

그들을 보자마자 나는 내 친구가 무슨 말을 한 건지 금방 알 수 있었답니다. 그들은 두 명의 영국 여자였습니다—외국에서 흔히 만날 수 있는 멋진 여행을 하는 영국인들이었지요. 아마도 그들의 나이는 40대쯤 되었을 겁니다. 한 여자는 금발 머리에 약간(단지 약간) 살찐 편이었습니다. 또 다른 여자는 검은 머리에 약간(아주 약간) 마른 편이었답니다. 그들은 나이에 비해서 그리 늙어보이지 않았고, 잘 맞는 트위드 옷을 정숙하고도 수수하게 차려 입고 있었으며, 화장도 거의 하지 않았습니다.

예의바르게 자란 전형적인 영국 여인의 이미지가 그들의 태도에 나타나 있었지요. 역시 두 사람 중 누구에게도 눈에 띌 만큼 두드러져 보이는 점은 없었습니다. 그들은 수많은 영국 여인들과 조금도 다를 바가 없었답니다. 의심할 여지없이 그들은 베데커 여행 안내서를 가지고 다니면서 보고 싶었던 것들을 보고, 그 모든 것들에 황홀해하고 있었을 겁니다. 그들은 영국 교회에 찾아가 예배도 보았을 테지요. 또 그들 중 한 사람, 아니면 두 사람 모두 스케치를 조금 했을 수도 있겠지요. 하지만 역시 내 친구가 말했던 대로, 설령 그들이 지구의 절반을 여행했다 할지라도 흥미진진하거나 특별한 일은 아무에게도 일어나지 않았을 것입니다. 난 그들로부터 눈을 떼고는 다시 이글이글 타는 듯한 눈을 절반쯤 감고 있는 그 아름다운 에스파냐 여인을 바라보았지요."

"가엾은 사람들—." 제인 헬리어가 한숨 소리를 내며 말했다.

"하지만 난 자신을 최대한도로 이용하지 않는 건 어리석은 짓이라고 생각해요. 본드 가(街)에 아주 굉장한 미인이 살고 있답니다. 오드리 덴먼이라는 여자지요. 혹시 이 중에서 '타락의 발걸음'이라는 연극에 출연한 그녀를 본 분이 계신지 모르겠네요. 1막에서 그녀는 어떤 여학생 역을 맡았는데, 정말 훌륭한 연기였죠. 그러나 지금 오드리는 쉰 살쯤 된 것 같아요. 하지만 실제로는 나이가 예순에 가깝다는 것을 우연히 알게 되었지요."

"어서 얘기를 계속해 보세요." 밴트리 부인이 로이드 박사에게 말했다.

"늘씬하게 생긴 에스파냐 사람들 얘기가 참 좋네요. 그런 얘기를 듣고 있으면 내가 얼마나 늙고 뚱뚱한 가를 잊을 수가 있거든요."

로이드 박사는 미안해하며 말했다.

"죄송합니다. 사실 내 얘기는 그 에스파냐 여인에 관한 것이 아니랍니다."

"그래요?"

"예, 공교롭게도 그때 나와 내 친구는 모두 잘못 생각하고 있었던 거지요. 그 에스파냐 미녀에게는 아주 사소한 일조차 생기지 않았답니다. 그녀는 한 해운 감독 사무소에서 일하는 서기와 결혼해서 내가 그 섬을 떠날 때쯤에는 아이를 다섯이나 낳고 점점 뚱뚱해져 가고 있었으니까요."

"이스라엘 피터스라는 여자와 똑같군요." 마플 양이 말했다.

"피터스는 무대에서 일하는 여자였지요. 그런데 너무 멋진 다리를 가졌기 때문에 나중에 무언극에서 주연 배우까지 할 수 있었답니다. 대부분 사람들이 그녀가 잘되리라고는 생각지도 않았지만, 결국 그녀는 어느 세일즈맨과 결혼해서 멋지게 살았거든요."

"시골도 마찬가지로군요." 헨리 경이 나지막하게 중얼거렸다.

"아닙니다." 로이드 박사가 계속 말했다.

"내 얘기는 그 두 영국 여인들에 대한 것이랍니다."

"그들에게 무슨 일이 일어났나요?" 헬리어가 물었다.

"그렇습니다. 그들에게 문제가 생겼어요. 그것도 바로 그 다음 날 말입니다."

"그래요?" 밴트리 부인이 얘기를 독촉하듯이 말했다.

"그날 저녁 바깥 구경이나 해볼까 하고 나가면서 난 그저 호기심으로 호텔의 숙박부를 흘끔 쳐다보았답니다. 그래서 아주 쉽게 그 호텔에 묵고 있는 영국 여인들의 이름을 볼 수가 있었지요. 리틀 패독스에 사는 바튼 양과 에이미 듀런트 양이라는 이름이었지요. 그때 난 그 이름들을 가진 사람들을 그렇게 빨리 만나게 되리라고는 조금도 생각지 않았답니다. 더군다나 몹시 비극적인 상황에서 말입니다.

다음 날 나는 내 친구 몇과 함께 피크닉을 떠나려고 했습니다. 우리는 자동차를 타고서 섬을 횡단한 뒤 점심을 먹고 라스 니베스(내 기억으로는 이 지명이 맞는 것 같습니다. 너무나 오래된 일이라서 잘 생각이 나질 않는군요)로 갈 계획이었지요. 라스 니베스는 안전한 마을이었기 때문에 원하기만 하면 얼마든지 수영할 수 있는 그런 곳이었습니다. 모든 게 원래 마음먹은 대로 잘 되어 갔습니다. 약간 늦게 출발했다는 것만 빼놓곤 말입니다. 우리는 도중에 멈춰서 점심을 먹고, 차 마실 시간 전까지 수영을 마치려고 라스 니베스로 계속 차를 몰았습니다.

해변에 가까워졌을 때, 우리는 곧 그곳에 엄청난 소동이 벌어졌다는 것을 알게 되었습니다. 마치 마을 주민 모두가 해변에 모여 있는 것처럼 보였지요. 우리를 보자마자, 그들은 차로 달려와서는 몹시 흥분한 상태로 뭐라고 말하기 시작했답니다. 내 에스파냐어 실력이 좋지 않았기 때문에 그들의 말을 알아듣는 데 꽤 많은 시간이 걸렸지만, 마침내 이해할 수 있게 되었습니다.

그들의 말에 따르면, 미친 두 영국 여자가 수영을 하고 있었는데, 한 여자가 해변으로부터 너무 멀리까지 헤엄쳐 갔기 때문에 위험하게 되었답니다. 그래서 다른 한 여자가 그녀를 구해 오려고 했지만 결국엔 그 여자까지 기진맥진했답니다. 그때, 만일 어떤 남자가 배를 저어 그녀에게로 가지 않았다면 그녀도 익사할 뻔했다는 것이었습니다. 그녀는 구명대로 구조되었지만, 다른 여자는 손쓸 겨를조차 없었다고 하더군요.

나는 그들의 얘기를 대충 듣자마자 사람들 사이를 비집고 해변 아래로 서둘러 내려가 보았습니다. 난 처음에는 두 여자를 알아보지 못했습니다. 내가 검은 메리야스 수영복에, 꽉 죄는 듯한 녹색 고무 수영모를 쓴 약간 살찐 여인에게 다가갔을 때 그녀는 걱정스럽게 나를 올려다보긴 했으나, 전혀 의식하지는 못하는 것 같았습니다. 그녀는 자기 친구 곁에 무릎을 꿇고 앉아서 서툴게 인공호흡을 하고 있었답니다. 내가 의사라고 말하자 그녀는 그제야 안도의 숨을 내쉬더군요. 나는 즉시 그녀에게 오두막으로 가서 몸을 마사지하고 옷을 말리라고 했습니다. 나와 함께 온 여자들 중 한 명이 그녀를 따라갔습니다. 나는 물에 빠진 그 여인을 위해 애를 썼지만 헛수고였습니다. 그녀의 목숨이 끊어진 것이 너무나 명백했기 때문에 결국 포기할 수밖에 없었습니다.

난 어떤 어부의 작은 오두막으로 간 여인에게 그 사실을 알려야만 했습니다. 내가 그 집에 도착했을 때 그녀는 새 옷으로 갈아입고 있었습니다. 그제야 난 그녀가 지난밤에 댄스파티에 왔던 두 여인들 중 한 사람이란 걸 알게 되었답니다. 그녀는 내가 전해 준 슬픈 소식을 듣고도 아주 담담했습니다. 나는 그런 그녀의 태도가, 어떤 감정을 느끼기엔 방금 전에 일어났던 사건에 대한 두려움이 너무 충격적이어서 그러리라 생각했습니다.

'불쌍한 에이미.' 그녀가 말했습니다.

'가엾은 에이미, 여기서 수영하기를 그렇게 고대해 왔었는데. 그녀는 수영도 아주 잘했어요. 난 도무지 이해할 수가 없군요. 의사 선생님, 대체 어떻게 그런 일이 일어날 수 있나요?'

'어쩌면 수영 도중에 쥐가 났을지도 모릅니다. 무슨 일이 있었는지 자세히 말씀해 주시겠어요?'

'우리는 그곳에서 함께 수영을 하고 있었어요. 아마 20분 정도 됐을 거예요. 내가 이제 그만 나가는 것이 어떻겠느냐고 말했지만 그녀는 다시 한 번 멀리까지 가겠다고 말하더군요. 그러더니 얼마 뒤에 갑자기 그녀의 비명소리가 들려온 거예요. 난 그녀가 도움을 요청하고 있다는 걸 깨달았어요. 그래서 젖 먹던 힘까지 다해 헤엄쳐 갔습니다. 내가 그녀에게 다가갔을 때도 그녀는 여전히 물 위에 떠 있었답니다. 하지만 내가 가까이 다가가자 그녀는 나를 꽉 잡았어요. 그 바람에 우리는 함께 물속으로 가라앉고 말았지요. 만일 저 남자분이 배를 타고 오지 않았다면 나 역시 익사했을 거예요.'

'그런 일은 흔히 생긴답니다.' 내가 말했습니다.

'익사 직전에 있는 사람을 구해 낸다는 것은 결코 쉬운 일이 아니지요.'

'너무나 끔찍한 일이에요.' 바튼이 계속 말했습니다.

'우리는 겨우 어제 여기 도착해서 이제야 이 빛나는 햇살과 짧긴 하지만 즐거운 휴가를 즐기고 있었는데…… 그런데 지금 이런 소름 끼치는 비극이 일어난 거예요!'

그때 난 그녀를 위해서는 무슨 일이든 다 도와줄 순 있지만, 에스파냐 경찰 당국에서는 충분한 상황 설명을 요구할 것이라고 얘기해 주면서, 죽은 여인에 대해 자세히 물어보았지요. 그 말에 그녀는 기꺼이 대답해 주었습니다.

그녀의 말에 따르면 죽은 에이미 듀런트 양은 그녀의 말동무인데, 약 5개월 전쯤에 그녀에게 왔다는 겁니다. 그들은 매우 사이좋게 지냈지만 듀런트 양은 평소에도 자기 가족에 대해 전혀 얘기하지 않았답니다. 그녀는 아주 어렸을 때 고아가 되었다는군요. 그 뒤로는 친척 아저씨 손에서 자랐고, 스물한 살이 된 뒤로는 스스로 생계를 꾸려 왔다는 겁니다."

"그 사건은 그것으로 끝이었습니다."

이렇게 말을 멈춘 그는 잠시 숨을 돌리고서 다시 말을 이었는데, 이번에는 그의 목소리에 어떤 확고함 같은 것이 들어 있었다.

"그것으로 끝이었습니다."

"전 도대체 뭐가 뭔지 모르겠어요." 제인 헬리어가 말했다.

"그게 얘기의 전부예요? 물론 비극적이기는 하지만 제가 말했던 오싹오싹한 얘기는 아니군요."

"내가 생각하기엔 아직 더 하실 말씀이 있는 것 같은데요?"

헨리 경이 말했다.

"그렇습니다." 로이드 박사가 말했다.

"아직 얘기가 남아 있습니다. 여러분도 알겠지만, 그 사건에는 아주 이상한 점이 하나 있었습니다. 물론 난 어부들에게(다른 사람들에게도 물론이고요) 무엇을 보았는지 물어보았습니다. 그들은 현장을 목격했으니까요. 그런데 어떤 여인이 꽤 재미있는 이야기를 들려주더군요. 난 그때는 얘기에 별로 큰 관심을 기울이진 않았습니다만, 나중에 그 얘기가 다시 머리에 떠오르더군요. 그녀의 말에 따르면, 듀런트 양이 소리쳤을 때 그녀는 그렇게까지 위험한 상태는 아니었다는 겁니다. 그런 뒤에 바튼 양이 그녀에게로 헤엄쳐 가더니만 일부러 듀런트 양의 머리를 물속으로 밀어 넣었다는 거예요. 말씀드린 대로 난 그런 말엔 별로 관심을 두지 않았답니다. 왜냐하면 너무 허무맹랑하게 들렸고, 또한 그런 일을 먼 해변에서 볼 때는 사실과 전혀 다르게 보일 수도 있기 때문이었죠. 듀런트 양이 공포에 질려 자신을 꽉 잡자, 잘못하면 둘 다 익사할 지도 모른다고 생각한 바튼 양이 그녀를 떼어 놓으려고 그렇게 할 수도 있다고 생각했지요. 여러분도 알겠지만 그 에스파냐 여인의 얘기에 따르면 마차—글쎄요, 마치 바튼 양이 고의적으로 자기의 친구를 익사시키려고 애썼던 것처럼 보입니다.

하지만 이미 말씀드린 대로 그 당시 난 그런 얘기에 별로 관심을 쏟지 않았어요. 그러나 나중에 다시 그 얘기가 머릿속에 떠오른 거예요. 아무튼 우리에게 부닥친 가장 큰 난관은 에이미 듀런트에 대해서 아무 거라도 알아내는 것이었죠. 그녀에게는 친척이라고는 전혀 없는 듯이 보였습니다. 나는 바튼 양과 함께 그녀의 물건들을 처리했습니다. 우리는 그녀의 짐 속에서 주소 하나를 발견해서 그곳으로 편지를 보냈습니다만, 알고 보니 거기는 그녀가 짐들을 보관해 놓기 위해 빌린 집에 불과했답니다. 그 집의 여주인은 아무것도 모르고 있었으며, 듀런트 양이 방을 예약할 때 밖에는 그녀를 보지 못했던 것이었죠. 당시 듀런트 양은 언제든지 돌아가서 쉴 수 있고, 또 자신의 소유물이라고 할 수 있는 집을 가졌으면 좋겠다고 항상 말했다는군요. 그녀가 세 들어 살던 방에는 낡았지만 꽤 값비싸 보이는 가구가 한두 개 있었고, 학교 그림 몇 점이 있었습니다. 그리고 할인 판매 때에 사다 놓은 용구(用具)들이 짐 가방으로 가득 찰 만큼 있었지만, 개인적인 소지품은 하나도 없었습니다. 듀런트 양은 집주인에게 자신이 어렸을 때 부모가 인도에서 돌아가셨기 때문에, 교구 목사 삼촌과 살았었다고 말했다는군요. 하지만 그 삼촌이라는 사람도 아버지의 형제인지 어머니의 형제인지에 대해서는 아무 말도 하지 않았기 때문에 그의 이름은 아무런 도움도 되지 못했습니다.

그 사건은 뭐 그렇게 의문스러운 것도 아니었고, 또 별로 내 마음에도 들지 않았습니다. 세상에는 그런 환경에 처해져 오만하고 과묵한 외로운 여자들이 많이 있을 겁니다. 라스팔마스에 있는 그녀의 소지품 중에는 사진 두 장이 있었어요—꽤나 오래되어서 빛이 바랜 사진이었답니다. 그런데 그 사진들은 액자에 잘 맞도록 가장자리가 잘라져 있었기 때문에 이름이 남아 있지 않았답니다. 그리고 옛날의 은판 사진도 한 장 있었는데, 그녀의 어머니 아니면 할머니인 것 같더군요. 바튼 양은 듀런트 양의 신원 보증서 두 장을 가지고 있었답니다. 그녀는 하나는 전혀 기억할 수 없었지만, 다른 한 사람의 이름은 간신히 기억해 내더군요. 그리고 그 이름은 오스트레일리아에서 살고 있는 한 여인의 이름임이 밝혀졌지요. 그래서 바튼 양이 그녀에게 편지를 보냈습니다. 꽤 오랜 시간이 지난 뒤에야 그녀의 답장이 도착했는데, 솔직히 말해서 그 편지로부터는 도움이 될 만한 어떤 사실도 얻어 낼 수가 없었습니다. 그녀는 듀런트 양이 자기와 함께 지냈던 친구였으며, 몹시 일을 수완 있게 잘 처리했고, 게다가 매우 매력적인 여자라고 적었답니다. 하지만 그 여자도 역시 듀런트 양의 사적인 문제나 친척들에 대해서는 아무것도 모르고 있었던 거예요.

사정이 그러했습니다—말씀드린 대로 정말 특별한 것이라고는 하나도 나타나지 않았습니다. 내가 약간 꺼림칙하게 여겼던 것은 바로 그 두 가지 일 때문이었습니다. 하나는 에이미 듀런트 양에 대해 아는 사람이 단 한 사람도 없었다는 점과 또 하나는 에스파냐 여인의 이상한 얘기였지요. 게다가 나를 더욱 꺼림칙하게 만든 세 번째 일이 있었습니다. 처음 내가 듀런트 양을 내려다 보고 있었을 때 바튼 양은 오두막이 있는 쪽으로 걸어가다가 흘끗 뒤를 돌아 다보았답니다. 그 순간 그녀의 얼굴에 나타난 표정은 통렬한 고뇌, 바로 그것 이었습니다. 나는 그 말 이외에는 달리 적당한 표현을 찾을 수가 없군요. 마치 내 머릿속에다 자신의 모습을 새겨 놓으려는 듯한, 어딘지 의도적이면서도 불 확실한 근심과도 같은 것이었죠.

하지만 그때에는 별다른 것으로 여겨지진 않았습니다. 난 그녀의 그런 표정 이 친구에 대한 걱정 탓이라고 여긴 겁니다. 하지만, 나중에 나는 그들이 그럴 정도의 친한 사이는 아니었다는 것을 알았습니다. 그들 사이에는 서로에 대한 깊은 정도 없었고, 그렇다고 해서 엄청난 증오 같은 것도 없었던 겁니다. 평소 에 바튼 양은 그저 에이미 듀런트 양에게 호감을 갖고 있는 정도였는데, 그녀 의 갑작스런 죽음으로 충격을 받았던 것이지요—그게 전부였습니다.

하지만, 그때 바튼 양이 그토록 통렬한 고뇌의 표정을 지었던 것은 무슨 이 유였을까요? 이것이 그 이후로 계속 내 머릿속에 떠올랐던 의문점이었습니다. 나는 결코 잘못 보진 않았습니다. 그리고 내 의지와는 거의 반대로, 내 마음속 에서 그 해답이 조금씩, 조금씩 형태를 이루어 가기 시작했습니다. 에스파냐 여인의 증언이 사실이었다고 가정한다면, 또한 메리 바튼이 만일 의도적이고 계획적으로 에이미 듀런트 양을 익사시킨 것이라면—그녀는 듀런트 양을 구해 주는 체하면서 물속으로 밀어 넣는 데 성공한 셈이지요. 그리고 나서 자신은 배로 구조된 것처럼 보였겠지요. 그들은 사방 어디에서 보더라도 멀리 떨어져 있는 한적한 해변에 있었습니다. 바로 그때 내가 나타났던 것입니다—나는 그 녀가 전혀 예상치도 못했던 인물이었을 것입니다. 그것도 의사였습니다! 한술 더 떠서 영국인 의사가 나타났던 것이지요! 그녀는 에이미 듀런트보다도 더 오랫동안 물속에 빠졌던 사람들도 인공호흡에 의해서 다시 살아날 수도 있다 는 사실을 잘 알고 있었을지도 모릅니다. 하지만 그녀는 자신의 역을 연기해 야만 했겠지요—자신의 제물을 내게 홀로 남겨둔 채 오두막으로 가야만 하는 연기를. 그리고 마지막으로 뒤돌아보았던 것입니다. 그때 난 그녀의 얼굴에서 끔찍하리만큼 쓰디쓴 불안의 표정을 보았던 겁니다.

바튼 양은 속으로 무척 걱정했을지도 모릅니다.

'에이미 듀런트가 살아나서 모든 사실을 털어놓으면 어떡하지?' 하고 말입니다."

"오—." 제인 헬리어가 말했다.

"온몸이 오싹해요."

"이것저것 생각하면 할수록 사건의 전모는 더욱더 음울하게 보였고, 에이미 듀런트 양의 정체는 미궁 속으로 빠져 들어갔습니다. 에이미 듀런트는 과연 어떤 인물이었을까? 왜 그녀가, 변변치 못한 급료를 받고 살았던 그녀가 자신의 고용인에게 피살되어야만 했을까? 그 죽음의 해수욕 배후에 숨어 있는 것은 과연 무엇일까? 그녀는 겨우 몇 달 전에 메리 바튼에게 말동무로 고용되었습니다. 그리고 그들은 함께 외국으로 여행을 떠났던 거지요. 하지만 카나리아 군도에 도착한 바로 다음 날 처참한 비극이 발생했던 것입니다. 두 사람 모두 미인이었고, 세련되고 평범한 영국 여인들이었습니다! 그 사건은 온통 미스터리였습니다. 난 내 자신한테 그렇게 말했답니다. 난 그저 내 상상력이 미치는 대로 내버려두었습니다."

"그렇다면 그때 박사님은 아무 일도 하지 않았다는 말씀인가요?"

헬리어가 물었다.

"오, 헬리어 양, 그때 내가 대체 뭘 할 수 있었겠어요? 증거라고는 단 한 가지도 없었고, 목격자들의 대부분도 바튼 양과 똑같은 말만 되풀이하는 상황에서 말입니다. 나는 그저 지나가는 생각이었지만 내 나름대로 가능한 추측을 해보았습니다. 내가 할 수 있었고, 또 내가 했던 유일한 일은 에이미 듀런트 양의 인척 관계에 대해서 최대한 알아보는 것뿐이었습니다. 영국으로 되돌아온 다음에 나는 그녀가 세 들어 살았던 집의 여주인을 찾아가기조차 했습니다만, 결과는 이미 여러분에게 말씀드린 그것 이상은 없었습니다."

"하지만 당신은 뭔가 음울한 생각이 들었다고 했잖아요?"

마플 양이 물었다.

로이드 박사는 고개를 끄덕였다.

"사실은 늘 그런 식으로 생각하는 내 자신이 부끄러웠답니다.

'그토록 아름답고 예절바른 영국 여인을 사악하고 계획적인 범죄를 자행한 범인으로 의심하다니, 대체 나라는 인간은 어떻게 생겨먹은 거지?' 하고 말입니다. 나는 그녀가 섬에 체류해 있던 얼마 동안 최선을 다해서 그녀를 보살펴 주었습니다. 또한, 에스파냐 경찰 당국과 함께 그녀를 도왔지요. 난 영국 남자로서, 이국땅에서 만난 동포를 돕기 위해 할 수 있는 일은 모두 다했답니다. 그러나 그녀는 내가 자기를 의심하고 좋지 않게 생각하고 있다는 것을 분명히 알고 있었다고 확신합니다."

"그녀는 거기에 얼마 동안 머물렀나요?" 마플 양이 물었다.

"내 생각으로는 약 2주 정도였을 겁니다. 듀런트 양은 그곳에 묻혔습니다. 그로부터 약 열흘이 지난 뒤 그녀는 영국으로 돌아가는 배를 탔지요. 그 사건에 대한 충격으로 너무 상심했기에 그녀는 애초에 계획한 대로 거기에서 겨울을 지낼 수가 없으리라고 생각했겠지요. 이 말은 그녀가 직접 한 겁니다."

"그녀는 그 사건으로 당혹해하는 것 같았나요?" 마플 양이 질문했다.

박사는 약간 주저했다. 그러고는 조심스럽게 말했다.

"글쎄요, 그런 감정이 겉으로 나타나 보였는지는 잘 모르겠습니다."

"그럼 그녀는 조금 더 살이 찌진 않았나요?" 다시 마플 양이 물었다.

"아실지 모르겠지만, 그런 얘기를 다 물으니 좀 이상하군요. 그래요, 그녀는 약간 몸무게가 불어난 것처럼 보였습니다."

"너무 끔찍한 일이에요." 제인 헬리어가 몸을 부르르 떨면서 말했다.

"그건 마치, 죽은 제물의 피를 먹고 살이 찌는 것과 같군요."

"하지만 한편으로 달리 생각해 보면 내가 그녀를 부당하게 생각하고 있는지도 모릅니다." 로이드 박사가 계속 말을 이었다.

"그녀는 떠나기 전에 내게 한마디 했는데, 그 말은 전혀 뜻밖이었어요. 지금 생각해 보니 그녀의 말은 아주 천천히 움직이는 양심의 가책이었던 것 같습니다. 자기가 저지른 행동이 얼마나 극악무도했던가를 깨닫는 데 상당한 시간이 걸리는 그런 사람들의 양심의 가책 말이에요.

그녀가 카나리아 군도에서 떠나기 바로 전날 밤의 일이었습니다. 그녀는 자기가 있는 곳으로 와달라고 하더군요. 그녀는 내게 해준 모든 일에 진심으로 감사하게 생각한다고 했습니다. 물론 나는 그런 상황 아래에서라면 지극히 당연한 일을 했을 뿐이라고 말했지요. 내 말이 끝나자마자 우리 사이의 대화가 잠시 중단됐는데, 그때 그녀가 내게 질문 하나를 던지더군요.

'어떤 사람이…….' 그녀가 물었습니다.

'법을 임의로 무시한다면 그것이 정당화될 수도 있다고 생각하나요?'

그것은 몹시 어려운 질문이었지만, 대체로 난 그렇게 생각하지 않는다고 대답해 주었습니다. 법은 어디까지나 법이기에 사람들은 그것을 준수해야만 한다고 말이지요.

'불가항력의 상황에서도 말인가요?'

'무슨 말인지 잘 모르겠군요.'

'설명하기 몹시 힘든 일이에요. 하지만, 명백히 나쁜 짓이라고 여겨지는, 범죄의 일종이라고 여겨지는 그 어떤 일을 할 수도 있을 거예요. 매우 타당성이 있는 충분한 이유로 해서 말이에요.'

내가 어떤 범죄자들은 평생토록 그렇게 생각할지도 모른다고 냉담하게 대답했더니 그녀는 뒤로 몸을 움츠리더군요.

'그렇지만 그건 무서운 일이에요.' 그녀는 중얼거렸습니다.

'끔찍해요.'

그러고 나서 그녀는 어조를 바꾸어 수면제를 좀 달라고 부탁했습니다. 그녀는 주저하면서 그 끔찍한 사건 이후로 자신은 좀처럼 잠을 이룰 수가 없었다고 말하더군요.

'당신은 정말 그렇게 생각합니까? 당신에겐 근심스런 일이 하나도 없나요? 마음에 걸리는 게 전혀 없단 말인가요?'

'마음에 걸리는 것이라니요? 대체 마음에 걸릴 것이 뭐가 있겠어요?'

그녀는 몹시 격렬하고 미심쩍게 소리쳤습니다.

'때때로 걱정이 불면증의 한 요인이 되기도 하니까요.' 난 대수롭지 않게 말했습니다.

잠시 동안 그녀는 뭔가 골똘히 생각하는 것처럼 보였습니다.

'당신은 지금 미래의 근심에 대해 말한 건가요, 아니면 다시는 되돌려질 수

없는 과거의 회한에 대해 말하는 건가요?'

'둘 다입니다.'

'하지만 과거사를 걱정하고 후회한다고 해서 좋을 건 하나도 없을 거예요. 그렇게 한다고 해서 과거가 다시 돌아오진 않으니까요. 오! 무슨 소용이 있겠어요! 과거에 대해서 생각해서는 안 돼요. 안 되고말고요.'

난 그녀에게 순한 수면제를 조제해 주고 작별 인사를 했습니다. 집으로 돌아오는 길에, '다시 돌아오진 않으니까.'라는 그녀의 말을 곰곰이 생각해 보았습니다. 대체 무엇을, 아니면 누구를 되돌릴 수 없다는 말인가?

나는 그녀와 나눈 마지막 대화가 나중에 일어난 일에 어느 정도 암시를 주었다고 생각합니다. 물론 나는 그런 일을 기대하진 않았어요. 하지만 결국 그 일이 일어났을 때도 난 전혀 놀라지 않았지요. 왜냐하면 여러분도 아시다시피 난 줄곧 바튼 양을 양심적인 여자, 나약한 죄인이 아니라 신념을 가진 한 여자로 생각해 왔으니까요. 그녀는 그 신념에 따라서 행동했을 것이고, 그것을 믿는 한 결코 자신의 행동이나 감정을 누그러뜨리지 않았을 테지요. 하지만 나는 그날 밤 마지막 대화에서, 그녀가 마침내 자신의 신념들에 회의를 느끼기 시작했다고 생각했어요. 나는 그녀의 말에서 그녀가 무시무시한 자기 분석—양심의 가책을 희미하지만 처음으로 느끼기 시작하고 있다는 것을 알아차렸습니다.

그 일이 있은 얼마 후 콘월이라는 조그마한 해수욕장에서 사건 하나가 생겼답니다. 그것은 1년 중 피서객이 혼잡하지 않은 그런 때였어요. 가만, 그때가 분명히 3월 말경이었을 거예요. 난 신문에서 그 사건을 읽게 되었답니다. 신문 기사에 따르자면 콘월의 조그만 호텔에서 한 여자가 머물고 있었는데—바로 바튼 양이었어요. 그녀는 그곳에서 몹시 이상하고 별난 행동을 했답니다. 그 부근에 있는 모든 사람들이 그 사실을 알아차렸지요. 그녀는 밤마다 자리에서 일어나 방 안을 서성거리며 뭐라고 중얼거렸다는군요. 그 바람에 그녀의 방 양쪽에 있던 사람들이 전혀 잠을 이루지 못했다는 거죠. 그녀는 어느 날 교구 목사를 찾아가 몹시 중대한 사실을 고백하고 싶다고 말했답니다. 죄를 지었다고도 말했다는군요. 그렇지만, 얘기를 계속하지 않고 갑자기 벌떡 일어서더니 나중에 다시 오겠다고 말하곤 가버렸다는 것이었습니다. 그 목사는 머리가 좀 이상한 여자라고 판단내리고 그녀의 말을 심각하게 여기지 않았답니다.

바로 그 다음 날 아침, 그녀가 사라진 것이 발견되었죠. 그 방에는 검시관 앞으로 보내는 편지가 한 통 남겨져 있었다더군요. 그 편지에는 다음과 같이 쓰여 있었답니다.

나는 어제 교구 목사를 찾아갔었습니다. 모든 것을 고백하기 위해서였습니다. 하지만 그렇게 할 수가 없었습니다. 그녀가 그렇게 하도록 날 내버려두지 않았습니다. 이제 내겐 단 한 가지 방법밖에는 보상할 도리가 없습니다. 한 생명 대(對) 한 생명으로 말입니다. 내 삶은 그녀의 삶과 똑같은 길을 걸어가야 합니다. 나 역시 깊은 바다 속에 빠져 죽을 것입니다. 나는 내가 옳았다고 믿었습니다. 하지만 지금 내 생각이 옳지 않았다는 것을 알았습니다. 내가 만일 에이미의 용서를 바란다면 그녀에게로 가야 할 것입니다. 내 죽음에 대해서 어느 누구도 책임질 사람은 없습니다.

메리 바튼

근처에 있는 한적한 어느 만의 해변에서 그녀의 옷이 발견되었지요. 거기에서 그녀는 옷을 벗고, 누구라도 해변 아래쪽으로 휩쓸고 가버릴 정도로 물살이 사납기로 유명한 바다로 헤엄쳐 간 것이 분명해 보였습니다.

그녀의 시신은 발견되지 않았습니다. 하지만, 얼마 뒤에 바튼 양이 죽은 게 분명하다고 단정 지어졌지요. 그녀는 굉장히 부유했답니다. 부동산이 십만 파운드나 되는 것으로 밝혀졌습니다. 하지만 바튼 양이 아무런 유언도 남기지 않고 죽었기 때문에, 모든 재산은 그녀의 가장 가까운 친척—오스트레일리아에 있는 사촌에게 돌아가게 되었지요. 신문에서는 카나리아 군도에서 있었던 그 비극에 대해 언급하면서, 듀런트 양의 죽음으로 말미암아 바튼 양의 정신이 이상하게 된 것 같다고 조심스럽게 다루었습니다. 배심에서도 '잠정적인 정신 이상 상태에서의 자살'이라는, 일반인들의 생각과 같은 판결을 내렸지요.

그렇게 해서 에이미 듀런트 양과 메리 바튼 양의 비극은 종지부를 찍었던 것입니다."

방에는 긴 침묵이 흘렀다. 제인 헬리어가 몹시 거칠게 숨을 내쉬었다.

"오, 하지만 박사님은 거기서, 정말로 가장 흥미진진한 부분에서 얘기를 끝내시면 안 돼요. 어서 계속해 보세요."

"그렇지만, 헬리어 양, 당신도 알다시피 이건 연작 소설이 아닙니다. 바로 현실에서 일어난 일이지요. 그리고 현실에서의 삶은 그것이 선택한 곳에서 멈추는 것이랍니다."

"하지만, 전 멈추지 않았으면 좋겠어요." 제인은 계속 고집했다.

"전 알고 싶어요."

"자, 이제 우리들이 머리를 짜내야 할 시간입니다, 헬리어 양."

헨리 경이 타이르듯이 말했다.

"왜 메리 바튼은 자기 말동무를 죽였을까요? 바로 이것이 로이드 박사가 우리들에게 내주신 과제랍니다."

"오, 좋아요." 헬리어가 말했다.

"바튼 양은 여러 가지 이유 때문에 그녀를 죽였을 거예요. 제 말은, 음, 잘 모르겠군요. 듀런트 양이 바튼 양의 신경을 건드렸을 수도 있고, 로이드 박사님은 남자 문제에 대해서는 어떤 언급도 하지 않으셨지만 어쩌면 질투를 느꼈을지도 모르는 일이잖아요? 외국 유람선을 타게 되면—글쎄요, 여러분도 유람선과 그 여행에 대해서 세상 사람들이 어떻게 말을 하는지 모두들 잘 알고 있을 거예요."

헬리어는 숨을 헐떡거리면서 말을 중단했다. 그녀의 말을 듣고 있던 방 안의 사람들은 제인의 매력적인 머리의 겉모양이 그 속보다 훨씬 더 낫다고 확신했다.

"나 역시 여러 가지 추측이 가능하다고 생각해요." 밴트리 부인이 말했다.

"하지만, 한 가지 추측으로 범위를 좁히겠어요. 난 바튼 양의 아버지가 에이미 듀런트 양의 아버지 사업을 망하게 해서 재산을 모았으리라고 생각해요.

그래서 에이미 양은 바튼 양의 아버지에 대한 복수를 결심하게 되었던 것이지요. 오, 아니에요, 그건 잘못된 생각인 것 같아요. 참 성가신 문제로군요! 그렇다면 왜 돈 많은 고용주가 가난한 자기 말동무를 살해했을까요? 여기에 그 답이 있어요. 즉, 바튼 양한테는 에이미 듀런트 양의 사랑을 얻으려다 그만 자살해 버린 남동생 하나가 있었을 거예요. 바튼 양은 기회를 기다리고 있었겠죠. 그러던 중에 마침 에이미 양이 일자리를 얻으러 자신에게 왔던 거예요. 바튼 양은 그녀를 말벗으로 고용하고는 함께 카나리아군도로 와서 복수했던 거지요. 내 생각이 어떤가요?"

"아주 훌륭합니다." 헨리 경이 말했다.

"하지만, 지금 우리는 바튼 양에게 남동생이 있었는지에 대해서는 모르고 있지 않습니까?"

"하지만, 추론해 낼 수도 있잖아요." 밴트리 부인이 말했다.

"만일 그녀한테 남동생이 없었다면, 그녀가 살인할 만한 동기는 하나도 없는 셈이죠. 그러니 그녀에겐 분명히 남동생이 있었을 거예요. 아시겠어요, 왓슨 씨?"

"그것참 훌륭한 생각이오, 돌리." 그녀의 남편이 말했다.

"하지만 그건 어디까지나 당신의 추측일 뿐이오."

"물론 추측일 따름이지요." 밴트리 부인이 대답했다.

"하지만 그 외에 우리가 할 수 있는 일이 뭐가 있겠어요—그저 추측하는 것 말고요. 지금 우리에겐 증거가 될 만한 단서가 하나도 없잖아요. 그러니까 어서 당신도 생각했던 것을 얘기해 봐요."

"솔직히 말해서, 난 뭐라고 말해야 좋을지 모르겠소. 하지만, 나는 그들이 한 남자를 사랑했을 거라는 헬리어 양의 제안에서 뭔가를 찾아낼 수도 있다고 생각해요. 자, 여길 좀 봐요, 돌리. 내 생각엔 그 남자는 어느 고파 교회(교의·의식에 치중하는 영국 국교의 일파)의 목사였을 거요. 두 사람 모두 그에게 성복(聖服)이나, 아니면 그와 비슷한 어떤 것을 만들어 주었을지도 몰라요. 그런데 그가 듀런트 양이 만들어 준 옷을 먼저 입었던 거지요. 뭐 그와 유사한 일이 있었을 수도 있잖겠소? 그녀가 맨 마지막에 목사를 어떻게 찾아갔을까를 생각해 봐요. 분명히 그 두 여인은 잘생긴 한 성직자를 사랑했던 거요. 여러분도 이와 비슷한 얘기를 수없이 들었을 거예요."

"이제는 가능성이 있어보이진 않지만, 내 의견을 말해야 할 것 같군요."

헨리 경은 잠깐 멈췄다가 말을 이었다.

"물론 이것도 내 나름대로의 추측에 불과하답니다. 나는 바튼 양이 항상 정신적으로 혼란한 상태에 있었다고 생각해요. 여러분이 상상할 수 있는 것보다도 의외로 그런 경우는 많이 있답니다. 그녀의 광기는 날이 갈수록 심해져서 급기야는 이 세상의 어떤 사람들, 아마도 소위 불행한 여인이라고 불리는 사람들을 죽여 없애는 것이 자신의 의무라고 믿게 되었던 거지요. 듀런트 양의 과거에 대해서는 아무것도 알려지지 않았습니다. 따라서 그녀가 어떤 과거, 불행한 과거를 가졌다고 생각해도 무리가 없을 거예요. 바튼 양은 그런 사실을 알게 되었을 것이고, 그녀의 신념에 따라 듀런트 양을 죽이기로 결심했을 겁니다. 그러나 나중에는 자신을 사로잡고 있던 정의로움이 흔들리기 시작했고, 마침내는 양심의 가책으로 온통 뒤덮여 버렸겠지요. 그녀의 종말은 그녀가 얼마나 혼란 상태에 있었는지를 잘 보여 준 셈이죠. 자, 당신도 나와 같은 생각을 하시겠죠, 마플 양?"

"그런 것 같진 않군요, 헨리 경."

마플 양은 미안하다는 듯이 웃으면서 말했다.

"난 그녀의 종말이 그녀가 얼마나 머리가 잘 돌아가고 약삭빠른지 알 수 있게 해준다고 생각하는데요."

제인 헬리어가 조그맣게 비명을 지르면서 마플 양의 말을 막았다.

"오! 아까는 제가 너무 어리석었어요. 다시 제 생각을 말해도 되겠지요? 아마 다음과 같은 일이 분명히 있었을 거예요. 공갈 협박이 그 사건과 관계있을 거예요. 말동무 여인이 어쩌면 그녀를 공갈 협박했을지도 모르죠. 하지만, 바튼 양이 자살한 것이 그녀에겐 약삭빠른 행동이라는 마플 양의 말은 이해할 수가 없군요. 전 정말 그 까닭을 모르겠어요."

헨리 경이 소리쳤다.

"아, 여러분도 아시다시피 마플 양은 세인트 메리 미드에서 일어난 그와 유사한 사건을 알고 있기 때문일 거예요."

"당신은 항상 나를 비웃는군요, 헨리 경." 마플 양은 책망하듯이 말했다.

"솔직히 말한다면, 로이드 박사님의 얘기를 듣고 있으려니 트라우트 노부인에 대한 생각이 조금씩 떠오르더군요. 여러분도 알고 있는지 모르겠지만, 그녀는 각기 다른 교구에서 살다 사망한 세 명의 늙은 여자들에게 지급되는 고령자 연금을 타먹었지요."

"그것은 정말 복잡 미묘하고 의도적으로 자행된 범행이었던 모양이군요." 헨리 경이 말했다.

"하지만 내가 보기에는 그 사건이 지금 우리가 당면한 문제에 아무런 설명도 해주지 못할 것 같은데요."

"물론 그래요." 마플 양이 말했다.

"특히 당신 같은 분에게는 더욱 그렇겠죠. 하지만 몇 가구가 몹시 궁핍하게 살고 있다면 고령자 연금은 아이들에게는 큰 혜택이 될 수 있지요. 물론 이런 문제에 대해서 잘 모르는 사람들은 이해하기가 힘들 거예요. 하지만, 내가 정말로 하고 싶은 말은 그 모든 일이 다른 노파들과 다를 바 없는 한 노파에 의해서 저질러졌다는 사실입니다."

"뭐라고요?" 헨리 경은 여전히 알 수 없다는 표정으로 소리쳤다.

"난 항상 그렇지만, 그런 일들을 설명하는 데 좀 서툴러요. 내 말은, 로이드 박사님이 처음 두 여인에 대해서 언급했을 때엔 누가 누군지 전혀 모르고 있었다는 사실이에요. 게다가, 호텔에 있던 그 어떤 사람도 그들 두 여자를 확실히 모르고 있었으리라 생각해요. 물론 하루나 이틀 정도 지난 뒤라면 사람들이 그들을 식별할 수 있었을지도 모르겠지만, 그 호텔에 도착한 바로 다음 날 두 명 중 한 사람이 익사했기 때문에, 만일 살아남은 여인이 자기를 바튼 양이라고 한다고 해서 그 말을 의심할 사람은 아무도 없으리라는 얘기예요."

"그럼 당신은……, 오, 이제야 무슨 얘긴지 알겠어요."

헨리 경은 천천히 말했다.

"그렇게 생각하는 것이 가장 자연스러운 방법이랍니다. 친애하는 밴트리 부인도 방금 그런 식으로 말했지요. 왜 그렇게 부유한 고용인이 가난한 말동무를 살해해야 했을까? 이 말을 반대로 생각하는 것이 훨씬 더 가능성이 크죠. 내 애기는, 그런 식으로 사건이 잘 일어난다는 겁니다."

"뭐라고요?" 헨리 경이 소리쳤다.

"또 날 놀라게 만드는군요."

"그렇지만, 물론……." 마플 양이 계속 말을 이었다.

"그녀는 바튼 양의 옷을 입었겠죠. 그 옷들이 그녀에겐 약간 꽉 끼었을 거예요. 그래서 다른 사람들 눈에는 그녀가 약간 살이 찐 것처럼 보였을 테고요. 그래서 난 아까 친구가 죽은 뒤 바튼 양이 더 살이 찐 것 같진 않았느냐고 물어봤던 것이랍니다. 남자분이라면 누구든지 그녀가 살이 쪘다고 생각하지, 옷이 작아졌다고는 생각지 않을 거예요—하지만 그것은 올바른 관점이 아니랍니다."

"그렇지만 에이미 듀런트 양이 바튼 양을 살해했다고 가정해도, 그녀가 그것으로 얻는 게 뭐가 있겠어요?" 밴트리 부인이 물었다.

"그녀는 영원히 남들 눈을 속이진 못했을 텐데요."

"고작해야 한두 달 정도밖에 그 사실을 숨길 수 없었겠죠."

마플 양이 지적했다.

"그 한두 달 동안에도 그녀는 혹시나 자기를 알아볼까 봐 사람들을 피해서 이곳저곳 여행을 다녔으리라고 생각해요. 바로 이것이 비슷비슷한 나이의 여자들은 서로 비슷하게 보인다던 말이 의미했던 요점입니다. 그녀의 여권에는 다른 사진이 붙어 있었지만 아무도 알아차리진 못했을 거예요—여러분은 여권이 어떤 건지 잘 알고 있겠죠? 그렇게 해서 3월에 그녀는 콘웰 지방으로 내려갔고, 그곳에서 꽤나 이상하게 행동함으로써 사람들이 해변에 남겨진 그녀의 옷가지를 발견하고 마지막 편지를 읽었을 때, 상식적인 결론에 도달하지 못하게끔 유도했던 것이지요."

"그 결론이란 뭔가요?" 헨리 경이 물었다.

"시체가 발견되지 않았다는 겁니다." 마플 양은 단호하게 말했다.

"만일 사람들의 주의를 산만하게 만들어 놓지 않았다면—범죄라든가 양심의 가책 따위를 포함한 그런 것들이 없었더라면, 사람들은 쉽게 그 사실을 직시할 수 있었을 거예요. 시체가 발견되지 않았다는 것, 그것이 바로 가장 중요한 사실이었던 겁니다."

"그렇다면 당신 말은……." 밴트리 부인이 말했다.

"그녀에게 양심의 가책 따위는 전혀 없었다는 건가요? 그리고 양심의 가책이 없었다면……, 그녀는 자살하지도 않았다는 얘긴가요?"

"그녀는 자살하지 않았어요!" 마플 양이 말했다.

"이젠 트라우트 부인에 대한 얘기로 돌아가야겠군요. 트라우트 부인은 사람들의 주의를 딴 곳으로 돌려놓는 데 남다른 재주를 발휘하긴 했지만, 결국 나와 같은 호적수를 만난 셈이었지요. 나는 여러분 모두 바튼 양이 양심의 가책에 휩싸였으리라 생각한다는 것을 알아차릴 수 있었지요. 그녀가 정말로 물에 빠져 죽었을까요? 만일 내가 올바르게 추측하고 있다면, 그녀는 곧바로 오스트레일리아로 떠났을 거예요."

"당신이 옳아요, 마플 양." 로이드 박사가 얼른 마플 양의 말을 되받았다.

"의심의 여지도 없이 마플 양 당신 말이 맞았어요. 난 정말 놀랐답니다. 바로 멜버른에서 깜짝 놀랄 만한 일을 당했기 때문이죠."

"바로 그것이 아까 박사님께서 말했던 마지막 우연의 일치로군요."

로이드 박사는 고개를 끄덕였다.

"그래요. 바튼 양, 아니 에이미 듀런트 양(여러분이 그녀를 어떻게 부르든지)으로서는 억세게 재수가 없었던 것이지요. 난 한동안은 선의(船醫)로 있었답니다. 그러던 어느 날 멜버른에 하선해서 거리를 따라 내려가고 있었을 때 내가 제일 처음 본 사람이 바로, 내가 알기로는 콘웰에서 물에 빠져 죽었다던 그 여자였답니다. 내가 보기에 그녀는 사건이 완전히 마무리된 것으로 여기고 있는 것처럼 보였답니다. 게다가, 내게 자신의 비밀까지 모두 털어놓는 대담한 행동을 했습니다. 추측컨대, 도덕관념조차도 없는 괴상한 여자 같더군요. 그녀는 눈 뜨고는 볼 수 없을 정도로 가난한 아홉 식구의 가장이었답니다. 그들은 영국에 있는 부유한 사촌에게 한번 도움을 요청해 보았으나 거절당했다더군요. 그때 바튼 양은 아버지와 심하게 다투기까지 했다는군요. 에이미 바튼의 가족들은 말할 수 없을 정도로 돈이 필요했어요. 왜냐하면 어린 세 동생이 병원에서 치료를 받아야만 했기 때문이었죠. 에이미 바튼은 바로 그때 그 자리에서 잔인한 살인을 하기로 결심했던 거랍니다. 그녀는 어린애들의 보모 노릇을 하면서 배 삯을 벌어 영국을 향해 떠났습니다. 마침내 그녀는 영국에서 자신의 이름을 에이미 듀런트로 고치고 바튼 양의 말동무로 고용되었던 겁니다. 그녀는 방 한 칸을 빌려서 그곳에 가구들을 갖춰 놓기까지 했다는군요. 그렇게 함으로써 에이미 듀런트라는 가공인물이 보다 더 확실히 존재하는 것처럼 보이게 한 거죠. 또한 그렇게 가공인물을 만들어 냄으로써 자신이 안전하리라고 생각했던 거지요. 바다에 빠져 죽기로 한 계획은 갑작스럽게 떠오른 영감이었다더군요. 그리고 그것을 실현할 기회가 오기만을 기다렸지요. 마침내 이 드라마의 마지막 장을 상연하고 유유히 오스트레일리아로 떠났던 것입니다. 그러고는 적당한 시기에 그녀의 가족들은 바튼 양의 가장 가까운 친척으로서 재산을 상속받았던 것이지요."

"매우 대담하고 완전무결한 범죄였군요." 헨리 경이 말했다.

"거의 완벽에 가까운 범죄였어요. 만일 카나리아 군도에서 죽은 사람이 바튼 양이라고 밝혀졌다면 당연히 에이미 듀런트가 의심을 받게 되었을 테고, 그렇게 되면 바튼 가(家)와 그녀의 관계가 드러났을 것입니다. 하지만 에이미 바튼은 신원을 바꾼데다가 소위 말하는 이중 범죄를 저질렀기 때문에 그런 위험성을 효과적으로 없애 주었던 거로군요. 맞아요, 거의 완벽한 범죄였어요."

"그 여자는 어떻게 되었나요?" 밴트리 부인이 물었다.

"당신은 그 문제를 어떻게 처리했나요, 로이드 박사님?"

"난 몹시 난처한 입장에 빠졌습니다, 밴트리 부인. 법률적인 측면에서 본다해도 그때까지 여전히 증거라고 할 만한 것은 하나도 없었으니까요. 또한 그녀가 겉으로는 아무리 강하고 기운차게 보였을지라도, 의사인 나는 그녀가 오래 살지 못할 것이라는 조짐을 명백하게 알아차렸답니다. 난 그녀와 함께 그녀의 집으로 가서 나머지 가족들을 만나보았어요. 매우 다정한 가족들이었고, 에이미 바튼 양을 모두들 잘 따르고 있었습니다. 그들은 그녀가 어떤 죄를 저질렀으며, 또 그것이 밝혀질 수도 있다는 사실은 꿈에도 생각지 않고 있었지요. 그러니 내가 증명할 수 있는 것도 없으면서 군이 그들에게 슬픔을 안겨 주어야 할 까닭이 하나도 없는 듯이 보였지요. 그녀가 내게 고백한 사실들을 알고 있는 사람은 아무도 없었으니까요. 난 그 모든 것을 자연의 순리에 맡기기로 했답니다. 하지만, 나와 만난 지 6개월이 지나서 에이미 듀런트 양은 세상을 떠났습니다. 가끔 난 이런 생각을 해봅니다.

'만일 그녀가 최후의 순간까지 즐겁게 생활하면서 결코 자신의 과오를 뉘우치지 않았다면 어떻게 되었을까.' 하고 말입니다."

"분명히 그런 일은 없었을 거예요." 밴트리 부인이 말했다.

"나도 그렇게 생각해요." 마플 양이 말했다.

"트라우트 부인도 그랬으니까요."

제인 헬리어는 조금 몸을 떨었다.

"세상에ㅡ." 그녀가 말했다.

"너무너무 소름 끼치는 일이에요. 전 지금도 누가 누구를 물에 빠뜨려 죽였는지 도무지 모르겠어요. 그런데 그 트라우트 부인이라는 여자는 이 사건과 어떤 관련이 있는 거지요?"

"아무 관련이 없답니다, 헬리어 양." 마플 양이 대답했다.

"그녀는 그저 시골 마을에서 살았던 한 사람, 그다지 품성이 좋지 않은 한 여성에 불과했답니다."

"오!" 제인이 말했다.

"시골에서 살았었군요. 하지만, 시골 마을에서는 아무런 일도 일어나지 않잖아요, 그렇죠?"

그녀는 한숨을 내쉬고는 말을 이었다.

"제가 만일 시골 마을에서 살고 있다면 분명히 전 아무것도 이해할 수 없었을 거예요."

제9장

네 명의 혐의자

밝혀지지 않았거나, 처벌되지 않은 범죄에 대해서 방 안에 모여 있는 사람들의 대화는 계속 진행되고 있었다. 그리고 그들 모두가 각각 돌아가면서 의견을 내놓았다. 밴트리 대령과 뚱뚱하지만 사랑스러운 그의 아내, 제인 헬리어, 로이드 박사, 그리고 마플 양까지 모두 한마디씩 했다. 그러나 대부분의 사람들이 입을 모아 이런 자리에서는 가장 적격이라는 단 한 사람만이 아직 아무 얘기도 하지 않고 있었다. 전(前) 런던경시청 국장인 헨리 클리더링 경은 침묵을 지키며 앉아 있었던 것이다. 그는 구레나룻을 손가락으로 비비 꼬면서, 혹은 쓰다듬기도 하며 마음속으로 어떤 생각을 혼자 즐기기라도 하는지 입가에 미소를 짓고 있었다.

"헨리 경―." 밴트리 부인이 마침내 입을 열었다.

"만일 당신이 아무 말도 하지 않는다면 난 소리를 지르겠어요. 처벌되지 않고 지나쳐 간 범죄들이 그렇게 많은가요, 아니면 없는 건가요?"

"밴트리 부인, 당신은 '런던경시청, 또다시 실수하다'라는 신문의 머리기사를 생각하고 있나 보군요. 그리고 그 뒤를 따라서 실리는 미궁에 빠진 수수께끼 사건 목록에 대해서도요."

"난 그런 사건들이 사실상 전체 사건들 가운데에서는 극히 일부일 뿐이라고 생각하는데, 맞는지요?" 로이드 박사가 말했다.

"그렇습니다. 맞는 말이지요. 해결된 수백 건의 사건들과 형벌을 받은 범죄자들에 대해서는 보도되거나 떠들어대는 일조차 거의 없습니다. 하지만 그런 것은 지금 논쟁의 요지가 아니지요, 안 그런가요? 사람들은 흔히 해결되지 못한 사건들과 발견되지 않은 범죄에 대해 말할 때 두 가지를 각기 다른 것으로 생각하지요. 런던경시청에서도 들어본 적이 없고 발생했는지조차 모르는 범죄들이 첫 번째 범주에 들어가지요."

"하지만, 그런 종류의 범죄들이 그리 많지는 않겠죠?" 밴트리 부인이 물었다.

"그렇죠?"

"헨리 경! 설마 발견되지 않은 사건들이 많다고 말하려는 건 아니겠죠?"

마플 양은 생각에 잠긴 듯이 입을 열었다.

"나는 수많은 범죄자들이 발견되지 않은 채 지나갔으리라 생각해요."

침착한 태도로 그 매력적인 노처녀는 자기 의견을 내놓았다.

"친애하는 마플 양." 밴트리 대령이 말했다.

"물론……." 마플 양은 말했다.

"어리석은 사람들도 상당히 많지요. 그래서 그들은 무슨 짓을 하든지 간에 발견되고 말지요. 하지만, 세상에는 어리석지 않은 사람들도 많이 있답니다. 만일, 그런 사람들에게 깊이 뿌리박혀 있는 도의 같은 것만 없다면 과연 그들이 어떤 일을 저지를지 생각만 해도 몸이 떨린답니다."

"그래요." 헨리 경이 말했다.

"어리석지 않은 사람들이 세상에는 많이 있지요. 어떤 범죄들은 그저 약간의 실수 때문에 세상에 알려지게 된답니다. 그렇기 때문에 사람들은 스스로에게 질문을 하게 되지요. '만일 이 범죄가 아무런 실수 없이 자행되었다면, 이 세상의 그 누가 그것에 대해 알고 있을까?' 하고 말입니다."

"하지만, 그건 매우 중대한 것입니다. 매우 심각한 문제예요. 정말로."

밴트리 대령이 말했다.

"그래요?"

"무슨 말을 그렇게 하세요? '그래요?'라니! 중대한 일이고말고요."

"당신은 많은 범죄가 처벌되지 않은 채 그냥 지나쳐 버린다고 했지요? 과연 그럴까요? 아마도 법률에 의해 처벌되지 않을 수도 있겠지요. 하지만, 인과응보란 법률의 테두리를 벗어나서도 작용되는 겁니다. '모든 범죄는 그것에 걸맞은 벌을 지니고 있다.'라는 말이 상투적인 표현일 수도 있겠지만, 내 생각으로는 그 말보다 더 진실한 말은 없다고 봅니다."

"아마, 그럴 수도 있겠지요. 그렇다고 해서 문제의 심각성이, 음, 심각성이 변하는 것은 아닙니다." 밴트리 대령은 약간 당황해 하면서 말을 멈췄다.

헨리 클리더링 경은 입가에 미소를 지으며 말했다.

"십중팔구 대부분의 사람들은 당신의 사고방식을 의심하지 않을 겁니다. 하지만 사실 중요한 문제는 범죄를 밝혀내는 것이 아니라 결백성을 밝혀내는 거지요. 아마도 이런 사실에 대해서는 아무도 깨닫지 못하고 있을 거예요."

"무슨 얘기를 하는 건지 도무지 이해가 안 가요." 제인 헬리어가 말했다.

"난 알 것 같아요." 마플 양이 말했다.

"트렌트 부인은 어느 날 핸드백에서 반 크라운이 없어졌다는 것을 알았어요. 그때, 그 사실로 인해 제일 큰 피해를 받은 사람은 파출부로 일하던 아서 부인이었지요. 트렌트 부인은 그녀의 소행이라고 생각했던 거예요. 하지만 그 집 사람들은 마음씨가 좋았답니다. 더구나 아서 부인이 대가족을 거느리고 있고, 그녀의 남편이 술주정꾼이라는 사실도 잘 알고 있었기 때문에 극단적인 상황까지 몰고 가려고 하진 않았어요. 그 대신 전과는 다르게 그녀를 생각하게 되었지요. 그들은 외출해야 하는 경우에도 아서 부인에게 집을 맡기지 않았는데, 이런 일이 그녀에게 커다란 영향을 끼치게 되었던 거예요. 다시 말해서, 다른 사람들까지도 그녀에게 좋지 못한 감정을 품기 시작했던 거지요. 그러던 어느 날 그 분실 사건이 바로 그 집에 있는 가정교사의 소행이라는 사실이 밝혀졌답니다. 트렌트 부인이 거울 속에 비추어진 문을 통해서 그녀를 보았던 거예요. 난 그것을 신의 섭리라고 하고 싶지만, 순전히 우연한 일이었지요. 나는 헨리 경이 나타내려는 것이 그런 거라고 생각해요. 대부분의 사람들은 그저 누가 그 돈을 가져갔는가에 대해서만 관심을 쏟았을 거예요. 그런데 그런 짓을 하리라고는 생각지도 못했던 사람이 그 돈을 훔쳤다는 것이 밝혀진 겁니다―마치 탐정 소설에서처럼 말이에요! 하지만, 그 일로 해서 제일 피해를 받은 사람은 바로 아무 죄도 없는 가엾은 아서 부인이었던 거예요. 바로 이런 것을 얘기하시려는 거죠, 헨리 경?"

"그렇습니다, 마플 양. 당신은 아주 정확하게 내가 나타내려는 의미를 표현해 주셨군요. 당신이 예를 든 사건에서 파출부는 참 운이 좋은 사람이었습니다. 결국에는 결백함이 밝혀졌으니까요. 하지만, 어떤 사람들은 평생 동안 부당한 의심을 받으며 살아가는 경우도 있답니다."

"지금 뭔가 예로 들 만한 사건을 생각하고 있나요, 헨리 경?"

밴트리 부인이 얼른 질문을 했다.

"사실 그렇습니다, 밴트리 부인. 아주 이상한 사건이었답니다. 우리들은 분명히 살해된 것이라고 믿었으나 그것을 입증할 만한 가능성은 전혀 없었습니다."

"극약이 사용되었을 것 같은데요?" 제인이 말했다.

"뭔지는 모르지만 밝혀낼 수 없는 이상스런 극약을 살인에 사용했을 거예요."

로이드 박사는 불안스러운지 몸을 꿈틀거렸다.

헨리 경이 고개를 저었다.

"그렇지 않습니다, 헬리어 양. 남아메리카 인디언들이 활 끝에 묻히는 비밀스런 독약과는 거리가 멀답니다. 나도 그런 식의 사건이었으면 차라리 좋겠어요. 하지만, 우리는 그런 것보다도 훨씬 더 평범한 것을 찾아내야 합니다. 사실, 범죄자가 자신의 잘못을 절실하게 느끼도록 한다는 것은 불가능한 일이지요. 한 노신사가 계단에서 굴러 떨어져 그만 목이 부러져 버렸습니다. 이런 일은 사실 하루에도 몇 번씩이나 일어나는 약간 유감스러운 사고 중 하나에 지나지 않습니다."

"그런데 무슨 일이 정말로 일어났나요?"

"그건 아무도 추측할 수 없는 거지요."

헨리 경은 어깨를 으쓱해 보이며 말했다.

"누가 뒤에서 어깨를 밀었을 수도 있겠지요. 계단 꼭대기에 무명실이나 철사를 가로질러 매어 놓았다가 나중에 감쪽같이 제거했을 수도 있지 않겠어요? 그렇게 한다면 아무도 눈치 채지 못할 겁니다."

"그렇다면 당신은, 음, 그것이 그저 우연히 일어난 사건은 아니라고 생각하나요? 이유가 뭐지요?" 로이드 박사가 물었다.

"그건 꽤나 긴 얘기랍니다. 하지만, 글쎄요, 맞습니다. 우리는 그것이 우연히 일어난 사고가 아니었다고 확신한답니다. 이미 말한 대로 누군가에게 그 범죄 행위를 실토케 할 가능성이 전혀 없다는 것이지요. 증거라고 할 만한 것이 거의 없었으니까 말이에요. 하지만, 거기에는 다른 관점이 하나 있답니다. 다른 하나에 대해서는 지금까지 여러분들에게 말씀드렸습니다. 그렇게 했을 가능성이 있는 사람은 넷이랍니다. 분명히 그중 한 사람에게 죄가 있을 것이고 나머지 세 사람은 결백하겠지요. 하지만, 진실이 밝혀지지 않는다면 다른 죄 없는 세 사람들까지 평생토록 의심을 받으며 그 끔찍한 그림자 속에서 살아야만 할 것입니다."

"내 생각은……, 어서 우리들에게 그 긴 얘기를 들려주었으면 좋겠군요." 밴트리 부인이 말했다.

"하지만, 그 얘기를 너무 길게 말할 필요는 없답니다." 헨리 경이 말했다.

"이 얘기의 발단을 요약해서 말씀해 드리죠. 그 발단은 일명 슈바르체 한트(검은 손)라는 어떤 독일 비밀 단체에 대한 것입니다. 즉, 카모라(1820년경 조직된 이탈리아의 비밀결사)의 노선, 아니 일반 사람들이 생각하는 카모라의 경향을 그대로 좇는 조직이었습니다. 주로 공갈 협박이나 테러를 일삼았지요. 이 슈바르체 한트는 1차 대전 직후 갑작스럽게 생겨났고, 그 이후로 놀랄 정도로 세력을 확장시켜 나갔지요. 무수한 사람들이 그 조직에 의해 희생되었답니다. 심지어는 정부 당국조차도 그 단체와 맞서 싸울 수가 없었답니다. 왜냐하면 그 단체의 비밀이 조금도 새어 나가지 않았기 때문이었지요. 그들 조직원 중 누군가를 설득시켜 조직의 비밀을 빼내도록 하는 것은 거의 불가능한 일이었습니다. 영국에서는 그 단체에 대해 알려진 것이 별로 없었지만, 독일에서의 위력이란 정말 대단했습니다. 그러나 그 단체는 로젠 박사라는 사람에 의해서 파헤쳐져서 결국엔 붕괴되었습니다. 로젠 박사라는 사람은 그 당시 첩보부에서 상당히 유능한 인물이었지요. 그는 그 조직의 일원이 되어서 핵심부까지 침투해 들어갔답니다. 그러고는 이미 말했듯이 그 조직을 붕괴시키는 데 공헌을 했던 것입니다. 그러니 결과적으로 그를 모르는 사람이 없을 정도로 유명하게 되었지요. 그래서 독일을 떠나는 것이 현명하리라고 생각했겠지요—단지 얼마 동안만이라도. 그리하여 마침내 그는 영국으로 왔답니다. 베를린 경찰에서는 그 사실을 우리에게 서한으로 알려 왔지요. 그는 나와 사적으로 만나기도 했습니다. 그의 태도는 냉정했지만, 동시에 체념한 듯이도 보였습니다. 그는 앞으로 자기에게 무슨 일이 일어나리라는 것을 확신하고 있었던 겁니다.

'그들은 나를 죽일 거예요, 헨리 경. 그 점에 대해서는 의심할 여지도 없습니다.' 그가 말했습니다.

그는 멋진 머리카락에, 국적을 나타내 주는 약간 콧소리가 나는 억양이 섞인 저음의 목소리를 가진 덩치가 큰 남자였답니다.

'그렇지만 그건 이미 예상했던 일이랍니다. 문제 될 것은 하나도 없어요. 난 이미 만반의 준비를 끝냈으니까요. 내가 그 일을 맡게 되었을 때부터 이미 그런 위험은 직시했지요. 난 계획 세워 놓았던 것들을 모두 실천에 옮겼습니다. 아마 그 단체는 두 번 다시 재결성되지 못할 겁니다. 하지만, 아직 구속되지 않은 조직원들이 꽤 있기 때문에, 그들은 그 복수를 실행할 것입니다—나를 죽여 없애는 일이지요. 내가 죽는 것은 시간문제일 따름입니다. 하지만 가능하다면 그 순간이 먼 훗날에 왔으면 좋겠군요. 사실, 난 지금 상당히 재미있는 자료들을 모아서 편집하는 중이랍니다. 내가 평생 동안 일한 결과지요. 가능하다면 난 그 일을 완성시키고 싶답니다.'

그는 아주 담담하게 말했습니다. 그렇게 말하는 태도에는 존경심이 우러나올 정도로 숭고함이 깃들어 있었습니다. 난 그에게 가능한 한 모든 예방책을 강구하겠다고 얘기했지요. 그러나 그는 내 제의를 거절했답니다.

'그게 언제일진 모르지만 그들은 나를 죽일 거요.'

그는 다시 반복해서 말했답니다.

'설령 그날이 오더라도 두려워하진 않을 거요. 당신이 가능한 모든 수고를 아끼지 않았으리라고 확신하니까요.'

그 말을 끝내고 난 뒤 그는 계속해서 아주 단순한 자신의 계획들에 대해 대충 얘기해 주었답니다. 그는 조용히 살면서 자신의 작업을 계속해 나갈 수 있는 작은 시골 별장을 갖고 싶다고 했지요. 마침내 그는 서머싯에 있는 킹스 나튼이라는 시골 마을에 자리 잡기로 했답니다. 기차 정거장에서 7마일이나 떨어져 있는 킹스 나튼은 유난히도 문명과는 접촉되지 않은 곳이었지요. 그는 아주 멋지고 아담한 별장 하나를 사서 이곳저곳을 손질하고 개조했답니다. 그러고는 매우 만족해하며 거기에 정착했지요. 그의 가족으로는 그레타라는 조카딸과 비서, 그리고 거의 40년 동안 그를 위해서 충실하게 일해 온 늙은 독일인 하녀와 바깥일을 하는 잡역부, 또 킹스 나튼의 토박이 정원사가 모두였답니다."

"네 명의 혐의자들이군요." 로이드 박사가 나지막하게 중얼거렸다.

"바로 맞았습니다. 그들이 바로 네 명의 혐의자들이랍니다. 이 문제에 대해서는 더 이상 할 얘기가 없습니다. 그는 킹스 나튼에서 5개월 동안 평화로운 나날을 보냈지요. 그러던 어느 날, 갑자기 그 집에서 불행한 일이 일어났답니다. 바로 로젠 박사가 계단 아래로 굴러 떨어져서 약 30분 뒤에 죽은 시체로 발견되었던 거지요. 그 사건이 일어났던 것이 분명한 시각에 하녀인 게르트루트는 부엌문을 닫고 있었기 때문에 아무 소리도 듣지 못했다고 하더군요―그렇게 그녀가 말했습니다. 그레타 양은 그때 정원에서 구근들을 심고 있었답니다―물론 이것도 그녀의 진술일 따름이었지요. 그리고 정원사 도브스는 조그만 헛간에서 간식을 먹고 있었답니다―이것도 그의 진술일 뿐이죠. 그리고 비서는 산책하러 나갔었다는군요. 그들의 말밖에는 증명할 것이라곤 아무것도 없었답니다. 그런데 우연의 일치인지 그 네 사람 모두 알리바이가 전혀 없었습니다. 그들의 진술이 맞는지 틀리는지 확인해 볼 만한 어떤 방법도 없었던 거지요. 그러나 한 가지 일만은 확실합니다. 외부에서 온 사람이 그 일을 저지르지는 않았으리라는 점입니다. 왜냐하면 외부에서 누군가가 왔었다면 킹스 나튼이라는 그 조그만 시골 마을에서 남들의 눈에 띄지 않았을 리가 없기 때문이었지요. 그 집의 정문과 뒷문은 모두 잠겨 있었습니다. 가족들은 각자가 자기 열쇠를 가지고 있었다는군요. 따라서 혐의가 갈 만한 사람들은 이들 네 사람으로 좁혀질 수밖에 없는 것이지요. 하지만, 그들 모두가 의심할 여지도 없는 것처럼 보였습니다. 그레타는 로젠 박사 형님의 딸입니다. 게르트루트는 40년 이상이나 그에게 충성스런 봉사를 해온 하녀입니다. 또한 도브스는 단 한 번도 킹스 나튼을 떠나 본 적이 없는 사람이랍니다. 그런데 찰스 템플튼이라는 비서는……"

"아, 그 사람은 어땠나요? 내 생각엔 그 사람이 의심스러운 것 같은데요. 그 사람에 대해서 말해 줄 수 있소?" 밴트리 대령이 말했다.

"그를 문제 삼지 않은 이유는, 그 당시 어떤 일이 있었다 해도, 바로 그에 대해서 내가 알고 있었던 사실 때문이었습니다." 헨리 경이 심각하게 말했다.

"사실, 찰스 템플튼은 내 부하였습니다."

"오!" 밴트리 부인은 몹시 당황해 하면서 소리쳤다.

"그렇습니다. 난 그 집에 누군가를 있게 하고 싶었습니다. 또한, 그런 작은 마을에 소문을 불러일으키고 싶지도 않았습니다. 로젠 박사도 사실은 비서가 한 사람 몹시 필요했답니다. 그래서 난 템플튼을 소개해 주었던 거지요. 그는 몸가짐도 단정한데다가 독일어도 매우 유창했거든요. 또한 아주 유능한 부하였지요."

"상황이 그렇다면 누구를 의심할 수 있겠어요?"

밴트리 부인은 어리둥절한 어조로 말했다.

"그들 모두, 모두가 혐의를 받기엔 적당치 않은 것처럼 보이는데요."

"그래요, 그렇게 보이지요. 하지만, 여러분은 이 사건을 다른 각도에서 볼 수도 있을 겁니다. 그레타는 그의 조카딸로서 아주 귀여운 처녀였답니다. 하지만, 전쟁 중에는 오빠가 여동생을 배반하기도 하고, 또는 아버지가 아들에게 반감을 가질 수도 있으며, 아주 아름답고 예의바른 젊은 여자들일지라도 정말로 놀라운 일을 한다는 사실을 재삼 보여 주었습니다. 게르트루트의 경우도 똑같이 생각해 볼 수 있지요. 그 여자의 경우에 어떤 다른 힘이 작용했을지 누가 알겠어요? 주인과 심한 말다툼을 했을지도 모릅니다. 40년이라는 긴 세월을 바쳐 그에게 봉사해 왔기 때문에 그와 더불어서 더욱더 커져 가는 반감이 지속되었을지도 모르는 일이 아니겠어요? 그녀와 같은 처지에 있는 나이든 여자들은 놀라울 정도로 잔인한 짓을 하기도 한답니다. 그렇다면 도브스는 어떨까요? 단지 그가 그 집 식구들과 아무런 관련이 없었다는 이유만으로 그 사건과 무관하다고 확실하게 말할 수 있을까요? 돈의 위력은 대단한 겁니다. 그런 면에서 본다면 누군가가 도브스에게 접근해서 그를 돈으로 매수했을 가능성도 있지 않겠습니까? 그런데 한 가지 명백해 보이는 사실이 있습니다. 외부에서 어떤 전갈이나 명령이 하달되었으리라는 점입니다. 만일 그렇지 않았다면 왜 5개월 동안 아무 일도 일어나지 않았을까요? 아니에요, 그 조직의 대리인들은 틀림없이 활동하고 있었을 겁니다. 그러나 그들은 로젠 박사의 배반을 확신하지 못했기 때문에, 그런 상태를 넘어서서 그가 배반했다는 사실을 확인하게 될 때까지 행동을 그저 미루었을지도 모릅니다. 그러다가 모든 사실이 드러났을 때, 그들은 로젠 박사의 집에 살고 있던 스파이에게 그들의 메시지를 전했겠지요. 처치해 버리라고 말입니다."

"정말 끔찍한 짓이로군요!" 제인 헬리어가 몸서리를 치며 소리쳤다.

"그렇지만 그 메시지는 어떻게 전달되었을까요? 그것이 바로 내가 밝혀내려고 애썼던 문제였답니다. 바로 이 점이 사건을 해결해 줄 수 있는 유일한 열쇠였던 것이지요. 그들 네 사람 가운데 한 사람은 반드시 어떤 방법을 통해서든지 외부와 교신을 함으로써 연결되었을 겁니다. 내가 알기로는, 그 일은 조금도 지체 없이 수행되었을 겁니다. 명령이 도달되자마자 즉시 실천에 옮겨졌다는 얘기지요. 이런 신속한 실천성이 바로 '슈바르체 한트'라는 조직의 특성중 하나였으니까요. 난 그 문제에 대해 조사해 보았습니다. 남들이 조롱할 정도로 아주 세밀하게 말입니다. 누가 그날 아침에 그 별장에 갔었는가? 난 단한 사람도 빼놓지 않고 조사했습니다. 여기 그날 아침 별장에 갔던 사람들의 명단이 있습니다."

그는 주머니에서 봉투 하나를 꺼내더니 그 속에 들어 있던 서류들 중에서 종이 한 장을 뽑아 들었다.

"푸줏간 사람이 왔다더군요. 양의 목덜미 살을 약간 가져왔다는군요. 이것에 대해서 조사해 보았는데, 사실로 밝혀졌습니다. 다음에는 식료품 점원이 옥수수 가루 한 포대, 설탕 2파운드, 버터 1파운드를 가져왔었습니다. 역시 이것도 사실임이 밝혀졌지요. 그리고 집배원이 왔다갔습니다. 그는 로젠 양 앞으로 온 회람장 두 통과 게르트루트가 수신인인 시내 편지 한 통, 로젠 박사 앞으로 온세 통의 편지(그중 하나는 외국 우표가 붙어 있었습니다)를 가져왔습니다. 그리고 템플튼에게 온 두 통의 편지, 그중 하나에도 외국 우표가 붙어 있었지요."

헨리 경은 말을 멈추고 봉투에서 한 묶음이나 되는 기록물들을 꺼냈다.

"한번 이것을 직접 보세요. 상당히 흥미로울 겁니다. 여기에는 이 사건과 관련된 여러 사람들이 넘겨준 것들도 있고, 내가 직접 쓰레기통을 뒤져서 주워 모은 것들도 있습니다. 이 자료들이 투명 잉크 전문가들에 의해서 이미 검사가 끝났다고 굳이 강조하지 않아도 잘 아시리라 생각합니다. 물론 여러분들이 그런 종류의 일에 흥미를 느끼긴 않겠지만요."

방 안에 있던 사람들 모두가 그 기록물을 보기 위해 가까이 모여들었다.

두 개의 목록은 양수원(養樹園)과 런던의 유명한 모피 상점에서 각각 보내온 것이었다. 로젠 박사 앞으로 온 두 장의 명세서 중 하나는 시내 우편으로서 정원에 뿌린 꽃씨 대금 청구였으며, 다른 하나는 런던에 있는 어떤 문구회사에서 온 것이었다. 로젠 박사에게 온 두 번째 명세서에는 다음과 같은 글이 쓰여 있었다.

친애하는 로젠
요전 날 헬무트 슈파트 박사님 댁에서 돌아오는 길에 에드거 잭슨을 보았습니다. 그와 에이모스 페리는 팅타우에서 막 돌아왔다는군요. 솔직히 말해서 그들이 정직하다고 말할 순 없습니다. 빠른 시일 안에 저에게 연락해 주십시오. 그리고 전에도 말씀드렸지만 그 사람을 조심하십시오. 제 말에 동감하진 않으실지라도 제가 누구를 얘기하는 건지 잘 아실 겁니다.

당신의 조지나로부터

"템플튼 씨의 우편물은 여러분도 보다시피 그의 단골 양복점에서 온 지불 청구서와 독일에 있는 어떤 친구에게서 온 편지입니다."

헨리 경은 계속 말을 이었다.

"그러나 유감스럽게도 독일에서 왔다는 편지는 그가 산책할 때 모두 찢어버렸다는군요. 마지막으로 게르트루트가 받았던 편지가 있습니다."

친애하는 슈바르츠 부인에게
우리는 당신이 금요일 저녁 어떻게 해서든지 모임에 참석하시길 바라고 있습니다. 목사님께서도 당신이 오셨으면 하신답니다―누구나 환영할 것입니다. 햄 조리법은 정말 좋았습니다. 당신에게 감사드립니다.

그리고 당신을 금요일에 뵙게 되기를 바라면서, 이만

당신의 충실한 에머 그린으로부터

로이드 박사와 밴트리 부인은 이 편지를 읽고서 입가에 미소를 지었다.

"이 마지막 편지는 전혀 문제될 게 없는 것 같은데요."

로이드 박사가 말했다.

"나도 그렇게 생각했었지요." 헨리 경이 말했다.

"하지만, 난 조심스럽게 그린 부인과 사교 교회라는 것이 있는지에 대해 조사를 해보았습니다. 여러분도 아시다시피, 아무리 주의를 한다고 해도 빈틈이란 건 있는 법이니까요."

"그 말씀은 마플 양이 늘 하시는 얘기가 아닌가요? 무슨 생각을 그리 열심히 하고 계시죠, 마플 양? 뭘 생각하는 건가요?"

로이드 박사가 웃으며 물었다.

마플 양은 놀란 듯이 몸을 움찔했다.

"아무것도 아니랍니다." 그녀가 대답했다.

"난 다만 로젠 박사의 편지 속에 '정직(Honesty)'이라는 말이 왜 대문자 에이치(H)로 쓰인 것일까를 생각하고 있었답니다."

밴트리 부인이 그 편지를 집어들었다.

"정말 그래요, 오!"

"그렇답니다, 밴트리 부인." 마플 양이 말했다.

"난 여러분도 그 사실을 알아챘으리라고 생각했어요!"

"그 편지에는 어떤 경고가 나타나 있어요." 밴트리 대령이 말했다.

"그것이 바로 내 주의를 끌었답니다. 난 여러분이 생각하는 이상으로 그 사실을 주목하고 있답니다. 그렇습니다. 경고가 명백히 드러나 있어요, 하지만 누구에 대한 경고일까요?"

"그런데 그 편지에 대해 이상한 점이 한 가지 있군요." 헨리 경이 말했다.

"템플튼의 말에 따르면, 로젠 박사는 아침식사를 할 때 그 편지를 뜯어보더니 그에게 던져 주면서 자기는 애덤이 누군지 전혀 모른다고 말했다는 겁니다."

"그렇지만 그 편지를 보낸 사람은 남자가 아니었어요. 그 편지에는 조지나라고 서명되어 있었는데요." 제인 헬리어가 말했다.

"글쎄, 판단하기가 곤란하군요." 로이드 박사가 말했다.

"조지인 것 같기도 한데요. 하지만 조지나가 더 맞는 것 같군요. 그런데 남자 필체 같다는 생각이 드는군요."

"사실, 그 얘기는 흥미가 있군요." 밴트리 대령이 말했다.

"그가 그렇게 식탁 너머로 편지를 던지고는 마치 아무것도 모른다는 듯이 행동했다는 사실 말이에요. 그는 누군가의 얼굴 표정을 살피려고 했을 거예요. 누구의 얼굴, 여자의 얼굴이었을까요?"

"아니면 요리사였을 수도 있지요." 밴트리 부인이 말했다.

"그녀는 그 방에서 아침식사를 준비하고 있었을지도 모릅니다. 하지만, 내가 이해할 수 없는 것은, 정말 이상한 일이었습니다만."

그녀는 이맛살을 찌푸리면서 편지를 살펴보았다. 마플 양은 그녀에게로 바싹 다가가 앉았다. 그러고는 장갑을 벗고 편지 종이를 만져 보았다. 그러고는 밴트리 부인과 나지막하게 뭐라고 속삭이듯이 얘기를 나누었다.

"그런데 그 비서라는 사람은 왜 다른 편지를 찢어 버렸을까요?"

갑작스럽게 제인 헬리어가 물었다.

"그것은 마치……! 전 도무지 모르겠어요. 참 이상한 일이네요. 왜 독일에서 그에게 편지가 왔을까요? 물론 그에게 전혀 의심의 여지가 없다 하더라도, 제가 말한 대로……."

"하지만, 헨리 경은 그런 식으로 말하진 않았답니다."

밴트리 부인과 조용히 얘기를 나누고 있던 마플 양이 얼른 머리를 들더니 말했다.

"아니, 혐의자가 네 사람이라고 했습니다. 따라서 헨리 경은 템플튼까지도 포함해서 말한 셈이지요. 내 말이 맞나요. 아니면 틀렸나요, 헨리 경?"

"맞았습니다, 마플 양. 난 쓰디쓴 경험을 통해서 한 가지 사실을 배웠답니다. 누구라도 혐의가 전혀 없다고 생각해서는 안 된다는 것이죠. 나는 여러분에게, 확실하진 않지만 왜 그들 중 세 사람이 유죄일 가능성이 있는지에 대해 그 이유를 설명했습니다. 하지만, 그 당시에 나는 찰스 템플튼에 대해서만은 같은 절차로 조사해 보지 않았습니다. 그렇지만 방금 얘기했듯이 그 규칙을 따르기로 결정했지요. 왜냐하면 모든 육해군과 경찰 자체 내에도 반역자들이 약간씩 있다는 사실을 인식했기 때문이지요. 인정하기 싫은 일이지만 어쩔 수 없는 명백한 사실입니다. 그래서 나는 냉철하게 찰스 템플튼이 유죄가 될 만한 경우를 고려해 보았지요. 방금 헬리어 양이 말했듯이 그 질문을 내 자신에게 수없이 해보았습니다. 그 집 사람들 중에서 왜 그만이 자기가 받은 편지를 공개할 수가 없었을까? 그리고 대체 왜 독일에서 그에게 편지가 왔을까 하고 말입니다. 마지막 의문은 명백한 것이었습니다. 더구나 그 문제에 대해 나는 그에게 물어보기까지 했습니다. 그의 대답은 매우 간단했습니다. 그의 말에 따르면, 자기 이모가 어떤 독일인과 결혼했다는 겁니다. 그 때문에 독일에 사는 사촌이 편지를 보냈다는 얘기였지요. 그렇지만 나는 그전에 몰랐던 사실, 찰스 템플튼이 독일에 인척이 있다는 사실을 알게 되었습니다. 그 사실로 인해 그도 또한 혐의자들의 명단에 올라야만 했지요. 그렇게 하는 것이 당연했으니까요. 그는 내 부하 직원입니다—내가 언제나 좋아했고 믿었던 사람이지요. 그렇지만 사건을 공평하고 정당하게 취급하려면 그를 명단의 맨 위에 적어야만 했습니다.

사정은 이렇습니다만—난 모르겠어요! 도무지 어떻게 된 일인지…… 그리고 앞으로도 십중팔구는 이 사건의 진상을 모를 것입니다. 이것은 한 살인자를 처벌하는 그런 단순한 문제가 아니랍니다. 내게는 이것이 그런 일보다 수백 배나 중요한 문제로 생각됩니다. 어쩌면 한 명예로운 남자의 모든 경력을 무참히 무너뜨리는 일이 될지도 모르기 때문이지요…… 의심 때문에—내가 감히 떨쳐 버릴 수 없는 의심 때문에 말입니다."

마플 양은 기침을 하더니 조용히 말문을 열었다.

"그렇다면, 헨리 경, 내가 당신의 말을 올바르게 이해했는지 모르겠지만요, 그 젊은 템플튼 씨만이 그렇듯 당신 마음에 걸린다는 얘긴가요?"

"어떤 의미에서 보면 그렇습니다. 물론 이론상으로는 네 사람 모두 똑같지만 그런 것은 사실상 문제가 안 됩니다. 가령, 도브스가 비록 혐의를 받는다

할지라도 사실상 그런 것이 그의 경력에 영향을 미치진 않을 것입니다. 그 시골 마을에서 로젠 박사의 죽음이 단지 우연한 사고가 아니었다고 생각하는 사람은 없을 테니까요. 하지만 게르트루트는 좀 영향을 받게 될 겁니다. 예를 든다면 그녀에 대한 로젠 양의 태도가 달라진다든가 하는 따위의 일로 말입니다. 하지만 그런 것이 게르트루트에게는 그리 중요한 일이 못될 겁니다.

그레타 로젠에 대해서 얘기한다면—글쎄요, 그건 좀 어려운 문제랍니다. 그레타 양은 매우 아름다운 아가씨랍니다. 찰스 템플튼 또한 그에 못지않게 잘생긴 청년이지요. 그런 그들이 외부의 어떤 방해도 받지 않고 우연한 인연으로 만나 5개월 동안 같이 지내게 된 거지요. 그러고는 불가피한 일이 일어나고 말았던 것입니다. 다시 말해서 그들이 그 사실을 인정하려 들지 않는다 해도 그들 두 사람은 서로 사랑에 빠져 버린 것이지요.

그러고는 그 불행한 사건이 일어났던 겁니다. 지금으로부터 3개월 전의 일이었습니다. 내가 그곳에서 돌아온 지 하루나 이틀 정도 지난 뒤 그레타 로젠 양이 나를 만나러 찾아왔었지요. 그녀는 시골의 별장을 팔아 버린 뒤 마지막으로 자기 아저씨 문제를 해결하고 독일로 돌아가려고 했던 겁니다. 그녀는 내가 퇴직했다는 사실을 알고 있었지만 개인적으로 찾아왔던 것이지요. 왜냐하면 그녀는 정말로 사적인 문제에 대해서 얘기하고 싶어 찾아왔으니까요. 그녀는 잠깐 동안 이것저것 산만하게 얘기하면서 머뭇거렸지만, 마침내 자신이 찾아온 이유를 밝혔답니다. 내가 뭘 생각했는지 아세요? 그것은 독일 우표가 붙어 있던, 그녀까지도 걱정했던—찰스가 찢어 버린 그 편지 문제였답니다.

'그 편지가 문제 되는 건 아니겠지요? 분명히 그건 아무런 문제가 되지 않을 거예요.'

그녀는 얘기했답니다. 물론 그녀는 그의 말을 믿고 있었지요. 하지만—오! 만일 그녀가 알고 있었다면 그녀가 알았다면, 확실히.

내 말뜻을 아시겠습니까? 나도 그때 그레타 로젠 양과 똑같은 심정이었습니다. 나도 찰스를 믿고 싶었지요. 하지만, 조금씩 스며들기 시작한 끔찍한 의혹이 가슴속 밑바닥에 깊이 자리 잡기 시작했던 것입니다. 난 그녀에게 솔직하게 말했고, 그녀도 솔직하게 대답해 주길 부탁했지요. 그러고는 그녀에게 찰스와 서로 사랑하게 되었느냐고 물었습니다.

'그렇게 생각해요.' 그녀가 말했습니다.

'오, 그래요. 그렇게 생각하고 있어요. 우리는 매우 행복했답니다. 하루하루가 만족스럽게 지나갔지요. 우리는, 우리는 서로를 잘 알았습니다. 결코 서두르지 않았답니다. 우리에게는 충분한 시간이 있었으니까요. 언젠가는 그 사람이 제게 사랑한다고 고백할 것이고, 저도 그럴 것입니다. 아! 하지만 생각해보세요! 이제는 모든 것이 변해 버렸답니다. 우리들 사이에 암운이 몰려 들어왔으니까요. 우린 서로가 거북하게 되었어요. 나중에 다시 만나게 된다 해도 무슨 말을 해야 될지 모를 거예요. 아마 그 사람도 저와 같은 입장일 겁니다……. 우리는 자신에게 그저 이렇게 말할 것입니다. "내가 확신할 수만 있다면!" 하고 말입니다. 헨리 경, 제가 선생님에게 간청하는 이유는 바로 그 때문이랍니다. "누가 당신의 아저씨를 죽였다 할지라도, 절대 찰스 템플튼만은 아닙니다."라고 어서 말씀해 주세요. 오! 어서 얘기 좀 해주세요! 부탁합니다, 제발.'"

"에이, 빌어먹을!" 헨리 경은 탁자를 주먹으로 쾅 내리치면서 소리쳤다.

"난 그녀에게 그렇게 말할 수 없었습니다. 아마 그들은 점점 더 멀어져 갈 것입니다. 둘 사이에 결코 쓰러뜨릴 수 없는 유령과 같은 의혹을 남기고서 말입니다."

그는 몸을 의자 뒤로 젖혔다. 그의 얼굴은 몹시 지친 듯이 어두침침해 보였다. 그는 낙담한 듯이 한두 번 고개를 저었다.

"이제 그 사건에 대해선 더 이상 어떻게 해볼 도리가 없을 것 같군요. 만일……."

헨리 경은 다시 자세를 바르게 하면서 말했다. 그의 얼굴에는 약간 변덕스러운 미소가 나타났다.

"만일 마플 양께서 우리를 도와주지 않는다면 말입니다. 마플 양, 당신이 도와주실 수 없을까요? 당신은 이 편지 문제를 능히 해결해 주실 수 있으리라 생각합니다만. 또한 사교 교회에 대한 편지도 말입니다. 그 편지를 보는 순간 모든 일을 분명히 해결해 줄 수 있는 어떤 사물이나 사람에 대한 생각이 떠오르지 않았나요? 행복해지고 싶어 하는 가엾은 두 젊은이들을 위해서라도 뭔가 해줄 수 없을까요?"

그 변덕스러운 미소 뒤에는 호소하는 듯한 진실한 그 무엇인가가 들어 있었다. 헨리 경은, 비록 연약한 구식 노처녀이긴 하지만 마플 양의 머리가 놀랄 정도로 뛰어나다는 것을 알고 있었던 것이다. 두 눈에 희망적인 그 어떤 것을 담고서 그는 마플 양을 넘겨다보았다.

마플 양은 기침소리를 내면서 숄의 레이스를 부드럽게 매만졌다.

"이 얘기를 들으니 애니 폴트니라는 사람 생각이 나는군요. 물론 그 편지에 대한 것은 확실합니다―밴트리 부인에게도 내게도 똑같이 말입니다. 내 말은 사교 교회에서 온 편지에 대한 것이 아니라, 다른 편지를 말하는 거예요. 헨리 경, 당신같이 대도시에 너무 오래 살아서 정원을 직접 가꾸어 보지 못한 사람들은 아마도 눈치 채지 못했을 거예요."

"뭐라고요? 눈치를 못 채다니, 뭘 말인가요?" 헨리 경이 물었다.

밴트리 부인은 손을 뻗쳐 목록 하나를 뽑아 들었다. 그러고는 그것을 펼쳐 들고 아주 유쾌하게 큰소리로 읽어 내려갔다.

"헬무트 슈파트 박사(Dr. Helmuth Spath). 순수한 라일락꽃, 아주 아름다운 꽃임. 유별나게 길고 단단한 줄기에 의해 지탱됨. 꽃꽂이나 정원 장식에 아주 좋음. 꽃말은 눈부신 아름다움.

에드거 잭슨(Edgar Jackson). 국화와 비슷하게 생긴 꽃으로서 선명한 붉은 벽돌 빛이 나는 아름다운 꽃.

에이모스 페리(Amos Perry). 화사한 붉은빛을 띤 장식용 꽃.

팅타우(Tsingtau). 현란한 붉은 오렌지색 꽃으로서 정원수나 장기간용의 꽃꽂이 재료로 좋음.

정직(Honesty)―."

"여러분도 알다시피, 정직이란 글자가 대문자 에이치(H)로 쓰여 있었습니다." 마플 양이 나지막한 소리로 말을 이어나갔다.

"정직, 하얀 장미로서 매우 완벽한 모양을 갖춘 꽃임."

밴트리 부인은 들고 있던 목록을 탁자 위로 던져 놓으면서 힘을 주어 말했다.

"달리아(Dahlias)!"

"그런데 방금 얘기한 꽃들의 첫 글자를 죽 모아 놓으면 죽음(DEATH)이라는 단어가 만들어집니다." 마플 양이 설명했다.

"하지만 그 편지는 로젠 박사에게 온 것이 아니었던가요?"

헨리 경이 반박했다.

"정말 지능적인 계획이었지요." 마플 양이 말했다.

"그 편지 속에는 어떤 경고가 들어 있었던 거예요. 로젠 박사는 전혀 알지도 못하는 누군가로부터 편지를 받았는데, 그 속에는 처음 들어보는 이름들이 가득 적혀 있었던 거지요. 그러면 그는 어떻게 할까요? 로젠 박사는 그것을 자기 비서에게 던져 주지 않았을까요?"

"그렇다면 결국?"

"오, 아닙니다!" 마플 양이 말했다.

"그 비서가 아닙니다. 지금 상황에서 분명히 알 수 있는 것은 그가 범인이 아니었으리라는 점입니다. 만일, 그가 범인이었다면 그 편지가 발견되도록 내 버려두진 않았을 거예요. 마찬가지로, 독일 소인이 찍혀 있는 편지도 찢어 버리진 않았을 거예요. 정말 그의 결백은(내가 이런 어휘를 써도 괜찮을지 모르겠지만) 아주, 아주 깨끗한 것이랍니다."

"그렇다면 누가?"

"글쎄요, 그건 확실한 것 같은데요—이 세상에 모든 일들처럼 말이에요. 아침식사 식탁에는 또 다른 한 사람이 있었습니다. 그런 상황이라면 극히 자연스러운 일이지만, 그녀는 편지를 받아서 읽어 보았을 것입니다. 그러고는 우리가 알고 있는 대로 일이 진행되었던 거죠. 여러분도 그녀가 같은 우체국에서 발송된 원예 목록을 받았다는 사실을 기억하고 있을 거예요."

"그레타 로젠?" 헨리 경이 천천히 말했다.

"그렇다면 그녀가 내게 찾아온 것은……?"

"남자분들은 그런 일에 민감하지 못하답니다." 마플 양이 말했다.

"그리고 그들은 나 같은 노인들이 일을 처리하는 방식을 보고는 아마도 고양이 같다고 생각할 겁니다. 예, 사실 그래요. 불행하게도 누구나 이성(異性)보다는 동성(同性)에 대해 더 많은 것을 알고 있답니다. 그 둘 사이에 어떤 벽이 있었다는 건 의심할 여지도 없을 거예요. 그 찰스라는 청년은 갑자기 말로는 설명할 수 없는 혐오감을 느꼈던 거예요. 그는 본능적으로 그레타 로젠 양을 의심했을 것이고, 또 그런 사실을 숨기고 모르는 체할 수는 없었던 게지요. 그리고 그녀가 당신을 찾아갔던 것은 완전히 양심에서 비롯된 것이라고 생각해요. 실제로 그녀는 아주 안전했으니까요. 하지만, 그레타 로젠 양은 당신의 의혹을 그 가엾은 찰스 템플튼 씨에게 못 박아 놓기 위해 그렇게 비상한 수단을 썼던 것이지요. 사실 당신은 그녀가 찾아오기 전까지는 찰스에 대해 그렇게까지 의심을 품고 있진 않았잖아요?"

"그렇지만, 그때 그녀가 내게 한 말은 아주 사소한 내용들이었습니다."

헨리 경이 말했다.

"남자분들은 그런 일들에 대해서는 민감하지 못하다니까요."

마플 양은 침착하게 얘기했다.

"그렇다면……, 그녀는 계획적인 살인을 저지르고 아무런 벌도 받지 않은 채 영국을 떠난 거로군요!" 헨리 경은 말을 멈추었다.

"오! 아닙니다, 헨리 경." 마플 양이 말했다.

"그녀는 홀가분하게 영국을 떠나진 못했을 겁니다. 당신이나 나나 절대 그렇게 믿진 않을 거예요. 조금 전에 당신이 뭐라고 했는지 생각해 보세요. 절대 그렇진 않아요. 그레타 로젠은 결코 처벌을 피해서 도망치지는 못할 것입니다. 무엇보다도 우선, 그녀는 자기에게 하나도 좋을 게 없는, 아니 오히려 자신의 종말을 비참하게 만들지도 모를 아주 괴팍한 패거리들과 함께 지내야만 할 거예요. 여러분도 앞에서 얘기한 적이 있듯이, 죄가 있다는 것에만 정신을 쏟아서는 안 됩니다. 중요한 것은 바로 결백하다는 것입니다. 템플튼 씨는 아마도 독일에 있는 사촌 처녀와 결혼하게 되겠지요. 그가 그녀의 편지를 찢어 버린 것은—물론 의혹을 불러일으키기에 족하지요. 하지만, 이 말은 오늘 저녁 내내 우리들이 사용했던 의미와는 전혀 다른 뜻입니다. 그가 그렇게 했던 것은 아마도 로젠 양이 그것을 알아채거나 보여 달라고 할까 봐 염려해서 그런 게 아닐까요? 물론 그들 사이에는 어떤 로맨스가 있었을 가능성도 있습니다. 그리고 또, 도브스라는 사람이 있지요. 물론 그에게는 문제 될 것이 없다고 단언할 수 있지요.

아마 그가 생각하는 것이라곤 간식뿐이었을 거예요. 그리고 또 가엾은 게르트루트라는 늙은 하녀가 있지요. 그녀에 대한 얘기를 들으니, 애니 폴트니가 생각나더군요. 50년간이나 자기 주인에게 봉사했는데, 나중엔 램 양의 유언장을 없앴다는 혐의까지 받게 되었지요. 그러나 그녀가 그런 짓을 했다는 증거는 아무것도 없었답니다. 그 일로 해서 그 가엾은 노파는 충성스러운 마음에 큰 상처를 입게 되었지요. 하지만, 그녀가 죽은 뒤에야 비로소 비밀 서랍 안에 있는 차 상자 속에서 유언장을 발견하게 되었답니다. 바로 램 양이 직접 안전을 기하기 위해 그곳에 넣어 두었던 것이지요. 그러나 그런 사실이 죽은 애니에게는 무슨 소용이 있겠어요. 내가 그 가엾은 하녀를 걱정하는 이유도 바로 그 때문이랍니다. 사람은 나이가 들면, 무슨 일을 당하든지 쉽게 낙심하고 만답니다. 난 솔직히 말해서 템플튼 씨보다도 그녀가 더 안됐다는 생각이 들더군요. 찰스 템플튼은 지금 한창 젊은데다가 잘생겨서 여자들에게도 인기가 좋은 사람이니까요. 헨리 경, 그녀에게 당신이 직접 편지를 써 보내 주는 게 어떻겠어요? 거기에다가 그녀의 결백이 의심할 바 없이 분명해졌다고 써주세요. 그녀의 주인은 사망했어요. 그러니 당연히 그녀는 자신이 의심받으리라 생각하고 있을 거예요……. 오! 그건 생각하고 싶지도 않은 일이에요!"

"물론 편지를 써 보내도록 하겠습니다, 마플 양."

헨리 경이 말했다. 그는 마플 양을 이상스러운 눈초리로 바라다보았다.

"솔직히 말해서 앞으로는 당신을 정말 이해하지 못할 것 같군요. 당신의 생각은 항상 내가 예상했던 방향과는 전혀 다르니까요."

"사실 내 의견은 매우 사소한 것일지도 모릅니다. 난 지금껏 살아오면서 세인트 메리 미드를 벗어나 본 적이 몇 번 없거든요."

마플 양은 겸손하게 말했다.

"그렇긴 해도 당신은 소위 국제적인 수수께끼라 불리는 사건들을 척척 해결하지 않았습니까!" 헨리 경이 말했다.

"난 당신이 이 사건을 해결하는 걸 보고 어떤 확신을 갖게 되었답니다."

마플 양은 얼굴을 붉히면서 약간 고개를 들어 올렸다.

"어렸을 때 교육을 잘 받은 덕택이었다고 생각해요. 나와 내 동생은 독일 처녀 가정교사 밑에서 공부했답니다. 그녀는 상당히 감상적인 아가씨였어요. 그녀는 나와 내 동생에게 꽃말을 가르쳐 주었지요—요즘엔 거의 다 잊힌 것들이지만 몹시 재미있었답니다. 예를 들면 노란 튤립은 절망적인 사랑을 의미하고, 과꽃은 '난 당신 발 아래 질투로 죽어 갑니다.'라는 뜻을 갖고 있지요. 그 편지의 조지나라는 사인은 내가 기억하기엔 독일어로 달리아를 가리키지요. 그것이 이 사건의 전모를 명백하게 드러내 준 것이랍니다. 그 달리아의 꽃말을 기억할 수 있으면 좋으련만, 불행하게도 잘 생각이 나질 않는군요. 애석하게도 내 기억력이 전만 못하답니다."

"여하튼 그건 죽음을 의미하는 것은 아니었어요."

"그래요, 정말 끔찍한 일이지요, 그렇죠? 이 세상에는 정말 슬픈 일들이 너무 많군요."

"그렇습니다." 밴트리 부인이 한숨을 쉬며 힘없이 말했다.

"하지만, 꽃과 친구들을 함께 갖는 사람은 운이 좋은 거지요."

"밴트리 부인이 우리들의 얘기에 종지부를 찍으시는군요."

로이드 박사가 말했다.

"옛날에 어떤 남자가 밤마다 극장에 있는 내게 자줏빛 난초들을 보내 주곤 했답니다." 제인은 꿈꾸듯이 말했다.

"'저는 당신의 호의를 기다립니다.' 그것이 난초의 꽃말이랍니다."

마플 양이 유쾌하게 말했다.

헨리 경은 이상한 기침소리를 내며 고개를 돌렸다.

마플 양이 갑자기 무슨 생각이라도 떠오른 듯이 소리쳤다.

"생각났어요. 달리아는 '배반과 오전(誤傳; 사실과 다르게 전함, 전한 것이 사실과 다름)'을 뜻하는 거예요."

"훌륭하십니다, 아주 훌륭하십니다!"

헨리 경이 소리쳤다. 그러고는 기운 빠진 긴 한숨을 내쉬었다.

제10장

크리스마스의 비극

"한 가지 불만스러운 게 있어요."

헨리 경은 방 안에 모여 있는 사람들을 한 바퀴 둘러보면서 부드럽게 눈을 깜박거렸다. 두 다리를 죽 뻗고 있는 밴트리 대령은 벽난로 장식 선반이 마치 행진 중에 태만하게 구는 병사라도 되는 듯이 험상궂은 얼굴로 노려보고 있었다. 그의 아내는 최근에 우편으로 보내 온 구근 목록을 살짝 들여다보고 있었다. 로이드 박사는 주위를 의식하지 않고 감탄하는 듯한 시선으로 제인 헬리어 양을 바라보고 있었으며, 아름다운 젊은 여배우는 생각에 잠긴 듯이 자신의 반짝거리는 빨간 손톱을 내려다보고 있었다. 하지만 오직 한 사람, 노처녀인 마플 양만이 꼿꼿한 자세로 앉아 있었다. 옅은 푸른빛이 감도는 그녀의 눈동자가 헨리 경의 눈과 마주치자, 마치 대답이라도 하듯 한 번 깜박였다.

"불만이라고요?" 마플 양이 나지막하게 물었다.

"그렇습니다. 아주 대단한 불만거리지요. 여기에는 남자 셋, 여자 셋 모두 여섯 명이 모여 있습니다. 나는 감정을 억누르는 남자들을 대표해서 한마디 해야겠습니다. 우리 남자들은 오늘 저녁에 세 가지 얘기를 했습니다. 또, 그 얘기에 대한 의견도 내놓았지요. 하지만, 여자분들은 각자 해야 할 몫을 다하지 못했습니다."

"오!" 밴트리 부인이 발끈하며 소리쳤다.

"난 우리 여자들도 한몫을 단단히 했다고 확신해요. 우리들은 모든 것을 올바르게 인식하기 위해 진지한 태도로 경청했어요. 진실로 아름답게 행동했던 거예요. 게다가 당신들의 주의를 끌어보려고 애쓰지도 않았잖아요!"

"아주 멋진 변명이로군요." 헨리 경이 말했다.

"하지만, 그게 전부는 아니에요. 아라비안나이트가 그 좋은 실례지요. 그러니 여러분도 쉐헤라자데(사산조의 샤플리 왕의 아내로서, 1001밤 동안 이야기를 들려줌으로써 왕을 감복시킴. 그녀의 이야기들을 모은 것이 아라비안나이트임) 역할을 한 번 해보는 것이 어떨까요!"

"지금 나보고 하는 말인가요?" 밴트리 부인이 말했다.

"하지만, 난 얘깃거리가 하나도 없어요. 지금까지 살인사건이든 수수께끼 같은 일이든 당해 본적도, 들어본 적도 없었으니까요."

"꼭 살인사건을 얘기해야 한다는 건 아닙니다." 헨리 경이 말했다.

"하지만, 세 분 중 적어도 한 분쯤은 기막힌 미스터리를 알고 있으리라 생각하는데요. 자, 마플 양, '파출부에 얽힌 기묘한 사건'이라든가, 아니면 '모친회의 미스터리' 등등 어떤 것이든 괜찮아요. 제발 세인트 메리 미드에 대해서 내가 실망하지 않도록 해주십시오."

마플 양은 머리를 흔들었다.

"당신에게 흥미를 줄 만한 건 하나도 없답니다. 수수께끼 같은 일 정도야 알고 있지요. 언젠가 새우 한 짝이 감쪽같이 사라져 버린 일이 있었지요. 물론 그런 얘기들이 인간의 본성을 이해하는 데 도움을 줄 수는 있겠지만, 너무 사소한 일에서 비롯되었기 때문에 당신 같은 분에겐 조금도 흥미를 주지 못할 거예요."

"당신은 인간의 본성을 사랑하도록 지금까지 내게 가르쳐 왔답니다."
헨리 경이 엄숙하게 말했다.

"당신은 어떤가요, 헬리어 양?" 밴트리 대령이 물었다.
"당신은 분명히 재미있는 일들을 많이 경험했을 텐데요."

"그래요, 정말 그럴 거예요." 로이드 박사가 맞장구를 쳤다.

"제가 말인가요? 제게 일어났던 일에 대해서 듣고 싶다는 건가요?"
제인이 말했다.

"뭐 당신 친구들 중에 누군가가 경험했던 일이라도 상관없지요."
헨리 경이 고쳐 말했다.

"오!" 제인 헬리어는 들릴 듯 말 듯한 목소리로 말했다.

"그런 일들이 제겐 없었던 것 같아요. 제 말은, 지금까지 여러분들이 해온 그런 종류의 일들이 제겐 일어나지 않았다는 거예요. 물론 꽃다발이라든가 이상한 내용의 글 같은 것은 받아 보았지만, 그런 것들은 흔히 남자들이 보내는 것이지요. 그렇잖아요? 전 여러분들이 기대하는 그런 종류의 일은 생각해 본 적도 없답니다."

그녀는 말을 끝내고 생각 속으로 빠져 들어가는 듯했다.

"그렇다면, 우리들은 작은 새우의 서사시를 즐겨야만 하겠군요. 자, 마플 양, 어서 시작해 보시지요." 헨리 경이 말했다.

"당신은 농담을 무척 즐기시는군요, 헨리 경. 그 새우 얘기는 그저 난센스에 불과할 따름이에요. 하지만, 방금 한 가지 얘기가 떠올랐어요. 이제 분명히 기억나는군요. 확실히 사건이라고까지 말할 수는 없지만, 매우 심각한 비극이었지요. 그리고 어느 정도 나도 그 일과 관련되어 있었고요. 또한, 그때 내가 한 일에 대해서 조금도 후회하지 않는답니다. 그래요, 조금도 후회하지 않아요. 하지만, 세인트 메리 미드에서 일어난 사건은 아니랍니다."

"그 점은 나를 실망시키는군요." 헨리 경이 말했다.

"그런 것 정도는 참고 극복해야겠지요. 그리고 나는 당신에게 기대를 걸어서 실망하지 않으리라는 것은 이미 알고 있답니다."

말을 마치고 난 뒤 그는 곧 얌전한 경청자의 태도로 되돌아갔다.

마플 양의 얼굴이 약간 붉어졌다. 그녀는 걱정스러운 어조로 말했다.

"내가 제대로 얘기를 할 수 있을지 모르겠군요. 솔직히 말해서 두서없이 되는대로 얘기하게 될까 봐 걱정이 된답니다. 자기가 뭘 하는 지도 모르고, 수박 겉핥기식으로 해버리는 것처럼요. 어쨌든 지나간 일들을 그 당시 그대로 기억해 낸다는 것도 몹시 힘든 일이죠. 설혹 내가 얘기를 서툴게 한다 해도 여러분이 참아야 할 거예요. 사실 이 일은 꽤 오래전에 일어났으니까요. 아까도 말했지만 이 사건은 세인트 메리 미드와는 아무 관련이 없습니다. 사실 그 일은 히드로에서 일어났답니다."

"수상 비행기 말씀인가요?"

전혀 뜻밖이라는 듯이 동그랗게 눈을 뜨고는 제인이 물었다.

"당신은 잘 모를 거예요, 헬리어 양."

밴트리 부인이 이렇게 말을 하자, 그녀의 남편이 덧붙여 설명해 주었다.

"아주 더러운 곳이랍니다. 정말 불결하기 짝이 없는 곳이지요! 사람들은 일찍 일어나자마자 역겨운 맛이 나는 물을 마셔야 한답니다. 여기저기에 나이 든 여인들이 모여 앉아서는 고약한 잡담들이나 떠들어대고요. 난 그곳을 생각할 때마다—주여!"

"그렇지만, 아서." 밴트리 부인이 조용히 말했다.

"어쨌든 그곳이 당신에겐 도움이 되었다는 것은 알고 있겠지요?"

"어쨌든 할 일 없이 여기저기 모여 앉아서 헛소리나 해대는 늙은 여자들이 바글거리는 곳." 밴트리 대령이 투덜거리듯이 말했다.

"내 생각도 그래요. 나 자신도……." 마플 양이 말했다.

"친애하는 마플 양." 밴트리 대령은 깜짝 놀란 듯이 소리쳤다.

"추호도 그런 뜻으로 말한 건 아닌데요"

마플 양은 얼굴이 붉어진 채 손짓까지 섞어 가면서 그의 말을 가로 막았다.

"그건 사실입니다, 밴트리 대령. 난 그저 그 어떤 것에 대해 말하고 싶은 거예요. 아, 그래요. 이제 생각이 났군요. 그 헛소리라는 것은 당신도 말했듯이 대개 그렇답니다. 그리고 대부분의 사람들은 그런 것들에 반감을 갖고 있게 마련입니다—특히 젊은 사람들에게는. 내겐 글을 쓰는 조카가 있습니다—적어도 나는 그 애가 좋은 책을 쓰고 있다고 믿습니다. 그런데 그 애는 어떤 증거도 없이 사람들을 몰아세우는 아주 끔찍한 일들에 대해서 쓴 적이 있답니다. 그런 일은 정말로 사악한 짓이랍니다. 하지만 그뿐이었습니다.

내가 말하고 싶은 것은, 그곳에 사는 젊은이들이 도대체 생각하려고 하지 않는다는 사실입니다. 그들은 사실 결코 알아보려고 하지 않는답니다. 확실히 그건 커다란 문제점입니다. '그 헛소문이 얼마나 자주 진실로 밝혀지는가' 하는 것이 바로 그 문제라는 거예요. 그리고 설령 그들이 사실을 알아보려고 했다 해도 십중팔구는 그들의 수다가 옳다는 것으로 증명되리라 생각해요! 바로 그것이 사람들을 그토록 격분하게 만드는 이유랍니다."

"영감을 받은 추측이로군요." 헨리 경이 말했다.

"아뇨, 그렇진 않아요. 천만에요! 오히려 그건 연습과 체험이 따르는 문제랍니다. 그 예로 내가 들었던 얘기를 하나 해 드리지요. 만일 여러분이 어떤 이집트 학자에게 기묘하게 생긴 조그만 망치 하나를 보여 준다면, 그는 그저 그것을 만져 보기만 하고도 서기 몇 년대 것이라든가, 그렇지 않으면 버밍햄에서 만들어 낸 모조품인지 바로 가려낼 수 있답니다. 하지만, 그가 그렇게 알아내는 데에는 어떤 분명한 규칙이 있다는 건 아니라더군요. 그는 그냥 알 수있다고 합니다. 오랜 경험으로 충분히 그럴 만도 하겠지요. 내가 지금 여러분에게 말하고자 하는 것이 바로 그런 문제랍니다(물론 내 얘기 솜씨가 서툴다는 건 알고 있어요). 내 조카는 모여서 떠들어대는 여자들을 '시간이 남아돌아가는 여자들'이라고 부른답니다. 그 많은 시간을 그들은 사람들에 대해 이러쿵저러쿵 얘기하면서 보내는 것이지요. 여러분도 알다시피, 그러는 동안 그들은그 방면에 전문가가 되는 것이랍니다. 그렇지만 요즘 젊은 사람들은 내가 젊었을 때는 꺼내지도 못했던 일들까지도 서슴지 않고 얘기하더군요. 좋게 보면천진난만하다고 할 수도 있겠죠. 그들은 모든 것, 모든 사람들을 신뢰하지요.만일 누군가가 그들에게 경고라도 할라치면, 아무리 부드럽게 얘기했다 해도그들은 '당신은 빅토리아 여왕 시대의 사고방식을 갖고 있군요.'라고 말한답니다. 게다가 그들은 빅토리아 왕조 시대의 사고방식이 하수구 같다고 하지요."

"그런데……, 도대체 하수구가 어떻다는 건가요?" 헨리 경이 말했다.

"그래요." 마플 양은 열을 올리면서 말했다.

"어떤 집에서든지 하수구는 반드시 필요한 거지요. 하지만, 로맨틱한 것은아니잖아요. 자, 이제 나도 다른 사람들처럼 내 나름대로의 예감이란 걸 갖고있다는 사실을 고백해야겠군요. 그리고 가끔은 다른 사람들이 무심히 내뱉은말 때문에 기분이 몹시 상하기도 한답니다. 남자분들은 그런 집안 문제에는관심이 없겠지만, 내 하녀였던 에셀에 대해서 잠깐 얘기해야겠어요. 그녀는 아주 예쁘게 생긴, 어느 모로 보나 순종적인 처녀였어요. 하지만, 난 그녀를 보자마자 그녀가 가엾은 브뤼트 부인의 딸인 애니 웨브와 같은 유형의 여자라는걸 느꼈지요. 기회만 생겼다 하면 내 것 네 것이 그녀에게 아무런 문제도 되지 않는 겁니다. 그래서 정직하고 착실한 하녀라고 적은 추천서를 주어서 그녀를 내보냈답니다. 하지만, 에드워드 노부인에겐 그녀를 고용하지 말라고 은

밀히 알려 주었답니다. 내 조카 레이먼드는 몹시 화를 내면서 세상에 그토록 불미스러운 일은 들어본 적도 없다고 말하더군요—물론, 좋지 않은 일이었지요. 어쨌든, 그녀는 애슈턴 부인에게로 갔어요. 난 애슈턴 부인에게까지 경고해 주어야 한다는 책임감은 전혀 느끼지 않았어요. 그런데 무슨 일이 벌어졌는지 아세요! 에셀은 애슈턴의 속옷에 붙어 있는 레이스란 레이스는 모조리 뜯어내어 다이아몬드 브로치 두 개와 함께 가지고 한밤중에 도망쳤습니다. 그 이후로 그녀에 대해서는 아무 소리도 들을 수 없었지요!"

마플 양은 말을 멈추고서 깊게 숨을 들이쉬고는 다시 얘기를 계속했다.

"여러분은 이 일이 케스턴 스파 히드로에서의 일과 무슨 관련이 있느냐고 의아해하겠지요. 하지만, 어떤 면으로는 두 일이 관련 있답니다. 그것이 바로 내가 샌더스 부부를 처음 본 순간, 그 남편이 아내를 죽이려 한다는 것을 의심의 여지도 없이 확신할 수 있었던 이유를 설명해 주니까요."

"뭐라고요?" 헨리 경이 몸을 앞으로 내밀면서 말했다.

마플 양은 침착한 얼굴로 그를 바라보았다.

"이미 말했듯이, 헨리 경, 내 마음속에서는 그걸 확실히 느낄 수 있었답니다. 샌더스는 덩치가 크고 잘생겼으며, 혈색이 좋은 얼굴을 가진 남자였답니다. 그의 태도는 몹시 활기차 있었고, 누구에게나 인기가 좋은 사람이었지요. 사실 그처럼 아내와 즐겁게 지내는 사람도 드물 것입니다. 하지만, 난 알 수 있었죠. 그가 자기 아내를 죽이려 한다는 사실을 알 수 있었단 말이에요."

"하지만, 마플 양……"

"예, 당신이 무슨 말을 하려는지 잘 압니다. 내 조카 레이먼드 웨스트가 말하곤 했던 것도 바로 당신이 말하려는 그런 내용이었답니다. 그 애 말로는 내가 어떤 증거도 갖고 있지 않다는 거예요. 하지만, 풋내기 선원이었던 월터 혼스라는 사람이 생각나는군요. 어느 날 밤 그는 아내와 함께 집으로 돌아오고 있었는데, 그만 아내가 강 속으로 떨어져 버렸답니다—그 덕분에 그는 아내 앞으로 되어 있는 보험금을 타게 되었지요! 그 사람 말고도 지금까지 버젓이 영국을 활보하고 다니는 한두 사람이 있답니다. 한 사람은 우리들과 똑같은 생활을 즐기고 있지요. 해리라는 그 남자는 어느 여름휴가 동안 아내와 함께 스위스로 등반을 떠나기로 했답니다. 난 그의 아내에게 가지 말라고 경고해 주었습니다. 나는 그녀가 화낼 것이라고 생각했는데, 그 가엾은 여자는 그러진 않더군요—그저 웃기만 했답니다. 나처럼 괴상한 노파가 자기 남편을 그런 식으로 말하는 것이 재미있게 보였던 모양이지요. 그런데 그만 사고가 일어난 것입니다. 해리는 지금 다른 여자와 결혼해서 잘살고 있습니다. 하지만, 내가 할 수 있는 일이 뭐가 있었을까요? 난 알고 있었지만, 증거가 없었던 거예요."

"오, 마플 양. 설마 당신은……?" 밴트리 부인이 외쳤다.

"밴트리 부인, 이런 일은 아주 빈번하게 일어난답니다. 정말로 흔히 있는 일이지요. 남자들은 유혹에 빠지기 쉬워요. 그렇기 때문에 더 강해질 수도 있는 것이지요. 우연한 사고처럼 보일 수 있는 일은 그만큼 쉽게 해치울 수 있답니다. 이미 말했듯이 난 샌더스 부부에게도 그런 직감을 느낄 수가 있었답니다. 시가 전차에서의 일이었지요. 전차 안이 몹시 붐볐기 때문에 나는 간신히 앞으로 가야만 했습니다. 그런데 우리 세 사람이 전차에서 내리려고 일어섰을 때, 샌더스 씨가 몸의 균형을 잃는 바람에 몸이 바로 그의 아내에게로 쏠려 버리게 되었지요. 그래서 그의 아내는 떠밀려 전차 밖으로 떨어질 뻔했답니다. 다행히도 그 전차의 차장이 아주 힘센 젊은이였기에 떨어지는 그녀를 잡을 수가 있었지만요."

"하지만, 그건 우연한 사고가 분명한 것 같군요."

"물론 우연한 사고였지요—우연히 일어난 사고 이상으로 보일만한 것은 아무것도 없었을 테니까요. 하지만, 샌더스 씨가 내게 말했던 대로 선원이었다면 그는 아주 심하게 흔들리는 배 위에서도 거뜬했을 거예요. 그런데 고작 전차에서 균형을 잃고 비틀거리는 일이 있을 수 있겠어요? 나 같은 늙은이도 아무렇지 않은데 말입니다. 따라서 그것은 절대 우연한 사고가 아니란 겁니다."

"어쨌든 간에 당신은 그 결심을 굳히게 되었다고 생각할 수 있겠군요, 마플 양. 그것도 바로 그때 그 자리에서 말입니다." 헨리 경이 말했다.

노부인은 고개를 끄덕였다.

"난 그것이 우연한 사고가 아니었다고 확신했답니다. 더욱이 그 일이 있은 뒤 얼마 지나지 않아 우리가 길을 건너고 있을 때 또다시 일어난 사고는 그러한 내 생각을 더욱더 굳게 해주었답니다. 자, 다시 당신에게 질문해 봐야겠군요. 그때 내가 뭘 어떻게 할 수 있었을까요, 헨리 경? 샌더스 부인은 자기가 가까운 시일 내에 살해당할 것이라는 끔찍한 사실을 전혀 모르는 채 하루하루 행복한 생활에 그저 만족하며 사는 귀여운 여인에 불과할 따름인데요."

"마플 양, 당신의 얘기를 듣고 있으려니 숨이 다 막히는군요."

"그건 아마 요즈음 대부분 사람들처럼 당신도 사실을 직시하려고 하지 않기 때문일 겁니다. 아마 당신은 그런 일이 도저히 있을 수 없다고 생각하고 싶겠지요. 하지만, 실제로 그런 일이 있었고, 또 나는 그것을 알고 있었답니다. 그렇지만 유감스럽게도 누구에게든지 곤란한 경우가 있게 마련이지요! 예를 들자면 그때 난 경찰서로 달려갈 수도, 그렇다고 그 젊은 부인에게 조심하라고 귀띔해 줄 수도 없었거든요. 그렇게 하는 것이 아무 소용없다는 것을 잘 알고 있었으니까요. 그녀는 그에게 너무도 푹 빠져 있었거든요. 그래서 나는 모든 노력을 다해 가능한 한 그들에 대한 모든 것을 알아내기로 작정했답니다. 난 롯가에 앉아서 뜨개질을 하다 보면 여러 가지 사실들을 알아낼 수 있는 법이지요. 다행히도 샌더스 부인(그녀의 이름은 글래디스였습니다)은 이것저것 얘기하길 좋아하더군요. 그들은 결혼한 지 얼마 되지 않은 것 같았습니다. 가까운 시일 내에 샌더스 씨 몫으로 돌아올 재산이 있긴 했지만, 그 당시 그들의 생활은 몹시 쪼들리고 있었답니다. 그들은 샌더스 부인의 쥐꼬리만 한 수입으로 근근이 살아가고 있었답니다.

이런 식의 얘기는 누구나 들어본 경험이 있을 거예요. 그녀는 지금까지 목돈을 만져 볼 기회가 한 번도 없었다며 슬퍼했답니다. 내가 보기에도 돈은 그녀와 거리가 먼 것이었습니다─난 알 수 있었지요. 그런데 그녀와 남편은 결혼식 직후에 서로를 위하여 유언장을 만들어 놓았답니다. 애처롭기 짝이 없는 일이었지요. 물론 돈과 관련된 문제가 일어날 때마다 그것이 그들에겐 내내 큰 짐이 되곤 했지요. 그들은 정말로 어렵게 살아가고 있었답니다. 그들의 집은 온통 하인들만 사는 아파트의 맨 꼭대기 층에 있었지요. 만일 불이라도 날 경우에는 몹시 위험한 곳이에요. 물론 창문 바로 밖에 비상계단이 있긴 했지만요. 난 그녀와 얘기하면서 혹시나 발코니가 있는지 조심스럽게 물어보았답니다. 누군가 뒤에서 밀기라도 한다면—생각만 해도 끔찍한 일이지요!

난 그녀에게 발코니로 나가지 말라고 당부했답니다. 그녀도 그렇게 하겠다고 약속했지요. 난 간밤에 꾼 꿈 때문이라고 둘러대었답니다. 내 말을 듣는 그녀의 표정은 꽤 진지했습니다. 사람들은 보통 미신과 연결될 때 더 많은 일들을 할 수 있게 마련이지요. 그녀는 예쁘장하게 생기긴 했지만, 어딘지 모르게 기운이 없어 보였으며, 목덜미 주위에는 늘 머리카락이 흐트러진 채 늘어져 있었답니다. 그녀는 너무 경솔했어요. 내가 한 얘기들을 자기 남편에게 몇 번이고 되풀이해서 말한 모양입니다. 그래서인지 그는 나를 한두 번 이상한 눈초리로 보더군요. 그는 자기 아내처럼 경솔하진 않았던 거죠. 더욱이 그는 내가 그 시가 전차에 함께 있었다는 사실을 알고 있었으니까요.

난 말로 표현할 수 없을 정도로 걱정이 되었답니다. 왜냐하면 그가 어떤 음모를 꾸밀지 전혀 알 수 없었기 때문이었지요. 히드로에서라면, 누가 의심스럽다고 몇 마디만 해도 사건이 일어나는 걸 얼마든지 방지할 수가 있었을 겁니다. 하지만, 이번에는 사정이 달랐지요. 내가 그런 말을 한다고 해도 그의 계획을 약간 뒤로 미루게 하는 정도에 지나지 않았을 테니까요. 결국 나는 어떤 방법으로든지 그의 뒷덜미를 낚아챌 수 있는 함정을 대담하게 만들어 놓는 것이 내가 할 수 있는 유일한 일이라고 확신하기 시작했답니다. 만일 내가 그녀를 감쪽같이 죽일 수 있는 좋은 방법을 그에게 슬쩍 얘기해 준다면—음, 그렇게 되면 그가 가면을 벗게 되리라고 생각했지요. 물론 그녀가 받을 충격은 말할 수 없이 크겠지만, 진실을 직면할 수 있으리라고 생각했던 거예요."

"정말 숨이 탁탁 막히는군요." 로이드 박사가 물었다.

"그래, 그럴듯한 계획을 생각해 냈는지요?"

"한 가지 방법을 생각해 냈지요. 두려워할 건 없어요." 마플 양이 말했다.

"그러나 그는 내 계획에 속아 넘어갈 만큼 어리석은 사람은 아니더군요. 그는 먼저 선수를 쳤던 겁니다. 내가 자기를 의심할지도 모른다고 생각했겠지요. 그리곤 내가 대책을 강구하기도 전에 갑자기 일격을 가하기로 했던 겁니다. 그는 내가 우연한 사고라 할지라도 의심하리라는 걸 알아챘답니다. 그래서 오히려 과감히 살인을 저질렀던 겁니다."

방 안에 있던 사람들은 놀라움으로 숨이 막힐 듯했다. 마플 양은 고개를 끄덕거리면서 입술을 꼭 오므렸다.

"지금까지 내가 제대로 얘기했는지 걱정이 되는군요. 하지만, 이제부터는 사건을 보다 더 정확하게 얘기하도록 하겠어요. 난 그 일 때문에 항상 참담한 기분을 느껴 왔답니다. 왜냐하면 어떻게 해서든지 그런 일이 일어나는 걸 막았어야만 했다고 생각했기 때문이었죠. 하지만, 내가 할 수 있는 일은 다했다는 것을 하느님은 알고 계시리라 믿습니다.

그때 갑자기 스며들기 시작한 느낌은 지독히도 섬뜩했다고 밖에는 표현할 수 없겠군요. 무엇인지 알 수 없었지만 우리 모두는 어떤 중압감으로 짓눌리는 듯했답니다. 불길한 전조였지요. 먼저 공회당 청지기인 조지서부터 얘기해야겠군요. 그는 그곳에서 몇 년 동안 살았기 때문에 모르는 사람이 없었지요. 그는 기관지염과 폐렴을 앓고 있었답니다. 그런데 그런 섬뜩한 분위기가 감돌기 시작한 지 나흘째 되던 날 그만 세상을 떠나고 말았답니다. 아주 슬픈 일이었지요. 그의 죽음은 모든 사람들에게 큰 충격이었답니다. 더욱이 크리스마스 바로 나흘 전에 일어난 일이었지요. 그런데 그가 죽은 지 하루도 채 지나기 전에 예쁘장하게 생긴 하녀 한 사람이 죽었어요. 손가락에 생긴 상처에서 비롯된 패혈증으로 말이에요. 나는 트롤로프 양, 그리고 카펜터 노부인과 함께 거실에 있었습니다. 카펜터 노부인은 신이 나서 지독히도 끔찍한 말을 했습니다—그녀는 그런 걸 즐겼거든요.

'내 말을 좀 잘 들어봐요. 이것으로 일이 모두 끝난 건 아니랍니다. 당신들도 "셋이 없다면 둘도 없다."라는 속담을 알고 있겠지요? 난 그 속담이 적중한 예를 몇 번이나 체험했답니다. 반드시 또 한 사람이 죽게 될 거예요. 바로 이 마을에서요. 그건 의심할 여지도 없답니다. 게다가 아주 가까운 시일 내에 일어날 거예요. 셋이 아니면 둘도 없는 법이니까요.'

카펜터 노부인은 마지막 말을 마치고는 머리를 끄덕거리며 바늘 소리를 딸각딸각 내면서 뜨개질을 계속했지요. 그때 난 무심코 고개를 들고 샌더스 씨가 문간에 서 있는 것을 보았습니다. 그는 마치 정신 나간 문지기처럼 아무 말도 없이 그렇게 서 있었는데, 난 그때 그의 얼굴에 나타나 있는 표정을 똑똑히 볼 수가 있었답니다. 난 끔찍한 카펜터 부인의 말이 그의 머릿속에 모든 생각을 심어 주었던 것이라고 죽는 날까지도 믿을 것입니다. 난 그의 마음이 분주하게 움직이고 있다는 것을 느낄 수 있었답니다.

그는 평소처럼 다정하게 웃으면서 방 안으로 들어왔습니다.

'여러 숙녀분이 크리스마스에 사실 물건을 제가 사다 드려도 될까요?'

그는 물었습니다.

'전 곧 케스톤으로 내려가 볼 생각이랍니다.'

그는 잠깐 동안 우리들과 담소를 나누고서 밖으로 나갔습니다. 이미 말했듯이 난 그때 몹시 걱정스러웠답니다. 그래서 그가 방문을 나서자마자 곧 말했습니다.

'샌더스 부인은 지금 어디에 있지요? 혹시 두 분 중 누가 알고 있나요?'

트롤로프 부인은 그녀가 친구들과 브리지 게임을 하러 모티머 집에 갔다고 말해 주더군요. 난 그 말을 듣고 잠깐 안심이 되긴 했지만, 그래도 여전히 걱정이 되어서 어떻게 해야 할지 안절부절못했습니다. 한 30분쯤 지난 뒤에 내 방으로 올라가기 위해 거실을 나가다가 내 주치의인 콜스 박사와 만나게 되었답니다. 내가 층계를 막 올라가고 있을 때 그가 내려오던 중이었지요. 그때 나는 류머티즘 때문에 그를 만나려던 참이었기에 곧 그와 함께 내 방으로 갔답니다. 거기에서 그는 가엾은 메리의 죽음에 대해 내게 말해 주더군요(비밀로 해야만 한다고 말하고서요). 아파트 지배인이 그런 얘기가 다른 사람들 귀에 들어가는 걸 원치 않으니, 나만 알고 있어야 한다며 귀띔해 준 것이지요. 물론 나는 그 가엾은 처녀가 숨을 거둔 이래 줄곧 그녀의 죽음에 대해서 우리들이 얘기해 왔다고 말하진 않았어요. 그런 일은 곧 세상에 알려지게 마련이고 경험이 풍부한 사람이라면 그런 것에 대해 잘 알 테니까요. 하지만, 콜스 박사는 무슨 일이든 의심하지 않는 단순한 사람이었습니다. 그저 자기가 믿고 싶은 대로 믿는 그런 사람 말이에요. 그는 샌더스 씨가 자기 아내를 좀 봐달라고 부탁했다는 말을 하며 나갔답니다. 그녀가 요즘 많이 야위었다나요. 소화 불량 같은 것 때문에 말이에요. 바로 그날 내가 글래디스 샌더스를 만났을 때 그녀는 요즘 소화가 너무 잘되어 고마울 정도라고 했는데 말입니다.

내 말을 이해하시겠죠? 샌더스에 대한 내 의심은 그때 수백 배로 증가되었답니다. 그는 뭔가를 꾸미고 있었던 거예요—그게 뭐였을까요? 콜스 박사는, 내가 얘기를 꺼내야 할지 말아야 할지 망설이는 동안 방을 나가 버렸답니다. 물론 얘기를 해야겠다고 결정했을지라도 난 무슨 말부터, 그리고 어떻게 시작해야 할지 몰랐을 거예요. 내가 다시 방 밖으로 나갔을 때 샌더스가 위층의 계단에서 내려오고 있었습니다. 그는 외출복으로 말쑥하게 차려 입고 있었답니다. 나를 보자 자기에게 부탁할 일이 없느냐고 다시 한 번 물어보더군요. 그 당시 내가 할 수 있는 일이란 그에게 부드럽게 대하는 것뿐이었습니다! 그와 헤어지자마자 난 곧장 로비로 가서 차를 한잔 주문했습니다. 아마 그때가 5시 30분쯤 되었을 거예요. 이제 그 다음에 일어났던 일을 제대로 얘기할 수 있을지 몹시 걱정이 되는군요. 난 로비에서 6시 45분까지 있었습니다. 바로 그때 샌더스가 로비로 들어왔답니다. 그는 다른 남자 둘과 함께 들어왔는데, 세 사람 모두 매우 기분이 좋은 것처럼 보였습니다. 샌더스는 그 두 사람을 남겨 놓고 트롤로프 부인과 내가 앉아 있는 곳으로 다가왔습니다. 그는 자기 아내한테 줄 크리스마스 선물에 대해서 우리들의 얘기를 듣고 싶다고 말하더군요. 그때 밖은 어둑어둑해질 무렵이었지요.

'두 분도 잘 아다시피—.' 그가 먼저 말했습니다.

'난 멋이라곤 모르는 선원이랍니다. 그런 일에 대해서 내가 뭘 알겠어요? 상품이 마음에 들면 사겠다는 조건으로 지금 세 가지 선물을 가져왔는데, 전문가의 견해를 듣고 싶답니다.'

물론 우리는 그를 도와줄 수 있으면 기쁠 거라고 말해 주었지요. 그러자 그는 그것들을 아래층으로 갖고 내려오면 아내가 갑자기 들어오다 볼지도 모르니, 함께 위층으로 가서 봐주었으면 좋겠다고 하더군요. 그래서 우리들은 그를 따라 위층으로 올라갔답니다. 바로 그 다음에 일어났던 일은 어쩌면 영원히 잊지 못할 것입니다—지금도 내 손가락이 약간 떨리고 있군요.

샌더스가 침실 문을 열고는 방 안의 불을 켰습니다. 우리들 중 누가 그 장면을 제일 먼저 보았는진 잘 모르겠어요.

샌더스 부인은 마룻바닥에 엎드려진 채 쓰러져 있었습니다.

내가 먼저 그녀에게로 다가갔습니다. 난 그녀 곁에 무릎을 꿇고 앉아서 맥박이 뛰나 보려고 손목을 잡았답니다. 하지만, 그건 이미 소용이 없는 짓이었어요. 그녀의 팔은 싸늘하게 굳어 있었으니까요. 그녀의 머리맡에는 모래로 가득 찬 목이 긴 양말이 떨어져 있었습니다—누군가가 그것으로 그녀를 때려눕힌 거지요. 주책없는 트롤로프 부인은 문 옆에 서서 계속 신음소리를 내면서 두 손으로 머리를 감싸 쥐고 있었습니다. 샌더스는, '여보, 여보!' 하고 소리치면서 그녀를 향해 달려들려고 했지요. 난 그가 다가가지 못하도록 말렸답니다. 난 그의 짓이 틀림없다고 확신했습니다. 그가 없애 버려야 할, 그렇지 않으면 감추고 싶은 뭔가가 있을 것이라고 생각했기 때문이었지요.

'안 돼요. 아무것에도 손대서는 안 됩니다. 자, 부인, 정신 차리세요. 샌더스 씨, 트롤로프, 어서 내려가서 관리인을 좀 데려오세요.'

난 시체 곁에 무릎을 꿇고 앉은 채 그대로 남아 있었습니다. 샌더스가 그 시체 곁에 다가오지 못하도록 할 생각이었지요. 하지만, 다가올 마음만 먹는다면, 정말 놀랍게 해낼 수도 있었을 것입니다. 그는 멍한 표정을 짓고서 몹시 당황한 듯 보였으며, 겁에 질려 꼼짝 못하고 있었답니다.

아파트 관리인이 곧 우리에게로 달려왔습니다. 그는 재빨리 방 안을 훑어보고는 우리 모두를 밖으로 내보낸 다음 방문을 잠가 버렸답니다. 그러고는 그 열쇠를 자기 호주머니에 넣고서 경찰서에 전화를 하러 갔지요. 경찰이 도착하기까지는 끝없이 길고 긴 시간이 흐른 것 같았습니다(나중에 안 일이었지만, 그때 전화선이 고장 났었다는군요). 관리인은 어쩔 수 없이 경찰서로 사람을 보내야 했답니다. 그런데 히드로는 시내에서 벗어난 한적한 변두리에 있었습니다. 카펜터 부인은 다시 그때의 일에 대해서 매우 진지하게 얘기했답니다. 그리곤 '셋이 아니면 둘도 없다'라는 속담이 그렇게 빨리 적중할 줄은 몰랐다며 아주 기뻐하더군요. 내가 듣기로는, 그때 샌더스는 아파트 뜰에서 두 손으로 머리를 움켜쥐고 신음소리를 내며 몹시 슬퍼하는 표정을 짓고 서성거렸다는군요. 마침내 경찰이 도착했습니다. 그들은 샌더스와 관리인을 데리고 위층으로 올라갔습니다. 조금 뒤에 나도 불러서 위층으로 올라갔지요. 방 안에는 어떤 검시관이 있었는데, 그는 책상에 앉아서 뭔가를 쓰고 있더군요. 꽤 총명해 보이는 사람이었죠. 난 그가 맘에 들었답니다.

'제인 마플 양인가요?' 그가 물었습니다.

'그래요.'

'고인의 시체가 발견되었을 때 그 자리에 함께 있었다고 알고 있는데. 그런가요?'

난 그렇다고 대답했지요. 그리고 무슨 일이 있었는지 아주 자세하게 설명해 주었답니다. 사실 그는 바로 전에 샌더스와 놀란 나머지 횡설수설 늘어놓았을 주책없는 트롤로프 부인과 얘기를 나누었답니다. 그러니 내가 그의 질문에 조리 있게 대답해 주었을 때 그 가엾은 사람은 안도의 숨을 돌렸으리라고 생각해요. 존경하는 우리 어머니가 오래전에 해주셨던 얘기가 생각나는군요. 교양 있는 여자는 비탄에 잠겨 있다 하더라도 여러 사람 앞에서는 언제나 자신을 억제할 수 있어야 한다고 가르쳐 주셨답니다."

"정말로 귀감이 될 만한 얘기로군요." 헨리 경이 자못 심각하게 말했다.

"내가 얘기를 끝내자 검시관이 말하더군요.

'감사합니다, 마플 양. 그런데 다시 한 번 시체를 확인해 주셨으면 좋겠군요. 당신이 처음 이 방에 들어섰을 때 눕혀져 있던 그대로 시체가 놓여 있는지요? 누군가가 혹시라도 그 위치를 바꾸어 놓지는 않았는지요?'

그래서 난 샌더스가 그렇게 할 뻔했지만 못하게 했다고 설명해 주었답니다. 검시관은 알겠다는 듯이 고개를 끄덕거리더군요.

'그분은 몹시 상심한 것 같더군요.'

'그래요, 그렇게 보입니다.'

나는 그렇게 말했답니다. 난 특별히 '보입니다.'라는 말을 강조한 것 같지 않았는데, 검시관은 날카로운 눈초리로 나를 쳐다보더군요.

'그렇다면 이 시체가 처음 발견되었던 당시와 달라진 게 없다고 생각해도 괜찮겠지요?' 그가 물었습니다.

'저 모자만 제외하고는 그렇게 생각해도 될 거예요.' 나는 대답했습니다.

'모자라니, 무슨 말입니까?'

'아까는 모자가 글래디스의 머리 위에 있었는데, 지금은 옆에 놓여 있군요.'

나는 검시관에게 그렇게 말해 주었지요. 물론 그땐 경찰이 그렇게 했으리라
고 내 나름대로 생각했지요. 그러나 검시관은 그런 사실이 전혀 없었다고 부
인했답니다. 그때까지 어느 누구도 시체에 손을 대거나 시체의 위치를 변경시
키는 일은 절대 하지 않았다는 거지요. 그러고는 검시관은 불쌍하게 보이는
글래디스의 시체를 내려다보았습니다. 그때 글래디스는 외출복을 입고 있었어
요—회색 털로 된 칼라가 달린 검붉은 색의 커다란 트위드 코트였지요. 그리
고 싸구려처럼 보이는 빨간색 중절모가 머리맡에 놓여 있었답니다.

　검시관은 잠깐 동안 아무 말도 없이 인상만 찌푸리고 서 있었습니다. 그러
더니, 문득 어떤 생각이 떠올랐는지 내게 물었답니다.

　'부인이 이 방에 처음 들어왔을 때 글래디스 부인의 귀에 귀고리가 걸려 있
었는지, 아니 글래디스 부인이 습관적으로 귀고리를 걸고 다녔는지 기억해 낼
수 있겠습니까?'

　다행스럽게도 난 무엇이든지 자세히 살펴보는 버릇이 있답니다. 그 방에 막
들어섰을 당시에는 특별히 주의를 기울이지 않았지만, 모자 테 아래에서 진주
가 반짝이고 있던 것을 기억해 냈지요.

　그래서 검시관의 질문에 대해 '그렇다고' 대답해 줄 수가 있었던 겁니다.

　'그렇다면 문제는 해결되겠군요. 누군가가 이 부인의 보물 상자를 샅샅이
뒤져 갔습니다. 내가 아는 바에 따르면 그녀는 뭐 특별히 값나가는 보석들을
가지고 있진 않았을 겁니다. 그리고 그녀의 손가락에 끼워져 있던 반지들도
없어졌더군요. 처음에 살인범은 반지 빼가는 것을 깜박 잊어버렸던 모양입니
다. 그래서 그것을 가져가려고 다시 돌아왔겠지요. 아주 파렴치한 녀석입니다!
그렇지 않다면 아마도⋯⋯.'

　그는 방을 둘러보면서 천천히 말을 이었습니다.

　'그는 이 방의 어딘가에 숨어 있었을지도 모릅니다. 다시 반지를 빼가지고
도망칠 때까지 내내 말입니다.'

　하지만 난 검시관의 그런 추리를 부정했습니다. 침대 밑을 살펴보았으며,
관리인도 옷장을 열어 보았다고 그에게 설명해 주었지요. 그 방에 살인범이
숨어 있을 만한 곳은 전혀 없었습니다. 옷장 사이에 있는, 모자를 넣어 두는

작은 장이 열려 있긴 했지만, 선반이 달린데다가 사이가 몹시 좁았기 때문에 아무도 거기에 숨을 수는 없었거든요.

내가 이런 설명을 하는 동안 검시관은 그저 천천히 머리만 끄덕였습니다.

'마플 양, 그 문제에 대해서는 당신의 말을 받아들여야겠군요. 만일 사정이 그렇다면 방금 전에 말했던 대로 그 살인범은 다시 이 방으로 되돌아왔던 것이 분명합니다. 파렴치한 놈 같으니라고!'

'하지만, 관리인이 이 방을 잠근 다음 열쇠를 가지고 갔었는데요!'

'그런 건 문제가 되지 않아요. 발코니와 비상계단이 있잖습니까—그것이 바로 그 강도가 들어왔던 통로입니다. 아마도 당신들이 그의 작업을 방해했을 겁니다. 그래서 그는 창문 밖으로 나갔다가 사람들이 모두 방에서 나가자마자 다시 안으로 들어와 자기 일을 계속했던 것이지요.'

'당신은 이 방에 강도가 들었다고 생각하는 건가요?' 내가 물었습니다.

그는 냉담하게 대답했습니다.

'글쎄요, 모든 상황이 그렇게 보이지 않습니까?'

하지만 그의 목소리에 담겨 있는 그 무엇인가가 나를 만족시켜 주었습니다. 검시관이 홀아비 연기를 아주 잘해 내고 있는 샌더스를 심각하게 생각하고 있진 않다는 걸 느꼈기 때문이었지요.

솔직히 말해서, 그때 나는 이데 필스(고정관념)에 사로잡혀 있었다는 걸 시인해야겠군요. 나는 샌더스가 아내를 죽이려 한다는 걸 알고 있었습니다. 하지만 나는 아주 기묘하고 엉뚱한 일을 고려하지 않았던 겁니다.

샌더스에 대한 내 생각은 절대적으로 옳았으며, 또한 진실한 것이었습니다—나는 그렇게 확신하고 있었습니다. 그 남자는 불한당이었으니까요. 물론 그가 그렇게 슬픔에 젖은 체해도 나를 속일 수는 없었지요. 하지만 그 당시 그의 놀라움과 당혹해하는 표정은 정말로 훌륭한 연기라고 느꼈던 것을 기억합니다. 그런 표정과 태도는 너무도 자연스럽게 보였습니다—지금 내가 뭘 말하고 있는지 여러분이 이해할지 모르겠지만, 검시관과의 대화를 끝낸 뒤 이상스런 의혹감이 나를 엄습하기 시작했답니다. 만일 샌더스가 그 끔찍한 일을 저질렀다면, 그가 왜 비상계단을 통해 다시 방으로 들어와 그녀의 귀고리를 떼어 갔는지 짐작할 수조차 없었기 때문입니다. 굳이 그렇게까지 할 필요는 없었을 거예요. 더구나 샌더스는 그런 짓을 하기엔 너무 현명한 사람이었으니까요—바로 그 점이 그를 위험한 사람이라고 느끼게 만든 이유였으니까 말이에요."

마플 양은 주위에 있는 사람들을 둘러보았다.

"자, 여러분은 내가 어떤 결론에 이르게 되었다고 생각하나요? 이 세상에는 전혀 예기치 못했던 일들이 빈번히 일어나고 있습니다. 그 당시 나는 그 사실을 너무 확신하고 있었기 때문에 그것이 오히려 내 판단력을 흐리게 만들었던 것 같습니다. 그 사건의 결론은 내겐 너무도 큰 충격이었습니다. 왜냐하면 샌더스가 그 범죄를 저지를 가능성이 전혀 없었다는 것이 증명되었기 때문이지요……."

밴트리 부인은 놀란 듯이 한숨을 내쉬었다.

마플 양이 그녀를 쳐다보았다.

"당신이 전혀 예기치 못한 결론이란 걸 나도 잘 알아요. 나 역시 그랬답니다. 하지만 사실은 어디까지나 사실이랍니다. 만일 누군가의 생각이 잘못된 것으로 밝혀지면, 그는 그 사실을 겸허하게 받아들이고 나서 다시 시작해야 할 거예요. 나는 마음속으로 샌더스가 살인범이라고 확신하고 있었고, 또 그러한 신념을 깨뜨릴 일은 그때까지 일어나지 않았습니다.

그러면 이제부터 여러분에게 몇 가지 사실들을 얘기해야겠군요.

샌더스 부인은 오후 시간을 모티머 가족들과 브리지 게임을 하면서 보냈습니다. 그러고는 6시 15분경에 그 집에서 나왔습니다. 그 집에서 히드로까지는 서둘러 걷지 않는다면 15분 정도 걸리는 거리랍니다. 그녀는 분명 6시 30분경에 아파트에 도착했을 것입니다. 그런데 그녀가 들어오는 걸 아무도 보지 못했습니다. 그러니 그녀는 쪽문으로 들어와서 곧장 자기 방으로 올라갔던 것이 분명합니다. 거기에서 다시 옷을 갈아입고(그전에 입었던 엷은 황갈색 코트와 스커트가 벽에 걸려 있었답니다), 외출 준비를 하던 중에 그만 변을 당했던 것이 분명합니다. 그녀조차도 누가 자기를 내리쳤는지 몰랐을 거예요. 모래주머니는 정말로 효과적인 흉기였지요. 그러고 나서 침입자는 아마도 그녀가 열지 않았던 큰 옷장 하나에 숨어 있었던 것으로 여겨집니다.

자, 이제는 샌더스의 행적에 대해서 얘기해야겠군요. 이미 말했지만, 그는 5시 30분경에, 아니면 그보다 조금 늦게 밖으로 나갔습니다. 시내에 있는 상점 두 곳에서 쇼핑을 끝낸 그는 6시 정각에 그랜드 스파 호텔에서 두 친구를 만났지요. 그들은 함께 당구를 쳤고, 꽤 많은 위스키와 소다수를 마셨을 겁니다. 두 사람의 이름은 히치코크와 스텐더였습니다. 그들은 6시 이후로 줄곧 샌더스와 함께 있었답니다. 그리고 샌더스는 그들과 함께 다시 히드로에 돌아온 겁니다. 그때 그는 거실에 있는 나와 트롤로프 부인을 보고 그들과 잠시 헤어져서 우리에게로 온 거지요. 아까도 말했지만, 그때가 6시 45분경이었는데, 그쯤엔 이미 그의 아내는 죽어 있었던 것이지요.

난 그때 샌더스의 두 친구와 함께 얘기를 나누어 보았지요. 난 그들이 별로 맘에 들지 않았어요. 성격이 서글서글해 보이지도 않았고, 그렇다고 해서 신사답지도 않았는데, 그들에게서 한 가지 사실만은 확실히 알 수가 있었습니다. 샌더스가 줄곧 자기들과 함께 있었다고 말했을 때, 그것은 진실이었다는 것 말이에요.

그런데 또 다른 문제가 있었답니다.

브리지 게임이 한창 진행 중에 샌더스 부인에게 전화가 걸려 왔다는 거예요. 리틀워스라는 사람에게서였답니다. 그녀는 무엇인가로 몹시 들뜬 듯했다는군요. 그러고는 별일도 아닌 거로 실수까지 한 모양이에요.

그런 뒤에 친구들이 생각했던 것보다 일찌감치 그 집을 떠났다는 겁니다.

샌더스는 아내의 친구들 중에서 혹 리틀워스라는 사람을 아느냐는 질문에, 자기는 그런 이름은 들어본 적도 없다고 단언했답니다. 나는 이 문제가 글래디스의 태도를 통해서 규명될 수 있다고 생각했습니다. 그녀 역시 리틀워스라는 이름을 모르고 있었던 것 같아요. 그런데도 그녀는 전화를 받고 난 뒤 싱글벙글 웃으면서 얼굴이 상기되기까지 했다는 겁니다. 그러니 전화를 한 사람이 누구인지 알면서도 그 진짜 이름을 밝히지 않았던 것 같습니다. 여러분은 바로 그 자체만으로도 이상하다고 생각지 않나요?

하지만 그건 그대로 끝나 버렸습니다. 또한, 강도 이야기도 설득력 없어 보였지요. 그렇다면 샌더스 부인이 외출 준비를 하다가 누군가와 만났으리라는 것도 생각해 볼 수 있을 것입니다. 과연 누가 비상계단을 통해서 그녀의 방으로 들어갔을까요? 그들 사이에 어떤 싸움이 있었을까요? 아니면 침입자가 느닷없이 그녀를 공격했을까요?"

마플 양은 갑자기 말을 중단했다.

"아니, 왜 그러십니까? 대체 그 사건은 어떻게 끝난 겁니까?"

헨리 경이 물었다.

"한번 추측해 보세요. 여러분도 가능하리라고 생각하는데요."

"난 자신이 없어요." 밴트리 부인이 말했다.

"샌더스가 완벽한 알리바이를 갖고 있다는 것이 정말로 유감이로군요. 하지만 당신이 믿을 정도라면 그것이 의심의 여지도 없다는 건 분명할 거예요."

제인 헬리어는 아름다운 머리를 흔들면서 질문했다.

"왜, 모자용 선반이 열려 있었을까요?"

"아주 현명한 질문을 했군요, 헬리어 양."

마플 양이 미소를 지으며 계속해서 말했다.

"그건 바로 나도 몹시 궁금하게 여겼던 문제랍니다. 하지만 아주 간단하게 해명되었지요. 그 선반 위에는 수놓은 슬리퍼 한 켤레와 가엾은 글래디스가 크리스마스 선물로 남편에게 주려고 수놓고 있었던 손수건 몇 장이 놓여 있었습니다. 그런 까닭으로 그녀가 그 선반을 열었던 거지요. 그 서랍 열쇠가 그녀의 손가방에서 발견되었으니까요."

"오!" 제인 헬리어가 소리쳤다.

"그렇다면 그건 별로 흥미있는 얘기는 못되는군요."

"오! 아니요. 그건 아주 재미있는 부분이랍니다." 마플 양이 말했다.

"정말 재미있는 일이랍니다. 그 때문에 살인자가 세운 모든 계획이 수포로 돌아가고 말았으니까요."

방 안의 모든 시선이 마플 양에게로 쏠렸다.

"나도 처음 이틀 동안은 왜 모자 장이 열려 있었는지 그 이유를 알 수가 없었답니다." 마플 양이 말했다.

"난 생각하고 또 생각해 봤습니다. 그러던 중 갑자기 생각이 떠올랐던 겁니다—모든 것이 아주 명백해졌지요. 난 검시관에게 가서 한 가지를 시험해 보도록 권유했습니다. 그는 순순히 내 말에 따라 주더군요."

"그에게 시험해 보라고 부탁한 게 뭐였나요?"

"난 그 모자를 죽은 그녀의 머리에 씌워 보라고 했습니다. 하지만, 검시관은 그렇게 할 수 없답니다. 모자가 그녀의 머리에 맞지 않았으니까요. 따라서 그 모자는 글래디스의 모자가 아니었던 거지요."

밴트리 부인은 눈을 동그랗게 뜨고 말했다.

"하지만, 처음에는 그 모자가 그녀의 머리맡에 놓여 있었잖아요?"

"그녀의 머리에 씌워져 있던 것은 아니랍니다."

마플 양은 자기의 말을 다른 사람들의 마음속에 새겨 넣으려는 듯이 잠깐 동안 말을 멈추었다가 다시 시작했다.

"우리는 방 안에 있던 시체가 가엾은 글래디스라고 여겼던 겁니다. 하지만, 우리는 시체의 얼굴을 보진 못했지요. 여러분도 기억하고 있겠지만, 그 시체는 얼굴을 마룻바닥에 갖다 댄 채 누워 있었고, 게다가 모자까지 씌워져 있었거든요."

"그렇다면 글래디스는 살해되지 않았다는 건가요?"

"아닙니다. 나중에 살해되었답니다. 우리들이 경찰에 신고하려고 법석을 떨던 그 순간에도 그녀는 엄연히 살아 있었던 겁니다."

"만일 그렇다면, 그 시체를 글래디스처럼 보이게 했다는 건가요? 하지만 당신이 그녀의 손목을 만져 보았을 때에는 분명히……."

"물론 죽어서 싸늘한 시체였습니다." 마플 양은 엄숙하게 말했다.

"하지만, 빌어먹을." 밴트리 대령이 물었다.

"하긴 시체의 양 손발을 죄다 만져 볼 수는 없는 노릇이긴 하지. 그렇다면 범인은 첫, 첫 번째 시체를 어떻게 처리한 거죠?"

"그 시체는 다시 제자리에 갖다 두었지요." 마플 양이 말했다.

"아주 사악하면서도 동시에 너무도 치밀한 계획이었습니다. 거실에서 한 우리들의 얘기를 듣고 그는 그런 생각을 했던 거지요. 가엾은 메리의 시체—그 것을 샌더스가 이용한 겁니다. 샌더스 부부의 방이 하인들의 숙소들과 함께 있었다는 사실을 기억하고 있겠지요. 메리의 방은 샌더스 부부의 방에서 두 칸 건너에 있었습니다. 장의사들은 대개의 경우 날이 어두워진 뒤에야 찾아온 답니다—그는 바로 이 점까지도 계산에 넣었지요. 그는 발코니로 그 시체를 옮겼습니다(그땐 5시경이면 벌써 어둑어둑했답니다). 그러고는 그 시체에 자기 아내의 옷을 입혀 놓고 그녀의 커다란 빨간 코트를 걸쳐놓았던 거지요. 그때 그는 모자 장이 열려 있는 것을 본 겁니다. 그 순간 그가 해야 할 일이 한 가지 떠오른 것이죠. 바로 메리의 모자 하나를 가져와야겠다는 생각이었지요. 아무도 그가 그렇게 하는 것을 못 봤을 겁니다. 그러고 난 뒤 그는 그 시체 곁에 모래주머니를 떨어뜨려 놓았지요. 그렇게 모든 일을 끝내고 난 뒤 그는 완전한 알리바이를 만들기 위해서 밖으로 나간 겁니다.

밖으로 나온 그는 먼저 자기 아내에게 전화를 했습니다. 물론 자신을 리틀 워스라고 했지요. 그때 그가 그녀에게 뭐라고 했는지는 잘 모르겠어요. 아무튼 아까 말했던 것처럼 글래디스는 경솔한 여자였지요. 그는 그녀에게 브리지 게임은 이제 그만하고 일찌감치 나오라고 했겠지요. 물론 곧장 히드로로 되돌아가지 말도록 시켰을 거예요. 그리고 7시 정각에 비상계단으로 올라가는 뜰 앞에서 만나자고 약속했던 것입니다. 아마도 그는 그녀에게 깜짝 놀랄 만한 선물을 주겠다고 했을 거예요. 그러고 나서 그는 친구들과 함께 히드로로 돌아와서는 트롤로프 부인과 내가 그 범죄를 발견하게끔 했습니다. 심지어 그는 시체를 뒤집어 보려는 체하기까지 했지요. 그것을 내가 막았고요, 글쎄! 그런 뒤에 우리는 곧 경찰을 부르러 나갔지요. 그때 그는 비틀거리면서 뜰로 내려 갔습니다.

물론 시체가 발견된 뒤로는 그의 알리바이에 대해서는 아무도 묻지 않았습니다. 그는 아내와 만나 비상계단을 통해 그들의 방으로 들어갔을 겁니다. 그가 이미 방에 있는 시체에 대해서 그녀에게 말했을지도 모르지요. 그녀는 시체를 자세히 보려고 허리를 구부렸을 거예요. 그때 샌더스가 모래주머니로 그녀를 내리쳤겠고……, 오, 세상에! 지금까지도 그 일을 생각하면 속이 다 메스꺼워진답니다! 아무튼 그는 재빨리 글래디스의 코트와 스커트를 벗겨 내어 벽에 걸어놓았겠지요. 그리고 메리에게 입혀져 있던 옷을 다시 글래디스에게 입혀 놓은 거랍니다. 그런데 한 가지, 모자가 글래디스에게 맞지 않았던 거지요. 메리는 짧은 단발머리였답니다. 그러나 글래디스는 숱이 너무 많았습니다. 그래서 그는 그냥 그 모자를 머리맡에 놓아둔 겁니다. 물론 아무도 그 사실을 알아채지 못하길 바랐겠지요. 그러고 나서 샌더스는 가엾은 메리의 시체를 그녀의 방에 도로 옮겨 놓았습니다. 그리고 마지막으로 뒷정리를 했을 겁니다."

"믿어지지가 않는군요." 로이드 박사가 말했다.

"그가 그토록 엄청난 모험을 했던 것이 말입니다. 경찰들이 생각보다 훨씬 빨리 도착할 수도 있었을 텐데 말이에요."

"전화선이 고장 나 있었다는 사실을 아직도 기억하고 있겠지요?"

마플 양이 말했다.

"그것도 샌더스 계획의 일부였지요. 경찰이 현장에 너무 빨리 도착하면 안 되었으니까요. 그런데다가 히드로에 도착한 경찰은 시체가 있는 침실로 올라가기 전에 관리인의 사무실에서 얼마 정도를 지체했던 겁니다. 그것이 가장 큰 문제였지요. 두 시간 전에 죽은 시체와 죽은 지 채 30분밖에 되지 않은 시체 사이의 다른 점을 알아볼 수 있을 시간이었으니까요. 그러나 샌더스는 그 범행을 처음 발견한 사람들이 그런 것에 대해서 전문적인 지식을 갖고 있진 않으리라고 믿었답니다."

로이드 박사는 고개를 끄덕였다.

"그렇다면 범행은 6시 45분쯤, 대충 그 무렵에 자행되었으리라고 추정되었겠군요. 하지만, 사실상 살인은 7시쯤에 자행된 거로군요. 의사의 시체 검진은 아무리 빨랐다 해도 7시 30분경이었을 테니까, 그가 그런 사실을 알아낸다는 건 불가능했겠군요."

"그런 사실을 알았어야 할 사람은 바로 나였답니다." 마플 양이 말했다.

"내가 그 가엾은 여자의 손목을 만져 보았을 때 그 손은 마치 얼음장처럼 차가웠답니다. 그런데 검시관은 살인이 우리가 들어오기 바로 직전에 자행된 것이 분명하다고 얘기했거든요—하지만, 그때 난 아무것도 알아차리지 못했답니다."

"당신은 무척 많은 사실을 알고 있군요, 마플 양." 헨리 경이 말했다.

"그 사건은 내가 런던경시청에 근무하기 전에 일어났던 거랍니다. 사실, 그런 범죄에 대해서 들어본 기억도 없는 것 같습니다. 그래서 어떻게 되었나요, 마플 양?"

"샌더스는 교수형에 처해졌습니다." 마플 양이 또렷또렷하게 대답했다.

"아주 잘된 일이죠. 난 그가 재판에 따라 처형되었을 때까지 내가 한 일을 조금도 후회하지 않아요. 아니, 솔직히 말해서 난 인도주의자들이 사형에 대해 이러쿵저러쿵 떠들어대며 주저하는 것은 참을 수가 없답니다."

그녀의 굳었던 얼굴 표정이 다시 부드럽게 펴졌다.

"하지만, 그 가엾은 여자를 구해 주지 못했던 내 자신을 자주 책망한답니다. 그렇지만 나처럼 늙은이가 그런 일이 일어날 것이라고 얘기해 준다고 해도 어느 누가 내 말을 들어주기나 했을까요? 글쎄요, 음……, 그 누구도 모르는 일이지요. 어느 한순간 갑자기 끔찍하게 변해 버린 세계에서 불행과 환멸을 느끼면서 살아가는 것보다는 자신이 행복하다고 생각할 때 죽는 것이 차라리 잘된 일인지도 모르지요. 그녀는 그 불한당을 사랑했고, 또 신뢰했답니다. 그녀는 그가 그런 사람이라고는 생각지 못했을 거예요."

"글쎄요, 그렇다면." 제인 헬리어 양이 말했다.

"그녀에게는 잘된 일이겠네요. 정말 잘된 일이에요. 저도……."

그녀는 말을 멈췄다. 마플 양은 이제는 성공해서 유명해진 여배우 제인 헬리어를 바라보면서 천천히 머리를 끄덕였다.

"당신이 뭘 얘기하고 싶어 하는지 알 것 같군요, 헬리어 양."

그녀는 부드럽게 말했다.

"알고말고요."

제11장

죽음의 약초

"자, 이제는 비 부인께서 얘기할 차례인 것 같은데요."

헨리 클리더링 경이 격려하듯이 말을 꺼냈다.

밴트리 부인은 나무라는 눈초리로 그를 노려보았다.

"비 부인이라고 부르는 건 딱 질색이라고 전에 당신에게 말했잖아요. 그런 이름은 품위가 없단 말이에요."

"그렇다면, 쉐헤라자데라고 부르겠습니다."

"천만에요, 난 쉐—무슨 이름이 그렇담! 나는 요령 있게 얘기하지도 못한단 말이에요. 내 말이 믿어지지 않는다면 아서에게 물어보세요."

"당신의 얘기 실력은 뛰어난 편이야, 돌리." 밴트리 대령이 말했다.

"수를 놓을 때는 형편없긴 하지만 말이야."

"바로 그게 문제란 말이에요." 밴트리 부인이 말했다.

그녀는 앞 탁자 위에 놓여 있던 구근의 목록을 들고 흔들었다.

"난 여러분들이 얘기하는 걸 지금까지 들어오긴 했지만, 어떻게 얘기해야 할지 도무지 모르겠어요. 그는 말했습니다. 그녀는 말했습니다. 사람들은 궁금해했습니다. 그들은 생각했습니다. 모든 사람들이 넌지시 의향을 비추었습니다 —글쎄요, 난 이런 식으로밖에 얘기하지 못할 거예요. 바로 그게 문제랍니다! 더군다나 난 할 얘기도 없는걸요."

"그런 말은 믿을 수가 없군요, 밴트리 부인." 로이드 박사가 말했다.

그는 정말로 믿지 못하겠다는 듯이 머리를 설레설레 흔들었다.

마플 양이 부드러운 목소리로 말했다.

"분명히 밴트리 부인은……."

밴트리 부인은 고집스럽게 계속 고개를 저었다.

"여러분은 내 생활이 얼마나 단조로운 것인지 모를 거예요. 내 생활은 지극히 평범하답니다. 하인들 일도 그렇고요. 식모를 구하는 것이 좀 어렵고, 뭐 옷이나 사러 갈 때라든지, 치과 의사에게 간다든지, 또는 애스콧 경마(아서는 몹시 싫어하는 것이지만요)나, 정원 문제 때문에 시내에 나가는 정도가 고작이랍니다."

"아, 정원이라고요?" 로이드 박사가 소리쳤다.

"이제 부인의 마음이 어디에 있는지 알 것 같군요, 밴트리 부인."

"정원이 있다는 건 정말 멋진 일일 거예요."

젊고 아름다운 제인 헬리어가 말했다.

"내가 직접 땅을 파거나 손을 흙으로 더럽히지만 않는다면 말이에요. 난 정말로 꽃을 좋아한답니다."

"정원이라고요……?" 헨리 경이 말했다.

"그것을 얘기의 출발점으로 하면 어떨까요? 자, 어서 얘기해 보세요, 비 부인. 극약이 묻어 있는 구근이라든지, 생명에 위협을 주는 수선화, 그렇지 않으면 죽음의 약초 얘기 같은 것 말이에요!"

"어머나! 당신이 그런 말을 다하다니 정말 이상하군요."

밴트리 부인이 말했다.

"당신 말을 들으니 방금 떠오르는 것이 하나 있습니다. 아서, 당신도 클로더햄 저택 사건을 기억하고 있겠죠? 그래요, 늙은 앰브로스 버시 경 말이에요. 우리가 그때 그를 얼마나 매력적이고 우아한 노인으로 생각했는지 기억하세요?"

"오, 물론이지, 맞아. 그래, 정말 이상한 사건이었지. 어서 계속해 봐요, 돌리."

"당신이 얘기하는 게 더 나을 것 같아요, 아서."

"무슨 말이야. 어서 당신이 계속해요. 당신이 해야 할 일은 당신 스스로 알아서 해야 해요. 난 아까 내 몫을 다했지 않소."

밴트리 부인은 길게 숨을 들이마셨다. 그러고는 두 손을 깍지 끼었다. 그녀의 얼굴에는 마음속의 고뇌가 역력히 드러나 있었다. 그녀는 빠르고도 유창하게 말하기 시작했다.

"글쎄요, 얘기는 그렇게 길지 않답니다. 내 마음속으로는 그것을 세이지와 양파라고 생각하고 있는데도 죽음의 독초라는 말이 퍼뜩 떠오르는군요."

"세이지와 양파라고요?" 로이드 박사가 되물었다.

밴트리 부인은 머리를 끄덕였다.

"그 일이 어떻게 일어났는가 하면……." 그녀는 설명하기 시작했다.

"아서와 나, 그리고 앰브로스 버시 경은 클로더햄 저택에서 함께 머무르고 있었답니다. 그러던 어느 날, 우연한 실수로(난 아주 어리석은 일이었다고 생각하고 있습니다만) 뜰에서 뜯어온 세이지 속에 꽤 많은 디기탈리스(독초의 일종) 잎이 섞여 있었답니다. 그날 저녁 식탁에 오른 집오리 고기는 그것으로 꽉 채워져 있었답니다. 그래서 그것을 먹은 사람들은 심하게 탈이 났고 가엾은 한 여자, 앰브로스 경의 피후견인이었던 한 여자는 그것 때문에 그만 세상을 뜨고 말았습니다." 그녀는 말을 멈췄다.

"저런, 저런. 매우 슬픈 일이군요." 마플 양이 안타까운 듯이 소리쳤다.

"그럼요. 그 다음에 무슨 일이 일어났나요?" 헨리 경이 물었다.

"그 다음은 없어요. 그게 내 얘기의 전부랍니다." 밴트리 부인이 말했다.

방 안에 있던 사람들은 모두가 그녀의 얘기를 더 듣고 싶어 했다. 이미 짧다는 말은 들었지만 이렇게까지 짧으리라고는 전혀 예상치도 못했던 것이다.

"하지만, 밴트리 부인." 헨리 경이 항의하듯이 말했다.

"그 얘기가 전부라는 건 말도 안 돼요. 방금 부인이 말한 얘기는 비극적이 긴 하지만, 그것만 가지고는 얘깃거리가 될 수 없잖습니까?"

"그래요, 물론이죠. 사실 아직 할 얘기가 남아 있긴 해요. 그러나 내가 계속 얘기를 한다면 여러분들은 그게 뭔지 금방 알게 될 거예요."

그녀는 자못 도전적인 태도로 방 안에 모여 있는 사람들을 둘러보며 호소하듯이 말했다.

"아까도 말했지만, 난 그럴듯하게 얘기하질 못하거든요. 그래서 이런 식으로 진행하는 것이 좋을 거라고 생각하는데요."

"아하!" 헨리 경이 말하면서 안경을 고쳐 썼다.

"정말로, 쉐헤라자데, 이건 아주 새로운 방법이군요. 우리들의 지혜가 도전받고 있으니 말입니다. 부인은 우리들의 호기심을 자극하려고 일부러 그런 식으로 얘기를 꺼낸 것이 분명합니다. 스무 고개 중에서 중요한 점 몇 가지는 이미 나타난 것 같군요. 마플 양, 당신이 먼저 시작해 보시지요?"

마플 양이 말했다.

"난 요리사에 대해서 좀더 알고 싶은데요. 모르긴 몰라도 그녀는 머리가 나쁘거나 경험이 없는 그런 여자였을 것 같은데요?"

"그래요. 그녀는 아주 머리가 우둔한 여자였답니다." 밴트리 부인이 말했다.

"나중에 그녀는 마구 소리 내어 울면서 세이지 잎이라고 가져왔는데, 그 속에 디기탈리스 잎이 섞여 있는 줄 어떻게 알 수 있었겠느냐고 하더군요."

"자신의 처지를 모르는 여자군요." 마플 양이 물었다.

"약간 나이가 들었지만 훌륭한 요리사였겠지요?"

"오! 아주 정확하게 맞히셨어요." 밴트리 부인이 놀란 듯이 말했다.

"이제는 당신 차례입니다, 헬리어 양." 헨리 경이 말했다.

"오! 지금 저더러 질문을 하라는 건가요?"

제인 헬리어가 머리를 짜내는 동안 방에는 잠시 침묵이 흘렀다. 마침내 그녀는 절망적인 표정으로 말을 꺼냈다.

"정말이지, 전 뭘 물어야 좋을지 모르겠어요."

그녀의 아름다운 눈동자가 마치 호소하듯이 헨리 경을 바라보고 있었다.

"등장인물에 대해서 물어보는 것도 괜찮지 않을까요, 헬리어 양?"

그가 제인에게 말했다. 하지만 제인은 여전히 당혹스런 표정을 짓고 있었다.

"가령, 이 이야기에 나오는 사람들을 순서대로 얘기해 달라고 하는 것도 한 방법이겠지요." 헨리 경이 말했다.

"오, 그래요. 그것참 좋은 생각이로군요."

밴트리 부인은 손가락을 꼽아 가면서 그 사건과 관련된 사람들을 설명하기 시작했다.

"앰브로스 경, 실비아 킨(이 처녀가 바로 그때 죽었어요), 모드 와이—그녀는 실비아의 친구인데 어떻게 해서든 자기 고집만 세우려 드는 가무잡잡한 처녀였답니다. 아주 까다로운 여자였지요—난 두 사람이 어떻게 친구가 될 수 있었는지 도무지 이해할 수가 없었어요. 그 외에도 앰브로스 경과 독서 토론을 하기 위해 그 집에 온 컬 씨라는 사람도 있었습니다. 그들의 독서 토론의 대상이 되는 책들은 모두가 라틴어로 쓰여 있었으며, 곰팡내 나는 양피지로 된 희귀서들이었답니다. 그리고 이웃에는 제리 로리머라는 사람이 살고 있었습니다. 그가 사는 페머티스라는 곳은 바로 앰브로스 경의 저택과 접해 있었지요. 그리고 카펜터 부인이 있었습니다. 그 왜 있잖아요, 늘 편안한 것만 찾는 중년의 여자들 말이에요. 그녀도 그런 고양이 같은 여자들 중 한 사람이었어요. 내가 보기에, 그녀는 실비아 양을 돌보는 일을 하는 것 같았어요."

"이제, 내 차례라면……." 헨리 경이 말했다.

"물론 그렇게 생각합니다. 나는 제인 헬리어 양 바로 옆에 앉아 있으니까요. 난 질문할 것이 아주 많습니다. 우선 당신이 늘어놓은 사람들 모두에 대해서 간단히 설명해 주었으면 합니다, 밴트리 부인."

"오!" 밴트리 부인은 약간 주저하는 듯한 표정이었다.

"먼저 앰브로스 경부터 시작해 주시지요." 헨리 경이 말을 이었다.

"그는 어떻게 생겼나요?"

"오, 그는 아주 출중해 보이는 노인이었습니다. 하지만, 그렇게까지 늙어 보이진 않았어요. 예순 살이 넘은 것 같진 않았습니다. 하지만, 몹시 쇠약했답니다. 특히 심장이 약했어요. 심지어 위층으로 걸어 올라갈 수도 없었기 때문에 누군가가 거들어 주어야만 했었답니다. 바로 그 때문에 그는 실제 나이보다 더 늙어 보이는 것 같았어요. 그의 태도는 정말 매력적이었지요. 또한 위엄도 깃들어 있었고요—아마 위엄이라는 말이 그를 가장 잘 나타내는 것일 거예요. 그가 화를 내거나 당황해 하는 모습을 볼 수 없었답니다. 그는 멋진 백발에 호감이 가는 목소리를 갖고 있었습니다."

"아주 좋습니다." 헨리 경이 말했다.

"마치 앰브로스 경을 보는 것 같군요. 이제는 실비아, 그녀의 이름이 뭐였죠?"

"실비아 킨이라고 했습니다. 그녀는 아름다웠어요—정말 굉장히 아름다웠지요. 금발의 머리카락에 깨끗하고 탄력 있는 피부를 갖고 있었습니다. 하지만, 똑똑해 보이진 않았답니다—정확히 말하면, 약간 어리석은 편에 속했지요."

"오! 아니야, 돌리." 그녀의 남편이 반박하며 나섰다.

"물론, 아서는 그렇게 생각하지 않을 거예요."

밴트리 부인은 냉담하게 말했다.

"하지만, 실비아는 정말 어리석은 여자였어요. 그녀의 말에서 들어볼만한 건 하나도 없었으니까요."

"그녀는 지금까지 내가 보아 온 우아한 여자들 중 한 사람이었는데!"

밴트리 대령은 약간 흥분해서 말했다.

"그런 여자가 테니스를 치고 있다고 상상해 보십시오—매력적인, 정말 매력적인 모습일 겁니다. 그리고 그녀의 머리에는 재미있는 생각들로 가득 차 있었답니다. 함께 있으면 그녀가 얼마나 명랑하고 귀여운 여자인지 알 수 있지요. 게다가 애교가 철철 넘쳐흘렀답니다. 젊은 남자라면 모두 그렇게 생각했을 거예요."

"그 점이 바로 당신이 잘못 생각하고 있는 거예요." 밴트리 부인이 말했다.

"젊은 남자들은 젊다는 그 자체만으로 매력을 느끼진 않아요. 젊은 여자가 어떻다느니 하며 헛소리나 중얼거리는 사람은 오직 아서, 당신같이 늙은 바보들뿐이라고요."

"정말 젊다는 것은 아무 소용도 없는 거랍니다." 제인 헬리어가 맞장구쳤다.

"젊음보다는 오히려 에스(S) 에이(A)가 더 중요하지요."

"에스 에이가 뭐지?" 마플 양이 물었다.

"성적 매력이랍니다." 제인이 대답했다.

"아! 알겠어요." 마플 양이 말했다.

"내가 젊었을 땐 그런 걸 '눈에 요염기가 흐른다.'라는 말로 표현했었지요."

"썩 나쁜 표현은 아니로군요." 헨리 경이 물었다.

"그런데, 밴트리 부인, 당신은 카펜터 부인을 고양이라고 말한 것으로 알고 있는데요?"

"사실 고양이라는 뜻으로 말한 건 아닙니다." 밴트리 부인이 대답했다.

"내가 표현하고자 한 건 그것과는 전혀 다른 의미예요. 나는 그저 키가 크고 하얀 살결에, 항상 부드럽고 목에선 가르랑거리는 소리를 냈기 때문에 그렇게 표현했을 따름입니다. 애덜라이드 카펜터는 바로 그런 여자였답니다."

"나이가 어느 정도가 되었나요?"

"오, 아마 마흔 살쯤 되었을 거예요. 실비아가 열한 살이었을 때부터 줄곧 그 집에서 산 것으로 알고 있습니다. 아주 약삭빨랐습니다. 그녀에게는 귀족 신분을 가진 친척들이 많이 있었습니다만, 돈은 한 푼도 없었답니다. 그녀는 불행한 과부였다고 할 수 있죠. 나는 그녀를 그리 달갑게 여기진 않았답니다. 왜냐하면 난 하얗고 긴 손을 가진 사람들을 별로 좋아하지 않았으니까요. 물론 고양이도 좋아하지 않습니다."

"컬 씨는 어떤 사람이었나요?"

"오! 그는 나이가 들어서 허리가 구부정한 남자였답니다. 사실 우리 주위에도 그런 남자들이 많긴 하지만, 누가 누군지 분간하기는 정말 힘들지요. 그는 자신의 곰팡이 낀 책들에 대해서 얘기할 때는 아주 열광적이었지만, 그 밖에는 전혀 그렇지 않았어요. 내가 보기엔, 앰브로스 경도 그에 대해서 잘 알고 있는 것 같진 않더군요."

"그렇다면 이웃에 살았다는 체리는 어떤 사람이었나요?"

"그는 정말 매력적인 청년이었어요. 그는 실비아와 약혼을 했답니다. 하긴, 그것이 상황을 비극적으로 몰고 간 원인이기도 했지만요."

"그렇다면 나는 이상하게 생각……."

마플 양은 말을 꺼내려다가 이내 그만두었다.

"뭐가 말인가요?"

"아무것도 아닙니다, 밴트리 부인."

헨리 경은 의아한 눈초리로 그 노처녀를 바라보았다. 그리고 나서 생각에 잠긴 듯이 그는 말했다.

"역시 그 젊은 남녀는 약혼을 했군요. 그런데 그들이 약혼한 지는 어느 정도 되었나요?"

"약 1년쯤 되었지요. 애초에 앰브로스 경은 실비아가 너무 어리다는 구실로 약혼을 반대했답니다. 하지만, 1년 뒤에는 결국 그들의 약혼을 허락해 주었지요. 결혼식을 곧 치를 예정이었답니다."

"아! 그 젊은 여자는 재산이 어느 정도 있었나요?"

"가진 거라곤 거의 없었답니다. 1년에 경우 100~200파운드 정도 밖에는 쓸 수 없었으니까요."

"그래도 독 안에 든 쥐 꼴은 아니었군요, 클리더링 씨."

밴트리 대령은 말을 마치더니 호탕하게 웃어댔다.

"이제는 박사님이 질문할 차례입니다." 헨리 경이 말했다.

"나는 이 정도에서 질문을 끝낼까 합니다."

"내 관심은 대개 전문적인 분야에 대한 것입니다." 로이드 박사가 말했다.

"시체 검시 때 의학적으로 어떤 결과가 나왔는지 알고 싶습니다. 밴트리 부인, 당신이 기억해 낼 수 있는 대로, 아니 알고 있는 건 모두 말씀해 주셨으면 합니다."

"난 그저 대충 알고 있을 뿐이랍니다." 밴트리 부인이 대답했다.

"디기탈린에 의한 중독이었다고 알고 있어요. 그 정도면 됐는지요?"

로이드 박사는 고개를 끄덕였다.

"폭스글로브(디기탈리스)는 심장에 영향을 끼친답니다. 어떤 심장병에는 매우 좋은 치료제가 되기도 하지만요. 그런데 이 경우는 몹시 이상하군요. 폭스글로브가 섞인 음식을 먹었다고 해서 그렇게 치명적이었다는 건 도저히 믿을 수가 없습니다. 독이 들어 있는 잎사귀와 장과(껍질이 얇고 속은 물과 즙이 많은 열매, 감, 포도, 무화과 따위)를 먹어서 그렇게 되었다는 생각은 지나치게 과장된 겁니다. 알칼로이드는 세심한 주의를 하고 잘 요리해서 추출해 내야 한다는 걸 알고 있는 사람은 거의 없답니다."

"언젠가 매카서 부인이 좀 이상하게 생긴 구근 몇 개를 토미 부인에게 보내 준 적이 있었답니다." 마플 양이 말했다.

"그런데 토미 부인은 그것을 양파로 잘못 알고 요리를 한 거지요. 그래서 그것을 먹었던 토미 부인네 가족들은 모두가 탈이 나고 말았답니다."

"하지만, 그 사람들은 그것 때문에 죽기까지 하진 않았잖습니까?"

로이드 박사가 말했다.

"그래요. 물론 죽진 않았지요." 마플 양은 로이드 박사의 말을 인정했다.

"제가 알고 있는 어떤 여자는 프토마인 중독으로 죽었답니다."

제인 헬리어가 말했다.

"이제 그만하도록 하지요. 계속해서 이 범죄를 추적해 봐야 하니까요."

헨리 경이 말했다.

"범죄라고요? 전 그저 우연히 일어난 일이려니 생각했는데요."

제인이 깜짝 놀라며 말했다.

"만일 그것이 우연히 일어난 일에 불과하다면," 헨리 경이 부드럽게 말했다. "굳이 밴트리 부인이 우리들에게 얘기할 필요가 없었을 겁니다. 난 언젠가 그런 것에 대한 글을 읽은 적이 있습니다. 겉으로는 그저 우연한 사고로 보이지만 그 배후에는 사악한 무엇인가가 숨겨져 있을 겁니다. 내게 어떤 사건이 생각나는군요. 어떤 집에서 저녁식사를 끝낸 손님들이 이런저런 담소를 나누고 있었습니다. 그 집의 벽에는 여러 종류의 골동품 같은 옛날 무기들이 걸려 있었답니다. 그때 그 일행 중 한 사람이 장난으로 벽에 걸려 있던 낡은 장총 한 자루를 뽑아 들고는 다른 남자를 겨냥하고 쏘는 체했답니다. 그런데 그 장총은 실탄이 장전되어 있었기 때문에 총알이 발사되어 그만 그 사람이 죽게 되었던 겁니다. 그때 우리가 제일 먼저 한 일은 누가 그 장총에 실탄을 장전시켜 놓았었는지를 알아보는 것이었습니다. 그리고 두 번째로는 이런 방향으로 몰고 가도록 화제를 꺼낸 사람이 누구인지, 어떻게 해서 그런 야단법석을 유도하게 되었는지를 조사해 보아야 했지요. 왜냐하면 장총을 발사했던 그 남자는 결백했기 때문이었죠!

그런데 지금 이 문제가 바로 그때 일과 아주 비슷한 것 같군요. 누군가가 어떤 목적을 위해서 세이지에 디기탈리스 잎사귀를 계획적으로 섞었을 겁니다. 요리사가 결백하다는 건 확실합니다(물론 여러분도 그렇게 생각하겠지요?). 그렇다면 누가 그 잎사귀를 따서 그녀에게 갖다 주었을까요?"

"그 문제에는 쉽게 대답해 드릴 수 있답니다." 밴트리 부인이 대답했다. "적어도 당신이 마지막으로 한 말에는요. 그 잎사귀들을 부엌으로 가져간 사람은 바로 실비아였습니다. 샐러드나 약초, 또는 연한 당근 같은 걸 모으는 게 그녀의 일과 중 하나였으니까요. 정원사들은 그런 것들을 제대로 뽑지 않는답니다. 그 사람들은 어린 것이나 연한 것은 뽑길 꺼려하거든요. 다 자랄 때까지 기다리는 거예요. 실비아와 카펜터 부인은 그런 작물들이 어디에 많이 있는지 알고 있었습니다. 실제로 세이지가 자라는 한쪽 모퉁이에 폭스글로브도 자라고 있었습니다. 그러니 그 두 가지를 섞어 따온 건 있을 수 있는 실수였지요."

"아니, 실비아가 직접 뽑아 왔단 말입니까?"

"거기에 대해서는 아무도 모른답니다. 그렇게 추측했을 뿐이었지요."

"추측이란 위험천만한 일이지요." 헨리 경이 말했다.

"카펜터 부인이 뽑은 게 아니란 건 확실합니다." 밴트리 부인이 말했다.

"왜냐하면 그날 아침 카펜터 부인은 나와 함께 뜰을 거닐고 있었으니까요. 우리는 아침식사를 끝내고 그곳으로 나간 겁니다. 그날은 이른 봄 날씨 치곤 너무 햇살이 화사하고 따뜻했기 때문이었지요. 그때 실비아는 정원을 혼자 내려가고 있었답니다. 나중에 보니 모드 와이와 팔짱을 낀 채 거닐고 있더군요."

"그 두 사람은 아주 절친한 친구였던 게로군요?" 마플 양이 물었다.

"그래요." 밴트리 부인이 대답했다. 그녀는 뭔가 더 말하려는 기색이었지만, 그렇게 하진 않았다.

"모드 와이는 거기에서 얼마나 머물렀나요?" 마플 양이 물었다.

"약 2주 정도였습니다." 밴트리 부인이 말했다.

그런데 대답할 때 그녀의 목소리에는 걱정스러워하는 어조가 담겨 있었다.

"당신은 와이 양을 좋아하지 않았군요?"

헨리 경은 그녀의 기색을 살펴려는 듯이 떠보았다.

"아닙니다. 그게 바로 문제였지요. 난 그녀가 좋았어요."

그녀의 목소리에 담겨 있던 걱정스러움이 이제는 침통하게까지 느껴졌다.

"당신은 지금 뭔가 숨기고 있군요, 밴트리 부인."

마치 나무라듯이 헨리 경이 말했다.

"방금 전에 난 이상한 생각이 들었답니다." 마플 양이 조심스럽게 말했다.

"하지만, 그때는 말하고 싶지 않았지요."

"언제 그런 생각이 들었나요?"

"아까 그 젊은이들이 약혼했다고 했을 때였답니다. 당신은 그것이 상황을 비극적으로 몰고 갔다고 말했지요? 내 말을 이해할 수 있는지 모르겠지만, 그 말을 할 때 당신의 목소리는 왠지 진실을 말하는 것 같지 않았답니다. 솔직히 말하면 뭔가 확신하지 못하는 그런 목소리였어요."

"정말 당신은 놀랍군요." 밴트리 부인이 말했다.

"당신은 모르는 것이 없는 것 같아요. 그래요, 난 그때 다른 생각을 하고 있었답니다. 하지만, 그걸 정말 말해야 좋을지는 모르겠군요."

"얘기해야만 합니다." 헨리 경이 말했다.

"당신이 뭘 주저하는진 잘 모르겠지만, 무엇이든 감춰져서는 안 되니까요."

"좋아요, 말하겠어요." 밴트리 부인이 결심한 듯이 말했다.

"어느 날 저녁(사실은 그 비극이 일어나기 바로 전날 저녁) 저녁식사 전에 난 우연히 테라스로 나갔습니다. 그때 거실의 창문이 열려 있었습니다. 그런데 공교롭게도 거기에 제리 로리머와 모드 와이가 함께 있는 걸 보았습니다. 그는, 음……, 그녀에게 키스를 하고 있었지요. 물론 난 그것이 우연하게 일어난 일이었는지, 아니면—차마 말할 수가 없습니다만, 그렇고 그런 일인지 알 수가 없었습니다. 내가 알기로는 앰브로스 경은 제리 로리머를 탐탁지 않게 여기고 있었답니다. 어쩌면 그는 제리라는 청년이 그런 종류의 사람이라는 걸 알고 있었을지도 모르죠. 하지만, 한 가지 사실만은 확실했답니다. 즉, 모드 와이는 진실로 그를 좋아하고 있었다는 것이죠. 넋이 빠진 듯이 그를 바라볼 때의 그녀의 표정만 봐도 알 수 있었지요. 또한 나는 로리머와 모드 와이가 더 잘 어울린다고 생각했답니다."

"마플 양이 질문하기 전에 내가 먼저 한 가지 물어봐야겠군요."

헨리 경이 말했다.

"그렇다면 그 비극이 지나간 뒤에 제리 로리머와 모드 와이는 결혼했나요?"

"예." 밴트리 부인이 대답했다.

"그랬어요. 그 비극이 일어난 지 6개월 뒤 그들은 결혼했답니다."

"오! 쉐헤라자데, 쉐헤라자데." 헨리 경이 소리쳤다.

"당신이 이 얘기를 처음 시작했을 때를 생각해 보세요! 그땐 앙상한 뼈다귀 밖에는 없었답니다. 그런데 이제 그 뼈다귀에 살점이 점점 붙어 가고 있잖아요."

"그렇게 끔찍스럽게 말씀하시지 마세요." 밴트리 부인이 말했다.

"그 살점이란 말도 듣기 거북하군요. 채식주의자들은 늘 그런 식으로 얘기하지요. 그들은 비프스테이크를 맛있게 먹는 사람들의 식욕이 싹 달아날 정도로, '난 살점 같은 건 먹지 않아요.' 하고 거만하게 말하지요. 컬 씨도 채식주의자였답니다. 아침식사 때마다 밀기울 같은 음식을 먹곤 했지요. 하지만, 그처럼 수염을 기르고 허리가 구부정한 노인들은 변덕이 아주 심하지요. 게다가 그런 사람들은 이상하게 생긴 속옷을 입고 다닌답니다."

"세상에, 당신은 컬 씨가 어떤 속옷을 입고 있는지도 알았소, 돌리?"

그녀의 남편이 놀랐다는 투로 말했다.

"그런 건 아니에요." 밴트리 부인은 엄숙하게 말했다.

"난 그저 추측해 봤을 뿐이에요."

"아까 내가 했던 말을 고쳐야겠습니다." 헨리 경이 말했다.

"당신의 얘기에 등장하는 사람들은 모두 재미있는 사람들이군요. 난 지금 그들 한 사람 한 사람을 모두 보는 것 같습니다. 그렇죠, 마플 양?"

"인간의 본성은 항상 흥미로운 것이지요, 헨리 경. 그리고 어떤 유형의 사람들이 어쩌면 그렇게도 똑같이 행동하는지 발견하게 되는 것도 매우 재미있는 일이지요."

"두 여자와 한 남자라—." 헨리 경이 말했다.

"이미 옛날부터 있어 왔고, 또 앞으로도 영원히 계속될 삼각관계로군요. 바로 이것이 이 얘기의 근본이 아닐까요? 난 그렇게 생각합니다만."

로이드 박사가 목청을 가다듬었다. 그는 꽤나 조심스럽게 말했다.

"밴트리 부인, 당신도 그때 탈이 났을 것 같은데, 내 추측이 맞는지요?"

"난 괜찮았답니다! 물론 아서는 탈이 났지요! 다른 사람들도 다 그랬고요!"

"모두 탈이 났다니, 바로 그것이 문제입니다." 로이드 박사가 말했다.

"내 말을 이해하겠는지요? 방금 헨리 경이 들려준 얘기에서는 한 사람만이 총에 맞았을 뿐입니다. 범인은 방 안에 모였던 사람들 모두를 쏠 필요는 없었을 테니까요."

"무슨 얘긴지 도무지 모르겠군요. 누가 누구를 쏘았다는 건가요?"

제인 헬리어가 말했다.

"나는 지금 누가 이 일을 계획했든지 간에 모든 일이 아주 이상하게 돌아가고 있다고 말하는 겁니다. 범인이 맹목적으로 요행을 믿었든가, 아니면 인간의 생명에 대해 전혀 개의치 않았든가 말입니다. 단지 한 사람을 죽이기 위해 여덟 사람 모두에게 극약을 먹게 한다는 건 도저히 믿어지지도 않습니다."

"당신이 뭘 말하는지 알겠군요." 헨리 경이 자못 생각에 잠긴 듯이 얘기했다.

"솔직히 말해서, 난 그 점에까지는 생각이 미치진 못했습니다."

"그렇다면 혹시 그 범인도 독을 먹은 건 아닐까요?" 제인이 물었다.

"그날 저녁식사 때 빠진 사람이 있었나요?" 다시 마플 양이 물었다.

밴트리 부인은 머리를 세차게 흔들었다.

"다 참석했답니다."

"로리머 씨는 그때 없었을 것 같은데요, 밴트리 부인? 그는 그때 앰브로스 경 저택에 없지 않았습니까, 안 그런가요?"

"예, 하지만 그도 그날 저녁에는 그 집에서 식사를 했답니다."

밴트리 부인이 말했다.

"오." 마플 양은 목소리까지 변해서 소리쳤다.

"그렇다면 모든 것이 달라져 버리는군요."

그녀는 난처한 듯이 인상을 찌푸리며 말했다.

"내가 어리석은 생각을 하고 있었군요." 그녀는 중얼거리듯이 말했다.

"정말 내가 너무 어리석었어요."

"솔직히 말해서, 당신 말을 들고 보니 나도 걱정이 되는군요, 로이드 박사님." 헨리 경이 말했다.

"어떻게 범인은 그 여자만이 치명적인 분량을 먹으리라고 확신할 수 있었을까요?"

"그건 아무도 모르는 일이지요." 로이드 박사가 말했다.

"나도 그 문제에 대해서 한번 생각해 보았답니다. 그 실비아 양은 범인이 노린 제물이 아니었을지도 모릅니다."

"뭐라고요?"

"식중독은 대부분의 경우 그 결과가 지극히 불확실하지요. 만일, 한 접시의 음식을 몇 사람이 함께 먹었다고 가정해 보십시오. 어떤 일이 벌어지게 될까요? 한두 사람은 약간 아프겠지요. 또 몇몇 사람은 몹시 아플 수도 있고, 그중 한 사람 정도는 사망할 수도 있을 것입니다. 식중독은 대개 그렇습니다. 그러니, 누가 죽으리라고 확신할 수는 없는 일이지요. 하지만, 다른 요소가 들어가 있을 경우도 있습니다. 디기탈린이라는 것은 심장에 직접적으로 영향을 끼치는 의약품입니다. 물론 아까 말했지만, 몇몇 심장병의 경우에는 오히려 약으로 사용되긴 합니다만. 그런데 그 저택에는 심장질환으로 고통을 겪고 있던 사람이 있었습니다. 바로 그가 범인이 노린 제물이 아니었을까요? 범인은 디기탈린이 다른 사람에겐 별로 영향을 끼치지 않는다 해도 그에게만은 치명적이라고 아주 영리하게 추측했을 것입니다. 그런데 결과는 그 예상했던 것과 전혀 다르게 나타난 것이지요. 범인은 그 약이 인체에 어떤 영향을 미치는지 확실하게 몰랐던 겁니다."

"앰브로스 경!" 헨리 경이 말했다.

"그럼 범인은 그를 노렸다는 말씀입니까? 아! 물론 그럴 수도 있겠군요. 그렇다면 실비아 양의 죽음은 하나의 실수인 거로군요."

"만일 앰브로스 경이 죽게 되면 누가 그의 재산을 차지하게 되나요?"

제인 헬리어가 물었다.

"아주 적절한 질문입니다, 헬리어 양. 내가 런던경시청에 있었을 때, 우리들이 제일 먼저 떠올리곤 했던 질문 중 하나가 바로 그것이랍니다."

헨리 경이 말했다.

"앰브로스 경에게는 아들이 하나 있었습니다."

밴트리 부인은 천천히 대답했다.

"몇 년 전에 그는 아들과 심하게 다툰 적이 있답니다. 내가 알기로는, 앰브로스 경의 아들은 성격이 포악했답니다. 그렇다고 해서 앰브로스 경은 아들에 대한 상속을 자기 마음대로 거부할 수는 없었습니다. 왜냐하면 클로더햄 저택은 그에게 상속되는 것으로 이미 정해져 있었기 때문이었지요. 결국 버시는 그의 작위와 토지를 물려받게 되었지요. 하지만 앰브로스 경에겐 그 외에도 자기 마음대로 남겨 줄 수 있는 재산이 꽤 있었답니다. 그는 그것들을 피후견인인 실비아 양에게 상속할 생각이었습니다. 내가 이런 사실들을 알게 된 것은 그 사건이 발생한 지 1년이 채 못 되어 앰브로스 경도 죽었을 때였습니다. 그는 실비아 양에게 물려주기로 되어 있는 유언장을 고치지 않고 그냥 죽게 되었던 겁니다. 아마도 그의 나머지 재산은 국가에 헌납되었거나 아들에게 돌아갔을 것으로 생각됩니다—확실히 기억할 수는 없습니다만."

"그렇다면 앰브로스 경이 죽게 될 경우 이익을 얻게 되는 사람은 그의 아들과 죽은 그 여자뿐이었겠군요." 헨리 경이 생각에 잠기며 말했다.

"그렇지만 이런 추측은 별로 신빙성이 있어 보이지는 않는군요."

"다른 한 여자는 아무것도 얻지 못했나요?" 제인 헬리어가 물었다.

"고양이 같다는 그 여자 말이에요."

"그녀는 앰브로스 경의 유언장에 언급되어 있지도 않았답니다."

밴트리 부인이 대답했다.

"마플 양, 지금 우리들의 얘기를 듣고 있지 않는 것 같습니다만?"

헨리 경이 물었다.

"당신은 어딘가 아주 멀리 가 있는 사람 같습니다."

"난 지금 화학자였던 배저 씨를 생각하고 있었답니다." 마플 양이 말했다.

"그에게는 아주 젊은 가정부가 있었습니다—너무 젊었기 때문에 그의 딸이나 손녀딸 정도로밖에 보이지 않았지요. 그는 다른 누구에게도, 심지어 자기 가족들이나 조카, 조카딸에게도 그녀에 대해서는 단 한마디도 입 밖에 내지 않았답니다. 그런데 그가 죽고 난 뒤, 여러분들이 믿을지 모르겠지만, 그가 그 가정부와 2년 동안이나 은밀하게 동거해 왔었다는 사실이 밝혀졌습니다. 배저 씨는 화학자인데다가 아주 무뚝뚝하고 평범한 노인이었습니다. 밴트리 부인의 말을 들어보니까 앰브로스 버시 경도 매우 위엄 있어 보이는 신사분인 것 같군요. 하지만, 겉만 보고는 알 수 없답니다. 결국 인간의 본성은 세상 어느 곳에서든지 똑같은 것이랍니다."

방에는 침묵이 흘렀다. 헨리 경은 파란 눈으로 자기를 야릇하게 바라보는 마플 양을 굳은 표정으로 쳐다보았다.

마침내 제인 헬리어가 입을 열어 침묵을 깨뜨렸다.

"카펜터 부인은 예쁜 여자였나요?" 그녀가 물었다.

"어떻게 보면 그렇기도 하지요. 하지만, 별로 두드러져 보이는 사람은 아니었답니다."

"그녀의 목소리는 어딘지 호소하는 듯했답니다." 밴트리 대령이 말했다.

"호소하는 것 같다고요? 난 고양이 울음소리 같던데요. 그 가르랑거리는 목소리는 고양이 울음소리와 똑같았어요!"

밴트리 부인이 말했다.

"당신도 언젠가는 남들에게 고양이라고 불리게 될 거야, 돌리."

"집 안에서라면 고양이가 되는 것도 괜찮아요." 밴트리 부인이 말했다.

"아무튼 난 여자들은 별로 좋아하지 않아요. 그 점은 당신도 알 거예요. 난 신사들과 꽃이 좋답니다."

"아주 훌륭한 취향을 가지셨군요." 헨리 경이 말했다.

"특히 신사를 첫 번째로 꼽으신 점에 있어서 말입니다."

"재미있는 말씀이세요." 밴트리 부인이 말했다.

"자, 이제 내 작은 얘기에 대해서 여러분들이 어떻게 생각하고 있는지 듣고 싶군요? 지금까지는 꽤 그럴듯하게 얘기해 왔다고 생각하는데요. 아서, 그렇게 생각지 않으세요?"

"천만에, 돌리. 나는 저기 클럽(경마 후원 단체)의 간사들이 그곳의 운영에 참여해 달라고 요구해 오리라고는 생각한 적도 없소."

"먼저 얘기하시죠."

밴트리 부인은 헨리 경을 손가락으로 가리키면서 말했다.

"나는 할 얘기가 많습니다. 왜냐하면 여러분도 알다시피 이 문제에 대해서 어떤 확실한 느낌을 갖고 있지 못하기 때문입니다. 먼저 앰브로스 경에 대해 말해 보겠습니다. 글쎄요, 그가 자살하기 위해서 이런 별난 방법을 택하진 않았으리라 생각됩니다. 또 그의 피후견인인 실비아가 죽는다고 해서 별로 이익이 될 것도 없다고 봅니다. 그러니 앰브로스 경은 이 사건의 혐의자 중에서 제외되어야 한다고 봅니다. 다음은 컬 씨. 그 역시 실비아 양을 죽일 이유는 없다고 봅니다. 만일 앰브로스 경을 죽였다면, 그는 그 희귀하다는 책 한두 권 정도는 훔쳐 갔을 겁니다. 물론 그것이 없어졌다고 해서 눈치 챌 사람은 하나도 없었겠죠. 하지만, 이것도 가능성이 희박한 얘기입니다. 그러니 밴트리 부인이 컬 씨의 속옷이 아무리 이상하다고 해도 난 컬 씨는 결백하다고 생각됩니다. 다음은 와이 양. 그녀가 앰브로스 경을 죽일 만한 동기는 물론 하나도 없습니다. 하지만, 친구인 실비아를 죽일 만한 동기는 다른 사람들에 비해 강했다고 볼 수 있지요. 그녀는 실비아의 약혼자를 원했고, 또한 약간은 부당한 방법으로 그를 차지하고 싶었을 것입니다—밴트리 부인의 말에 따르면 말이죠. 그녀는 그날 아침에 실비아 양과 함께 있었습니다. 따라서 그녀는 폭스글로브 잎사귀들을 뽑을 수 있는 기회도 있었을 겁니다. 와이 양이 무죄라고 쉽게 속단할 수는 없다고 봅니다.

다음은 로리머 청년. 그는 두 사람에게 모두 그럴 만한 동기를 갖고 있었다고 봅니다. 만일 자기의 약혼녀가 죽는다면, 그는 와이 양과 결혼할 수 있었겠지요. 요즘엔 파혼이 밥 먹듯이 이루어지고 있는데도 그녀를 살해했다면 꽤나 치사한 인간이겠지요. 또 앰브로스 경이 죽게 된다면 그는 가난한 여자 대신 부자와 결혼하게 되는 것이지요. 이런 추측은 그 당시 그의 경제적인 형편에 따라 문제가 될 수도 있고 그렇지 않을 수도 있습니다. 만일 그 당시 토지가 대부분 저당 잡혀 있었는데, 밴트리 부인이 그런 사실을 알고 있었으면서도 입을 봉하고 있었다는 사실이 드러나게 되면, 난 반칙이라고 주장할 겁니다. 다음은 카펜터 부인. 사실 그녀도 의심스럽습니다. 먼저 그녀의 새하얀 손이 마음에 걸립니다. 그리고 약초를 뽑았으리라고 추측되는 시간에 완벽한 알리바이를 가지고 있다는 것도 그렇습니다. 알리바이라는 건 믿을 게 못됩니다. 내가 그녀를 의심하는 이유가 또 있긴 하지만 그만두겠습니다. 지금까지 의심스러운 점은 모두 들춰냈다고 생각하는데, 그 중에서 한 사람만 지적해 보라고 한다면 모드 와이 양이 가장 유력한 용의자 같습니다. 왜냐하면 다른 어떤 사람들보다도 그녀에게 의심스러운 점이 더 많으니까요."

"다음 분 말씀해 보세요."

밴트리 부인은 로이드 박사를 가리키며 말했다.

"클리더링 씨, 당신은 범인이 실비아 양을 겨냥했다는 생각에만 너무 집착한 것 같군요. 나는 앰브로스 경이 바로 살인범의 표적이었다고 확신합니다. 로리머 청년이 살인을 했다고는 생각지 않아요. 그가 거기에 필요한 지식을 알고 있었던 것 같진 않으니까요. 내 생각엔 카펜터 부인이 가장 유력한 범인인 것 같소. 그녀는 그곳에서 오랫동안 함께 살았기 때문에 앰브로스 경의 건강 상태에 대해서도 상세하게 알고 있었을 것입니다. 그녀는 실비아에게(당신도 어리석은 여자라고 말했지만) 폭스글로브 잎을 뜯어 오도록 할 수도 있었을 겁니다. 하지만 왜 그랬는지까지는 모르겠군요. 그렇지만 앰브로스 경이 그녀에게 대해서 언급한 유언장을 만들었을지도 모른다고 생각합니다. 이것이 내 머리를 다 짜내서 나온 결론입니다."

　밴트리 부인의 손가락이 제인 헬리어를 가리켰다.

　"단 한 가지만 빼놓고는……." 제인이 말했다.

　"뭘 말해야 할지 모르겠어요. 실비아 양이 직접 그 일을 꾸민 건 아닐까요? 폭스글로브 잎을 부엌으로 가져갔던 사람은 바로 그녀이니까요. 밴트리 부인도 말했지만 앰브로스 경은 그녀의 결혼에 반대했잖아요. 만일 그가 죽는다면, 그녀는 많은 재산을 상속받게 되고, 또 자기가 원하는 대로 결혼도 할 수가 있었을 겁니다. 그녀도 카펜터 부인만큼이나 앰브로스 경의 건강에 대해서 잘 알고 있었을 테니까요."

　밴트리 부인의 손가락이 천천히 움직이더니 마플 양을 가리켰다.

　"그렇다면 이제는 내 차례로군요." 그녀가 말했다.

　"헨리 경의 의견은 아주 예리했다고 생각해요—정말 예리한 생각이었어요. 그리고 로이드 박사님도 좋은 의견을 내놓으셨습니다. 두 분은 이 사건에서 수수께끼가 뭔지 명확하게 제시해 주셨습니다. 단지 로이드 박사님은 한 가지 측면을 미처 깨닫지 못한 것 같다고 생각합니다. 사실 로이드 박사님은 앰브로스 경의 주치의가 아니었기 때문에 앰브로스 경이 어떤 종류의 심장질환을 앓고 있었는지 모를 겁니다. 그렇죠?"

　"잘 이해가 안 가는군요, 마플 양." 로이드 박사가 말했다.

　"박사님은 디기탈린이 앰브로스 경의 심장질환에 위험할 것이라고 가정하셨을 거예요. 안 그런가요? 하지만, 그런 생각이 옳은 건지는 증명할 수 없습니다. 어쩌면 전혀 반대의 경우였을 가능성도 있다는 거지요."

"정반대의 경우라?"

"그래요. 아까 박사님은 디기탈린이 일부 심장병에는 약으로도 사용된다고 하지 않았나요?"

"설령 그렇다 하더라도 그것이 어떻다는 건가요?"

"글쎄요, 내 말은 앰브로스 경이 디기탈린을 가지고 있었을지도 모른다는 겁니다. 그리고 그런 사실에 대해서 굳이 다른 사람들에게 설명해 줄 필요도 없었겠죠. 왜냐하면 그는 심장병으로 고생하고 있었으니까요. 내가 얘기하고 싶은 건(난 항상 얘기하는 게 서툴답니다) 만일 치명적인 분량의 디기탈린을 사용해서 누군가를 죽이려고 한다면, 가장 간단하고 쉬운 방법은 디기탈린 잎사귀를 이용하는 것이 아닐까요? 물론 그것이 누구에게도 위험할 정도는 아닐 겁니다. 또한, 설령 누가 죽는다 해도 크게 놀랄 사람도 없었을 거예요. 로이드 박사님도 얘기했지만, 식중독은 그 결과가 아주 불확실하니까요. 그러니 실비아 양이 죽었다고 해도 도대체 그녀가 어느 정도의 디기탈리스 액을 먹었기에 그렇게까지 되었는지 궁금해 할 사람은 없을 겁니다. 앰브로스 경은 디기탈리스 액을 칵테일이나 커피 속에 넣고는 마치 토닉인 것처럼 자연스럽게 그녀에게 건네주었을 겁니다."

"그렇다면 당신은 앰브로스 경이 자기가 사랑하는 실비아를 죽였다는 건가요?"

"바로 그렇습니다." 마플 양이 대답했다.

"그건 배저 씨와 그의 젊은 가정부 얘기와 같은 경우입니다. 60대의 남자가 20대의 여자에게 사랑을 느낀다는 것은 터무니없는 소리처럼 들릴 거예요. 하지만, 그런 일은 늘상 일어나고 있습니다. 그런데 앰브로스 경과 같은 늙은 폭군의 경우에는 그 일이 심각했던 거죠. 이런 일들은 때때로 광기로까지 발전할 수도 있답니다. 그는 실비아 양이 결혼하는 걸 참을 수가 없었던 거지요. 그래서 실비아 양의 결혼에 반대했지만 결국 실패하고 말았지요. 마침내 그의 질투는 거의 광기로까지 확대되어서, 실비아 양을 젊은 로리머에게 보낼 바에는 차라리 죽여 버려야겠다는 생각까지 하게 된 겁니다. 그는 그 일을 차근차근 준비했을 게 분명해요. 먼저 세이지 사이에 폭스글로브 종자를 뿌려야만 했으니까요. 그는 마침내 때가 왔다고 판단해서는 그것을 직접 뽑아서 실비아 양에게 부엌으로 가져가라고 했을 겁니다. 생각만 해도 끔찍한 일입니다만, 우리는 그를 관대하게 봐주어야 한다고 생각합니다. 그 나이의 남자들이라면 젊은 여자들 문제로 그렇게 이상해질 수도 있으니까요. 지난번에 있었던 우리 교회 오르간 연주자는—아니, 그만두지요. 그런 풍문 같은 건 얘기하지 않는 게 좋을 것 같아요."

"밴트리 부인, 마플 양 얘기가 사실인가요?" 헨리 경이 물었다.

밴트리 부인은 고개를 끄덕였다.

"그래요, 나도 처음엔 몰랐답니다. 실비아 양의 죽음이 그저 우연한 사고라고만 생각했지요. 설마 계획된 살인이었으리라고는 꿈도 꾸지 않았답니다. 그런데 앰브로스 경이 죽고 난 뒤 난 편지 한 통을 받게 되었지요. 바로 앰브로스 경이 임종 시 내게 전해 달라고 했던 거랍니다. 그 편지 속에 그는 그런 모든 진실을 밝혔어요. 물론 내가 그와 친한 사이였긴 했지만, 왜 그가 그렇게 했는진 잘 모르겠습니다."

잠깐 동안 침묵이 흘렀다. 그녀는 그 속에서 말 없는 비난의 소리가 자신에게로 쏟아지는 느낌이 들었다. 그래서 서둘러 얘기를 계속했다.

"여러분들은 내가 한 사람의 믿음을 저버렸다고 생각하는 것 같군요. 하지만, 그렇진 않아요. 난 그 사람들의 이름을 모두 바꿔 버렸으니까요. 그의 실제 이름은 앰브로스 버시가 아니랍니다. 내가 처음에 아서에게 그 이름을 말했을 때, 저이는 나를 멍청하게 쳐다보기만 하더군요. 그걸 여러분들이 눈치 챘는지는 모르겠지만요. 처음에는 아서조차도 몰랐을 거예요. 그건 마치 잡지나 책의 서두에 나오는 이런 말과 같답니다. '이 이야기의 모든 인물들은 완전히 가공의 사람들입니다.' 여러분들은 그들이 누구인지 영원히 모를 거예요."

제12장

방갈로에서 생긴 일

"저는 계속해서 한 가지 일을 생각하고 있었어요." 제인 헬리어가 말했다.

그녀의 아름다운 얼굴은 누군가가 맞장구쳐주기를 기대하는 어린아이의 얼굴처럼 확신에 찬 미소로 가득했다. 밤마다 그녀를 찾아오는 관중들의 마음을 설레게 하고, 사진작가들을 돈방석에 앉혀 준 그런 미소였다.

그녀는 조심스럽게 계속했다.

"그 일은, 제 친구에게 일어난 일이었죠"

방 안의 모든 사람들은 격려와 약간은 위선이 뒤섞인 불분명한 탄성을 질러댔다. 밴트리 대령, 밴트리 부인, 헨리 클리더링 경, 로이드 박사, 그리고 마플 양까지도 모두 하나가 되어 제인의 친구라는 사람이 바로 제인 자신이라는 것을 확신하고 있었다. 왜냐하면 그녀가 다른 사람에게 일어난 일을 기억하고 있다거나 흥미를 느꼈을 리가 없다는 걸 너무도 잘 알고 있기 때문이다.

제인은 말을 이었다.

"제 친구는(그녀의 이름은 밝히지 않겠어요) 여배우였답니다. 아주 유명한 배우였지요"

아무도 놀라움을 나타내진 않았다. 헨리 클리더링 경은 내심 이렇게 중얼거리고 있었다—제인이 지금 다른 사람 얘기를 꾸미고 있다는 걸 잊어버린 채 '그녀' 대신 '저'라고 말하게 되기까지 과연 몇 마디나 이어질까?

"그때 제 친구는 시골에서 순회공연을 하고 있었지요. 지금으로부터 한 1~2년 전 일이었어요. 그 지명도 말하지 않는 게 좋을 것 같군요. 그곳은 런던에서 그리 멀리 떨어져 있지 않은 강변 마을이었답니다. 전 그곳을……"

그녀는 말을 멈추었다. 그녀의 이마는 생각을 짜내느라 잔뜩 찌푸려졌다. 간단한 이름 하나를 지어내는 것조차도 그녀에겐 너무나 어려운 일처럼 보였다.

그때 헨리 경이 곤경에 빠진 그녀를 도와주기 위해 말을 꺼냈다.

"그 마을을 리버베리라고 부르면 어떨까요!" 그는 자못 엄숙하게 제안했다.

"오, 좋아요. 아주 좋은 이름이군요. 리버베리라는 이름을 잘 기억하겠어요. 그런데 말씀드린 대로 제 친구는 동료와 함께 리버베리에 있었어요. 그때 매우 이상한 일이 일어났던 거예요."

제인 헬리어는 다시 한 번 이맛살을 찌푸렸다. 그러고는 애처로운 표정으로 말했다.

"여러분들이 바라는 대로 얘기하기가 무척이나 어렵군요. 앞뒤가 맞지 않게 뒤죽박죽 늘어놓게 될까 봐 두려워요."

"당신은 잘해 낼 겁니다." 로이드 박사가 그녀를 격려하며 말했다.

"어서 계속해 봐요."

"그럼 좋아요. 매우 이상한 일이 일어났답니다. 제 친구는 경찰서로 출두하라는 호출을 받고서 거기로 갔답니다. 강변에 있는 한 방갈로에서 강도 사건이 있었는데, 그때 체포된 한 청년이 별난 얘기를 했다더군요. 그 때문에 경찰이 그녀를 부르지 않을 수 없었던 겁니다. 그녀는 그전에는 단 한 번도 경찰서란 곳을 가본 적이 없었습니다. 하지만, 경찰은 그녀에게 매우 친절하게 대해 주었지요—정말 친절한 경찰들이었어요."

"아마 그랬을 테지요." 헨리 경이 말했다.

"그곳에서 한 경사가(제 생각으론 경사였던 것 같은데 어쩌면 경위였을지도 모르지만) 그녀에게 의자를 내주었답니다. 그리고 나서 상황을 차근차근 설명해 주었지요. 물론 저는 거기에 어떤 실수가 있었다는 걸 이내 알아……."

'아하!(헨리 경이 속으로 쾌재를 불렀다) '저는'이라고 했어! 바로 이 대목에서 '저는'이라는 말이 튀어나오는군. 이럴 줄 알았다니까.'

"제 친구가 그렇게 말했답니다."

제인은 방금 자기 정체를 폭로했다는 사실도 모르는지 침착하게 계속 말을 이었다.

"그녀는 호텔에서 임시 대역 배우와 함께 공연을 연습하고 있었으며, 포크너라는 이름은 들어본 적도 없노라고 설명했답니다. 그랬더니 경사는 '미스

헬…….'"

그녀는 갑자기 말을 멈추고 얼굴을 붉혔다.

"헬먼 양." 헨리 경이 눈을 깜박거리면서 제인에게 이렇게 말했다.

"오, 그래요, 그 이름이 좋겠군요. 감사합니다. 경사는, '좋습니다, 헬먼 양. 난 당신이 브리지 호텔에서 묵고 있다는 사실을 알고 있습니다. 그래서 뭔가 일이 잘못된 것이 틀림없다고 생각하긴 했습니다. 그런데 미안하지만 포크너 씨와 대면해도 괜찮겠습니까?' 하고 말했답니다. 아니, 꼭 대면이라는 말을 썼는지 확실히 기억나진 않는군요."

"어떻게 말했든 그건 상관없습니다."

헨리 경이 그녀를 안심시키려는 듯이 말했다.

"아무튼 경사는 그 청년과 만나 달라고 했어요. 그래서 저는 '물론이죠. 괜찮고말고요.' 하고 말했답니다. 이내 그들은 어떤 청년을 데려왔어요. 그러고는 '이분이 헬리어 양입니다.' 그리고, 오!"

제인은 입을 딱 벌린 채 말을 멈춰 버렸다.

"걱정 마세요, 헬리어 양." 마플 양이 위로하듯이 말했다.

"사실 우리들은 이렇게 되리라고 이미 예측했었어요. 하지만 사실상 중요한 지명이나 그 어떤 것에 대해서는 아직 얘기하진 않았잖아요."

"좋아요." 제인이 말했다.

"전 이 일을 다른 사람에게 있었던 것처럼 하고 싶었어요. 하지만 역시 어려운 일이로군요. 그렇죠? 제 말은 자신의 위치를 순간적으로 잊어버리기 쉽기 때문이란 겁니다."

방 안의 모든 사람들이 그녀의 말에 그렇다고 동의해 주었다. 얼마간 위로와 격려를 받은 그녀는 그 혼란스러운 얘기를 다시 계속해 나가기 시작했다.

"그는 잘생긴 남자였어요―정말 멋지게 생겼답니다. 붉은빛이 감도는 머리카락을 가졌지요. 그는 저를 보더니 그저 입만 벌리고 있었답니다. 그래서 경사가 물었지요. '이분이 그 여자분인가?' 그가 대답했습니다. '아뇨, 이분은 아닙니다. 내가 바보짓을 한 모양이로군요.' 저는 그에게 미소를 보내면서 괜찮다고 말해 주었습니다."

"그 장면이 눈에 선하군요." 헨리 경이 말했다.

제인 헬리어가 인상을 찌푸렸다.

"가만, 제가 어떤 식으로 얘기를 계속하는 것이 좋을까요?"

"당신이 우리들에게 그 사건이 무엇에 대한 것이었는지를 말해 주고 있다고 생각해 보세요, 헬리어 양."

마플 양은 빈정거리는 투를 조금도 나타내지 않고서 부드럽게 말했다.

"예를 들면, 그 청년의 실수가 무엇이었다든가, 강도 사건이란 게 어떤 것이 었는지에 대해서 얘기하면 될 거예요."

"오, 그래요." 제인이 말했다.

"음, 사실 그 젊은 남자(그의 이름은 레슬리 포크너였어요)는 희곡 작가라더 군요. 하지만 그가 쓴 몇 편의 희곡 중에서 사실 단 한 편도 공연된 것은 없 었대요. 그런데 그는 언젠가 자기가 특별히 잘 썼다고 생각되는 희곡 한 편을 제게 보냈다는군요. 전 그런 사실을 전혀 모르고 있었습니다. 왜냐하면 전 수 백 편의 희곡을 받는답니다. 그렇기 때문에 실제로 읽어 보는 건 눈에 익은 사람들의 작품 몇 편뿐이었으니까요. 아무튼 사정이 그러했습니다. 그런데 포 크너 씨는 제가 보낸 편지를 한 통 갖고 있다고 하더군요. 물론, 나중에 제가 보낸 것이 아니라는 사실도 밝혀졌답니다."

그녀는 걱정스러운 기색을 띠며 말을 중단했다. 방 안의 사람들은 이해한다 고 말하면서 그녀를 안심시켜 주었다.

"그 편지에는 이렇게 쓰여 있었습니다. '당신이 보내 주신 희곡을 읽어 보 았는데, 아주 맘에 들었습니다. 언제 내게 한번 오셨으면 고맙겠군요. 희곡에 대해서 함께 얘기를 나눌 수 있었으면 좋겠습니다.' 게다가, 거기엔 주소도 적 혀 있었습니다. 바로 리버베리의 방갈로라고 말이에요. 물론, 그 편지를 받은 포크너 씨는 미친 듯이 기뻐했겠지요. 그리곤 곧장 리버베리의 그 방갈로로 갔던 거예요. 그 집에선 하녀 하나가 문을 열어 주어서 그는 헬리어 양이 집 에 있는지 물었습니다. 그랬더니 하녀는 헬리어 양이 방에서 포크너 씨를 기 다리고 있다며 그를 거실로 안내해 주었다는 겁니다. 그러고는 어떤 여자가 그에게로 다가왔답니다. 물론 그는 그 여자를 저로 생각했답니다. 하지만 그건 참 이상한 일이에요. 그는 분명히 제가 등장하는 연극을 보았을 텐데요. 또 제 사진은 잘 알려져 있잖아요, 그렇잖아요?"

"영국의 방방곡곡에 알려져 있지요." 밴트리 부인이 얼른 말했다.

"하지만 사진으로 보는 것과 실물로 보는 것은 엄청난 차이가 있답니다. 제 인 양. 그리고 객석에서 보는 것과 무대 밖에서 보는 것도 천지 차이지요. 모 든 배우들이 당신처럼 그런 것들을 잘 견뎌 내는 건 아니랍니다."

"글쎄요." 제인은 약간 마음이 진정된 듯이 말했다.

"그럴 수도 있겠군요. 어쨌든 그는 그녀가 키가 컸으며 금발 머리에 크고 푸 른 눈을 가진 아주 아름다운 여자였다고 말했답니다. 그래서 저는 누군지는 몰 라도 저와 아주 비슷하게 생겼으리라 생각했지요. 그는 그녀를 조금도 의심하 지 않았답니다. 그녀는 자리에 앉자마자, 그의 희곡에 대해서 얘기하기 시작했 답니다. 꼭 그의 작품을 연기해 보고 싶다는 말까지 했다는군요. 그렇게 얘기를 나누는 동안 칵테일이 들어왔답니다. 물론 포크너 씨는 한 잔을 마셨지요. 바로 거기까지가 그가 기억하고 있는 전부였답니다. 그가 깨어났을 때, 아니 정신이 들었을 때, 아니 뭐라고 표현하든 간에 그는 산울타리 옆에 있는 길가에 누워 있더라는 거예요. 글쎄. 물론 자동차에 치일 염려는 없었을 거예요. 그는 아주 이상한 기분에 휩싸여서 몸까지 떨었답니다. 그래서 벌떡 일어나 자기가 어디 로 가고 있는지도 모르면서 길을 따라 비틀거리며 걸어갔답니다. 만일 정신이 조금이라도 있었다면, 그는 방갈로에 돌아가서 대체 무슨 일이 일어났는지 알 아보려고 했을 겁니다. 하지만 너무 머리가 멍한데다가 정신이 없었기 때문 에 자기가 뭘 하고 있는지도 전혀 모르면서 무조건 걸어갔다는 거예요. 그리고 어느 정도 정신을 차렸을 땐 경찰이 그를 체포했다는 거지요."

"경찰이 왜 그를 체포했나요?" 로이드 박사가 물었다.

"오! 제가 말씀드리지 않았던가요?" 제인은 눈을 동그랗게 뜨면서 말했다.

"제가 너무나 어리석군요! 바로 강도 사건 때문이었답니다."

"아까 강도 사건이라는 말은 했습니다. 그러나 어디서, 무엇이, 왜 일어났는 지에 대해서는 전혀 하지 않았습니다."

밴트리 부인이 말했다.

"그래요. 그가 찾아간 그 방갈로는 물론 제 것이 아니었어요. 그것은 어떤 남자 것이었죠. 그 사람 이름이……."

다시 한 번 제인은 이맛살을 잔뜩 찌푸렸다.

"내가 다시 한 번 대부가 되어 드릴까요?" 헨리 경이 말했다.

"그렇다면 공짜로 이름을 지어 드리지요. 그 방갈로를 빌린 사람에 대해서 설명해 보세요. 그러면 거기에 어울리는 이름을 지어 드리지요."

"그 방갈로는 부유한 도시 남자가 빌린 것이랍니다―기사 작위를 받은 사람 정도로 보였습니다."

"그렇다면 허먼 코헨 경이 어떨까요?" 헨리 경이 제안했다.

"오, 그에게 잘 어울리는 것 같은데요. 아무튼 그는 어떤 여자를 위해서 그 방갈로를 빌렸답니다. 그녀는 어떤 배우의 아내였는데, 그녀도 배우였지요."

"그렇다면 그 배우를 클로드 리슨이라고 합시다." 헨리 경이 말했다.

"하지만 그보다는 그녀의 무대 명이 더 잘 알려져 있었을 거예요. 그러니 메리 커 양이라고 부르도록 합시다."

"너무너무 현명하신 것 같아요." 제인이 말했다.

"어쩌면 그렇게 쉽게 이름을 만들어 내실 수 있으세요? 모두들 아시다시피 그 방갈로는 허먼―허먼 경이 맞지요. 그분과 그 여자가 주말마다 사용하는 일종의 밀회 장소였답니다. 물론 허먼 경의 아내는 그것에 대해서는 전혀 눈치 채지 못했던 거죠."

"그런 일은 아주 흔해 빠졌답니다." 헨리 경이 말했다.

"그런데 그 여배우에게는 그가 준 상당한 보석들이 있었답니다. 거기엔 아름다운 에메랄드도 몇 개 있었지요."

로이드 박사가 소리쳤다.

"아, 이제야 얘기의 핵심에 들어간 것 같군요!"

"그 보석은 방갈로의 보석 상자 속에 있었답니다. 열쇠로 꼭 채워져서 말이에요. 하지만 경찰에서는 보석을 너무 허술하게 다루었다고 하더군요. 그런 정도라면 누구라도 훔쳐 낼 수 있었다고요."

"이제 알겠지, 돌리?" 밴트리 대령이 대꾸했다.

"내가 항상 당신에게 하는 말이 뭐지?"

"글쎄요, 내 경험으로는……." 밴트리 부인이 말했다.

"물건을 잃어버리는 사람들은 오히려 지나칠 정도로 주의를 기울이기 때문이랍니다. 난 보석이라고 해서 보석 상자에 넣어 두진 않는답니다―그냥 서랍 속의 스타킹 아래에 되는 대로 놔두지요. 그녀의 이름이 뭐였지? 아, 메리 커. 만일 그녀가 나와 똑같은 방법을 썼더라면 오히려 잃어버리지 않았을 거예요."

"그렇지도 않았을 거예요." 제인이 말했다.

"왜냐하면 서랍이란 서랍은 빼내져 있고, 그 속에 들어 있던 물건들도 방 안에 흩어져 있었으니까요."

"그렇다면 보석을 훔쳐 내려는 게 아니었군요." 밴트리 부인이 말했다.

"사실은 비밀 서류를 찾고 있었던 게 아닐까요? 소설에 보면 으레 그런 일이 일어나곤 하잖아요."

"전 비밀 서류에 대해서는 모르겠습니다. 비밀 서류 따위에 대해서는 전혀 들은 바도 없답니다."

제인은 미덥지 못하다는 듯이 말했다.

"옆길로 새지 마세요, 헬리어 양." 밴트리 대령이 말했다.

"돌리가 쓸데없이 얘기를 산만하게 만드는군요. 거기에 너무 신경 쓰지 마십시오."

"강도 사건에 대해서 어서 말해 보세요." 헨리 경이 말했다.

"그러지요. 어떤 여인이 자신을 메리 커라고 하면서 경찰서로 전화를 했대요. 그녀는 방갈로에 도둑이 들었다고 신고한 겁니다. 그리고 그날 아침 방갈로에 왔던 붉은 머리카락의 청년에 대해서도 상세히 설명해 주었고요. 그녀의 하녀는 그가 수상해 보였기 때문에 들어오지 못하도록 했다는 거예요. 그런데 나중에 그가 창문을 통해서 밖으로 빠져나가는 걸 두 눈으로 똑똑히 보았다고 했답니다. 그녀가 그에 대해서 너무 정확하게 묘사해 주었기 때문에 경찰에선 한 시간도 안 되어 그를 체포할 수 있었지요. 그는 경찰에게 제가 보냈다는 그 편지를 보여 주었답니다. 그러고는 자초지종을 설명했지요. 결국 그 때문에 경찰이 저를 불렀던 거랍니다. 하지만 그는 저와 대면했을 때 제가 그녀가 아니란 걸 알게 되었던 거죠. 어쨌든 저는 그가 말한 여자가 아니었지요!"

"아주 기묘하군요." 로이드 박사가 물었다.

"그런데 포크너는 키 양을 알고 있었나요?"

"아뇨, 그는 몰랐습니다―아니, 모른다고 말했어요. 그리고 저는 아직 중요한 부분을 말하지 않았어요. 물론 경찰이 그 방갈로로 갔지요. 모든 것은 아까 말했던 그대로였답니다―서랍들은 모두 내팽개쳐져 있었고 보석들은 없어졌습니다. 그런데 한 가지 이상한 일은 그 집에 아무도 없었다는 겁니다. 하지만 몇 시간 뒤에 메리 키 양이 방갈로에 돌아왔습니다. 하지만 그녀는 경찰서로 전화를 건 일도 없거니와 보석이 없어졌다는 사실을 알지도 못했다는 겁니다. 그녀는 그날 아침에 중요한 배역을 주겠다는 매니저의 전보를 받고서 그와 만날 약속을 했다는 겁니다. 그리고 매니저가 있는 곳으로 서둘러 갔던 거지요. 하지만 그곳에 도착했을 때야 비로소 모든 것이 누군가의 짓궂은 장난이었다는 것을 알았습니다. 그녀의 매니저는 결코 전보를 친 일이 없다고 했기 때문이죠."

"그 여자를 방갈로 밖으로 끌어내려는 지극히 평범한 술책이었군요."

헨리 경이 한마디 했다.

"그럼 방갈로에 있던 하녀는 어떻게 된 건가요?"

"하녀에게도 그런 일이 생겼습니다. 그 하녀는 집에 중요한 물건을 두고 왔다는 메리 키 양(분명히 메리 키 양 목소리였다고 합니다)의 전화를 받았다는 겁니다. 그녀는 하녀에게 침실 서랍에 있는 핸드백을 가져오라고 시켰다는군요. 첫차를 탈 예정이라고 말하면서 말이에요. 그래서 하녀는 집 문을 열쇠로 잠가 놓고 메리 키 양이 시킨 대로 한 겁니다. 그러나 여주인과 만나기로 했던 키 양의 클럽에 도착했을 때 그녀는 거기에 없었습니다. 하녀는 내내 기다렸지만 그녀는 결국 오지 않았다는 거예요."

헨리 경이 입을 열었다.

"음, 이제 어렴풋이 뭔가 보이는 것 같군요. 집이 텅 비어 있었다. 그렇다면 그 집 창문을 통해서 집 안으로 들어가는 데는 아무런 어려움도 없었을 겁니다. 하지만 포크너가 어디로 들어갔는지는 잘 모르겠군요. 그리고 만일 전화를 한 사람이 커 양이 아니었다면 과연 누가 경찰에 전화로 연락했을까요?"

"거기에 대해서 밝혀진 사실은 하나도 없었습니다."

"참 이상한 일이로군요." 헨리 경이 물었다.

"그 청년의 신분은 틀림없었나요?"

"오, 그렇습니다. 그의 얘기는 모두가 틀림없었답니다. 게다가 그는 제가 써 보냈다고 믿고 있던 편지까지 가지고 있었거든요. 하지만 그 편지의 필체는 제 것이 아니었답니다. 물론 포크너는 그런 것까지 알 수는 없었겠지요."

헨리 경이 말했다.

"그렇다면 지금까지 들어본 이야기를 차근차근 요약해 봅시다. 만일 틀리는 점이 있으면 지체하지 말고 고쳐 주기 바랍니다. 메리 커 양과 하녀는 누군가의 속임수에 의해 집 밖으로 나갔습니다. 포크너란 젊은 친구도 위조 편지를 받고 그 집으로 유인되었습니다. 게다가, 그 주에 당신이 리버베리에서 공연을 하게 되었기 때문에 그 편지가 그에겐 사실처럼 여겨졌을 것입니다. 그 젊은 남자는 무엇인가를 마시고 깊은 잠에 빠졌습니다. 그리고 경찰은 메리 커 양이라 자칭하는 여인에게 전화를 받은 뒤에 곧 그 젊은 남자를 체포했습니다. 실제로는 강도 사건이었지요. 내 생각으론, 보석들을 모두 도둑맞은 것 같은데, 그런가요?"

"오, 맞아요."

"나중에 보석들을 찾아냈나요?"

"아뇨, 찾지 못했습니다. 사실 허먼 경은 그가 할 수 있는 한 최선을 다해서 그 사태를 얼버무리려고 했답니다. 하지만 그렇게 할 수는 없었지요. 결국, 그 사실이 허먼 경의 아내 귀에까지 들어가게 되었고, 그녀는 이혼 소송 절차를 밟기 시작했답니다. 그 이후로는 어떻게 되었는지 잘 모르고 있답니다."

"레슬리 포크너는 어떻게 되었나요?"

"결국 그는 석방되었습니다. 그가 범인이라고 할 만한 충분한 증거가 없었기 때문이었죠. 이 사건 전체가 아주 이상스럽다고 생각지 않으세요?"

"아주 괴상한 사건입니다. 첫 번째 의문은 과연 누구의 얘기를 믿어야 하느냐 하는 거로군요. 그 얘기를 할 때, 헬리어 양, 당신은 포크너를 믿는 것 같더군요. 당신이 직감적으로 느끼는 것 말고 그렇게 생각하는 데에는 어떤 특별한 이유라도 있는지요?"

"아, 아뇨." 제인이 마지못해 대답했다.

"아무런 이유도 없습니다. 다만 그 청년이 아주 잘생긴데다가, 다른 사람을 저로 착각했다는 사실에 대해 공손히 사과했기 때문에 진실하리라고 확신했을 뿐이랍니다."

헨리 경이 입가에 미소를 지으며 말했다.

"알겠습니다. 하지만 당신은 그 청년이 교묘히 얘기를 꾸며 낼 수도 있었으리라는 점을 간과해서는 안 됩니다. 그는 그 편지를 당신이 보낸 것으로 믿고 있었다지만, 사실 자신이 직접 쓴 편지일 수도 있습니다. 그리고 그가 보석들을 훔쳐 낸 뒤 뭔가를 마시고 깊은 잠에 빠졌을 수도 있지 않습니까? 정말로 그랬다면, 솔직히 말해서 그가 왜 그렇게 했는지는 잘 모르겠습니다. 만일 그가 이웃 사람에게도 발각되지 않고, 또 아무에게도 들키지 않았다고 생각했다면, 굳이 그렇게까지 할 필요는 없었을 텐데요. 오히려 그냥 그 집에 들어가 일을 마친 다음 조용히 사라지는 게 훨씬 쉬운 일이었을 텐데 말입니다. 만일 그가 남의 눈에 띄었다면 자기에게 씌워질 혐의를 다른 곳으로 돌리기 위해 자기가 이웃집에 있었다는 것을 설명해 줄 계획을 조작했을 테고요."

"그 남자는 잘사는 편이었나요?" 마플 양이 물었다.

"그렇게는 생각지 않아요." 제인이 말했다.

"꽤나 어렵게 살고 있는 것 같았어요."

"모든 것이 정말로 이상하군요." 로이드 박사가 말했다.

"만일 우리들이 그 젊은 남자의 말을 진실로 받아들인다면, 이 사건은 더욱더 복잡해지겠는데요. 또 헬리어 양으로 가장하고서 그 낯선 남자를 그 사건 속으로 끌어들인 이유는 뭘까요? 게다가, 그녀는 왜 그렇듯 정교한 희극을 연출해야 했을까요?"

"말씀해 보세요, 제인 양." 밴트리 부인이 말했다.

"포크너 청년이 소송 절차를 밟는 동안 한 번이라도 메리 커 양과 대면한 적이 있었나요?"

"잘 모르겠는데요."

제인은 기억해 내려고 애를 쓰며 다시 이마를 찌푸리더니 이내 그렇게 말했다.

"만일 그런 일이 없다면 이 사건은 해결되는 겁니다!"

밴트리 부인이 설명을 계속했다.

"내 추측이 옳다고 확신합니다. 누군가에게 전화를 받고서 마을로 간 것처럼 가장하는 일보다 더 쉬운 게 어디 있을까요? 메리 커 양은 패딩턴 역이든지, 아니면 그녀가 도착한 어떤 역에서든지 방갈로에 남아 있던 하녀에게 전화를 걸었을 거예요. 그녀가 시키는 대로 하녀가 집을 나오자마자 그녀는 다시 집으로 되돌아갔던 거지요. 약속대로 그 젊은이는 방갈로에 찾아왔고, 그런 뒤에 뭔가를 마시고 깊은 잠에 빠져들었습니다. 메리 커 양은 마치 강도가 들었던 것처럼 그럴듯하게 해놓았겠지요. 그러고는 경찰에 전화를 해서 그 잃어버린 보석을 들먹거리며 그 청년에 대해 설명해 준 다음 다시 집을 나왔을 거예요. 그러고는 느지막이 기차를 타고 집에 도착했던 거지요. 마치 아무것도 모르는 양 놀란 표정을 지으면서 말이에요."

"그렇지만 무엇 때문에 그녀가 자신의 보석을 훔쳤다고 생각하오, 돌리?"

"사람들은 항상 그래요." 밴트리 부인이 말했다.

"그런 커 양의 행동에 대해서 수백 가지 이유를 댈 수도 있답니다. 당장 큰돈이 필요했을지도 모르지요. 늙은 허먼 경이 그녀에게 현금을 주진 않았을 거예요. 그래서 그녀는 마치 보석을 도난당한 것처럼 꾸며 놓고 나중에 몰래 팔아 버렸을지도 모르지요. 아니면 그녀의 남편이나 허먼 경의 아내에게 그들의 부정을 알리겠다고 협박을 당했을지도 모를 일이고요. 혹은, 이미 보석들을 팔아 버렸을지도 모르지요. 그런데 어느 날 허먼 경이 화가 나서 갑자기 그것들을 보자고 요구했을 수도 있겠지요. 그래서 그녀는 팔아 버린 보석에 대해 뭔가 변명을 해야만 했을 거예요. 이런 식의 얘기는 책에서 수없이 볼 수 있는 것들인걸요. 또 어쩌면 허먼 경은 그 보석을 새로운 장식품에 끼워 넣으려고 했을지도 모르고요. 그녀가 모조 보석을 갖고 있었다면 말이에요. 또 다른 추측도 있어요(이것은 꽤 좋은 착상이며 책에서도 많이 나오지 않는 방법이에요). 그녀가 마치 보석을 도난당한 것처럼 꾸미고 몹시 슬퍼한다면, 허먼 경이 그녀한테 똑같은 것을 새로 사줄지도 모르는 일이잖아요. 만일 그렇게 되면, 그녀는 그전보다 두 배나 많은 보석을 갖게 되는 것이지요. 그런 여자란 원래 교활하기 짝이 없잖아요."

"너무 현명해요, 돌리. 전 그런 생각은 한 번도 해보지 못했답니다."

존경스럽다는 듯이 제인이 탄복하며 말했다.

"당신이 현명할지는 모르지만, 당신 생각이 옳다고는 하지 않겠어."

밴트리 대령이 말했다.

"난 도회지의 신사라는 사람이 의심스러워요. 그는 그녀에게 온 전보 같은 것을 발견하고 그녀와의 관계를 깨끗이 청산하기로 했을지도 모릅니다. 그렇다면 그는 새 여자친구의 도움을 받아 아까 얘기했던 그대로 일을 처리했을 수도 있었을 겁니다. 아무도 그에게 알리바이를 요구할 생각조차 못했을 테니까요."

"마플 양은 뭘 생각하고 계신가요?"

조용히 앉아 있는 마플 양 쪽으로 몸을 돌리며 제인이 말했다. 마플 양의 얼굴은 당혹감으로 잔뜩 일그러져 있었다.

"헬리어 양, 난 사실 뭐라고 말해야 좋을지 모르겠군요. 헨리 경은 내 말에 웃을지도 모르겠어요. 하지만 이번 경우만큼은 문제 해결에 도움이 될 만한 유사한 사건을 기억할 수가 없네요. 그 얘기에는 몇 가지 의문점들이 있긴 합니다. 예를 들자면, 먼저 하녀의 문제가 있습니다. 당신이 말한 대로 그런, 으흠, 불미스런 집에 고용된 하녀는 의심할 여지없이 그 사정을 다 알고 있었을 거예요. 만일 착한 여자였다면 그런 곳에서 일하지도 않았을 거고요—아마 그녀의 어머니가 그렇게 하도록 내버려두지 않았을 테니까요. 그렇기 때문에 그 하녀는 그렇게 믿을 만한 사람은 아니었으리라고 생각해요. 하녀는 어쩌면 그 강도와 공모를 했을 수도 있었겠지요. 그러니까 그녀는 도둑이 들어올 수 있도록 집안 문을 활짝 열어 놓았을 수도 있다는 거죠. 그런 뒤에 자기에게 씌워질지도 모를 혐의를 딴 데로 돌리기 위해 전화가 와서 런던에 갔다고 말할 수도 있겠지요. 물론 진짜 런던으로 갔을지도 모르고요. 솔직히 말해서, 이

것이 제일 그럴듯한 추리 같아요. 만일 이 사건이 도둑에 의해 저질러진 일이라면, 그건 아주 이상한 일입니다. 왜냐하면 도둑이 그 하녀보다 더 많은 것을 알고 있었다는 얘기가 되니까요."

마플 양은 잠시 말을 멈추었다가 마치 꿈속에서 얘기하는 것처럼 계속해 나갔다.

"이 사건엔 뭔가가 있는 것 같아요—나는 그런 것을 느끼지 않을 수 없었습니다. 음! 그러니까 그 모든 일에 대해서 내가 개인적으로 느끼는 생각을 떨쳐 버릴 수가 없다는 거죠. 예들 들어, 누군가가 앙심을 품고 있었던 게 아닐까요? 만일 그런 추측을 해본다면 이 사건이 효과적으로 설명될 수도 있다고 생각지 않으세요? 누군가가 고의적으로 그를 곤경에 빠뜨리려고 시도했을지도 모릅니다. 이 사건에는 그런 목적이 숨어 있는 것처럼 보이는군요. 하지만, 이 것 역시 아주 만족스러운 추측이라고는 할 수 없네요."

"어머나! 로이드 박사님. 왜 아무 말도 하지 않으세요? 제가 박사님을 깜박 잊고 있었군요." 제인이 말했다.

"나는 항상 잊힌 사람이랍니다. 난 남들의 주의를 끌지 못하는 사람인가 봐요."

반백의 로이드 박사가 슬프게 말했다.

"오! 아니에요!" 제인이 황급히 말했다.

"박사님이 어떻게 생각하는지 얘기해 주시겠어요?"

"난 여러분들이 내놓은 모든 의견에 동감합니다. 동시에 전혀 동감할 수 없기도 하지요. 나는 그의 아내가 이 일에 어떤 관련이 있을지도 모른다고 생각합니다. 엉뚱하고 말도 안 되는 추측일지도 모르죠. 내가 얘기하는 여자는 허먼 경의 아내입니다. 물론 그렇게 생각하는 데는 어떠한 근거도 없습니다. 하지만, 사악한 부인네들이 뭘 생각하고 있는지 그 뜻밖의 일들을 알게 된다면 여러분들은 깜짝 놀라게 될 겁니다."

"오! 로이드 박사님." 마플 양이 흥분하여 소리쳤다.

"참으로 현명하신 얘기로군요. 그 덕분에 난 가엾은 펠마시 부인을 생각해 냈답니다."

제인이 마플 양을 쳐다보았다.

"펠마시 부인이라고요? 대체 펠마시 부인이 어떤 사람인데요?"

마플 양은 선뜻 말하지 못하고 망설였다.

"음, 그녀가 정말 이 사건에 도움을 줄 수 있을지는 확실히 모르겠네요. 그녀는 세탁부였답니다. 그런데 어떤 블라우스에 꽂혀 있던 오팔 핀을 훔쳐서 다른 여자의 집에 갖다 두었던 거예요."

제인은 점점 더 아리송하다는 표정을 지었다.

"그 일이 이 사건과 직접 연결되는 건가요, 마플 양?"

눈을 깜박거리며 헨리 경이 물었다.

"아뇨, 그런 것 같진 않아요. 솔직히 말해서 난 정말 모르겠어요. 내가 깨달은 건 단지 여자들은 서로 협조해야만 한다는 거예요. 특히 급한 일이 생겼을 때엔 누구라도 동성(同性)을 도와야 한다는 얘기지요. 내 생각으론 바로 이것이 이 얘기에서 우리가 얻을 수 있는 교훈인 것 같아요."

헨리 경이 심각하게 말했다.

"난 사실 그런 특별한 윤리적인 중요성이 이 미스터리에 있다고는 생각지 않는데요. 헬리어 양이 이 미스터리의 해답을 말씀해 주신다면 당신이 지금 얘기한 요지를 이해하게 될지도 모르지요."

"오?"

제인은 좀 난처한 표정을 지으면서 말했다.

"우리들 모두가 쉽게 말해서 '손들었다'라고 말해야만 하겠군요. 헬리어 양, 마플 양까지도 이 사건에 대한 해결책을 내놓지 못했습니다. 오직 당신만이 아무도 해결하지 못한 미스터리를 제공한 영광을 갖게 된 셈입니다."

"여러분 모두가 손을 드셨다고요?" 제인이 물었다.

"그렇습니다."

헨리 경은 다른 사람에게도 말할 여유를 주기 위해 잠깐 동안 침묵을 지켰다. 그러나 아무 말도 없자 다시 한 번 거기에 모인 사람들을 대표하는 듯 말했다.

"우리들 모두는 각자가 생각하는 대로 불충분하나마 의견을 내놓았습니다.

그리고 그 해결안을 그대로 고수하거나, 아니면 포기했습니다. 남자들은 각각 하나씩, 마플 양은 두 가지, 그리고 비 부인은 한 다스나 되는 해결책을 제시했습니다."

"그건 한 다스가 아니에요." 밴트리 부인이 말했다.

"그것은 결국 하나의 주제에 포함됩니다. 단지 조금씩 변형시켰을 뿐이에요. 그리고 앞으로 제발 나를 비 부인이라고 부르지 말라고 몇 번이나 더 얘기해야 하나요?"

"결국 여러분 모두가 포기하신 거로군요. 이것 참 정말 흥미있는 일인데요." 제인은 생각에 잠기면서 말했다. 그녀는 의자 뒤로 몸을 젖히더니 멍한 표정으로 자신의 손톱을 다듬기 시작했다.

"자, 어서 결론을 얘기해 봐요, 제인 양." 밴트리 부인이 입을 열었다.

"결론이라고요?"

"그래요. 실제로 어떤 일이 있었나요?"

제인은 그녀를 바라다보았다.

"저 역시 전혀 몰라요."

"뭐라고요?"

"저도 항상 궁금하게 생각해 왔답니다. 그래서 여러분 중 누군가가 좋은 해답을 짜낼 수 있으리라 생각했던 거예요."

방 안의 모든 사람들 가슴속에서 분노가 치밀어 올랐다. 제인이 아름답다는 건 알지만, 거기에 모여 있는 사람들은 그녀가 지나치게 어리석다고 절실히 느낀 것이다. 심지어 모든 것을 너그러이 봐줄 수 있게 만드는 사랑스러움마저 그것을 용서하기에 부족했다.

"그렇다면 아직도 진실이 밝혀지지 않았다는 건가요?" 헨리 경이 물었다.

"예, 말했던 그대로예요. 여러분이 그 해답을 말해 줄 수 있으리라 생각했던 까닭도 바로 그런 이유 때문이었지요."

제인도 기분이 무척 상한 듯이 보였다. 그녀가 어떤 불안스러움을 느끼고 있다는 것이 명백하게 보였다.

"음……, 난, 나는……."

밴트리 대령은 입을 열긴 열었으나 자꾸만 말이 목구멍 속으로 기어들어갔다.

"제인 양, 당신은 정말 사람을 화나게 만드는군요." 그의 아내가 말했다.

"어쨌든, 나는 내가 옳다고 확신하고, 앞으로도 계속 그렇게 생각할 거예요. 만일, 당신이 그 이야기 속에 나오는 사람들의 이름을 솔직히 얘기해 준다면 사건이 명백히 드러날 수도 있을 텐데요."

"그렇게는 할 수 없답니다." 제인이 천천히 말했다.

"그래요, 밴트리 부인, 헬리어 양은 당신 말대로 해줄 수 없을 거예요." 마플 양이 말했다.

"아니에요, 할 수 있을 거예요." 밴트리 부인이 말했다.

"너무 그렇게 고상한 체하지 말아요, 제인 양. 우리 같은 늙은 사람들도 약간의 스캔들은 갖고 있는 법이랍니다. 하여튼 도회지에 사는 남자가 누구였는지 말해 봐요."

하지만 제인은 여전히 설레설레 머리를 흔들었다. 마플은 그녀의 방식대로 제인을 계속 지지해 주었다.

"그것은 분명히 비참한 사건이었을 거예요."

"아니에요." 제인은 솔직하게 말했다.

"저는, 전……, 그 사건을 즐겼던 것 같아요."

"글쎄요, 아마 그랬을 수도 있겠죠." 마플 양이 말했다.

"그 얘기가 단조롭게 흐르는 우리들의 화제를 변화시켰다고 생각합니다. 그런데 당신은 어떤 연극에서 연기를 했나요?"

"스미스였습니다."

"오, 그렇군요. 그것은 서머싯 몸의 희곡 중 하나지요. 그렇죠? 그의 희곡은 아주 훌륭하다고 생각합니다. 난 그의 작품들을 거의 다 읽어 보았답니다."

"다음 가을 순회공연 때도 재공연할 계획인가요?" 밴트리 부인이 물었다.

제인은 고개를 끄덕였다.

"그럼." 마플 양이 자리에서 일어나면서 말했다.

"난 이만 집에 가봐야겠어요. 너무 시간이 늦었군요! 정말 즐거운 저녁 시간이었어요. 정말 유난히도 즐거웠어요. 그리고 헬리어 양의 얘기가 일등감이라고 생각합니다. 여러분도 그렇게 생각하겠죠?"

"얘기의 결과를 몰라서 여러분들을 화나게 만든 것 같아요. 정말 미안하게 생각합니다. 좀더 일찍 솔직하게 모른다고 밝혔어야 했는데."

제인이 말했다. 그녀의 어조에는 뭔가 부족한 기색이 담겨 있었다. 그때 이런 어색한 분위기를 누그러뜨리고 로이드 박사가 과감하게 나섰다.

"오, 헬리어 양, 왜 그런 말을······. 당신은 우리들의 두뇌가 얼마나 예리한지 시험할 수 있는 아주 좋은 문제를 얘기해 준걸요. 오히려 우리 모두가 그 문제를 확실하게 풀 수 없어서 미안하게 생각해요."

"변명이로군요. 난 그것을 해결했어요. 그리고 내가 옳았다고 확신해요."

밴트리 부인이 말했다.

"사실 저도 부인이 제일 옳다고 믿어요. 부인의 의견이 가장 그럴듯하네요."

제인이 말했다.

"밴트리 부인은 일곱 가지 해결책을 내놓았습니다. 그중에서 어떤 것이 제일 그럴듯하다는 건가요?"

헨리 경이 귀찮게 물어보았다.

로이드 박사는 친절하게도 마플 양이 고무 덧신 신는 일을 거들어 주었다.

"만일에 대비해서 신고 온 것이랍니다."

마플 양이 덧신을 신으면서 말했다.

로이드 박사는 그녀가 사는 낡은 별장까지 그녀를 데려다 줄 생각이었다. 그녀는 몇 개나 되는 모직 숄로 몸을 칭칭 감은 뒤 다시 한 번 방에 있는 사람들에게 작별 인사를 했다. 그러고는 마지막으로 제인 헬리어에게 다가가 몸을 앞으로 내밀고는 그녀의 귀에다 대고 뭐라고 속삭거렸다. '오!' 하고 놀라는 소리가 제인의 입에서 튀어나왔다. 그 소리가 얼마나 컸던지 거기에 모여 있던 사람들 모두가 머리를 돌려 그녀를 쳐다볼 정도였다.

머리를 끄덕거리며 입가에 미소를 지은 채 마플 양은 밖으로 나갔다. 제인 헬리어는 그녀의 뒷모습을 줄곧 응시하고 있었다.

"잠자리에 들죠, 제인 양?" 밴트리 부인이 물었다.

"무슨 일이에요? 유령이라도 봤나요? 뭘 그렇게 멍하니 보고 있어요?"

그때서야 제인 양은 정신을 가다듬었다. 그러고는 긴 한숨을 내쉬었다. 그녀는 방에 있는 두 남자에게 매력적이긴 하지만 멋쩍은 미소를 지어 보이고는 밴트리 부인을 따라 계단을 올라갔다. 밴트리 부인은 제인과 함께 그녀의 방에 들어섰다.

"불이 거의 꺼져 가는군요."

밴트리 부인은 벽난로 불 속을 아무렇게나 뒤적거리며 말했다.

"불을 제대로 지펴 놓지 않은 게 틀림없군. 멍청한 하녀들 같으니라고! 그런데 오늘밤은 꽤 늦게까지 있었군요. 어머! 벌써 1시가 넘었네!"

"그녀와 같은 사람들이 세상에 많을 거라고 생각하나요?"

제인 헬리어가 물었다. 그녀는 뭔가를 골똘히 생각하는 모습을 하고 침대 가장자리에 걸터앉아 있었다.

"하녀 말이에요?"

"아뇨. 그 재미난 할머니와 같은 사람들 말이에요. 이름이 마플이었던가요?"

"오! 잘 모르겠어요. 내가 보기엔 그저 작은 시골 마을에 사는 평범한 노파 같던데요."

"오, 밴트리 부인, 전 어떻게 하면 좋을까요?"

그녀는 깊은 한숨을 내쉬었다.

"무슨 일인데요?"

"자꾸 걱정이 돼요."

"뭐가 말이에요?"

"돌리." 제인 헬리어는 이상할 정도로 엄숙하게 말했다.

"그 별난 노파가 아까 집을 나가기 전에 제게 뭐라고 속삭였는지 아세요?"

"아뇨, 뭐라고 했는데요?"

"이렇게 말했답니다. '내가 당신이라면 그렇게 하지 않을 거예요, 제인 양. 지금은 그녀를 당신 친구로 생각할지라도 그 여인의 손에 당신을 너무 많이 내던지지는 마세요.' 사실은 돌리, 그 말은 어쩔 수 없는 진실이랍니다."

"격언 말이에요? 아, 아마 그럴 거예요. 하지만 그것이 어떤 경우에 적용되는지는 모르겠군요."

"사람들이란 여자를 신뢰할 수가 없는가 봐요. 더구나 전 그녀의 손에 잡혀 있어요. 전 그것에 대해서는 전혀 생각지도 못했답니다."

"지금 누구에 대해서 얘기하고 있는 건가요?"

"네타 그린이에요. 제 임시 대역 배우 말이에요."

"세상에, 당신의 대역 배우에 대해서 마플 양이 어떻게 안단 말이에요?"

"아마 추측했을 거예요. 하지만 정말 그녀가 제 대역 배우에 대해서 어떻게 알게 되었는지 모르겠네요."

"제인, 난 당신이 뭘 얘기하는 건지 도무지 모르겠어요. 내게 차근차근 얘기해 줄 수 없나요?"

"아까 제가 여러분에게 해드린 그 얘기에 대한 거예요. 오, 돌리, 제게서 클로드를 빼앗아 간 그 여자를 알지요?"

밴트리 부인은 고개를 끄덕였다. 그러고는 재빨리 제인의 불행했던 결혼 중 첫 번째 결혼, 배우였던 클로드 애버베리와의 결혼을 생각해 냈다.

"그는 그녀와 결혼했어요. 난 그에게 앞으로 그 결혼생활이 어떻게 될지 말해 줄 수도 있었어요. 클로드는 모르고 있지만, 그녀는 아까 말했던 그 방갈로에서 주말마다 조지프 새먼 경과 놀아나고 있었답니다. 전 그녀의 정체를 폭로시키고 싶었답니다. 모든 사람들에게 그녀가 어떤 여자인지 알려 주고 싶었어요. 그래서 그 방갈로에서 강도 사건이 발생한다면 모든 일이 백일하에 드러날 거라고 생각했지요."

밴트리 부인은 숨을 헐떡였다.

"제인, 그렇다면 아까 당신이 한 얘기는 모두 당신이 계획한 거란 말인가요?"

제인은 고개를 끄덕였다.

"그래서 바로 제가 스미스를 택했던 거랍니다. 전 그 연극에서 사실 하녀의 복장을 입는답니다. 그래서 그렇게 하기가 아주 쉬웠던 거지요. 그리고 경찰서에 가서는 호텔에서 대역 배우와 함께 연습하고 있었다고 말하는 것쯤은 식은 죽 먹기죠. 물론 우리는 그 시간에 방갈로에 있었던 거지요. 제가 문을 열어 주고 거실로 칵테일을 들여가고, 네타는 마치 저처럼 행동한 거지요. 그 포크너라는 청년은 그녀를 다시는 보지 못했어요. 따라서 그가 네타를 알아볼 염려는 없었지요. 저는 진짜 하녀인 것처럼 분장을 했지요. 게다가 사람들은 하녀를 사람 취급도 하지 않잖아요. 우리는 나중에 그를 길거리로 끌어내고 보석 상자를 훔친 다음 경찰에 전화를 한 거예요. 그리고 나서 호텔로 돌아간 거지요. 물론 전 그 가엾은 젊은 남자를 괴롭히고 싶지는 않았습니다. 하지만 헨리 경은 그가 고통을 겪게 되리라고 생각진 않더군요, 그렇죠? 어쨌든 그렇게 되면 네타는 모든 신문들과 잡지에 실릴 것이고, 클로드는 그녀의 정체를 알게 될 테지요."

"오! 그런 줄도 모르고—그렇다면, 헬리어 양, 당신은 거짓말쟁이에요! 자신이 저지른 일을 얘기하다니!"

"전 정말 훌륭한 배우랍니다." 제인은 만족스럽다는 듯이 말했다.

"사람들이 뭐라고 말하든 전 항상 훌륭한 여배우였답니다. 아까도 제 정체를 폭로하진 않았어요, 그렇죠?"

"마플 양이 옳았어요." 밴트리 부인이 나직하게 말했다.

"인간적인 요소예요. 오, 그래요, 인간적인 요소지요. 제인 양, 도둑은 어디까지나 도둑이랍니다. 당신은 감옥에 가게 될지도 모른다는 사실을 깨닫지 못했었나요?"

"글쎄요, 마플 양을 제외하고는 여러분들 중 어느 누구도 눈치 채지 못했잖아요."

제인의 얼굴에는 또다시 수심이 깃들었다.

"돌리, 마플 양 같은 사람이 세상에 많을 거라고 생각하세요?"

"솔직히 말해서 그렇게 생각진 않아요." 밴트리 부인이 대답했다.

제인은 다시 한숨을 내쉬었다.

"하지만 그런 모험은 하지 않는 게 나았을 거예요. 제가 네타의 손에 잡혀 있다는 건 분명하니까요—그건 정말 사실이랍니다. 그녀가 저를 배반하거나 공갈을 할지도 모르니까요. 그녀는 제가 이런 일들을 해내도록 도와주었어요. 그리고 제게 자기가 얼마나 헌신적인지 모른다고 말했답니다. 하지만 그 누구도 여자의 본성에 대해서는 모를 거예요. 그래요, 전 마플 양이 옳았다고 생각해요. 차라리 그런 모험을 하지 않는 게 좋을 거예요."

"하지만, 제인 양, 당신은 이미 그 모험을 해버렸다고 했잖아요."

"오, 아니에요." 제인은 파란 눈을 동그랗게 뜨면서 말했다.

"아직 모르고 계셨어요? 사실 그 일은 아직 일어나지 않았답니다! 전 단지 이번 공연 때 그 일을 시도해 보려고 했던 거예요."

"사실, 난 당신이 사용하는 전문적인 연극 용어는 도대체 이해할 수가 없더군요."

밴트리 부인이 엄숙하기까지 한 분위기를 풍기면서 얘기했다.

"그렇다면 그 얘기가 앞으로 있을 거라는 건가요, 아니면 과거에 있었던 일이라는 건가요?"

"전 이번 가을, 9월에 그렇게 해보려고 생각했답니다. 하지만 지금은 무엇을 해야 좋을지 모르겠어요."

"그렇다면 제인 마플 양은 그 사실을 추측해 냈던 것이로군요. 진실을 추측해 내고도 우리들에게 아무 말도 하지 않았다니."

밴트리 부인은 화가 난 듯이 말했다.

"저는 그녀가 '여자들은 서로 돕고 살아야 한다.'라는 말을 바로 그런 이유에서 했다고 생각해요. 그분은 남자들 앞에서 저를 폭로하지 않으려 했던 거예요. 너무도 친절한 사람입니다. 그리고 당신이 제 얘기의 진실을 알게 된 것에 대해서도 걱정스럽지 않아요, 돌리."

"좋아요. 하지만 그런 계획은 버려요. 부탁해요."

"그렇게 해야겠어요." 헬리어 양이 중얼거렸다.

"세상엔 마플 양 같은 사람들이 많이 있을 테니까요……."

제13장

익사

런던경시청 전(前) 국장이었던 헨리 클리더링 경은 세인트 메리 미드라는
작은 마을 가까이에 살고 있는 밴트리 부부의 집에 머물고 있었다. 물론 그들
부부는 헨리 경의 절친한 친구였다.

어느 토요일 아침 10시 15분경, 그는 가벼운 마음으로 식당으로 내려가고
있었다. 그때 그는 하마터면 식당 문간에서 밴트리 부인과 부딪칠 뻔했다. 그
녀는 식당에서 뛰쳐나오고 있었던 것이다. 뭔지는 모르지만 어떤 흥분과 비통
에 빠져 있는 것이 뚜렷해 보였다.

밴트리 대령은 이미 식탁 앞에 자리를 잡고 앉아 있었는데, 그의 얼굴은 평
상시보다는 약간 상기되어 있었다.

"잘 주무셨소, 클리더링 씨? 좋은 날씹니다. 어서 식사나 합시다."

헨리 경은 그의 말대로 했다. 아침식사로 콩 한 접시와 베이컨이 식탁에 놓
여 있었다. 그가 자리에 앉자 밴트리 대령이 다시 말을 꺼냈다.

"돌리는 오늘 아침 기분이 좀 상해 있답니다."

"예, 음, 나도 그렇게 생각은 했답니다." 헨리 경은 부드럽게 말했다.

사실 그는 조금 의아스러웠다. 밴트리 부인은 평소 조용한 성격이었다. 그
렇기 때문에 쉽사리 분위기에 휩쓸리거나 흥분하지 않는 편이었다. 헨리 경이
알고 있는 한 그녀는 원예에만 온 열성을 다 쏟는 그런 여자였던 것이다.

"예." 밴트리 대령이 말했다.

"오늘 아침에 어떤 소식을 들었거든요. 그 때문에 돌리가 기분이 상하게 된
거랍니다. 사실은 마을의 어떤 아가씨(에모트의 딸이지요)에 대한 소식이었답
니다. 당신도 블루 보어를 경영하는 그 에모트를 알고 있겠지요?"

"오, 물론 알고말고요."

"그래요." 밴트리 대령은 생각에 잠긴 듯이 천천히 말했다.

"예쁜 아가씨지요. 그런데 그녀에게 문제가 생겼답니다. 흔한 일이지요. 나는 그 문제로 돌리와 줄곧 말다툼을 했습니다. 내가 어리석었지요. 여자들이 사리에 얼마나 어두운지 이제야 알았어요. 돌리는 그 아가씨 편에 서서 나를 공격했답니다. 당신도 여자들이 어떤 존재인지 잘 아실 겁니다. 남자들이란 남자들은 모두 짐승인 양 생각하지요. 하지만 그렇게 간단한 문제는 아닙니다—더구나 요즘 같은 세상엔 말입니다. 여자들도 자기가 뭘 해야 할지는 알고 있답니다. 어떤 아가씨를 유혹했다고 해서 그 남자가 반드시 악한은 아니란 겁니다. 아마 절반 정도는 그렇겠지요. 나는 샌드퍼드란 젊은이를 좋아했습니다. 그 청년은 돈 후안이라기보다는 바보 같은 젊은이라는 편이 나을 겁니다."

"그 아가씨를 곤경에 빠뜨린 사람이 바로 그 샌드퍼드인가요?"

"그런 것 같아요. 물론, 그것에 대해서 개인적으로 아는 바는 없습니다." 밴트리 대령은 조심스럽게 대답했다.

"그런 건 모두 잡담이나 험담에 불과해요. 난 이곳이 어떤 곳인지 잘 알고 있답니다! 아까도 말했지만, 그 사건에 대해서 난 아무것도 몰라요. 하지만 난 돌리와 같은 사람은 아니랍니다—적어도 성급하게 결론을 내리고 이곳저곳에 욕이나 해대며 돌아다니지는 않아요. 아무튼 사람은 누구나 자신이 한 말에 책임을 져야 합니다. 사실 조사를 해야 할 것 같더군요."

"조사라니요?"

"예, 내가 말하지 않았던가요? 그녀는 물에 빠져 자살했답니다. 바로 그것 때문에 이런 야단법석이 생긴 거고요."

"그것참 성가신 일이로군요." 헨리 경이 말했다.

"물론 그렇습니다. 난 그것에 대해선 생각하고 싶지도 않아요. 그 아가씨는 가난한 집에서 자랐답니다. 아주 아름답고 조그만 처녀였지요. 소문에 따르면, 그 처녀의 아버지라는 사람은 몹시 난폭했다고 하더군요. 그래서 그 아가씨가 혼자서 그 어려움을 떠맡아야 했기 때문에 목숨을 끊은 게 아닌가 생각해요."

대령은 말을 멈췄다.

"그것 때문에 지금 돌리가 저렇게 기분이 상해 있는 거랍니다."

"그 아가씨는 어디에서 자살했나요?"

"강에 빠져 죽었답니다. 방앗간 바로 아래쪽에 물살이 빠른 곳이지요. 그 강 옆으로 작은 보도와 다리가 놓여 있습니다. 사람들은 그녀가 거기에서 떨어졌을 거라고 생각한답니다. 글쎄요, 어쨌든 별로 유쾌한 일은 아닙니다."

말을 마치자 밴트리 대령은 바스락거리는 소리를 내며 신문을 펼쳐 들었다. 그는 그런 언짢은 문제로 신경을 쓰지 않으려고 정부의 최근 불법 행위에 대한 기사를 열심히 읽기 시작했다.

헨리 경은 이 시골 마을에서 일어난 비극에서 그저 조금 흥미를 느꼈을 따름이었다. 아침식사를 마치고 그는 잔디밭에 놓여 있는 안락의자에 앉았다. 그러고는 모자를 눈 위로 비스듬히 내려 쓰고는 느긋한 마음으로 인생에 대해 생각해 보았다.

11시 15분쯤 되었을 때 말끔한 차림의 하녀가 잔디밭을 가로질러 경쾌한 발걸음으로 그에게 다가왔다.

"죄송합니다만, 선생님. 마플 양께서 찾아오셨는데, 선생님을 뵙고자 하십니다."

"마플 양이?"

헨리 경이 벌떡 일어나서 모자를 똑바로 썼다. 그는 마플 양이라는 말에 깜짝 놀랐던 것이다. 그는 마플 양을 잘 기억하고 있었다. 부드럽고도 조용하고, 그 품위 있는 태도, 그녀의 놀라운 통찰력 등 그녀에 대해서 잘 알고 있었다. 그는 해결되지 못했거나 가상으로 꾸민 여러 사건들을 생각해 보았다. 그런데 그런 모든 사건들을 이 전형적인 시골 노파는 한 치의 실수도 없이 정확하게 해결했던 것이다. 헨리 경은 마음속으로 마플 양을 존경하고 있었다. 그런데 그녀가 이렇게 갑작스럽게 찾아오자 헨리 경은 의아하기만 했다.

마플 양은 거실에 앉아 있었다. 여느 때와 마찬가지로 아주 똑바른 자세를 하고서. 그녀의 옆에는 화려한 색의 외국산 시장바구니가 놓여 있었다. 그녀의 볼은 약간 상기되어 있었으며, 뭔가로 당황해 하는 듯이 보였다.

"헨리 경, 반갑습니다. 운 좋게도 당신을 만나게 되었군요. 당신이 여기에서 묵고 있다는 소식을 우연히 듣게 되었습니다. 내가 실례를 했는지도 모르겠군요.”

“오, 아닙니다. 정말 반갑습니다.”

헨리 경은 그녀의 손을 덥석 잡으며 말했다.

“그런데 밴트리 부인은 밖에 나간 모양이군요.”

“그래요. 아까 오면서 보니까 밴트리 부인이 푸줏간 주인인 푸티트와 얘기를 나누고 있더군요. 헨리 푸티트라는 이름을 붙여 준 그의 개가 어제 차에 치였답니다. 반짝반짝 윤이 나는 털을 가진 폭스테리어 종이었죠. 꽤나 억세고 싸움을 즐기던 녀석이었는데, 푸줏간을 하는 사람들이 잘 데리고 다니는 그런 개랍니다.”

“그래요.” 헨리 경은 적당히 말했다.

“사실 밴트리 부인이 집에 없는 동안 오게 된 것이 오히려 다행이에요.”

마플 양이 계속해서 말했다.

“왜냐하면 내가 만나보고 싶은 사람은 당신뿐이니까요. 이 슬픈 사건에 대해서 얘기 좀 나누었으면 해서요.”

“헨리 푸티트에 대해서 말인가요?” 헨리 경은 약간 당황해 하면서 물었다.

“오, 아니에요. 저 왜 로즈 에모트 양에 대해서랍니다. 당신도 그 얘긴 벌써 들었겠지요?”

헨리 경이 고개를 끄덕였다.

“밴트리 대령이 말해 주더군요. 아주 슬픈 일입니다.”

그는 약간 어리둥절한 기분이었다. 마플 양이 로즈 에모트 문제 때문에 자기를 찾아왔다니 그 이유가 뭔지 도대체 알 수가 없었다.

마플 양이 자리에 앉았다. 헨리 경도 곧 뒤따라 앉았다. 그러나 얘기를 시작한 마플 양의 태도는 갑자기 변했다. 아주 신중하고 엄숙하기까지 한 분위기였다.

“헨리 경, 우리들은 지난번에 정말로 재미있게 얘기한 적이 있었지요? 물론 기억하고 계시리라 믿어요. 어떤 미스터리에 대해서 자기 의견을 각자 내놓았지요. 그때 당신은 참으로 친절했어요. 내가 서툴다고 하지도 않으셨으니 말이에요.”

"당신을 당할 사람은 없었답니다." 헨리 경은 다정하게 말했다.

"당신은 사건의 진실을 명확하게 알아내는 데는 천재성을 발휘했지요. 그리고 내 기억으로는, 언제나 당신은 그 사건의 해결에 실마리가 되는 유사한 시골 사건을 예로 들어주셨지요."

그는 그렇게 말하고는 입가에 미소를 지었으나 마플 양은 웃지 않았다. 그녀는 여전히 몹시 심각한 표정이었다.

"그때 당신이 내게 해준 말에 용기를 얻어 이렇게 찾아오게 된 것이랍니다. 내가 당신에게 무엇을 말한다 해도, 적어도 나를 비웃거나 하지는 않으리라는 생각이 들어서요."

그는 마플 양이 아주 진지하게 얘기하고 있다는 것을 갑작스럽게 깨달았다.

"물론입니다. 나는 절대 당신을 탓하거나 하지는 않을 겁니다."

헨리 경이 부드럽게 말했다.

"헨리 경, 로즈 에모트란 아가씨는 물에 빠져 자살한 것이 아니에요. 그녀는 누군가에 의해서 살해된 겁니다. 나는 누가 그녀를 죽였는지도 알고 있어요."

잠깐 동안 헨리 경은 너무 놀라서 아무 말도 할 수 없었다. 마플 양의 목소리는 극히 조용하고 차분했다. 그녀가 나타내는 모든 감정에도 불구하고 마플 양은 매우 예사롭게 말하는 것 같았다.

"그것은 매우 중대한 얘기로군요, 마플 양."

헨리 경은 거칠어진 숨을 정상으로 돌리고 나서야 간신히 이렇게 말했다.

그녀는 몇 번이나 천천히 머리를 끄덕였다.

"알고 있답니다. 그래서 내가 당신을 찾아온 것이랍니다."

"하지만, 마플 양, 나는 당신 같은 분이 찾아올 만한 사람이 못됩니다. 난 이제 민간인에 불과하니까요. 만일 당신이 그런 사실을 확신한다면 경찰서로 가야 합니다."

"그렇게는 할 수가 없어요." 마플 양이 말했다.

"왜지요?"

"사실 난 당신이 말한 그 확실함이란 걸 갖고 있지 못하답니다."

"그렇다면 그것은 추측에 불과하다는 건가요?"

"당신이 그렇게 생각한다면 그렇게 생각하세요. 하지만 그것은 단순한 추측이 아닙니다. 난 알고 있답니다. 아니, 알 수 있어요. 하지만 만일 내가 드루이트 경위에게 그렇게 생각하는 이유를 말한다면, 그는 대수롭지 않게 여기고 웃어넘길 겁니다. 그를 탓해야 할 지 어떨지는 모르겠습니다만, 사실 당신이 말한 그 특별한 지식이란 것은 이해하기 무척 어렵답니다."

"예를 들어 어떤 것을 말하는 건가요?" 헨리 경이 넌지시 물었다.

"몇 년 전 피스 굿이라는 사람이 마차로 우리 마을에 왔답니다. 그때 내 조카딸이 그에게 채소를 샀는데, 그 사람은 당근 대신 순무를 주고 갔답니다. 바로 그 일 때문에 사건의 진상을 알게 되었다고 말한다면……."

그녀는 웅변조의 말을 멈췄다.

"장사하기에는 아주 적절한 이름이군요." 헨리 경이 중얼거렸다.

"당신은 이번에도 그런 유사한 사건을 통해서 판단하게 되었다는 얘기로군요."

"난 인간의 본성을 알고 있답니다." 마플 양이 말했다.

"몇 년 동안이나 한 마을에 살아오면서 인간의 본성을 모른다는 건 있을 수 없는 일이지요. 그런데 당신이 나를 믿을지가 문제랍니다."

마플 양은 그를 똑바로 바라보았다. 그녀의 두 뺨은 점점 빨갛게 달아오르고 있었다. 또한 두 눈은 조금의 동요 없이 헨리 경을 응시하고 있었다.

헨리 경은 인생 경험이 풍부한 사람이었다. 그는 이것저것 재보지 않고도 재빨리 결단을 내리는 사람이기도 했다. 또한 그는 마플 양의 말이 아무리 엉뚱하고 허황되게 들린다 해도 결국 자기가 그것을 받아들이리라는 것을 알고 있었다.

"나는 당신을 믿습니다, 마플 양. 하지만 내가 뭘 해줄 수 있다고 생각하는지, 또 왜 내게 왔는지 잘 모르겠습니다."

"나는 이 일에 대해서 생각을 거듭해 보았습니다." 마플 양이 말했다.

"아까도 말했지만, 어떤 증거도 없이 경찰서로 달려가는 것은 아무 소용이 없을 겁니다. 물론 증거는 하나도 없어요. 내가 당신에게 부탁하고 싶은 것은, 당신이 이 일에 관심을 나타내 달라는 겁니다. 분명히 드루이트 경위는 우쭐해 할 겁니다. 그러고 나서 이 문제가 너무 복잡해지면 분명히 멜쳇 대령은 당신 뜻에 따를 거예요."

그녀는 애원하듯이 헨리 경을 바라보았다.

"그렇다면 내가 어떻게 하면 좋을지 얘기해 주시지요."

마플 양이 대답했다.

"나는, 종이에 이름을 하나 써서 당신에게 주어야겠다고 생각했습니다. 그런데 조사 중에 그 사람이 이 사건과 전혀 관련이 없다고 당신이 판단하게 된다면……, 글쎄요, 아마 내가 틀렸다는 것이 되겠지요."

그녀는 말을 멈추더니 약간 몸을 떨면서 덧붙여 말했다.

"만일 결백한 사람이 교수형에 처해진다면, 그것은 너무나 끔찍한, 정말 끔찍한 일이 될 거예요."

"대체 무슨?" 헨리 경은 깜짝 놀라 소리쳤다.

그녀는 몹시 걱정스러운 얼굴로 그를 바라다보았다.

"물론 그렇게 생각하진 않지만 내가 잘못 판단했을 수도 있잖겠어요? 아시겠지만, 드루이트 경위는 똑똑한 사람입니다. 그러나 평범한 정도의 지능은 때론 가장 위험한 것이기도 하지요. 사실 그 정도로는 더 많은 것을 알아내기에 부족하기 때문이죠."

헨리 경은 의아한 눈초리로 그녀를 쳐다보았다.

잠시 머뭇거리던 마플 양은 작은 손가방을 열어 노트 한 권을 꺼냈다. 그녀는 거기에서 종이 한 장을 찢어 내어 조심스럽게 어떤 이름을 적었다. 그러고는 그 종이를 접어서 헨리 경에게 건네주었다.

헨리 경은 접은 종이를 펼쳐서 이름을 읽었다. 그는 종이에 적혀 있는 이름에서 아무것도 느낄 수 없었다. 하지만 그의 눈썹이 약간 치켜 올라갔다. 그는 마플 양을 넘겨다보고는 그 종이를 주머니에 집어넣었다.

"글쎄요, 좋습니다." 그는 말했다.

"이것은 꽤나 별난 일이군요. 난 전에는 이런 일을 해본 적이 없습니다. 하지만 당신에 대한 내 믿음에 운을 걸어 보겠습니다, 마플 양."

방 안에는 헨리 경과 주 경찰서장인 멜쳇 대령, 그리고 드루이트 경위가 함께 앉아 있었다. 경찰서장은 진취적인 군인의 기상을 지닌 키가 작은 남자였다. 경위는 덩치가 크고 어깨가 떡 벌어진 꽤 양식 있어 보이는 남자였다.

"사실 난 간섭하는 느낌이 들어요." 헨리 경이 유쾌하게 웃으며 말했다.

"하지만 내가 왜 이 일에 끼어들었는지는 여러분들에게 말할 수가 없습니다."(이것은 분명한 사실이었다!)

"우리는 그저 기쁠 따름입니다, 헨리 경. 대단한 영광으로 생각합니다."

"정말 영광입니다, 헨리 경." 경위가 말했다.

그러나 경찰서장은 다른 생각을 하고 있었다.

'가엾은 사람, 밴트리 부부 댁에서 미치도록 따분한 모양이로군. 늙은 대령은 정부나 욕할 테고, 부인은 구근에 대해서나 떠들어댈 테니까 말이야.'

경위도 또한 생각하고 있었다.

'우리들에게 아무 일도 없다는 게 유감이로군. 영국에서 가장 머리 좋은 사람들 중 하나라고 들었는데 말이야. 요즘 순풍에 돛 달고 항해하듯 아무 일도 없는 게 정말 유감이야.'

큰소리로 경찰서장이 말했다.

"이번 사건은 몹시 지저분하지만, 간단한 문제라고 생각합니다. 첫 번째 가능성은 그녀가 스스로 물에 빠져 죽은 것이라고 볼 수 있습니다. 당신도 알겠지만 그녀는 집에서 골칫거리였습니다. 하지만 우리 마을 의사인 헤이독 씨는 조심성이 많은 사람이랍니다. 그는 그녀의 양 어깨에 타박상이 있다는 것을 발견했답니다. 죽기 바로 전에 생긴 것이지요. 어떤 남자가 그녀의 어깨를 잡아 물속에 밀어 넣었을 때 생긴 거죠."

"그렇게 하는 데 힘이 많이 드나요?"

"그렇게는 생각지 않습니다. 아마 말다툼 같은 것도 없었을 것입니다—그아가씨는 엉겁결에 당했을 겁니다. 강에 놓인 다리는 매우 미끄러운 나무로되어 있죠. 그러니 그녀를 강 속으로 밀어 넣는 일쯤은 아무것도 아니었을 테죠—더구나 그 다리에는 난간도 없으니까요."

"그렇다면 당신은 거기에서 그 사건이 일어났다고 생각하는 건가요?"

"예, 우리들은 열두 살 된 지미 브라운이라는 아이를 알고 있습니다. 그 아이는 그날 반대편 숲 속에 있었습니다. 그 아이가 다리에서 들려오는 비명소리와 함께 누군가가 첨벙 하고 물에 빠지는 소리를 들었답니다. 그때는 날이 어둑어둑해서 사물을 보기가 어려웠지요. 하지만 곧 그 애는 뭔가 하얀 물체가 물에 떠내려가는 것을 보았답니다. 그래서 마을로 달려가 도움을 청했던 거지요. 하지만 사람들이 그녀를 물에서 건져냈을 땐 이미 늦었던 겁니다."

헨리 경은 고개를 끄덕였다.

"그 아이는 다리 위에서 아무도 보지 못했답니까?"

"모르겠어요. 하지만 그 주위에는 항상 안개가 끼어 있습니다. 그 소년에게 그 일이 일어나기 전이나 아니면 뒤에 누군가를 보지 못했느냐고 물어보겠습니다. 사실, 그 소년은 그 아가씨가 자살한 것이라고 생각했답니다. 물론 다른 사람들도 모두 그렇게 생각했고요."

"그런데 우리는 쪽지를 하나 갖고 있습니다."

드루이트 경위가 말했다. 그는 헨리 경 쪽으로 몸을 돌렸다.

"바로 죽은 아가씨의 호주머니에서 발견된 겁니다, 헨리 경. 스케치용 연필로 쓰여 있었습니다. 물에 흠뻑 젖기는 했습니다만, 글씨는 알아볼 수가 있었습니다."

"거기엔 뭐라고 쓰여 있던가요?"

"그건 샌드퍼드 청년이 보냈던 것입니다. '좋아.' 쪽지엔 이렇게 시작되고 있었습니다. '오늘 저녁 8시 30분 다리에서 만나자—R. S.' 그런데 지미 브라운이 비명소리와 첨벙 하는 소리를 들었던 것도 거의 8시 30분경이었습니다."

"헨리 경께서 샌드퍼드 청년을 만나보셨는지 모르겠군요."

멜쳇 대령이 말을 이었다.

"그는 약 한 달 전부터 이곳에 내려와 있습니다. 아주 특이한 집을 짓는 현대 젊은 건축가들 중 한 사람이지요. 지금 그는 앨링턴의 집을 짓고 있습니다. 아마 하느님만이 그 집이 어떤 식으로 지어질지 아실 겁니다—내가 생각하기엔 그 집은 새로 유행하는 것으로 꽉 찰 것 같더군요. 유리로 된 식탁과 강철 띠로 만들어진 외과용 의자 따위로 말이에요. 아무튼, 그런 것들은 지금 대수롭지 않은 문제입니다만, 그것으로 샌드퍼드가 어떤 사람인지는 알 수 있을 겁니다. 아마도 그는 도덕이라고는 조금도 없는 과격론자일 겁니다."

헨리 경이 부드럽게 말했다.

"유혹이란 물론 살인만큼 오래된 범죄는 아니지만 꽤 오래전부터 있어 왔던 범죄랍니다."

멜쳇 대령은 깜짝 놀랐다.

"오! 그렇죠. 정말 그렇습니다, 맞아요."

"그런데 헨리 경." 드루이트 경위가 말했다.

"이 사건은 추잡하긴 하지만 명백합니다. 그 샌드퍼드란 청년은 그녀를 유혹했습니다. 그런데 그는 그녀와의 관계를 끝내고 런던으로 되돌아가려고 했던 겁니다. 왜냐하면 거기엔 그의 약혼녀가 있었으니까요. 그러니 그녀가 그와 에모트와의 일을 알게 된다면, 모든 계획은 수포로 돌아가게 되겠죠. 그래서 그는 다리 위에서 그녀를 만났습니다. 때는 어둑어둑한 저녁이었고 주위엔 아무도 없었겠죠. 그는 그녀의 어깨를 잡아 물속으로 던져 버렸던 겁니다. 그는 아주 고약한 호색한입니다. 그러니 이젠 자신에게 돌아올 대가를 받아야 함이 마땅하지요. 이것이 제 의견이랍니다."

헨리 경은 잠시 아무 말도 하지 않았다. 그는 지방색을 드러내는 편견의 강한 저류를 느낄 수가 있었다. 새로운 유행을 창조하는 건축가는 아무래도 세인트 메리 미드라는 보수적인 마을에서는 좋은 인상을 줄 성싶지 않았다.

"그 샌드퍼드라는 청년이 태어날 아기의 아버지라는 게 사실이오?"

헨리 경이 물었다.

"그는 분명히 그 아이의 아버지였습니다." 드루이트 경위가 대답했다.

"로즈 에모트가 자기 아버지에게 그렇게 말했답니다. 그녀는 샌드퍼드가 자기와 결혼하게 되리라고 생각했던 거죠. 그녀와 결혼할 거라고요! 그러나 그는 그렇지 않았습니다!"

헨리 경은 생각했다.

'저런, 마치 중세 빅토리아 시대의 멜로드라마를 보는 느낌이구먼. 그와의 결혼을 전혀 의심치 않았던 아가씨, 런던에서 온 악한, 엄격한 아버지, 그리고 배반. 우리는 다만 성실한 시골 남자가 필요할 뿐이지. 그래, 이젠 내가 그에

대해서 물어볼 때로군.'

생각이 여기에 이르자 그는 큰소리로 말했다.

"그 아가씨가 이 고장에서 사귀던 젊은이는 없었나요?"

"조 엘리스 말인가요?" 경위가 물었다.

"조는 아주 좋은 친구지요. 그는 목수랍니다. 아! 그 아가씨가 그냥 조에게 매달렸더라면……."

멜쳇 대령도 동감한다는 듯이 고개를 끄덕였다.

"사람은 그저 비슷비슷한 환경의 사람과 어울리는 게 좋지요."

그는 마치 고함치듯이 말했다.

"조 엘리스는 이 일을 어떻게 생각했나요?" 헨리 경이 물었다.

"그가 어떤 생각을 하고 있었는지는 아무도 모릅니다." 경위가 대답했다.

"그는 매우 조용하고 내성적인 사람이랍니다. 로즈 양이 하는 일이라면 그의 눈에는 무조건 옳게 보였을 겁니다. 그녀는 조를 조롱한 셈이지요. 아마도 그는 언제라도 그녀가 자기에게로 돌아오기만을 바랐을 겁니다."

"그를 만나보았으면 좋겠군요." 헨리 경이 말했다.

"오! 우리도 그를 조사해 볼 생각입니다." 멜쳇 대령이 말했다.

"우리들은 아무리 하찮은 것이라도 소홀히 하지 않을 작정입니다. 내 생각엔 에모트를 먼저 만나고, 그러고 나서 샌드퍼드를 만나보는 게 좋을 것 같은데요. 그런 뒤에 엘리스도 만날 수 있을 겁니다. 내 생각이 어떤가요, 클리더링 씨?"

헨리 경은 그의 생각이 아주 마음에 든다고 말해 주었다.

톰 에모트는 블루 보어에 있었다. 그는 덩치가 크고 뼈대가 굵고 튼튼한 중년의 남자였다. 그는 남을 의심하는 듯한 눈과 야만스럽게 생긴 턱을 가지고 있었다.

"만나서 반갑습니다, 신사분들. 안녕하세요, 대령님? 이리로 들어오십시오. 여기라면 조용히 얘기를 나눌 수 있을 겁니다. 뭐 필요하신 거라도 있나요, 여러분? 괜찮다고요? 좋으실 대로 하십시오. 가엾은 딸아이 문제로 오신 거죠? 아! 그 애는 착한 아이였습니다. 항상 착하게 행동했지요. 그 빌어먹을 호색한 녀석, 이거 죄송합니다. 하지만 사실이 그런걸요. 그 녀석이 여기에 오기 전까지는 말입니다. 그 녀석이 그 애와 결혼을 약속했답니다. 난 그놈을 고발할 작정입니다. 그놈이 내 딸을 강 속으로 밀어 넣은 게 확실해요. 살인마 같은 바람둥이 녀석! 그 녀석은 우리 모두의 체면을 손상시켰습니다. 오, 가엾은 내 딸!"

"따님은 분명히 샌드퍼드가 임신한 아기의 아버지라고 말했나요?"

멜쳇이 또렷하게 물었다.

"그렇습니다. 바로 이 방에서 딸아이가 그렇게 말했습니다."

"그렇다면 당신은 그때 뭐라고 하셨습니까?" 헨리 경이 물었다.

"내 딸애한테 뭐라고 말했느냐고요?"

에모트는 순간 약간 당황한 듯이 보였다.

"그렇습니다. 예를 들어서, 당장 나가라고 호통쳤다든가 말입니다."

"난 약간 기분이 언짢았습니다─그건 자연스러운 일입니다. 여러분도 그런 내 기분이 당연한 것이라고 동감하리라 믿습니다. 하지만 나는 그 애를 집 밖으로 내쫓지는 않았습니다. 난 그런 짓은 차마 할 수가 없었습니다."

그는 짐짓 덕행이 어린 듯한 분노로 가장했다.

"대체 법이 왜 있는 거죠? 내가 하고 싶은 말이 그것입니다. 왜 법이 있는 겁니까? 그 녀석은 내 딸에 대한 응당한 대가를 치러야만 할 겁니다. 만일 그렇게 안 된다면 하나님에 의해서라도 대가를 치르게 될 겁니다."

톰 에모트는 주먹으로 탁자를 내리쳤다.

"마지막으로 따님을 보신 때가 언제였습니까?" 멜쳇이 물었다.

"어제 차 마실 때였습니다."

"그때 따님의 태도가 어땠습니까?"

"글쎄요, 평소와 똑같았습니다. 난 아무것도 눈치 채지 못했습니다. 만일 내가 알았더라면……."

"하지만 당신은 모르셨잖습니까." 경위가 냉담하게 말했다.

그들은 그곳을 나왔다.

"에모트에게서는 좋은 인상이라곤 조금도 느낄 수 없군요."

헨리 경이 생각에 잠긴 듯 말했다.

"마치 깡패 같더군요." 멜쳇이 말했다.

"만일 그에게 기회가 있었다면 샌드퍼드의 피를 보고야 말았을 겁니다."

그들이 다음에 찾아간 것은 건축가였다. 렉스 샌드퍼드는 헨리 경이 생각했던 모습과는 영 딴판이었다. 그는 금발에 매우 야위고 키가 큰 젊은이였다. 그의 두 눈은 파란색으로, 마치 꿈을 좇듯이 몽롱해 보였다. 머리카락은 헝클어져 있었고, 약간 긴 편이었다. 또한 말씨는 여자 같았다.

멜쳇 대령이 샌드퍼드에게 함께 간 일행을 소개했다. 그러고 나서는 곧장 찾아온 목적으로 들어가, 전날 밤 그의 행적에 대해서 말해 달라고 부탁했다.

서장은 경고하듯이 말했다.

"아시다시피, 우리는 당신에게 진술을 강요할 권리는 없습니다. 마찬가지로 당신이 한 진술이 당신에겐 불리할 수도 있습니다. 나는 단지 모든 게 분명해지기를 바랄 뿐입니다."

"전, 전 도무지 무슨 말인지 모르겠군요." 샌드퍼드가 말했다.

"로즈 에모트 양이 지난밤에 익사했다는 걸 알고 있겠지요?"

"알고 있습니다. 오! 그건 너무나, 정말 너무나도 슬픈 일입니다. 사실, 전 한숨도 못 잤습니다. 오늘도 일이 손에 잡히질 않아 아무것도 못했답니다. 사실, 일종의 책임감 같은 걸 느끼고 있습니다."

그는 두 손에 머리를 파묻었다. 그의 머리칼은 더욱더 흐트러졌다.

"그녀에게 그렇게까지 괴로움을 줄 생각은 없었습니다."

샌드퍼드는 측은하게 말했다.

"전 전혀 생각지 못했답니다. 그녀가 그렇게까지 되리라고는 꿈에도 생각지 못했어요."

그는 의자에 털썩 주저앉아서 두 손으로 얼굴을 감쌌다.

"샌드퍼드 씨, 어제 8시 30분경에 어디에 있었느냐는 내 물음에 아직 대답을 하지 않았습니다. 그렇다면 당신이 진술을 거부한 것으로 생각해도 되나요?"

"아닙니다, 아니에요. 전 집 밖으로 나갔습니다. 산책을 하려고요."

"에모트 양을 만나기 위해서였지요?"

"아닙니다. 전 혼자 산책했습니다. 숲 사이로 말이에요. 꽤 오랫동안 거닐었지요."

"그렇다면 죽은 에모트 양의 호주머니에서 발견된 이 쪽지에 대해서는 어떻게 설명하겠습니까?"

드루이트 경위는 몰인정하리만큼 큰소리로 다 읽고 나서 다시 말했다.

"자, 샌드퍼드 씨, 당신은 이것을 부인하나요?"

"아, 아닙니다. 경위님 말이 맞습니다. 그건 제가 쓴 겁니다. 로즈가 만나 달라고 하더군요. 전 어떻게 해야 좋을지 몰랐습니다. 그래서 일단 그렇게 써 보냈던 거죠."

"아, 좋아요."

"하지만 저는 가지 않았습니다."

샌드퍼드의 목소리는 몹시 격앙되어 있었다.

"전 정말로 가지 않았습니다! 차라리 가지 않는 것이 낫겠다고 생각했던 거죠. 전 오늘 런던으로 돌아갈 예정이었습니다. 그래서 그녀를 만나지 않는 것이 그녀에게도 좋을 것이라고 생각했었죠. 런던으로 돌아가서 그녀에게 편지를 쓰고 보상을 좀 해줄 생각이었습니다."

"샌드퍼드 씨, 당신은 에모트 양이 곧 아이를 낳게 되리라는 것과 당신이 그 아이의 아버지라는 사실을 알고 있었겠죠."

샌드퍼드는 신음소리를 내었으나 대답하지는 않았다.

"그 말이 사실이오, 샌드퍼드 씨?"

샌드퍼드는 두 손으로 얼굴을 더욱더 감쌌다.

"그런 것 같습니다." 그는 들릴 듯 말 듯한 목소리로 겨우 대답했다.

"좋습니다." 드루이트 경위는 만족스러운 감정을 감출 수가 없었다.

"자, 이제는 그날 밤 산책에 대해서 물어보겠습니다. 어젯밤 당신은 누구와 마주친 적은 없었나요?"

"모르겠습니다. 그런 것 같진 않아요. 제 기억으로는 그런 일은 전혀 없었던 것 같습니다."

"그것참 유감이로군요."

"그게 무슨 말씀인가요." 샌드퍼드는 경위를 날카롭게 노려보았다.

"어젯밤 제가 산책하러 나간 게 무슨 문젠가요! 그것이 로즈가 익사한 것과 무슨 관계가 있다는 건가요?"

"아!" 경위가 말했다.

"사실, 그녀는 자살하지 않았습니다. 누군가가 일부러 의도적으로 물속으로 밀어 넣은 거요, 샌드퍼드 씨."

"그녀를?"

얼마가 지나서야 그는 경위가 한 끔찍스러운 말뜻을 이해할 수 있었다.

"주여! 그렇다면……?"

그는 의자에 털썩 주저앉았다.

멜쳇 대령은 그만 끝내려고 몸을 일으키면서 말했다.

"아시겠지만, 샌드퍼드 씨, 절대 이 집을 떠나서는 안 됩니다."

세 사람은 함께 그 집을 나왔다. 경위와 경찰서장은 서로 시선을 주고받았다.

"이 정도면 충분하다고 생각합니다, 헨리 경." 경위가 말했다.

"그렇습니다. 영장을 작성해서 그를 체포해야겠어요."

"실례합니다만, 내가 그만 장갑을 놓고 왔군요." 헨리 경이 말했다.

그는 얼른 다시 집 안으로 들어갔다. 샌드퍼드는 아까처럼 그대로 앉아서 멍하니 앞만 바라보고 있었다.

헨리 경이 빠르게 말했다.

"당신을 위해서 내가 할 수 있는 일은 모두 하겠다는 말을 하려고 다시 돌아온 거요. 내가 그렇게 하려는 이유는 아직 밝히기엔 이르다고 생각하오. 괜찮다면, 가능한 한 간단하게 당신과 그녀 사이에 무슨 일이 있었는지 말해 주겠소?"

"로즈는 아름다웠습니다." 샌드퍼드가 얘기를 시작했다.

"매우 아름답고 매력적인 여자였어요. 그녀는 저를 위해서라면 뭐든지 하려고 했답니다. 하나님께 맹세코 그건 진실입니다. 로즈는 늘 저와 함께 있었습니다. 저는 이 고장에 아는 사람도 없었답니다. 저를 좋아하는 사람도 없었고요. 그런데 그렇게 눈부시게 아름다운 그녀가 나타난 것입니다. 그녀는 이곳 지리에 아주 밝았지요. 그래서 이 모든 일이……."

그의 목소리는 점점 기어들어갔다. 그는 고개를 들어 위를 올려다보았다.

"그러고 나서 그런 일이 있었지요. 로즈는 저와 결혼하겠다고 했습니다. 하지만 전 어떻게 해야 좋을지 몰랐습니다. 런던에 결혼을 약속한 여자가 있었으니까요. 만일 그녀가 이 사실을 알게 되면(물론 언젠가는 알게 되겠지만) 저는 끝장입니다. 그녀는 이해해 주지 않을 테니까요. 어떻게 이해하겠습니까? 물론 저는 변변치 못한 사람입니다. 전 도대체 어떻게 해야 좋을지 몰랐답니다. 그래서 로즈와 만나는 것을 피했습니다. 그리고 런던으로 돌아가서 변호사를 만날 생각이었습니다. 그녀에게 보상해 줄 돈 문제를 비롯해서 여러 가지를 의논하려고 했지요. 주여, 제가 어리석었습니다! 이 사건이 제게 불리하다는 것은 명백합니다. 하지만 경찰이 실수를 하는 겁니다. 그녀는 분명히 자살을 했을 겁니다."

"로즈가 죽어 버리겠다고 당신을 협박한 적이 있었나요?"

"천만에요. 로즈는 그런 여자가 아닙니다."

"조 엘리스라는 사람은 어떤가요?"

"목수 말인가요? 나이가 약간 많긴 하지만 착한 시골 사람이지요. 약간 우둔한 편이지만 로즈에게 빠져 있었습니다. 하지만 그는 아둔한 남자였습니다. 그는 혼자서만 속을 끙끙 앓았을 겁니다."

"좋습니다. 이젠 가봐야겠소."

헨리 경은 일행에게로 돌아왔다.

"멜쳇 씨." 헨리 경이 말했다.

"결정적인 행동을 취하기 전에 우선 다른 또 한 사람, 엘리스를 만나봐야만 될 것 같소만? 만일 샌드퍼드를 체포한 것이 나중에 실수였다고 밝혀지면 유감천만한 일일 테니까요. 질투란 것도 살인의 유력한 동기가 되는 법입니다. 또, 아주 흔한 동기이기도 하지요."

"사실 그렇습니다." 경위가 말했다.

"하지만, 조 엘리스는 그럴 사람이 아닙니다. 파리 한 마리도 죽이지 못할 위인이죠. 지금껏 그가 화내는 것을 본 사람도 없으니까요. 하지만 제 생각에도 그가 어젯밤 어디에 있었는지 물어보는 게 나으리라고 생각합니다. 그는 지금 집에 있을 겁니다. 아주 부지런한 바틀릿 부인 댁에서 하숙하고 있지요. 바틀릿 부인은 과부랍니다. 삯빨래를 하고 있지요."

그들이 찾아간 작은 오두막집은 흠잡을 데 없이 깨끗하고 단정했다. 중년의 덩치 큰 건장한 여인이 문을 열어 주었다. 그녀의 얼굴은 밝았고, 눈은 파란색이었다.

"안녕하세요, 바틀릿 부인? 조 엘리스는 집에 있나요?" 경위가 물었다.

"집에 돌아온 지 10분도 채 안 되었어요. 안으로 들어오세요, 선생님들."

앞치마에 손을 닦으면서 바틀릿 부인은 일행을 조그만 거실로 안내했다.

그 방은 박제한 새들, 중국산 쇠갈고리, 소파, 그리고 쓸데없는 가구 몇 개가 놓여 있었다. 그녀는 서둘러서 그들에게 자리를 마련해 주었다. 그러고는 좀 더 공간을 넓히려고 장식 선반을 번쩍 들어서 치워 버렸다. 그러고 나서 그녀는 조의 이름을 부르면서 밖으로 나갔다.

"조, 손님들이 오셨어요."

뒤 부엌에서 대답하는 소리가 들렸다.

"씻고 곧 갈게요."

바틀릿 부인의 입가에 미소가 번졌다.

"이리 들어와서 앉으세요, 바틀릿 부인." 멜쳇 대령이 말했다.

"오, 아니에요. 감히 내가 어떻게……."

바틀릿 부인은 멜쳇의 말에 깜짝 놀란 듯했다.

"조 엘리스는 좋은 하숙생이죠?" 멜쳇이 대수롭지 않은 어조로 물었다.

"그 이상 착할 수가 없을 거예요, 멜쳇 씨. 정말 건실한 젊은이지요. 술 같은 건 입도 대지 않는답니다. 자기가 하는 일에 긍지도 갖고 있고요. 그리고 항상 친절하게도 집안일을 도와준답니다. 나를 위해서 이 선반들도 만들어 주었고, 부엌에 새 찬장도 하나 만들어 주었지요. 집에 뭔가 손을 봐야 할 일이 있으면 대부분 조가 해준답니다. 게다가 그런 일에 대한 감사의 표시도 받지 않으려 하는 거예요. 아! 조 같은 젊은이는 그리 흔하지 않을 거예요, 멜쳇 씨."

"그에게 시집 갈 여자는 행복하겠군." 멜쳇은 신경 쓰지 않고 말했다.

"그는 그 불쌍한 로즈 에모트를 꽤 좋아했었다죠, 그렇죠?"

바틀릿 부인은 한숨을 푹 내쉬었다.

"그 일 때문에 난 정말 얼마나 피곤했답니다. 조는 그 아가씨가 밟고 지나간 자리까지도 떠받들 정도였는데, 그녀는 그를 거들떠보지도 않았거든요."

"조는 저녁 시간을 대개 어디서 보내나요, 바틀릿 부인?"

"대개 집에 있답니다. 이따금씩 뭔가 별난 물건들을 만들기도 하는데, 요즘에는 통신으로 부기를 배운다고 하더군요."

"아, 그래요? 어제 저녁에도 집에 있었나요?"

"그렇습니다."

"확실합니까, 바틀릿 부인?" 헨리 경이 날카롭게 물었다.

그녀는 헨리 경 쪽으로 몸을 돌렸다.

"물론입니다, 선생님."

"그렇다면, 저녁 8시와 8시 30분 사이에 아무데도 가지 않았다는 말이지요?"

"오, 나가지 않았답니다." 바틀릿 부인은 웃음을 터뜨리고는 말을 이었다.

"조는 저녁 내내 조리대를 손질하고 있었어요. 그리고 나는 그 일을 거들어주었답니다."

헨리 경은 미소까지 지으며 자신만만해 하는 그녀의 표정에서 처음으로 의혹을 느꼈다.

잠시 뒤에 엘리스가 방으로 들어왔다.

그는 키가 크고 어깨가 딱 벌어진 잘생긴 시골 청년이었다. 그는 부끄러움을 타는 듯한 푸른 눈에 상냥한 미소를 짓고 있었다.

그는 사랑스럽게 생긴 젊은 거인처럼 보였다.

멜쳇이 얘기를 시작하자 바틀릿 부인은 부엌 쪽으로 나갔다.

"우리는 지금 로즈 에모트의 죽음에 대해 조사하는 중이오. 당신은 그녀를 잘 알고 있었지요, 엘리스 씨?"

그는 약간 머뭇거리고는 중얼거리듯 말했다.

"예, 한때 그녀와 결혼하려고 했었습니다, 가엾은 여자."

"그녀가 임신했다는 사실도 알고 있었나요?"

"예." 순간 그의 눈에 분노의 불꽃이 번뜩였다.

"그가 로즈를 강으로 떼민 겁니다. 하지만 그녀에게는 오히려 그게 잘된 일이지요. 그녀가 그와 결혼했다면 결코 행복할 수 없었을 테니까요. 전 로즈가 언젠가는 제게 돌아올 것이라고 생각했어요. 로즈를 돌봐 줬어야 했는데……."

"하지만……."

"그것은 그녀의 잘못이 아니었습니다. 그가 황홀한 약속으로 그녀를 유혹했던 거지요. 그래서 로즈는 방황했던 겁니다. 오! 로즈는 제게 그렇게 말했습니다. 그녀는 물에 빠져 자살할 아무런 이유가 없었어요. 그는 그럴 만한 가치가 있는 친구가 아니었죠."

"엘리스, 어젯밤 8시 30분경에 어디에 있었나요?"

그 순간 헨리 경은 상상이었을지 모르나, 그의 재빠른—너무나 재빠른 대답 속에서 거북스런 기미를 느낄 수 있었다.

"전 여기에 있었습니다. 바틀릿 부인을 위해 부엌에 있는 기구들을 고쳐 주고 있었지요. 부인에게 물어보세요. 잘 말해 줄 겁니다."

'지나치리만큼 재빨리 대답하는군.' 헨리 경은 생각했다.

'그는 머리 회전이 둔하다고 했어. 그런데 대답이 즉석에서 저렇게 빨리 튀어나오다니, 혹 미리 대답을 준비했던 건 아닐까.'

그러고 나서 그는 이것이 그저 상상에 불과하다고 자신에게 타일렀다. 하지만 그는 계속 상상하고 있었다—또한, 그 푸른 눈동자 속에 나타난 불안스러움까지도.

몇 가지 질문과 대답이 오고 간 뒤 그들은 바틀릿 부인의 거실을 나왔다. 헨리 경은 양해를 구한 다음 다시 부엌으로 가보았다. 바틀릿 부인은 풍로 손잡이를 열심히 돌리고 있었다. 그녀는 환하게 웃으면서 위를 올려다보았다. 새로 만든 찬장이 벽에 고정되어 있었다. 하지만 아직 완성되지는 않았다. 몇 개의 연장과 나무토막이 주위에 흩어져 있었다.

"저것이 어젯밤 엘리스가 만들었다는 건가요?" 헨리 경이 물었다.

"그래요. 아주 훌륭한 솜씨지요. 그렇죠? 조는 아주 뛰어난 목수랍니다."

그녀의 눈동자에는 염려의 빛도, 당황의 빛도 나타나 있지 않았다.

'그렇다면, 엘리스와—과연 그 염려하는 듯한 눈빛은 그저 내 상상에 불과하다는 것인가? 아니야, 뭔가가 있었던 것이 분명해.' 헨리 경은 생각했다.

'내가 직접 그와 맞붙어 봐야겠군.' 헨리 경은 속으로 중얼거렸다.

부엌에서 나오려고 몸을 돌리는 순간 그는 유모차와 맞부딪쳤다.

"내가 아기를 깨운 것이 아닌지 모르겠군요." 그가 말했다.

바틀릿 부인은 배꼽을 잡고 웃었다.

"오, 아닙니다, 선생님. 내겐 아이가 없어요—그래서 섭섭하지만요. 그것은 세탁물을 담는 통이랍니다."

"오! 그렇군요."

헨리 경은 잠시 말을 멈추었다가 거의 충동적으로 다시 얘기를 꺼냈다.

"바틀릿 부인, 당신도 로즈 에모트를 알고 있겠죠? 그녀에 대해서 어떻게 생각했는지 말씀해 주실 수 없겠습니까?"

그녀는 이상하다는 눈초리로 그를 쳐다보았다.

"글쎄요, 선생님. 난 그녀가 경솔하다고 생각했어요. 하지만 그녀가 이미 죽은 지금에 와서 이러쿵저러쿵 떠들고 싶지는 않습니다."

"하지만, 난 당신에게 그런 질문을 할 만한 이유를, 아주 정당한 이유를 갖고 있습니다."

헨리 경은 마치 설득이라도 하듯이 말했다.

그녀는 그를 은근히 뜯어보면서 뭔가 생각하는 것 같았다. 마침내 그녀는 그렇게 하기로 마음을 정한 모양이었다.

"그녀는 나쁜 여자였어요." 바틀릿 부인은 조용하게 말했다.

"난 조 앞에서는 이런 말을 하고 싶지는 않았어요. 그 아가씬 매우 편리하게 조를 이용했으니까요. 그런 종류의 여자라면……, 아무튼 이런 말을 하게 돼서 유감입니다. 하지만 선생님도 지금 상황을 충분히 알고 계시리라 믿어요."

그렇다, 헨리 경은 알고 있었다. 사실상 부부나 다름없는 조 엘리스와 바틀릿 부인에게는 불리한 점이 유난히도 많았다. 그들은 서로를 맹목적으로 신뢰하고 있었다. 하지만 바로 그렇기 때문에 범죄가 일어났을 때, 충격이 더욱 클 수도 있는 일이었다.

헨리 경은 몹시 난감해진 기분으로 그 집을 나왔다. 결국 그는 막다른 장애물에 부딪힌 것이다. 조 엘리스는 어제 저녁 내내 집에서 일을 하고 있었단다. 바틀릿 부인도 그를 지켜보며 집에 있었다고 했고 과연 그 중 한 사람이 상대편 몰래 집을 빠져나갈 수 있었을까? 하지만 그렇게 보일만한 것은 아무것도 없었다—다만, 조 엘리스가 의심스러울 정도로 대답을 재빨리 했다는 것, 즉 그가 뭔가를 확실히 알고 있다는 암시만을 느꼈을 뿐이었다.

"글쎄요." 멜쳇이 말했다.

"바로 그 점이 이 사건을 더 명확하게 해준다고 생각지 않으십니까?"

"바로 그렇습니다, 멜쳇 서장님."

경위가 그의 말에 동감을 나타냈다.

"샌드퍼드는 바로 우리들이 찾는 용의자라네. 물론 근거는 없지만, 모든 게 뻔해. 내 생각으로는 그 아가씨와 그녀의 아버지는……, 음, 어쩌면 그를 협박하기 위해 나갔을지도 모르네. 그는 물론 돈이 없었지—그는 그녀와의 관계가 약혼녀의 귀에 들어가는 걸 원치 않았어. 따라서 당연히 절망에 빠졌을 테고, 그런 결과가 이런 일로 나타난 거지. 제 추리가 어떤가요, 헨리 경?"

멜쳇이 꽤나 존경하는 태도로 헨리 경에게 말하고 나서 그의 의견을 물었다.

"그런 것 같소만……." 헨리 경이 말했다.

"하지만 샌드퍼드가 어떤 폭력적인 행동을 저지르는 모습을 상상할 수가 없군요."

하지만 그렇게 말은 했어도 자신의 의견이 너무나도 타당성이 없다는 걸 잘 알고 있었다. 궁지에 몰리면 아무리 온순한 동물이라 해도 놀라운 행동을 할 수 있을 테니까.

"그 소년을 만나봤으면 좋겠소. 비명소리를 들었다는 그 소년 말이오."

헨리 경이 갑작스럽게 말했다.

지미 브라운은 총명한 아이였다. 그는 나이에 비해서 몸집이 작긴 했으나, 날카롭고 꽤 똑똑해 보였다. 그는 질문을 받고 싶어서 안달이 날 지경이었다. 그날 밤 그가 보고 들은 것을 극적으로 얘기할 때 누군가가 끼어들어 방해를 하면 몹시 실망하는 눈치였다.

"네가 다리 맞은편에 있었다고 들었는데, 강 건너에 말이다. 너, 혹시 그 다리를 건널 때 누구 본 사람 없었니?"

헨리 경이 물었다.

"누군가 숲속에서 올라오고 있었어요. 아마 샌드퍼드 씨였을 거예요. 괴상한 집을 짓는 그 사람 말이에요."

세 남자의 시선이 서로 부딪쳤다.

"아마 그때가 비명소리를 듣기 10분 전쯤이었지, 그렇지?"

소년은 고개를 끄덕였다.

"그 밖에 다른 사람은 보지 못했니. 강과 마을이 접해 있는 곳에서 말이야?"

"어떤 남자가 그쪽 길을 따라오고 있었어요. 그 사람은 천천히 걸으면서 휘파람을 불었습니다. 분명히 조 엘리스였을 거예요."

"하지만 넌 그 사람이 누군지 알아볼 수 없었을 텐데?"

경위가 날카롭게 말했다.

"안개가 낀데다가 또 날이 어둑어둑했으니 말이다."

"제가 그렇게 생각한 건 휘파람 소리 때문이에요. 조 엘리스는 휘파람으로 언제나 똑같은 노래만 부른답니다. '난 행복하고 싶어라'—그게 그 사람이 아는 유일한 노래거든요."

소년은 마치 현대적인 것을 경멸하고 구식을 옹호하는 투로 말했다.

"누구라도 휘파람을 불 수는 있었을 거야." 멜쳇이 물었다.

"그런데 그가 다리 쪽으로 가던?"

"아뇨, 마을 쪽으로 가고 있었어요."

"내 생각으로는 그 정체가 확실치 않은 사람 때문에 신경 쓸 필요는 없을 것 같다. 너는 비명소리와 첨벙하는 소리를 들었다고 했지? 그리고 몇 분 뒤에는 강물 위에 사람이 떠 있는 걸 보았고, 그래서 다시 다리를 건너 마을로 곧장 달려가 도움을 청했다지, 응? 그런데 네가 도움을 청하려고 달려갈 때 다리 부근에서 마주친 사람은 없었니?"

"강둑길 위로 두 남자가 외바퀴 손수레를 끌고 가는 걸 보았어요. 하지만 그 사람들은 너무 멀리 떨어져 있었기 때문에 다리 쪽으로 오는 건지, 아니면,

마을로 가고 있는 것인지 알 수가 없었어요. 질 씨네 집이 제일 가까이 있었기 때문에 전 곧장 그리로 달려갔습니다."

"아주 잘했다, 얘야." 멜쳇이 말했다.

"넌 아주 믿음직스럽고 침착하게 행동했구나. 넌 소년 단원이지, 그렇지?"

"그렇습니다, 서장님."

"아주 좋아, 정말 훌륭하다."

헨리 경은 뭔가를 골똘히 생각하며 아무 말도 하지 않았다. 그는 주머니에서 마플 양이 준 종이를 꺼내어 다시 읽어 보았다. 그러고는 설레설레 머리를 흔들었다. 도저히 가능성이 없어 보였다—하지만……

그는 마플 양을 찾아가 보기로 결심했다.

그녀는 작긴 하지만 고풍스럽게 잘 꾸며진 거실로 헨리 경을 맞아들였다.

헨리 경이 말했다.

"일이 어떻게 진행되어 가고 있는지 얘기해 드리려고 이렇게 찾아왔습니다. 우리들의 관점에서 보면 지금 일이 잘 풀리지 않는 것 같군요. 경찰에선 샌드퍼드를 체포해야겠다고 생각하고 있습니다. 그리고 내 생각으로도 그 친구들이 옳은 것 같습니다만."

"그렇다면 내 추리를 지지할 만한 아무런 것도 발견하지 못했다는 건가요?"

그녀는 당황한 듯이 보였다—걱정스러워하는 기색도 엿보였다.

"아마도 내가 틀렸던 모양이로군요. 당신은 경험이 풍부한 분이십니다. 만일 사건이 내 추측대로라면 벌써 뭔가 눈치 채셨을 거예요."

"첫째로, 난 당신의 추리를 믿기 힘들게 되었습니다. 그리고 또 한 가지는 완벽한 알리바이에 부딪혀 있다는 겁니다. 조 엘리스는 저녁 내내 부엌의 찬장을 수리하고 있었답니다. 바틀릿 부인은 그가 일하는 것을 지켜보며 있었고요."

마플 양은 재빨리 숨을 들이마시면서 몸을 앞으로 내밀었다.

"아니, 그럴 리가 없어요. 그날은 금요일 밤이었답니다."

"금요일 밤이라고요?"

"예, 금요일 밤이에요. 금요일 밤이면 바틀릿 부인은 1주일 동안 해놓은 빨래들을 집집마다 갖다 준답니다."

헨리 경은 의자 뒤로 몸을 젖혔다. 그는 지미 소년이 휘파람 불던 남자에 대해 한 얘기를 기억해 보았다(그렇다). 그렇다면 모든 게 확실하다.

그는 마플 양의 손을 부드럽게 잡으면서 다시 자리에서 일어났다.

"이젠 다시 해볼 수도 있을 것 같습니다. 최소한 시도라도 해볼 수 있겠군요……"

5분 뒤에 헨리 경은 바틀릿 부인의 오두막에 도착했다. 그리고 중국산 쇠고기들로 가득 찬 조그만 거실에서 조 엘리스와 마주 보고 앉았다.

"엘리스, 당신은 어젯밤 일에 대해서 우리한테 거짓말을 했소."

그는 힘있게 말했다.

"당신은 어제 8시에서 8시 30분 사이에 찬장을 손질하고 있지 않았습니다. 로즈 에모트 양이 살해되기 몇 분 전에 당신이 강둑길을 따라서 아래쪽으로 걸어가는 것을 목격한 사람이 있습니다."

조는 거칠게 숨을 내쉬었다.

"그녀는 살해된 것이 아닙니다. 살해된 것이 아니라고요. 전 그 일과 아무런 관련이 없습니다. 그녀는 자살한 겁니다. 아주 낙심하고 있었으니까요. 전 그녀의 머리카락 하나 건드리지 않았습니다."

"그렇다면 어젯밤 당신의 행적에 대해서 왜 거짓말을 했지요?"

헨리 경이 날카롭게 물었다.

조의 눈동자가 불안하게 움직이더니, 시선을 힘없이 방바닥으로 떨어뜨렸다.

"전 두려웠습니다. 바틀릿 부인이 그 가까이에 있던 저를 보았습니다. 그런데 그땐 에모트가 물에 빠지는 소리를 들은 직후였습니다. 바틀릿 부인은 제가 거기에 있었다는 사실이 제게 좋지 못할 거라고 하더군요. 그래서 집에서 일하고 있었다고 말하기로 했죠. 그녀는 제 증인이 되어 주겠다고 약속했습니다. 그녀는 정말 착한 여자입니다. 항상 제게 친절했지요."

한마디 말도 없이 헨리 경은 거실을 나와 부엌으로 들어갔다. 바틀릿 부인은 싱크대에서 그릇들을 씻고 있었다.

"바틀릿 부인―." 그는 말했다.

"난 다 알고 있어요. 이제 당신이 모든 걸 털어 놓는 것이 좋을 것 같습니다. 다시 말해서, 조 엘리스가 교수형당하는 것을 원치 않는다면 말입니다—물론 당신은 조가 그렇게 되는 걸 원치 않을 겁니다. 내가 어제 있었던 일을 얘기해 볼까요? 당신은 세탁물을 가지고 밖으로 나갔습니다. 그런데 우연히 로즈 에모트를 만나게 되었던 것이지요. 당신은 그녀가 조와의 관계를 끊고 다른 친구와 교제하고 있다는 걸 알고 있었습니다. 그러다가 그녀는 곤경에 빠져 버렸지요. 조는 언제든지 그녀를 다시 받아 줄 준비가 되어 있었고요—필요하다면 결혼까지도 할 생각이었습니다. 그런데 그는 당신 집에서 4년간이나 살아왔습니다. 당신은 그를 사랑하게 되었고요. 당신은 그를 독차지하고 싶었을 겁니다. 따라서 당신은 그녀가 미웠을 겁니다—당신은 그 하잘것없는 조그만 처녀애가 당신에게서 조를 빼앗아 갈지도 모른다는 생각이 들자 참을 수가 없었던 거지요. 당신은 힘이 셉니다. 바틀릿 부인, 당신은 그녀의 어깨를 잡아 강물 속으로 밀어 넣었습니다. 그리고 잠시 뒤, 다리 가까이에 있는 조를 본 거죠. 그때 멀리서 지미라는 소년이 당신들을 목격했습니다. 하지만, 어두컴컴한데다가 안개까지 끼었기 때문에 그 애는 유모차를 외바퀴 손수레로 보았고, 두 남자가 그것을 끌고 가는 것으로 생각했던 겁니다. 당신은 조를 설득했지요—그가 의심받을지 모르니 당신이 그에게 확실한 알리바이를 꾸며 주겠다고 말이오. 하지만 그것은 당신 자신을 위한 알리바이였지요. 자, 내 말이 맞지 않습니까?"

말을 마친 헨리 경은 숨을 죽였다. 그는 이 모험에 모든 것을 걸었던 것이다.

그녀는 앞치마에 손을 문지르면서 그의 앞에 서 있었다. 그러고는 천천히 결심을 하는 듯했다.

"선생님이 얘기한 그대로입니다."

마침내 그녀는 착 가라앉은 목소리(헨리 경은 갑자기 그 목소리가 매우 위험스럽다고 느껴졌다)로 말하기 시작했다.

"그 아가씨는 파렴치한 인간이었어요. 그녀가 내게서 조를 빼앗아 가는 것을 용서할 수 없다고 생각했습니다. 난 지금껏 불행하게 살아 왔어요. 선생님, 죽은 내 남편은 병약하고 외고집인 불쌍한 사람이었습니다. 난 그를 간호하고 진심으로 뒷바라지했습니다. 남편이 죽고 나서 혼자 살아가고 있는데 조가 우리 집에 하숙을 하기 위해 왔답니다. 난 비록 머리카락이 희끗희끗하지만, 생을 다시 시작하기에 그렇게 늦지는 않았다고 생각해요. 난 이제 마흔밖에 되지 않았습니다. 조는 내게 아주 소중한 사람이에요. 난 그를 위해서라면 어떤 일이든지 해왔답니다. 그는 너무도 부드러웠고, 누구에겐가 의지하고 싶어 하는—마치 귀여운 아이와도 같았어요. 그는 내가 돌봐주고 보살펴 준 내 남자였습니다. 그런데 그……, 그 여자."

바틀릿 부인은 눈물을 삼키며 복받쳐 오르는 감정을 억제했다. 바로 이 순간에도 그녀는 강인했다.

그녀는 똑바로 서서 헨리 경을 이상한 눈빛으로 바라보았다.

"나는 갈 준비가 되어 있어요 선생님, 난, 아무도 이 사실을 알아차리지 못하리라고 생각했답니다. 선생님이 어떻게 알아냈는지 모르겠습니다. 난 정말 모르겠어요."

"이 사실을 알아낸 건 내가 아닙니다."

헨리 경은 부드럽게 고개를 저었다. 그러고는 아주 말끔하고 고풍스런 필체로 쓰여 있는, 주머니 속에 든 종이를 생각했다.

'*바틀릿 부인 그녀와 함께 조 엘리스가 물방앗간 오두막에 살고 있습니다.*'

다시 한 번 마플 양이 옳았던 것이다.

<끝>

■ 작품 해설 ■

애거서 크리스티(Agatha Christie, 영국, 1890~1976)의 20권이 되는 단편집 중에서 가장 널리 알려진 작품은 매 편마다 마플 양이 탐정으로 등장하는 《화요일 클럽의 살인(The Tuesday Club Murders)》일 것이다. 이 작품은 크리스티 자신이 선정한 베스트 10 속에도 단편집으로는 유일하게 들어 있다.

영국의 작은 시골 마을 세인트 메리 미드에서 여섯 사람이 화요일 밤에 한자리에 모여 각각 범죄 이야기를 하고, 범인이 밝혀지기 전에 각각 순서대로 범인을 알아맞히는 게임을 한다. 여기에서 늘 수수께끼를 제대로 푸는 것은 마플 양임은 두말할 나위가 없다.

이 단편들 중 '피 묻은 포도'와 '친구'는 각각 《백주의 악마》와 《예고 살인》이란 장편으로 발전하여 출간되었다.

화요일 밤 모임에서 어려운 문제를 척척 푸는 마플 양은 말하자면 안락 의자 탐정이라고 할 수 있겠다. 그녀는 증거를 잡으려고 뛰어다니지도 않고 순전히 두뇌로 문제를 해결하는 것이다.

마플 양은 애거서 크리스티가 창조한 명탐정 중에서도 에르큘 포와로에 못지 않은 명탐정이라 하겠다. 그녀는 세인트 메리 미드에 혼자 살면서, 마을이나 마을 주변에 무슨 사건이 일어나면 우연히 끼어들어서 사건을 해결하게 된다.

마플 양은 장편 《목사관 살인사건》에서 처음 등장하며, 기타 유명한 장편으로는 《예고 살인》과 《움직이는 손가락》이 있다.